D1984477

Nick Gaitano
Organjäger

Aus dem Amerikanischen von W. M. Riegel

NICK GAITANO

Organjäger

ROMAN

EUROPAVERLAG
WIEN-MÜNCHEN

Die Deutsche Bibliothek – CIP-Einheitsaufnahme

Gaitano, Nick:
Organjäger / Nick Gaitano.
Aus dem Amerikan. von W. M. Riegel. –
Wien ; München : Europaverl., 1995
Einheitssacht.: Special victims <dt.>
ISBN 3-203-51246-7

Originalausgabe
Special Victims
Simon & Schuster, New York
© Nick Gaitano, 1994

Lektorat: Afra Margaretha

Umschlaggestaltung: W + Z, Dortmund

© Alle deutschsprachigen Rechte beim
Europa Verlag GmbH, Wien, München 1995
Herstellung: Offizin Andersen Nexö, Leipzig
Printed in Germany
ISBN 3-203-51246-7

Organjäger

1

Die junge Frau lag auf dem frisch gewechselten, sterilen Laken des Krankenhausbettes im Sterben. Arturo Alleos Frau war sichtlich außer Fassung, denn das hier sah alles ganz und gar nicht so aus wie im Kino, und eine andere Vergleichsmöglichkeit für das Sterben eines jungen Menschen hatte sie nicht. Aber dies hier war kein Film, sondern echt.

Mr. Alleo hatte stets alles getan, was in seiner Macht stand, um die häßlichen Seiten des Lebens von ihr fernzuhalten; von ihr, seiner Frau, und auch von seiner geliebten Tochter Sophia. Aber vor einer der wenigen Mächte, die stärker waren als er, konnte er sie nicht schützen: vor der Krankheit.

Er liebte Sophia und ihre Mutter so sehr, wie er überhaupt nur zu lieben imstande war. Einmal hatte er sie dabei beobachtet, wie sie vor dem Fernseher schluchzten, weil in einem dümmlichen Film eine wunderschöne Ali McGraw dahinschied. Sophia sah nicht so aus. Nicht die Frau dort auf dem Bett. Sie sah vielmehr erschreckend aus. Ein versehrter Engel, der das Wochenende vielleicht nicht mehr überlebte. Sterben, das wußte Mr. Alleo, war eine häßliche, brutale Angelegenheit.

Sophia wußte nicht, daß sie starb. Noch hatte es niemand gewagt, das gefürchtete Wort auszusprechen. Falls sie es dennoch ahnte, schien sie keine Angst zu haben. Alleo hatte viele Menschen sterben sehen, weit mehr, als ihm recht war. Aber nie war es so wie hier gewesen, keiner von ihnen hatte es so gelassen hingenommen.

Andererseits war es natürlich ein Unterschied, ob man an Leberversagen starb oder an drei Kopfschüssen aus kurzer Entfernung. Sophias Gesicht wirkte blutleer und bedeutend älter als dreiundzwanzig. Ihr früher so wohlgeformter Körper war nur noch ein Skelett mit Haut. Das Nachthemd, das ihre Mutter ihr angezogen hatte, hing schlaff an ihr. Sie füllte es nicht mehr annähernd aus. Wenn man sich all die Schläuche, an denen sie hing, wegdachte, sah sie eher aus, als läge sie bereits im Sarg und nicht in einer teuren und exklusiven Krankenhaussuite im Chicago Gold Coast Hospital.

Mr. Alleo mußte wegsehen, denn der Anblick brach ihm das Herz.

Er hatte in seinem Leben eine Menge schlimmer Dinge getan, und später, als er die Macht dazu hatte, noch mehr schlimme Dinge angeordnet, die anderen in seinem Namen angetan wurden. Schon in seiner Kindheit hatte er mit brutalen Mitteln ums Überleben gekämpft, zuerst gegen seine Brüder und später, als er endlich alt genug war, noch erbitterter gegen den Mann, der sein Vater war. Als nächstes mußte er in Korea kämpfen, und als er das überlebt hatte, kam er wieder heim und hatte seine Berufung gefunden: Gewalt. In seiner Jugend war Gewalt wie eine Droge für ihn gewesen, wie ein Aphrodisiakum, das ihn erregte. Doch das war lange vorüber. Inzwischen benutzte er seine Macht zurückhaltend – er wendete Gewalt nur noch im Notfall an. Er wollte nichts mehr weiter, als seine goldenen Jahre in Frieden zu verbringen.

Aber selbst damals, als Gewalt für ihn noch eine Alltäglichkeit war, brachte er sie niemals mit nach Hause. Seine Familie war niemals davon berührt worden. Bis jetzt. Bis diese Krankheit in ihr Leben eingedrungen war und ihm das Herz gebrochen hatte, von dem er immer noch dachte, es wäre schon seit Jahrzehnten ausgebrannt.

Er hätte gerne mit ihr getauscht. Er war jetzt sechzig und hatte ein erfülltes Leben hinter sich. Er allein hatte bisher schon mehr gesehen als zehn durchschnittliche Menschen zusammen in ihrem ganzen Leben und mehr erreicht, als hundert von ihnen sich erträumen konnten. Aus einem Slum auf der West Side hatte er es bis zu einer Villa im Oak Park gebracht, auch er war dabei über die Leichen derer gegangen, die es gewagt hatten, das gleiche zu versuchen oder sich ihm in den Weg zu stellen. Er hatte sich aus den grotesken Karten, die ihm das Schicksal für das Leben zuspielte, seinen persönlichen Royal Flush zusammengemischt, und er hatte keine Angst vor dem Tod. Er war überzeugt, daß selbst der Teufel vor Furcht erzittern würde, wenn er an die Ankunft Arturo Alleos in der Hölle dachte. Warum konnte diese Krankheit nicht einfach ihn treffen? Warum mußte es seine schöne Tochter sein: seine geliebte Sophia?

Er war gefürchtet. Von New York bis hinunter nach Miami hatte man Angst vor ihm. Leute im italienischen Viertel, denen er nie begegnet war, sprachen seinen Namen nur flüsternd aus. Könige empfingen ihn in ihrer Residenz, und zweimal hatte er bereits mit einem Präsidenten gespeist. Aber nun lag seine einzige Tochter auf einem Krankenhausbett im Sterben, und er konnte nichts dagegen tun.

Er verspürte den Drang, die Faust durch die Fensterscheiben zu schlagen. Es würde aber nur das Sterben seiner Tochter stören und seine Frau noch weiter aus der Fassung bringen. Schlimmer noch, es würde seine Ohnmacht beweisen und vor der ganzen Welt seine eigene Schwäche demonstrieren. Also mußte er sich beherrschen. Niemand hatte bisher erlebt, daß er auch nur die Spur einer menschlichen Regung zeigte.

Es gab eine winzige Hoffnung, und jetzt wartete er ungeduldig darauf, Genaueres zu erfahren. Letzten Winter, als einer von Mr. Alleos verrufenen Kollegen todkrank wurde, gingen Gerüchte um. Der Mann – ein eiskalter Killer, dessen eigene kriminelle »Familie« im ganzen Westen allein Alleos Vorherrschaft dulden mußte – war in den Genuß einer Herztransplantation gekommen. Man hatte dafür gesorgt, daß das passende Spenderherz ohne Formalitäten und Wartelisten direkt in sein Krankenhaus gelangte. Dahinter steckte die Überlegung, daß bei einem weniger großzügigen Verfahren seitens der Behörde die Leute dieses mächtigen Mannes, ohne zu zögern, ausgeschwärmt wären, um ihm in eigener Regie ein Herz zu besorgen.

Dieser Gedanke kam nun auch Mr. Alleo. Aber es war

unmöglich, zumindest im Fall seiner Tochter, denn sie hatte eine äußerst seltene Blutgruppe. Diese Besonderheit sollte ihr nun zum Verhängnis werden.

Was konnte er tun? Zum erstenmal in seinem ganzen Leben sah er sich einem Feind gegenüber wehrlos. Wie sollte er seine Privatarmee zur Rettung seiner Tochter mobilisieren? Er hatte keinen Zugang zu Blutbanken, und selbst wenn, was würde es wirklich nützen? Wie sollte man jemanden mit genau dieser Blutgruppe finden? Und was dann? Ihn gefangennehmen und ihm die Leber aus dem Leib reißen? Er wäre ohne Zaudern oder Schuldgefühle dazu bereit, und wenn er damit seiner Tochter das Leben retten konnte, würde er es sogar mit Vergnügen tun. Aber wozu? Dieses Ding, so eine Leber, konnte man nicht lange aufbewahren, wenn sie erst einmal aus dem Körper entfernt war. Wie sollte er sie unversehrt hierher schaffen? Müßte man sie einfrieren? Müßte man sie an Schläuche anschließen, um sie funktionstüchtig zu halten, bis sie transplantiert werden konnte?

Und wen sollte er damit beauftragen, sie zu beschaffen? Die Leute, die für ihn arbeiteten, waren zwar loyal, bis zu einem gewissen Grad jedenfalls. Aber Intelligenz gehörte leider nicht zu den Eigenschaften, nach denen man sie für ihre Dienste ausgewählt hatte. Zudem waren die meisten seiner Leute faul und immer darauf aus, den bequemsten Weg zu gehen.

Seine ganze Hoffnung lag bei der »Familie« des Mannes, der im letzten Winter eine ähnliche Hilfe benötigt hatte. Damit stünde er zwar in ihrer Schuld, und da alle gefühllose Bauerntölpel waren, bestand kein Zweifel, daß sie eines Tages die Gegenleistung einfordern würden. Doch er würde alles tun, was sie verlangten, wenn sie ihm nur halfen, das Leben seiner Tochter zu retten.

Er ging aus dem Zimmer und hinunter zur Schwesternstation, nickte der Frau am Schalter zu und griff sich, ohne der Form halber um Erlaubnis zu bitten, das Telefon von ihrem Schreibtisch und stellte es vor sich auf die Schaltertheke. Er wählte eine Nummer, ließ es dreimal klingeln und nickte sich selbst zu, als die gelangweilte Stimme am anderen Ende der Leitung abrupt diensteifrig klang, sobald der Mann Alleos Stimme erkannte.

»Ist meine Nachricht angekommen?«

»Ja, Sir«, sagte der Mann, »ich habe sie dem Mann persönlich weitergegeben.«

»Ich warte hier noch immer. Haben Sie die richtige Nummer?«

Der Mann wiederholte gehorsam die Telefonnummer des Krankenzimmers seiner Tochter.

»Die Zeit wird knapp«, sagte Mr. Alleo.

»Mr. A, der Boß war gerne bereit zu helfen. Ich habe mich selbst um alles gekümmert und Lenny sofort losgeschickt.«

»Lenny? Wie heißt er noch?«

»Man nennt ihn Roman. Früher hieß er Romano.« Der Bursche machte Konversation und benahm sich, als spräche er von gleich zu gleich. Das mochte vielleicht die Umgangsform sein, die der Adler duldete, aber Alleo hatte keinen Sinn für solche Spielchen. Man höre sich nur diesen Idioten an, der einfach munter weiterplapperte.

»Der war früher mal Boxer, Mr. A, vielleicht haben Sie ihn ja auch mal bei einem seiner Kämpfe gesehen, vor Jahren.«

»Ich kann meine Zeit nicht mit Boxkämpfen vertrödeln«, sagte Alleo. Diese Antwort sollte eigentlich ein Wink mit dem Zaunpfahl sein, doch dieser Mann war offenbar zu beschränkt, um irgend etwas zu verstehen: dieser Lennie hatte sein Leben verwirkt, wenn seine Tochter starb. Natürlich begriff der Mann die Warnung nicht. Es war eben alles nicht mehr wie früher. Damals zählte das, was man nicht sagte, mehr als das, was man sagte. Aber die neue Generation von Fußvolk war hirnlos und begriff immer erst, wenn man ihr mit dem Holzhammer auf den Kopf schlug.

»Wie heißen Sie?« fragte er.

»Thomas, Mr. A.« Jetzt hörte der Mann sich plötzlich nicht mehr ganz so unbefangen an. »Thomas Gerardi. Na hören Sie, wir sind uns doch oft begegnet ...«

Was denn, fühlte dieser Typ sich etwa auch noch auf den Schlips getreten? Womit umgab sich der Adler da neuerdings, mit Primadonnen, oder was? Alleo erinnerte sich tatsächlich, den Mann zu kennen, tat nun aber erst recht so, als wüßte er nicht, wer Gerardi war.

»Thomas Gerardi? Ich werde mir den Namen merken. Noch mal rufe ich nicht an.« Und er legte auf. Dieser aufdringliche Barbar mit seinem vertraulichen Gehabe sollte ruhig mal ins Grübeln kommen.

Er ging zurück in das Krankenzimmer. Seine Frau sah ihn hoffnungsvoll an. Sie wartete auf ihr Wunder, darauf, daß ihr *Gott* endlich eingriff. Und wenn Sophia starb, würde sie sich Vorwürfe machen, als sei der Tod ihrer Tochter die Strafe für ihre eigenen Sünden. Schlimmer noch, sie würde, das wußte er, auch ihn dafür verantwortlich machen.

Er beugte sich über Sophia und küßte ihr die Stirn, nachdem er sie ihr abgewischt hatte. Er strich ihr das strähnige, feuchte Haar zurück und blickte sie lange liebevoll an.

»Gott möge uns beistehen«, sagte seine Frau unter Tränen. Er hoffte nur, daß Sophia die Grimassen nicht bemerkte, die er deswegen schnitt.

Er setzte sich neben seine Frau und nahm ihre Hand zwischen seine beiden Hände. Er sagte nichts davon, daß, wenn Hilfe käme, sie von einem eiskalten Killer kam. Vom Teufel gesandt. Nicht von Gott.

Bei Einbruch der Dunkelheit wurde Paul Harris allmählich unruhig. Es war der Geburtstag seiner Freundin – Freundin, richtig, jetzt war es heraus –, und sie wollten ihn abends gemeinsam feiern. Aber er hatte nichts von ihr gehört. Den ganzen Tag hatte sie nicht angerufen, und das sah Marian überhaupt nicht ähnlich. Normalerweise telefonierten sie mehrmals täglich, selbst an den Tagen, an denen sie verabredet waren.

Gut, er wußte, daß es da ein Problem gab. Marians anderen Freund. Der hatte vor einiger Zeit eine Tragödie erlebt, und sie empfand einfach Mitleid mit ihm, das war alles. Sie hatte Paul versichert, daß sie mit diesem Mann schon seit dem Frühjahr nicht mehr ins Bett ging, also schon seit einigen Monaten nicht mehr. Warum kapierte dieser Kerl das nicht? Früher oder später mußte sie ihm unmißverständlich klarmachen, daß er in ihrem Leben keinen Platz mehr hatte.

Aber sie war einfach zu gutmütig, zu liebevoll. Anfangs hatte er diese Seite an ihr kaum bemerkt, und sie interessierte ihn auch nicht wirklich. Doch inzwischen war sie ihm ans Herz gewachsen und hatte die Mauer niedergerissen, die er um sich selbst herum aufgebaut hatte.

Langsam hatte er den Verdacht, daß er sie wirklich liebte. In seinem ganzen Leben hatte er noch keiner Frau gesagt, er würde sie lieben. Zwar hatten viele Frauen es zu ihm gesagt, aber dann hatte er die Sache stets auf der Stelle beendet. Liebe gehörte nicht zu seinen Plänen. Seine Pläne hießen ausschließlich: Geld.

Doch jetzt auf einmal war Geld nicht mehr das Allerwichtigste in seinen Gedanken. Sicher, er brauchte es natürlich weiterhin. Wie sollte er sonst seinen Lebensstil beibehalten, ausreichend zu essen haben und seine Rechnungen bezahlen? Und das Geld war ihm auch nicht plötzlich egal. Aber es war beunruhigend genug, daß er zum erstenmal in seinem Leben einer Frau begegnet war, die mehr Gefühle bei ihm auslöste als Geld. Dabei wußte er durchaus, daß er über diesen Tatbestand erst intensiv nachdenken mußte, ehe er die Geschichte fortsetzte. Es gab da Dinge in seiner Vergangenheit, die er ihr vermutlich eines Tages erzählen mußte. Liebte sie ihn genug, um das alles zu verstehen? Ihr blieb gar nichts anderes übrig. Ganz besonders, wenn er ihr versicherte, daß er aus Liebe zu ihr sein ganzes Leben geändert hatte.

Aber er mußte ja nicht unbedingt gleich heute abend darüber nachdenken. Heute wollte er sich keine Gedanken und Sorgen über die Zukunft machen. Heute wollte er einfach nur, daß Marian kam und er ihre Schönheit bewundern, sie einfach nur ansehen konnte. Er liebte sie. Ja, verdammt, das war es nun mal, er liebte sie. Und heute abend würde er es ihr vielleicht sogar sagen. Wenn sie nur, verdammt noch mal, endlich die Güte hätte aufzukreuzen!

Er wollte sie anrufen, war sich aber nicht sicher, ob das so geschickt wäre. Schließlich war eines der Dinge, die sie an ihrem früheren Freund auf den Tod nicht ausstehen konnte, sein Besitzanspruch: ewig wollte der Mann wissen, wo sie war, bei wem sie war und was sie gemacht hatte ... Seitdem reagierte sie auf übertriebene Nähe sehr empfindlich. Also war es sicher auch besser, sie nicht anzurufen. Jedenfalls nicht gerade jetzt. Vielleicht etwas später. Ja, sicher etwas später.

2

DER SAMMLER stand vor einem mannshohen Spiegel. Es war der Abend seines vierzigsten Geburtstags. Er betrachtete mit Wohlgefallen, was er im Dämmerlicht seines Schlafzimmers erblickte. Er liebte diese Dunkelheit. Die Nacht war so ziemlich das einzige, dem er wirklich traute.

Seine beste Arbeit vollbrachte er stets nachts. Wenn ihn niemand sehen konnte.

Aus dem Spiegel sah ihn ein Gesicht ohne Lächeln an. Hochmütig, arrogant, mit vollen Lippen, die immer abschätzig aussahen, geschürzt in unerbittlichem Zorn. Der Kopf war voll und rund, das Haar wellig und pechschwarz, denn er färbte es sorgfältig alle zwei Wochen. Das Gesicht selbst war glatt, faltenlos, narbenlos, gleichgültig. Eine römische Skulptur mit allenfalls geringen Unregelmäßigkeiten, beispielsweise seiner mehrmals gebrochenen Nase. Auch als er sich schließlich eine plastische Operation hatte leisten können, war die Nase nicht mehr ganz gerade zu bekommen gewesen. Auch hatte er ganz feine Narben unter beiden Augen. Von seinen Jahren im Boxring. Doch nichts von allem, weder die Schönheit noch die Narben, verlieh diesem Gesicht auch nur einen Hauch Menschlichkeit.

Der Kopf saß auf einem kräftigen Hals, an dem die Adern selbst im Ruhezustand wie straffe Taue hervortraten. Seine Schultern erinnerten trotz ihrer Breite nicht an einen Mann, der Gewichte stemmte. Nein, er war mehr wie ein Ballettänzer gebaut, weniger wie ein Footballspieler. Wenn er angezogen war, hielt man ihn oft fälschlicherweise für schmächtig. Als er noch ein junger Mann gewesen war, hatte es ihm immer wieder stolze Freude bereitet, das Staunen der Frauen zu beobachten, wenn sie ihn zum erstenmal nackt erblickten.

Auch jetzt, so stellte er bei seiner kritischen Selbstbetrachtung im Spiegel fest, war er noch immer schmal in den Hüften, mit kräftigen Bauch- und Brustmuskeln. Er hatte kein Gramm Fett zuviel am Leibe, nicht an den Flanken, nicht in der Taille, weder vorne noch hinten. Dieser Körper war sein Kapital: die Waffe, die er unbedingt brauchte.

Niemand sollte und würde ihm jemals mehr zu nahe treten, niemand es wagen, sich über ihn lustig zu machen. Weder sein Vater noch sonst irgend jemand würde jemals wieder nachts in sein Zimmer kommen und Dinge mit ihm anstellen, die weh taten.

Am muskulösesten an seinem ganzen Körper waren seine Beine. Seine Schenkel waren stramm und fest wie schlanke junge Baumstämme. Er hatte sie sich antrainiert, als er in seiner Jugend die Trödelkarren den Berg hinaufschob. In seinen späten Teenager- und frühen Twen-Jahren als Boxer hatte er regelmäßig drei Meilen am Stück gejoggt, mit einer halben Eisenbahnschwelle auf den Schultern. Dazu, ebenfalls mit dem verdammten Gewicht auf den Schultern, ohne Pause in der Hocke ein paar Blocks entlangwatscheln. Blödsinniges Zeug dieser Art pflegte er bis vor einigen Jahren zu machen, als sein einziges Interesse noch darin bestand, seinen immerwährenden Zorn an anderen abzureagieren. Eben vor der Zeit, als er etwas gefunden hatte, was er lieben konnte, ohne verletzt zu werden. Bevor er, mit anderen Worten, die Kunst für sich entdeckt hatte.

Heute benutzte er nicht mehr solche primitiven Methoden, um in Form zu bleiben.

Heute hatte er den Fitneß-Stepper, den er immer auf die schwerste Stufe einstellte, und seinen Minitrainer, der mitten in einem der drei Schlafzimmer seiner riesigen Wohnung stand. Auch auf dieses mechanische Gerät zum Muskelaufbau pflegte er das höchstmögliche Gewicht aufzulegen und Hunderte Züge zu absolvieren, ohne sie zu zählen. Er stemmte und zog und hörte erst auf, wenn er buchstäblich nicht mehr konnte. Dann verschnaufte er kurz – und begann von vorne.

Er lebte ganz allein in seiner Wohnung, die oft von Wolken eingehüllt war. Drei der vier Außenwände seines riesigen Wohnraums bestanden vom Boden bis zur Decke aus Glas. So konnte er auf die Endlosigkeit des Michigansees blicken oder den Kopf nur zur Seite wenden, wo durch die beiden anderen Glaswände Millionen kleiner Lichtpunkte zu ihm hinaufleuchteten. Er mußte sich nur ein ganz klein wenig den Hals verrenken, dann konnte er rechts den Sears Tower sehen und links die Funkmasten des Hancock Building, die von hier aus wie zwei Insektenfühler aussahen und sich im Chicagoer Wind häufig bogen. Unter ihm waren die Menschen auf den Straßen nur Ameisen und die gewaltigen Fernlaster Spielzeugautos. Wenn er von alledem genug hatte, legte er nur einen Schalter um, und über die gesamten drei Glasfronten schoben sich mit weichem Motorsummen schwere Samtvorhänge.

In seinem eigentlichen Schlafzimmer hatte er keine Fenster. Er hatte seinen ganz eigenen Tagesablauf, und meistens wollte er lieber nicht wissen, welche Tageszeit gerade war.

Die Nacht war seine beste Freundin, seine Geliebte. Am liebsten hätte er seine Wohnung niemals am hellichten Tag verlassen. Aber er mußte es. Täglich sogar. Niemand aber wußte, wie unbehaglich er sich bei Tageslicht fühlte. Dabei hatte er es mit Menschenmassen zu tun. Er spürte, wie sie ihn beobachteten und ihn entweder bewunderten oder ihm seine Anwesenheit übelnahmen.

In seinem Schlafzimmer gab es keine Uhr und kein Telefon und keinen Anrufbeantworter. Wenn die Tür sich hinter ihm geschlossen hatte, herrschte um ihn herum vollkommene Stille. Die Wände, der Boden und die Decke waren aufs perfekteste schalldicht gemacht. Die Tür war aus schwerer Eiche und schloß genau über dem dicken Teppich auf dem Boden ab. In diesem Raum konnte er, der Sammler, schlafen oder nachdenken, sich seinen Träumen hingeben oder ein Komplott schmieden. All dies tat er auch, und zwar oft – abgesehen vom Schlafen. Seine Überlebensinstinkte wehrten sich gegen zu langen Schlaf, obwohl er sich manchmal wünschte, länger schlafen zu können: nur einmal eine ganze Nacht durch. Aber stets verfolgten ihn seine Träume und ließen ihn wieder aufwachen.

Er spannte die Muskeln an und bewunderte seinen springenden Bizeps mit den blau durchschimmernden Adern. Seine Beine sahen aus wie lackiert. Sie waren haarlos und glatt. Kreuz und quer über seine Brust verliefen winzige, feine Äderchen, und aus dem ersten Bizeps schien sich ein zweiter, kleinerer zu erheben.

Er entspannte sich wieder und stand ruhig, seine Haltung war korrekt, sein Atem normal. Sonntag nacht hatte er sich drei Stunden dem Training gewidmet, um seine Kräfte methodisch aufzubauen und exakt die Muskulatur zu entwickeln, die er für seine Arbeit benötigte.

Es war zwar sein Geburtstag, aber es gab keine Anrufe und keine Besuche. Und auf dem Kaminsims standen auch keine Glückwunschkarten.

Geschenke hatte er weder erwartet noch erhalten. Doch er hatte sich selbst eines gekauft, an dem er sich anschließend erfreuen wollte. Es hing an der vierten, nicht gläsernen Wand seines Wohnraums. Die Vorhänge waren alle zu, und nur ein schwaches und weiches Licht unter einem kleinen Messingschirm beleuchtete seine neueste Erwerbung, die geduldig auf ihn wartete. Zuvor jedoch wollte er noch duschen, sich dann ein Glas Wein einschenken und sich damit vor sein Geschenk an sich selbst setzen.

Die Tür zum Schlafraum war offen. Von irgendwoher in der Wohnung hörte er das gedämpfte Surren eines seiner Telefone. Er vermochte nicht sofort auszumachen, welches es war, aber er war ohnehin nicht besonders neugierig darauf. Deshalb beeilte er sich auch nicht. Wer da auch immer anrief, hatte eine der vier offiziell registrierten Nummern gewählt, deren Hauptanschlüsse sich weit weg von hier in einer Telefonzentralschaltung in einem schmutzigen gemieteten Büro am Ende des South Loop befanden. Alle Anrufe dorthin wurden automatisch hierher auf eine von vier korrespondierenden Leitungen gelegt. Die vier Leitungen waren nach der Rangfolge ihrer Wichtigkeit auf die wenigen Leute verteilt, die ihn telefonisch erreichen konnten. Alle waren mit Anrufbeantwortern kombiniert, so daß der Sammler jeden Anruf nach Belieben direkt annehmen konnte oder auch nicht. Wenn er sich meldete, dann in aller Regel nur, wenn er sich einen Gewinn davon versprach. Gelegentlich aber nahm er sogar Anrufe auf seiner Privatleitung entgegen. Von den vier Leitungen war das diejenige, deren Nummer er Frauen gab. Auch er hatte gewisse Bedürfnisse zu befriedigen, wobei er gelegentlich auch übertrieb.

Diesmal ließ er das Telefon klingeln, riß sich aber immerhin von seinem Spiegel los.

Er fühlte sich stark. Kräftig und mächtig. Er empfand sich als etwas Besonderes. Niemand und nichts konnte ihn aufhalten.

Er war nicht der Typ, der Angst vor dem mittleren Alter verspürte, das er nun erreicht hatte, oder der fürchtete, seine Fähigkeiten könnten mit den Jahren schon nachgelassen haben. Vierzig war einfach eine Zahl wie jede andere, eine Vier und eine Null, fertig.

Je weiter er sich von seiner Kindheit entfernte, desto glücklicher wurde er. Er sah gut aus, fühlte sich gut und machte in einem Jahr mehr Geld, als alle seine Vorfahren in ihrem ganzen Leben verdient hatten. Also sollten sie doch zum Teufel gehen, alle. Mit denen, die ihm etwas angetan hatten, war er längst quitt. Und von denen, die vielleicht noch lebten, bemühte er sich, die Namen zu vergessen.

Er schaltete das Licht im Bad ein. Der Raum wurde von dem Schein Dutzender Glühlampen rund um seinen dampfsicheren Badezimmerspiegel durchflutet. Er stieg die drei Stufen in seine Marmorbadewanne hinab, die so groß war wie das ganze Badezimmer seiner Kindheit, schloß die Rauchglastür hinter sich und öffnete mit den beiden Hähnen das Dutzend Duschdüsen. Sofort trafen ihn die nadelscharfen Wasserstrahlen von vorne, von hinten und von beiden Seiten. Das Wasser war so heiß, wie es überhaupt werden konnte, er hatte die Hähne ganz nach rechts aufgedreht und stellte sich stoisch und mit zusammengebissenen Zähnen den Kräften der Natur. Als er sich schließlich genug an die heißen Nadelstrahlen gewöhnt hatte, um sich einigermaßen schmerzfrei darin bewegen zu können, stellte er sich unter die Dusche von oben und begann sich einzuseifen. Sein Gesicht war nun eine Maske der Gleichgültigkeit. Er hatte der Herausforderung standgehalten. Er spülte die Seife ab und bereitete sich auf die nächste Kraftprobe vor.

Er griff nach den Hähnen und drehte sie mit einem Ruck voll nach links. Die scharfen Wasserstrahlen waren nun eiskalt, er stand darin und lächelte mit weit ausgebreiteten Armen, was es weniger schmerzhaft machte. Er fröstelte, zitterte am ganzen Leib, sein Penis und sein Skrotum waren geschrumpft. Aber er blieb standhaft, während das eisige Wasser ihn unter Beschuß nahm. Schließlich legte er seine Hände an die Wand und hielt das Gesicht direkt in den Sprühnebel.

3

DER ERSCHOSSENE lag quer über dem blutigen Autositz. Seine rechte Hand hing über einem teuren schnurlosen Telefon. Die Haut war unten am Ringfinger etwas heller, und sein sonnengebräuntes Handgelenk sah aus, als hätte jemand einen weißen Kreis darauf gepinselt.

Jake Phillips' Ausbilder folgerte daraus, daß von der Hand des Toten nicht nur ein Ring entfernt worden sei, sondern auch eine Armbanduhr. Nicht, daß man Phillips dies eigens hätte erklären müssen. Er mochte zwar jung und neu sein, aber er war nicht dumm. Dennoch gab er keinen Kommentar ab. Es war einfach zu verdammt heiß, um zu diskutieren und zu streiten. Selbst abends und nachts war die Hitze noch unerträglich.

Phillips spürte, wie ihm unter seinem Sportsakko Schweißtropfen über den Rücken rannen. Er wußte, daß der Schweiß durch sein Hemd drang. Er hätte ein T-Shirt statt eines Unterhemds anziehen sollen. Er konnte sich bereits selbst riechen. Dieses verrückte Mistwetter. Seit elf Tagen herrschte diese Hitzewelle. An manchen Tagen war das Thermometer bis auf fast 40 geklettert, manchmal sogar darüber. Die Hitzewelle dieses Sommers brach alle Rekorde, und es war kein Ende in Sicht. Jake Phillips trug einen ernsten und professionellen Ausdruck zur Schau und blickte dann hinüber zum Wagen.

Der Motor lief noch immer. Aus irgendeinem Grund hatte der Fahrer sich die Zeit genommen, den Gang herauszunehmen, bevor der Killer ihn erschoß. Lieferte das vielleicht einen Hinweis? Der Tote hatte nicht vornüber oder seitlich wegkippen können, weil er noch angeschnallt war. Also lag sein Kopf auf dem Steuer, während ein Großteil seiner Brust und seines Bauchs gegen die Beifahrertür gespritzt war.

Genau die Szene, die Jake Phillips schon immer erträumt hatte. Sein erster Tag bei der Mordkommission, und gleich so etwas.

Sein Vater – der jetzt seit drei Jahren tot war – hatte ihm, als er bei der Polizei anfing, gesagt: »Schlag dir die Mordkommission aus dem Kopf und behalte deine Uniform an. Da springt auf die Dauer mehr Geld heraus, und es hängt dir auch keiner ständig irgendwelche Fehler an.« Genau das hatte er selbst in seinen dreißig Dienstjahren gemacht: in Uniform, mit einem sicheren, wenn auch bescheidenen Gehalt (aber gewissen Extras) und ohne jede Verantwortung. Selbst die wenigen, die versucht hatten, ihm etwas anzuhängen, waren damit niemals weiter gekommen als bis zum diensthabenden Sergeant.

Doch Jake stellte sich unter seiner Karriere etwas anderes vor.

Er war damals regelrecht am Boden zerstört, als er herausfand, daß sein Vater nichts weiter gewesen war als ein einfacher Straßenpolizist. Er hatte als Kind geglaubt, alle Polizisten verdienten so viel Geld, daß sie sich ein großes Haus in Beverly und ein Sommerhaus in Michigan leisten konnten. Auch hatte sein Vater stets zwei Autos besessen, und was ihre Mutter anging … Im Winter wurde sie um ihre Nerze beneidet, und im Sommer trug sie nur feinstes Leinen. Das einzig Schmutzige an der ganzen Familie Phillips war das Geld selbst, das ihr Patriarch an jedem Sonntag demonstrativ in den Klingelbeutel der Kirche zu legen pflegte, den der einsammelnde Kolumbusritter an einer langen Stange durch die Bankreihen reichte.

Sein Vater, der Ganove. Aber zugegeben, er hatte für seine Familie immer anständig gesorgt und, nachdem er sich zur Ruhe gesetzt hatte, seinem ältesten Sohn weit mehr als nur Geld hinterlassen.

Nur wenige der alten Garde wußten nicht genau, wer Jakes Vater gewesen war. Die einzigen Polizisten, denen sein Vater immer aus dem Weg ging und niemals half, waren diejenigen, die sich mit wirklich schmutzigem Geld abgaben: Geld aus Drogengeschäften, Mafiaschmiergelder. Und sogenannte ehrliche

Kollegen, die nicht irgendwie in der Schuld seines Vaters standen, waren noch seltener. Er hatte in Gefälligkeiten immer das gesehen, was sie nun einmal wirklich waren: das tatsächliche Wechselgeld innerhalb der Chicagoer Polizei. Diese Oldtimer waren die gegenwärtigen Bosse und hatten seit dem Tag, da er eingeschworen worden war, mit wohlwollendem Lächeln über Jake gewacht. Männer mit einer Menge Gold an der Uniformmütze, die ihn unter ihre Fittiche nahmen und ihm weiterhalfen.

Und eben deshalb war er seit heute bei der Mordkommission, nach gerade einmal vier allgemeinen Dienstjahren.

Er wußte, daß von nun an eine Menge guter und hart arbeitender Detectives wütend auf ihn sein würden, manche würden ihn sogar hassen. Schließlich hatte man sie bei der Beförderung übergangen. Seinetwegen. Allerdings war ihm zum erstenmal in seiner Laufbahn völlig egal, was irgendwer von ihm oder über ihn dachte. Er hatte in diesen vier Jahren versucht, mit dem Image seines toten Vaters zu leben. Inzwischen spielte das keine Rolle mehr. Er hatte seinen Traum verwirklicht. Seit er ein kleiner Junge gewesen war, wollte er zur Mordkommission.

Und jetzt war er es. Er war 27 Jahre alt und arbeitete an seinem ersten Mordfall.

Er ging um den Wagen des Toten herum und benahm sich, als wüßte er ganz genau, was er tat.

Im Autotelefon des Toten waren sieben Ziffern eingetippt. Sie standen noch immer in der Digitalanzeige: 5-1-2-5-8-0-0. Wohin gehörte die Vorwahl 512? Er hatte keine Ahnung.

Er wußte bisher lediglich, daß der Tote durch das Seitenfenster der Fahrerseite erschossen worden war. Das konnte man nun wirklich nicht übersehen. Das Fenster war von der Gewalt des Schusses zerplatzt. Glassplitter steckten in Gesicht und Händen des Toten, sein ganzer blutiger Torso war übersät mit Splittern. Die Hauptwirkung des Schusses hatte Brust und Bauch in Mitleidenschaft gezogen, nachdem der Killer durch die Glasscheibe geschossen und den Lauf vermutlich mit einer Hand leicht abwärts gehalten hatte, um auf jeden Fall tödlich zu treffen.

Ein Weißer, erschossen in seinem Cadillac in einer trostlosen Straße in der Nähe der South Side.

Für seinen FTO – *Field Training Officer*, Ausbilder – Jerry Moore war der Fall klar. Der Tote war ein Drogenpusher oder -dealer.

Moore und Phillips waren die ersten Detectives am Tatort gewesen. Moore hatte dafür gesorgt, daß möglichst nichts angerührt wurde. Er hatte ein paar müde und verschwitzte Straßenpolizisten angewiesen, den Ort in einem Umkreis von zehn Metern abzusperren. Inzwischen hielten noch einige blau uniformierte berittene Polizisten die üblichen Gaffer auf Distanz.

Jake Phillips hatte sich alles, was vorging, genau eingeprägt, um es später in ähnlichen Fällen jederzeit parat zu haben. Er hoffte, bald einen anderen Kollegen als Partner zu bekommen, den er mit seinem Wissen beeindrucken konnte und damit, wie rasch er die Prozeduren gelernt hatte. Mit Moore wollte er keinesfalls länger zusammenarbeiten als unbedingt sein mußte. Der Mann war einer von diesen blinden Eiferern und obendrein ein gemeines Schwein.

Vor zwei Stunden hatten sie sich offiziell die Hand gegeben und waren losgezogen. Moore hatte nicht ein einziges Wort über Jakes Vater verloren. Vorerst freilich konnte er noch von ihm lernen, und darum ging es ja schließlich bei dieser sogenannten Partnerschaft mit einem Kollegen, jedenfalls, soweit es ihn, Jake Phillips, betraf.

Innerhalb der Absperrung wuselten all die Leute herum, die davon lebten, mit größtem Gleichmut anderer Leute Elend zu registrieren und zu vermessen. Alle hatten sie so etwas wie hier schon hundertmal gesehen. Alle bis auf ihn. Er versuchte zwar, genauso gelassen zu tun, wie sie waren. Aber wenn er auch seine Nervosität einigermaßen verbergen konnte, gegen seine Schweißausbrüche war er machtlos.

Er beobachtete den Blödian, der sich sein Ausbilder nannte, und versuchte ihm abzuschauen, wie sich ein abgebrühter Cop bei der Mordkommission so benahm.

Er kam allerdings auch nicht umhin, Moore bei der Verrichtung von Dingen zu beobachten, die er lieber gar nicht erst lernen würde. Moore, der Fanatiker, wie er die vorwiegend weißen uniformierten Polizeibeamten unterhielt und Späßchen machte, damit es so aussah, als sei er eine leutselige große Nummer. Oder wie er in die Menge der schwarzen Gesichter hinter der Absperrung blickte und sich über sie lustig machte.

»Willkommen auf der Affeninsel!« rief er beispielsweise mit absichtlich femininer Stimme und imitierte den typischen Blick farbiger Frauen, »rühren Sie mich bloß nicht an, Sie Wichser, ich kenne meine ver-massungs-recht-igen Lechte!« Er lachte. »Schaut sie euch an! Dreckiges Gesocks, das nicht badet und heißes Wasser verabscheut, die stinken bis hierher.«

Jake Phillips ließ sie alle stehen und versuchte keine Miene zu verziehen. Der Mann brauchte nicht zu wissen, wie widerlich er ihn fand. Die uniformierten farbigen Polizisten taten ihrerseits, als hörten sie nicht, was der Idiot alles von sich gab.

Moore war hochgewachsen und genauso dumm wie lang. Im gleichen Maße, wie seine Stirn immer höher wurde, war seine Taille weiter geworden. Er schwitzte heftig in der Nachthitze und hatte den Knoten seiner Paisley-Krawatte etwas gelockert und den obersten Knopf seines weißen, kurzärmeligen Hemds geöffnet. Seine .44er Magnum hing unter seinem linken Arm in einem weichen Lederhalfter, den er oft und sorgfältig polierte.

»Wen, denken Sie, wollte er noch anrufen?« hörte er jemanden fragen. Er drehte sich langsam zu dem Fragesteller um. Er selbst bildete diesen Neuling Phillips aus. Aber offensichtlich nicht gut genug. Noch immer hatte er nicht gelernt, daß man den großen Jerry Moore gefälligst nicht unterbrach, wenn er gerade Hof hielt.

»Es ist mir piepegal, wen er noch anrufen wollte. Vielleicht rief er Ihre alte Dame an, Philly, haben Sie das schon mal in Erwägung gezogen?« Während er das sagte, wandte er ihm schon wieder den Rücken zu. Das würde diesem Grünschnabel eine

Lehre sein, der hatte die Demütigung verdient. Doch die beabsichtigte Wirkung trat anscheinend nicht ein, denn der junge Mann redete unverfroren weiter.

»Ich vermute, seine Frau, falls er verheiratet war.«

Der Junge schien sich nicht im mindesten gedemütigt zu fühlen. Er redete, als habe er Moores gezielte Beleidigung überhaupt nicht wahrgenommen.

»Jedenfalls würde ich das tun, wenn ich am Sterben wäre. Oder eben seine Freundin, falls er nicht verheiratet war.«

Moore seufzte. »Wahrscheinlich versuchte er die Polizei anzurufen oder eine Ambulanz oder was weiß ich. Phillips, Sie müssen sich abgewöhnen, diesen Romantikkäse zu denken.« Er atmete tief durch. Er mußte dem Knaben noch eine weitere Lektion erteilen.

»Wir haben es mit einem Weißen zu tun, der in einem nagelneuen Cadillac mitten am hellichten Tag eine Kugel in den Bauch verpaßt bekommt. Er hat noch die Geistesgegenwart, rechts ran zu fahren, ist noch ausreichend bei Bewußtsein, um nach seinem Telefon zu greifen, und woran glauben Sie wohl, denkt er in einer solchen Situation? Daß er sein Schätzelein anrufen und ihr sagen muß, wie sehr er sie liebt, kurz bevor er abkratzt? Schminken Sie sich solchen Kinderglauben mal ab, Mann. Wir sind hier in Chicago und nicht in Hollywood. Der Mann ist schätzungsweise Mitte dreißig, ein Yuppie, der sich unvermittelt der Tatsache seiner Sterblichkeit gegenübersieht. Der wollte Hilfe herbeirufen und nicht irgendwem Adieu sagen! Allenfalls wollte er noch einen Priester.«

Und er dozierte weiter. »Wahrscheinlich hat dieser Mann bis dahin gedacht, er würde ewig leben. Und irgendwer hat ihm eben demonstriert, daß dem nicht so ist.«

»Dem Aufkleber nach ist er aus Evanston.«

»Name und Adresse kriegen wir vom Notarzt, vorausgesetzt, seine Brieftasche ist noch da. Wenn nicht, identifizieren wir ihn nach dem Autokennzeichen. Falls das nicht schon jemand veranlaßt hat.«

Im vollen Bewußtsein seiner eigenen Bedeutung blickte er auf diesen jungen Anfänger vor sich. Er würde ihm schon dies und jenes beibringen, damit er mal sah, wie man als Detective wirklich arbeitete.

»Der Ring ist weg und die Uhr auch. Der Mann kommt also aus irgendeiner Vorstadt, um hier Stoff zu kaufen oder zu verkaufen. Zu verkaufen wahrscheinlich, seinem Schlitten nach zu urteilen. Der Deal geht schief, der Killer schnappt sich den Stoff, den Ring und die Uhr. Fall geklärt, Philly, so einfach ist das.«

Er lächelte. »Keine Sorge, Junge. Nicht alle Fälle werden so einfach sein. Sie kriegen noch früh genug Ihre Chance, sich als Detective zu bewähren, wenn nicht heute, dann morgen. Bei Hitzewellen wie dieser hier kriegen wir vierzig bis sechzig Schießereien pro Tag, und ein paar davon gehen immer mit Toten aus. Wenn sie auch nicht immer Weiße sind wie der hier. Die Regel ist zehn zu eins zuungunsten toter schwarzer Affen.«

Er blickte hinüber zum Notarztassistenten, der gerade sorgfältig das Wageninnere durchsuchte. Der Mann war in eine Art weißen Plastikanzug gekleidet, mit Mundschutz und allem, was dazugehörte. Bei all dem Blut ging er natürlich kein Risiko ein. Was der Mann unter diesem glänzenden weißen Plastikzeug, das schon voller Blutflecken war, auch anhaben mochte, er mußte ganz schön schwitzen. Auch er mochte Moore übrigens nicht, was diesem wohlbekannt war und auf Gegenseitigkeit beruhte. Für Leute, die soviel Bildung und Ausbildung hinter sich hatten, empfand Moore ganz allgemein wenig Sympathie.

»Wo bleibt dieser blöde Tulio? Wir ziehen ab, sobald er da ist.«

»Wieso, ist das gar nicht unser Fall?« fragte Phillips, und die Enttäuschung in seiner Stimme war nicht zu überhören.

Moore sah ihn mit heruntergezogenen Mundwinkeln nachsichtig an und versuchte gar nicht erst seine Geringschätzung zu verbergen. Phillips. Einer von diesen Protegé-Bubis wahrscheinlich. Ohne Beziehungen konnte er ja wohl kaum so schnell so weit aufgestiegen sein. Wie alt war der Junge, fünfundzwanzig, sechsundzwanzig? Viel zu jung, um auf normalem Wege in die Mordkommission zu gelangen. Er mußte gute Connections haben. Das war aber auch der einzige Grund, weshalb er bisher so vorsichtig und zurückhaltend mit ihm umgegangen war. Andernfalls hätte er ihn anders rangenommen. Ein paar Rempler hier und da, niemand hätte etwas dagegen sagen können. War man neu, mußte man sowieso darauf gefaßt sein, diesen oder jenen Nackenschlag verpaßt zu bekommen. So war das schon immer gewesen. Schon seit Moores eigener Großvater noch im Dienst war.

Immer tipptopp und teuer gekleidet, der Junge. Kam also entweder aus betuchtem Haus oder hatte noch diese oder jene lukrativen Nebeneinkünfte. Konnte nicht schaden, ihn ein wenig im Auge zu behalten und ihn eingehend unter die Lupe zu nehmen, bevor man riskieren konnte, ihn über die eigenen Aktivitäten aufzuklären. Was früher oder später zur Debatte stand. Schon als er selbst noch Anfänger gewesen war, hatte er gelernt, daß man besser fuhr, wenn man seinen Wohlstand teilte. Man schuf sich damit nicht nur loyale und dankbare Kollegen, sondern es schweißte sie auch enger mit einem zusammen, weil sie dann eben Komplizen waren.

Mit Rücksicht also auf die vermeintliche Tatsache, daß der Junge bedeutsame Rückendeckung hatte, zwang sich Moore zu geradezu übertriebener Geduld und Güte.

»Nein, Philly, es ist nicht unser Fall. Der gehört dem Ressort *Besondere Verbrechensopfer*.« Er wartete, bis sich der wütende Aufruhr in seinen Eingeweiden etwas gelegt hatte, bevor er weitersprach.

»Früher mal, als ich angefangen habe, da war es noch üblich, daß man als Bulle alles übernahm, was daherkam, Vergewaltigungen, Mord, Einbrüche, Überfälle, was sich eben gerade so tat. Dann erst kamen diese Sonderabteilungen. Zuerst die Mordkommission. Dann die Abteilung für Gewaltdelikte. Und inzwischen haben wir Bandenspezialisten und Nachbarschaftspolizisten und Notzuchtsberater und Kummerfachleute, und ein jeder hat die Polizeimarke. Und als neuestes haben sie auch noch die Mordkommission und die Abteilung für Gewaltdelikte getrennt.« Er räusperte sich und spuckte auf den Boden. »Sogar Weiber gibt es jetzt schon in einigen Abteilungen. Wenn man sich das so ansieht, was aus unserem Laden geworden ist ... Zum Kotzen.«

»Was ist denn das für eine Abteilung: *Besondere Verbrechensopfer*?« fragte Phillips.

»Ein Scheißladen. Für Leichen, die Geldleute waren.« Moore blickte sinnierend über die ganze Tatortszenerie und die Neugierigen hinter der Absperrung und knurrte dann: »Da kommt ja auch schon einer von den Brüdern. Da können Sie ihn gleich selber fragen, was er so macht.«

4

Lieutenant Tony Tulio bahnte sich einen Weg durch die immer größer werdende Menge von Schaulustigen. Seine Polizeimarke hatte er an einer Kette um den Hals hängen. Aber er hätte sie gar nicht gebraucht, um sich zu identifizieren. Seine ganze Haltung, sein Aussehen, alles signalisierte überdeutlich, welcher Beschäftigung er nachging. Für den neutralen Beobachter kamen nur zwei Vermutungen in Frage: entweder ein Bulle oder ein Killer. Beiden ging man besser aus dem Weg. Von Tulios Augen sagte sein Vater immer, sie hätten die Farbe von Trauben, die sein eigener Vater einst zu Wein gestampft habe; sehr dunkel, fast schwarz und mit einem kaum merkbaren Schimmer von Rot darin, wenn er zornig wurde oder übermüdet war.

In dieser stickig heißen Sommersonntagnacht war er beides. Obwohl er das Ressort *Besondere Verbrechensopfer* leitete, leistete er seinen Turnus ab wie alle anderen auch. Heute nacht war er schon zum zweitenmal unterwegs, weil irgendein fauler Bulle der Meinung war, es handle sich um einen besonderen Fall.

Er trug sein gemustertes, kurzärmeliges blaues Hemd wie eine Bluse über der Hose, damit es seine hinten am Gürtel steckende Waffe verdeckte. Seine Hose war dunkelgrün mit tiefen Taschen über beiden Knien. Die unteren klirrten, wenn er ging, weil er darin außer Notizbüchern auch Dietriche und allerlei andere Gegenstände aufbewahrte. Und er trug bequeme Turnschuhe. Seine Haare waren mittelkurz, gerade noch lang genug, um sie kämmen zu können. Sie waren braun, wenn man davon absah, daß im matten Schein der Straßenbeleuchtung auch schon einige silberne Fäden glitzerten. Die feinen Linien um seinen Mund und um die Augen ließen die Straßenlaternen allerdings nicht erkennen. Lachfältchen waren diese Linien jedenfalls nicht.

Er nickte einigen uniformierten Polizisten zu, die ihn kannten. Einer von ihnen hob das Absperrband hoch, damit er darunter durchgehen konnte. Die üblichen vereinzelten Schmährufe aus der Menge der Gaffer, sobald man dort bemerkt hatte, daß er ein Bulle war, ignorierte er. Sie fühlten sich in der Menge sicher, wenn sie Beleidigungen gegen Cops ausstießen, schon weil Cops gehalten waren, einen höheren Benehmensstandard an den Tag zu legen. Überall in der Menge gab es aber auch Leute, die ihn kannten und deshalb nie gewagt hätten, ihm Schmähungen nachzurufen. Und was die anderen anging, so würden auch sie früher oder später lernen, daß Tulio nicht der Mann war, der sich diesen Mist lange anhörte.

Er spürte, wie Moore ihm entgegenfunkelte, als er zu dem Wagen des Toten ging. Er seufzte unhörbar und befahl sich selbst, ruhig zu bleiben, auch wenn es böses Blut zwischen ihnen beiden gab – eine Geschichte, die weit zurückreichte.

Plötzlich schrie Tulio: »Scheren Sie sich zum Teufel!«

Ein uniformierter Polizist hatte sich zum Seitenfenster der Fahrerseite hineingebeugt in dem Gefühl, dazu berechtigt zu sein, nachdem der Leichenbeschauer dort mit seiner Arbeit zu Ende war. Auf den scharfen Tadel hin fuhr er erst einmal erschrocken zurück und sah sich zornig um, um durch den Ausdruck von Empörung sein Gesicht zu wahren.

»Reden Sie etwa mit mir?« fragte er, und Tulio hörte Moore laut brummen.

»Da haben Sie verdammt recht, ich rede mit Ihnen. Lassen Sie Ihre Drecksfinger von diesem Auto.«

»Lieber Gott, tut besser, was er sagt, Kinder, das ist nämlich ein ganz Scharfer«, sagte Moore sarkastisch.

»Sind Sie hier der Ranghöchste?« Tulio war nicht in der Stimmung für Höflichkeiten. »Was machen Sie hier? Unter die Detectives geraten? Und Sie hätten den Mann da das Auto einfach zuschließen lassen?«

»Na und?« sagte Moore achselzuckend. »Auf oder zu, der Tote geht nirgends mehr hin.« Er lächelte. »Wann sind wir dagewesen? Ich hatte fast einen Orgasmus, Tony, als ich den Wagen sah. Sieht ja echt wie Ihrer aus, finden Sie nicht? Dachte schon, einer von den Typen, auf die Sie immer losballern, hätte Sie endlich aus dem Verkehr gezogen.«

»Wenn ich auf wen losballere«, gab Tulio in dem Gefühl zurück, nun doch kontern zu müssen, »kommt der nicht mehr zurück, um sich zu revanchieren.« Aber im gleichen Moment, in dem er das gesagt hatte, bereute er es auch schon wieder.

Ein schlanker junger Mann trat auf ihn zu und streckte ihm respektvoll die Hand hin. Tulio ging jedoch an ihm vorbei, auch an Moore, und hinüber zu dem Auto, das er sich aus der Nähe betrachtete. Der Leichenbeschauer kam zu ihm.

»Hallo, Tony.«

»Tag, Doktor.«

Und er beugte sich nun seinerseits durch das Seitenfenster, sah die zuletzt gewählte Telefonnummer im Anzeigefeld, kam wieder zum Vorschein, richtete sich auf und notierte sich die Nummer in ein kleines schwarzes Notizbuch aus losen Blättern.

»Was haben wir bisher?« fragte er fast abwesend, während er sorgfältig die Nummer studierte.

Der Arzt zog ein Zigarettenpäckchen heraus und bot Tulio eine an. Tulio schüttelte den Kopf. Der Arzt steckte sich eine an und blies blauen Rauch in die Luft. Tulio wußte, was als nächstes kam. Es kam immer, es gehörte zu den Stereotypen des Doktors. Er steckte den Kopf noch einmal in das Auto, um sich eingehend umzusehen.

»Ich bin der einzige Arzt in dieser Stadt«, sagte der Doktor, »dessen Patienten sich nie beschweren, wenn ich mir während der Untersuchung eine anstecke. Ich wundere mich ja, daß wir uns schon das zweite Mal sehen heute nacht. Sind Sie mit dem anderen drüben auf der West Side schon fertig?«

Tulio blickte weiter in das Gesicht des Toten, während er antwortete, sprach aber laut genug, daß der Arzt ihn verstehen konnte. »Diese Markierungen auf ihrer Brust waren genau, was ich vermutete. Gang-Zeichen. Irgendein jugendlicher Heißsporn, der auf die ganz große Nummer aus ist und die Alten damit beeindrucken will, was für ein toller, waghalsiger Hecht er ist. Ich bin raus zu Calhoun, dem großen Führer der Nation, und habe kurz mit ihm geredet.«

»Da wäre ich aber gerne dabeigewesen.«

»Glaube ich gar nicht«, sagte Tulio und richtete sich wieder auf, nachdem er den Kopf herausgezogen hatte. »Haben Sie noch ein Reservepaar Handschuhe?«

»Sicher.« Der Arzt reichte ihm ein paar durchsichtige Folienhandschuhe. Tulio zog sie sich sorgsam über und ging hinüber auf die Beifahrerseite, wo er die Tür öffnete und sich hineinbeugte, ohne sich jedoch mit dem Knie aufzustützen oder sonst die Sitzbank zu berühren. Er stützte sich lediglich mit einer Hand ab und durchsuchte ganz schnell die Leiche.

»Fotos gemacht?«

»Alles Nötige, nichts verändert«, nickte der Doktor.

Tulio brachte eine Brieftasche zum Vorschein. Er hielt sie in einer Hand und prüfte sie eingehend. Die andere Hand, auf die er sich stützte, begann zu schmerzen.

»Calhoun war gerade beim Packen«, sagte er. »Ich habe eine Abmachung mit ihm getroffen. Entweder er liefert mir den Pisser ans Messer, oder ich kassiere ihm zwei Jahre seines Lebens ab, bundesgerichtlich, und warte vor dem Gefängnistor, um ihm am Tag seiner Entlassung gleich auch die Staatsanklage auszuhändigen.«

»Und er hat geredet?« Der Arzt schien überrascht zu sein. »Calhoun?«

Tulios Antwort war allerdings nur ein Achselzucken. Auf dem Sitz neben seinem schmerzenden Stützarm lag ein kleiner Stapel mit den persönlichen Gegenständen des Toten. Ein Bündel großer Geldscheine, etwas Kleingeld, eine Rechnung und ein Judas-Medaillon, das er um den Hals getragen hatte. Tulio stellte endlich den immer noch laufenden Motor ab, zog die Schlüssel und richtete sich auf. Er schüttelte den Arm und machte Lockerungsübungen, indem er abwechselnd eine Faust machte und die Finger wieder spreizte. Dann ging er nach hinten, sperrte den Kofferraum auf, inspizierte ihn kurz und schlug ihn wieder zu. Die Autoschlüssel ließ er im Kofferraumschloß stecken. Er streifte sich die Plastikhandschuhe ab und ließ sie achtlos zu Boden fallen.

»Immerhin«, sagte der Arzt, der das Thema noch nicht wechseln wollte, »Calhoun! Der große Führer der Verrückten Unbekannten Zulus singt vor einem Gesetzeshüter?«

Tulio sah ihn an, um sich zu vergewissern, daß er nicht veralbert wurde. Sein Gesichtsausdruck war leer, und als er sprach, redete er mit tonloser Stimme und ohne erkennbare Emotion.

»Wir waren unter vier Augen«, sagte er. Im Hintergrund hörte er Moore leise lachen.

»Ja genau, Philly, richtig«, sagte Moore. »Hören Sie ihm gut zu. Er war so lange da draußen auf freier Wildbahn, daß er schon einer von ihnen geworden ist. Fragen Sie ihn mal, wie viele Ganoven er schon erschossen hat. Na los, fragen Sie ihn ruhig!« Er knurrte wieder. »Fragen Sie ihn, wie viele B & E er schon gezogen hat.« Er lachte. »Der Mistkerl. Der kriegt jedes Schloß auf, wissen Sie. Ein richtiger beschissener Rosaroter Panther.«

Tulio sah Moore an.

»Er hat uns einen von seinen Leuten geliefert, und der wird die anderen verraten. Sie waren zu dritt, wie die Zeugen mehrfach bestätigten. Ich werde mir den Burschen demnächst vorknöpfen. Die Sache erledige ich persönlich. Noch mal lasse ich sie mir nicht aus der Hand nehmen. Nicht nach dem, was sie mit dem Mädchen angestellt haben.« Er hob jetzt seine Stimme, sah aber immer noch den Arzt an, obgleich er Moore meinte.

»Sehen Sie, Doktor, das Problem sind diese faulen und trägen Bullen. Jeden Fall, den sie reinkriegen, versuchen sie sofort uns von den Besonderen Fällen zuzuschieben. Sie sind einfach zu faul und zu bequem, diese Burschen von der Mordkommission, ihre Fälle selbst zu bearbeiten. Wenn nur irgend etwas Besonderes an einem Mord ist, peng, rufen sie uns. Es ist einfach nur ihre Faulheit, das ist alles. Bei der nächsten Gelegenheit werde ich mal mit ihrem Captain darüber reden.«

»He, großer Held und Meister«, rief Moore zu ihm herüber, »ich bin keiner von Ihren Straßengang-Häuptlingen, also versuchen Sie nicht, mir was anzuhängen, ja?«

Tulio spürte, wie die Anspannung bei den anderen Anwesenden wuchs. Das war ein Thema, über das sie sich alle nach Dienstschluß in den Bars die Mäuler zerreißen würden. Er wußte, es wäre besser, einfach nicht weiter darauf einzugehen und gar nicht auf diesen Blödmann zu reagieren. So wichtig war dieser Moore nicht. Der war nichts weiter als noch so ein fetter Polizist, der sein Gehalt einstrich, obwohl er es sich eigentlich gar nicht verdiente und sich nur vor ein paar Uniformierten als große Nummer aufspielen wollte. Aber es war einfach stärker als er.

Er warf einen gelassenen Blick zu ihm hinüber und sprach weiter. »Eigentlich sollten die Leute ja vor Freude auf den Straßen tanzen, wenn gewisse Leute endlich in Pension gingen, was ohnehin das Beste für sie wäre. Was da an inkompetenten und unzufriedenen Leuten herumläuft, die nur immer auf den nächsten Zahltag warten und sonst nichts tun ...«

Er unterbrach sich und ging zu einem der uniformierten Polizisten, kritzelte mit dem Rücken zu Moore etwas in sein Notizbuch und sagte dann etwas zu dem Mann, aber so leise, daß es auch der Doktor beim Auto nicht hören konnte. Dann kam er zurück zu dem Wagen, lehnte sich daran, steckte sein Notizbuch in eine der unteren Knietaschen an seiner Hose, schob seinen Stift tief in die Haltelasche darin und machte weiter, als sei er überhaupt nicht weggewesen.

»Und dann, Doktor«, redete er weiter, wo er sich unterbrochen hatte, »läßt man die Burschen für beide Seiten arbeiten. Wissen Sie, was mir Calhoun noch sagte? Wollen Sie wissen, wen er schmiert?«

»Alles Quatsch!« rief Moore aufgebracht dazwischen. Tulio erwartete ihn kühl, lässig an das Auto gelehnt. Moore ging energisch auf Tulio zu, gefolgt vom dem jungen Mann, der offenbar neu bei den Zivilen war und sichtlich nicht recht wußte, was hier vor sich ging.

Moore blieb vor Tulio stehen. »Beschuldigen Sie mich nie wieder, schmutzige Geschäfte zu machen!«

»Habe ich irgendwelche Namen genannt, Doktor? Habe ich irgend jemand Bestimmten beschuldigt?«

»Wenn Sie etwas zu sagen haben«, rief Moore zornig, »dann sagen Sie es gefälligst mir selbst, mir ins Gesicht!«

»Wissen Sie, Doktor«, sagte Tulio unbeeindruckt und mit der winzigen Andeutung eines Lächelns, »ich habe den ganzen Tag immer nur mit Arschlöchern zu tun. Ich habe es mir inzwischen zur Gewohnheit gemacht, nur noch mit ihnen zu reden, wenn sie etwas wissen, das ich erfahren möchte.« Er sah Moore an. »Wie man flucht und schimpft, ist mir bekannt, und ich lege außerdem auch keinerlei Wert darauf, zu lernen, wie man Bestechungen vom Mob annimmt oder von irgendeinem farbigen Straßenpusher aus den Südstaaten. Also, was in aller Welt sollte ich mit Ihnen zu reden haben, Moore?«

Das reichte. Moore ging auf ihn los. Tulio war darauf vorbereitet. Er wich Moores Hieb, in den dieser sein ganzes Gewicht legte, aus, und Moore krachte in das Auto. Er packte ihn am Rücken seines zerknitterten Hemds. Aus dieser Nähe roch er den schalen Sommerschweiß Moores. Er knallte ihn noch einmal gegen den Wagen und noch einmal und noch einmal und packte ihn dann an den Haaren und drückte ihm den Kopf durch das zerschossene Fenster.

»Sehen Sie ihn sich an, Sie Vollidiot! Sehen Sie sich ihn gut an, Jerry!« Er zog ihn wieder heraus und drehte ihn herum, schob ihn wieder an den Wagen und trat zurück. In Moores Haaren war jetzt Blut des Toten. Tulio verzog den Mund zu einem abschätzigen Lächeln. Moores Hand fuhr an seinen Pistolengriff.

»Na los, Jerry, nur zu«, sagte Tulio ganz ruhig. »Wagen Sie es zu ziehen, dann sind Sie ein toter Mann. Ich schieße Sie nieder wie einen Hund. Sie haben mich vor Zeugen mit der Pistole bedroht. Ich schieße Sie nieder, und keiner kann mir etwas anhaben deshalb. Also los, Jerry, los, ziehen Sie. Ich möchte das gern sehen. Bitte!«

Moore nahm langsam die Hand von seiner Pistole. Sein neuer Kollege stand direkt neben ihm und wußte nicht, was er tun sollte. Er streckte ihm schließlich mit einer helfenden Geste die Hand entgegen, doch Moore stieß sie grob weg.

Tulio entspannte die Situation etwas, indem er beiseite trat. Irgendwo weit hinter sich hörte er die Neugierigen applaudieren, die die unerwartete Gratisvorstellung, wie zwei Bullen einander an die Gurgel gingen, mit Begeisterung aufnahmen.

Der Polizist, mit dem Tulio gerade zuvor gesprochen hatte, kam wieder und reichte ihm seinen Zettel zurück. Tulio nickte dankend, nachdem er einen Blick darauf geworfen hatte.

Er sah hoch.

»Kommen Sie mal her«, sagte er zu dem jungen Mann bei Moore, der ihn zuerst verschreckt anblickte und auch jetzt nicht wußte, was er machen sollte. »Was ist, wollen Sie nicht Ihren ersten Mordfall lösen?« ermunterte ihn Tulio. Phillips kam zögernd herbei.

»Der Tote hier«, sagte Tulio, »hat einem Museumskurator drei Blocks von hier eine Nachtlieferung von Radierungen gebracht. Die Empfangsquittung war in seiner Tasche, und im Kofferraum ist noch eine dieser Radierungen. Passen Sie auf, damit Sie was lernen. Sehen Sie ihn sich noch einmal an, ehe er fortgeschafft wird. Sie sehen dann einen Mann, der in seinem ganzen Leben noch keinen Tag gearbeitet hat. An seinen Händen sind keine Schwielen, seine Fingernägel sind manikürt. Ich würde sagen, er schwamm im Geld und war überzeugt davon, daß niemand ihm irgend etwas antun könnte. Er war immer so beschützt, ist sich seiner so sicher. Für ihn waren alle diese Leute hier einfach Opfer des Lebens.« Er sah den jungen Mann intensiv an und hielt ihm das Blatt hin.

»Dies hier war ein Gelegenheitsverbrechen und nicht geplant. Sehen Sie sich den Wagen vorne an, da ist ein ganz frischer Kratzer und ein kleiner Farbfleck drum herum. Das ist auch schon die einzige Unregelmäßigkeit an dem ganzen Wagen, der obendrein erst ein paar tausend Meilen auf dem Tachometer hat.«

Moore hatte sich inzwischen ein wenig gesammelt. Er stand etwas abseits mit zu Fäusten geballten Händen und atmete schwer. Er funkelte Tulio erbost an, sagte aber kein Wort. Er wußte, was Tulio tat, wie er sich selbst aus der Affäre zog und es so aussehen ließ, als tue er dem Jungen – und damit ihm – einen Gefallen. Tulio wußte, daß Moore überhaupt nichts dagegen machen konnte. Jetzt, da er die Sache fest in der Hand hatte, lächelte er auch nicht mehr. Er sprach mit leiser und professioneller Stimme, ein klein wenig prätentiös vielleicht, aber umso eindrucksvoller für den jungen Mann und die umstehenden Polizisten.

»Folgendes ist passiert«, erklärte er mit Überzeugung. »Die Killer sahen den Mann aus dem Haus des Kurators kommen. Sie folgten ihm, in der Annahme, daß er wohl geladen habe. Hier vor der Straßenbeleuchtung blockierten sie ihn und traten auf die Bremse. Er bremste auch, aber ein wenig rammte er sie doch noch. Daher die Farbe von ihrem Wagen an seiner Stoßstange. Das heißt, der andere war ein Kleinwagen und die Stoßstange nicht auf gleicher Höhe. Der Killer steigt aus, als wolle er sich nur den Schaden ansehen, und als er auf dem Vordersitz keine Geldtasche oder sonst etwas Ähnliches entdeckt, macht er ihn kalt und greift sich wenigstens seinen Ring und seine Uhr.«

»Moment, Augenblick«, sagte Jake Phillips. »Wo haben Sie denn das alles her?«

»Er erschießt den Mann«, fuhr Tulio fort, ohne sich unterbrechen zu lassen, schnappt sich dessen Wertgegenstände und gerät dann in Panik. Vielleicht sind andere Autos vorbeigekommen, vielleicht war der Schuß lauter als erwartet, vielleicht floß mehr Blut als erwartet, wer weiß. Jedenfalls verzichtet er darauf, dem Mann auch noch die Brieftasche abzunehmen, in der sich mindestens ein Tausender befand. Er durchsucht ihn nicht einmal. Diese kriminellen Genies sind ja schon mit dem Ring und der Rolex zufrieden und denken, eine tolle Beute gemacht zu haben. Der Killer rennt zurück zum anderen Auto, und sie hauen ab.«

Tulio machte eine Pause, um die Wirkung zu verstärken, und überließ Jake Phillips das Blatt nun endgültig.

»Was ist das?«

»Der Killer. Er heißt Merronius Heugely. In den siebziger Jahren hat er mal eine Schallplatte rausgebracht. Es ist nicht das erstemal, daß er so etwas macht, glauben Sie mir.«

»Woher wissen Sie denn das?«

»Jeder, der sich nur eine Minute lang eingehend damit befaßte, hätte es herauskriegen können.« Er warf einen forschenden Blick hinüber zu Moore, der aber wegsah. »Das meiste davon kann jeder sehen, der Augen im Kopf hat, der Rest ergibt sich aus dem Autotelefon.«

»Sie meinen, er rief den Mann an, der ihn erschossen hat?« Phillips verstummte nachdenklich. Ihm wurde bewußt, wie dumm das klang, was er da gesagt hatte.

»Er tippte das Autokennzeichen seines Mörders ein. Wahrscheinlich fing er damit sofort an, als er den Killer mit der Waffe aussteigen sah. Neun-eins-eins funktioniert auf schnurlosen Telefonen nicht, da wäre er nur bei der nächsten Relaisstation für Funktelefone gelandet. Schauen Sie. E-A-Y 800. Das Y ist der 25. Buchstabe des Alphabets, deshalb die 2 und die 5. Heugely wohnte nur ein paar Blocks von hier entfernt. Wenn Sie mit Ihrem ... Kollegen dort hingehen, treffen Sie ihn mit Sicherheit beim Fernsehen an und bei einem späten Abendessen, und er wird ungemein überrascht sein, die Polizei an seiner Tür zu finden. Lügen Sie, erzählen Sie ihm, es gibt einen Zeugen. Das läßt ihn dann zusammenklappen. Es wäre nicht das erste Mal. Diese Burschen sind nicht richtig gepolt, müssen Sie wissen. Sie sind nicht nur dumm im Kopf, sie sind auch vollkommen phantasielos. Wenn Sie dennoch kein Geständnis aus ihm herauskriegen, sehen Sie sich einfach bei ihm um. Er hat die Mordwaffe aller Wahrscheinlichkeit nach einfach unter dem Bett liegen.«

Tulio betrachtete seine Arbeit damit für getan, drehte sich um und ging davon.

»He, Tulio?« rief ihm der Neue nach.

Tulio drehte sich um, ging rückwärts weiter und sah den jungen Mann mit gehobenen Augenbrauen an.

»Ehm … danke«, stammelte Phillips. Tulio sah den haßerfüllten Blick Moores auf seinen jungen Neuling und blieb stehen.

»Wie heißen Sie?«

»Phillips. Jake Phillips.«

Tulio zeigte sich überrascht.

»Was denn, sind Sie etwa der Junge von Jack Phillips?«

Jake nickte leicht verlegen. Tulio kam zurück und schüttelte ihm die Hand. Er lächelte dem jungen Detective freundlich zu.

»Ich habe Ihrem Vater viel zu verdanken«, sagte er. »Er senkte die Stimme so, daß nur Phillips ihn noch verstehen konnte. »Er ist öfter, als ich zählen kann, für mich in die Bresche gesprungen.«

»Er – hat auch immer sehr anerkennend von Ihnen gesprochen …«

»Er war für mich wie ein zweiter Vater. Nichts für ungut.«

Jake Phillips schien daraufhin noch verlegener zu sein, geradezu verschüchtert. Er suchte nach Worten und hätte sich am liebsten geohrfeigt, weil er einen solchen Quatsch gesagt hatte wie »er hat auch immer sehr anerkennend von Ihnen gesprochen«.

Tulio klopfte ihm auf die Schulter. »Wieso hat man Sie mit dem Blödian dort zusammengetan?« Als der junge Mann zu verlegen schien, um zu antworten, fuhr er fort: »Sie können mich jederzeit anrufen, wenn Sie mal etwas brauchen. Ich bin beim Ressort *Besondere Verbrechensopfer*, zwei Stockwerke über euch.«

»Danke, vielen Dank«, sagte Jake Phillips. Es sah fast aus, als würde er gleich Tulios Hand lecken. Tulio fragte sich, ob Jack wohl seinem Sohn erzählt hatte, wieviel er wirklich für ihn, Tulio, getan hatte; wie oft er ihm das Leben gerettet hatte. Er nickte nur und wandte sich erneut zum Gehen, drehte sich aber dann noch einmal um, damit er Moore noch eine letzte Breitseite verpassen konnte.

»Wollen Sie noch einen Rat, Jake?«

Jake Phillips stand einfach nur stocksteif da.

»Wenn Ihre Schicht heute rum ist, gehen Sie direkt zu Ihrem Chef und verlangen einen neuen Ausbilder. Der, bei dem Sie jetzt sind, ist ein Idiot.« Damit machte er auf dem Absatz kehrt und wandte dem Mann, den er soeben so beleidigt hatte, sorglos den Rücken zu. Er würde ohnehin nichts unternehmen. Und wenn er ihm auch noch seinen Rücken darbot, gab er ihm zu verstehen, daß er das ganz genau wußte.

Und alle anwesenden Polizisten machten es ihm nach. Polizisten lieben Klatsch und Tratsch untereinander.

5

Es ging auf Mitternacht zu. Paul Harris bekam es allmählich mit der Angst zu tun. Gott, auch das war neu für ihn. War etwas geschehen? War Marian verletzt? Er wußte, daß sie bei ihrer Arbeit immer in Bereitschaft sein mußte. Ihr Piepser hatte sie mehr als einmal aus seiner Wohnung getrieben. Anfangs hatte ihm das nichts ausgemacht. Mit der Zeit jedoch und mit dem Anwachsen seiner Gefühle für sie hatte er angefangen, dieses Eindringen in ihre gemeinsame Zeit zu hassen.

Nur, was konnte er schon machen? Sollte er ihr raten, ihre Stellung aufzugeben? So wie ihr voriger Freund sie dauernd gelöchert hatte? Nein, so wollte er sich nun auf keinen Fall verhalten.

Ach, zum Teufel. Er griff zum Telefon und wählte die Nummer, die er auswendig kannte. Schon wieder der Anrufbeantworter. Er wartete auf den Signalton.

»Marian, ich bin es. Paul.« Er legte Besorgnis in seine Stimme. »Entschuldige, wenn ich dich störe, aber hast du vergessen, daß wir verabredet waren? Ich will dich nicht anpiepsen. Kann ja sein, daß du schwer beschäftigt bist. Aber ehrlich, ich mache mir wirklich Sorgen. Ruf mich doch zurück, sobald du das Band abhörst. Ich gehe nicht schlafen, bevor ich etwas von dir gehört habe, ja?«

Er legte auf und starrte noch eine Weile abwesend auf den Apparat. Wenn dieser andere Kerl ihr etwas angetan hatte, brachte er ihn mit bloßen Händen um. Das würde ihn zwar für immer von Marian trennen, aber selbst das könnte ihn nicht davon abhalten. Das war einfach etwas, das er nicht zulassen konnte. Er konnte nicht zulassen, daß irgend jemand Marian Hannerty etwas zuleide tat.

Und er wußte, daß dieser Mann dazu imstande war. Er war niederträchtig und böse und grausam. Er, Harris, war mit solchen Eigenschaften einigermaßen vertraut. Doch das alles würde nun bald der Vergangenheit angehören. Seine Aggressionen legten sich immer sofort, wenn er mit ihr zusammen war. Sie gab ihm das Gefühl zu leben, glücklich und frei zu sein.

Er stand auf und entfernte sich vom Telefon. Wenn er dauernd dasaß und es anstarrte, läutete es nie. Er wollte sich zwingen, ihr heute abend zu sagen, wie sehr dieses Warten ihn belastete. Er mußte es ihr einfach sagen und sehen, wie sie darauf reagierte. Sie war intelligent genug, es ihm erklären zu können. Vorausgesetzt, sie rief überhaupt an.

Sollte er es noch einmal selbst versuchen? Nein, nicht heute abend. Sie würde das nur als lästig empfinden, als aufdringlich. Und er hatte sie noch niemals bedrängt.

Also, was blieb ihm übrig, als zu warten und zu leiden. Besser, er suchte sich eine Beschäftigung. Er schlug eine Faust in die andere Hand und fragte sich, wo zum Teufel sie wohl steckte.

Lenny Roman war früher Boxer gewesen, ein guter sogar. Boxer hatte er werden wollen, seit er denken konnte. Er hatte auch Gründe dafür. Sie lagen in seiner Jugendzeit in St. Columba.

In den fünfziger Jahren hatte er an den Freitagabenden zusammen mit seinem Vater immer die *Pabst Blue Ribbon*- oder die *Gillette*-Kämpfe gesehen, oben in ihren Zimmern über der Kneipe seines Großvaters. Seiner Erinnerung nach waren dies die einzigen Abende, die er mit seinem Vater verbrachte, abgesehen von den Malen, wo ihm sein Vater den Hintern versohlte. Auf unbestimmte Weise hatte er schon damals geahnt, daß sie in Wahrheit nur mehr oder minder zufällig beide an diesen Abenden im gleichen Raum waren. Dennoch hatten sie ihm immer das Gefühl gegeben, daß sie sich nahe stünden, daß ein bedeutsames Band zwischen ihnen existierte und daß er seinen Schulfreunden in nichts nachstand, die mit ihren Vätern fischen gingen oder sonst etwas unternahmen.

Sie hatten sich Randy Turpin angesehen und Johnny Bratton, den »kubanischen Falken«, und Kid Gavilan und Sandler Sadler und BoBo Olsen und Carmine Basilio. Sie hatten zusammen gesehen, wie Mormon Gene Fulmer im zweiten Kampf gegen ihn gewaltige Dresche von Sugar Ray Robinson bezog. Und Eddie Macon, Sonny Liston, Cleveland »Big Cat« Williams.

An einem dieser Freitagabende hatte sein Vater sogar mit ihm gesprochen.

»Hast du den Schlag gesehen? Mein lieber Mann, dieser Robinson hat einen Dampf dahinter.«

Auf ihrem kleinen Schwarzweißfernseher hatten sie so die besten Kämpfe der gesamten Boxgeschichte gesehen. Später, als er selbst regelmäßig im Fernsehen war, hatte er einmal einem Interviewer von damals erzählt, für die Öffentlichkeit natürlich ein bißchen poliert und geschönt.

»Mein alter Herr und ich«, hatte er erzählt, »saßen dann immer im Wohnzimmer. Er hatte eine Flasche Bier in der Hand, mir hatte er ein Eis gekauft, und so sahen wir uns die Freitagabendkämpfe an.« Das begleitete er mit einem Achselzucken, als ob es die normalste Sache der Welt gewesen war und dabei doch ein besonderes gemeinsames Erlebnis für sie beide. »Das hielt mich von der Straße weg und machte mich zielstrebig.«

Damals konnte man den Reportern solche Märchen noch erzählen. Heute drückten sie einfach auf eine Taste, und schon erschien dein wahres Leben auf ihrem Computer.

Bei jedem vom Fernsehen übertragenen Sieg pflegte er seinem Vater durch die Kamera zuzublinzeln, sobald er sicher war, daß der Kampf ihm gehörte. Und wenn es dann auch offiziell war und der Ringsprecher wissen wollte, wie er den Sieg bewerkstelligt habe, sagte er auch noch seinen Gruß an ihn durch. Er glaubte wirklich, sein Vater sei stolz auf ihn, weil er nun etwas Bedeutendes erreicht hatte. Dieser Glaube hielt an, bis sein Vater eines Tages zu ihm kam und ihm mit verschlagenem Blick eröffnete, er müsse ihm das Leben retten und bei einer Kampfschiebung mitmachen.

Der Alte hatte Ärger wegen der Karten. Und außerdem mit seiner Würfelei und den Pferdewetten. Er saß ziemlich regelmäßig im Knast, und pleite waren sie ohnehin so gut wie immer. Ab und zu einmal landete er auch einen Glückstreffer. Wenn das geschah, verschwand er tagelang und erzählte, wenn er danach wieder auftauchte, unten in der Kneipe tolle Geschichten, während er, Lenny, die weiße Schürze umgebunden hatte und den Boden kehrte und so tat, als höre er nicht hin, während er es natürlich doch tat, und sein Großvater seine Verdrossenheit schweigend, aber doch unübersehbar demonstrierte. Sein Vater schwadronierte dann von diesem tollen Ort namens Las Vegas, was sich dort rund um die Uhr abspielte, was für bedeutende Leute er kannte und wie er sie an den Spieltischen kennengelernt hatte.

Es gab da tatsächlich ein gerahmtes Foto seines Vaters hinter der Bar, wie er in der schummrigen Dunkelheit einer Cocktail Lounge mit dunkelhaarigen Männern mit Sonnenbrillen an einem Tisch saß. Vor ihnen standen schicke Cocktailgläser mit braunen Flüssigkeiten darin. Und hinter ihnen war auf einem Schild zu lesen, man betrete hier *Dino's Den an der legendenumrankten Riviera*! Sein Vater pflegte häufig auf dieses Schild zu deuten und jedem, der es hören wollte, zu erklären, wer diese Männer alle waren, die da mit ihm am gleichen Tisch saßen. Manchmal veränderte er die Namen. Er brachte überhaupt eine Menge durcheinander.

Der endgültige Niedergang von Lenny Roman hatte mit diesen geschobenen Kämpfen begonnen, diesen gelegentlichen Hechtsprüngen nach den langen Grünen. Sprich nach größeren Dollarscheinen, die ihm die Freunde seines Vaters in weißen Briefumschlägen aushändigten. Lenny, der große Kämpfer, das Mittelgewicht mit der blitzschnellen Hand, der manchmal allein dafür, daß er nicht siegte, das Doppelte oder sogar Dreifache seiner Kampfbörse bekam. Beim ersten Mal brach es ihm fast noch das Herz. Doch mit der Zeit gewöhnte er sich daran und fand sogar einen gewissen Spaß dabei. In einem einzigen halben

Jahr seines Lebens machte er über achtzig Riesen, ohne auch nur einen Cent Steuern dafür zahlen zu müssen. Er bestritt pro Monat ein paar Kämpfe, gewann fünf oder sechs hintereinander, stieg damit wieder in der Rangliste und bekam einen wirklichen Gegner, woraufhin auch die Männer mit den Umschlägen wieder auftauchten.

Auch er selber spielte übrigens. Das war wohl vererbt. Er wußte alles darüber, wie man auf dem hohen Roß sitzt, dann aber auch wieder das letzte Hemd verliert, während einen völlig fremde Leute mit Sir anreden und einem hinten reinkriechen.

Und dann holten einen natürlich auch die Jahre allmählich ein, man wurde nun einmal nicht jünger. Und nachdem ihn seine Beine nicht mehr trugen, holte ihn auch bald das Minus auf dem Konto ein. Denn wer, der noch bei klarem Verstand war, setzte sich schon an einen Boxring, nur um zu sehen, wie ein ewiger Aufsteiger mal wieder einen Kampf verliert?

Und so wurde er einer der vielen Vertrags-Verlierer, die in der Branche einfach nur »Gegner« hießen. Keine Erste-Klasse-Flüge mehr für Lenny, keine Suiten mehr in feudalen Hotels, keine Showgirls mehr, die einem Freunde aufs Zimmer schicken. Nur noch stickige Greyhound-Busse und gemietete Zimmer in kleinen Nestern, wo er in der Garage von irgend jemandem oder in einem Untergeschoß trainierte – für irgendeinen Kampf in einer städtischen Turnhalle, in der es nicht einmal Umkleidekabinen gab, sondern nur den großen Duschraum, in dem sich alle Boxer umzogen.

Niemand kam mehr mit weißen Briefumschlägen. Es gab keinen Grund mehr dafür. Lenny war draußen. Die Kampfbörsen zählten nur noch nach Hundertern, und neue Aufsteiger machten ihn mit halber Kraft fertig, egal, wieviel er trainiert hatte.

Höher als Rang fünf war er ohnehin nie gelangt, und nach den ersten paar Jahren abgesprochener Niederlagen schaffte er es nie mehr zurück in die Top ten. Ihm selbst hatte das nie übermäßig viel ausgemacht, nicht einmal der Verlust seiner Selbstachtung. Schließlich hatte sein Vater jedesmal ein Vermögen auf die Siege seiner Gegner gewettet, und immer, wenn Lenny sich wieder einmal vereinbarungsgemäß hatte auszählen lassen, kam er freudestrahlend in den Umkleideraum und umarmte ihn, um ihm zu versichern, wie gut er alles gemacht habe. Dann fühlte er sich tatsächlich gut. Dieses enge Verhältnis zu seinem Vater war so wohltuend.

Als er dann mit dreißig aufhörte, war er allerdings pleite, und sein Vater nannte ihn einen Versager, auch wenn sich noch einige Freunde seines Vaters daran erinnerten, was Lenny für ihre Bankkonten getan hatte.

Und so konnte er immer mit Aufträgen von ihnen rechnen. Beispielsweise sollte er für einen Typen namens Thomas Gerardi anderen Leuten die Beine brechen, und zwar noch zu einer Zeit, bevor dieser Kerl es bis ganz nach oben geschafft hatte, indem er sich an die Rockschöße vom Adler hängte, dem Boß aller Bosse, der die zweitgrößte, aber mit Abstand gewalttätigste Mannschaft Chicagos befehligte. Als das geschah, bekam Lenny rasch einen anderen Titel: er wurde Mr. Gerardis Chauffeur. Er selbst konnte darüber nur lachen.

Aber es war ein guter Job gewesen, und das sieben Jahre lang. Bis der Mann es dann satt hatte, daß Lenny ewig am Steuer einschlief, weil er wieder die ganze Nacht gespielt und das ganze Geld verloren hatte, das Mr. Gerardi ihm in einem seiner zahlreichen Spielschuppen zahlte.

Danach hatte er sich ein paar Jahre lang so durchgeschlagen, als Kartengeber oder Rausschmeißer in irgendwelchen Spelunken. Er heiratete nie und konnte auch nicht viele Frauen in sein Bett locken. Seine Geliebten waren die Karten und die Ponys. Und seinen Orgasmus bekam er beim siebten Zweierpasch beim Würfeln. Und wenn mal wieder nichts ging, mußten ihm eben kleine Straßenspielchen über die Ebbe hinweghelfen. Auf die Weise läpperten sich auch die kurzen Zeiten im Knast zusammen, wenn auch nie etwas Größeres dabei war. Alles in allem war er nicht unzufrieden. Unter dem Strich hatte er ganz ordentlich Glück gehabt.

Sein größter Glückstreffer sollte dabei erst noch kommen. Als er nämlich an diesen völlig Irren geriet, der sich selbst der »Sammler« zu nennen beliebte. Eigentlich hattte er den einstigen Mittelgewichtler schon kennengelernt, als der noch ein Junge war und sich im South Back herumtrieb. Lenny hatte damals noch seine ganze Schlagkraft, seinen Instinkt und sein Talent.

Was dieser Mann jetzt tat, daran mochte Lenny gar nicht denken. Doch seine Loyalität war unerschütterlich, und er erledigte alle Aufträge, die er von ihm bekam. Er wurde gut bezahlt und hielt den Mund. Und als Thomas Gerardis Boß letzten Winter um einen Gefallen bat, hatte Lenny sich mit Freuden freiwillig gemeldet. Er hoffte, damit seinen alten Job zurückzubekommen, zumindest wollte er ein paar Extrariesen dabei verdienen.

Tatsache war allerdings, daß die Ausführung dieser Gefälligkeit ihm außer einem angenehmen Zahltag bei seinem Partner, dem Sammler, nichts einbrachte. Und für heute abend brauchte Gerardi eine neue Gefälligkeit, während der Mann, der ihm den Gefallen tun sollte, nirgends zu finden war.

Er stand in der altmodischen Telefonzelle hinten in einer Bar auf der South Side. Ihre Tür hatte er offengelassen, damit er nicht an seinem Zigarrenrauch erstickte. Er war längst kein Mittelgewicht mehr. Sein Superschwergewichtsbauch hing über dem winzigen Holztablett, auf dem man das Kleingeld ablegen konnte. Er lauschte auf das Freizeichen am anderen Ende, dem niemand antwortete.

Im Hinterzimmer dieser Spelunke war ein Pokerspiel mit hohem Einsatz im Gange. Er war sehr gut im Spiel gewesen, als Gerardi ihn angepiepst hatte. Also mußte er das Spiel verlassen und sich mit diesem Typen treffen, um herauszufinden, was der undankbare Arsch diesmal wieder wollte. Nachdem er das erledigt hatte, war er hierher zurückgekommen, wo er sicher sein konnte, daß das Telefon nicht verwanzt oder angezapft war. Sobald er die Vollzugsmeldung abgeliefert hatte, durfte er an den Spieltisch zurückkehren. Aber der Kerl spielte nicht mit und ging nicht ans Telefon.

Dabei wollte Lenny endlich wieder mitmischen. Seine Gewinne brannten schon ein Loch in die Taschen seiner um drei Nummern zu großen Hose. Aber er konnte nicht weiterspielen, ehe er nicht seine Vollzugsmeldung losgeworden war. Der Mann machte ihm das Leben schwer. Lenny wußte nicht, was er tun sollte.

Er hatte keine Ahnung, wo der Typ wohnte. Er war ihm auch nie gefolgt, um es herauszufinden. Dieser Mistkerl war ein Killer. Der kaltblütigste Typ, den er je kennengelernt hatte. Noch kaltblütiger als sein Vater – er ruhe in Frieden –, was etwas heißen wollte. Wenn der Sammler die Sache heute abend verlor, verlor auch Lenny einen größeren Zahltag, wofür er sich obendrein selbst die Schuld geben mußte.

Thomas Gerardi gab die Schuld niemals sich selbst. Für ihn gab es immer nur einen Schuldigen: Lenny Roman.

Lenny hatte zwei Telefonnummern von ihm. Er hatte schon unter beiden eine Nachricht hinterlassen. Und wenn er auch nicht wußte, wo der Mann wohnte, so wußte er doch, wo er arbeitete, denn er war schon oft dort gewesen. Jetzt konnte er dort niemanden erreichen. Je mehr Zeit verging, desto mehr Sorgen machte Lenny sich. Gerardi war Fehlschlägen gegenüber nicht besonders nachsichtig. Genauer gesagt, das Wort gab es für ihn nicht, soviel Lenny bekannt war.

6

DAS GEMÄLDE war gemessen an seiner unglaublichen Detailvielfalt klein und auf seine Weise einfach. Es war das Bildnis einer Frau, die mit einem Glas Wein an einem kleinen Tischchen sitzt, den Blick in die Ferne gerichtet, vielleicht auf einen sich ihr nähernden Liebhaber. Das jedenfalls konnte man auf den ersten Blick vermuten, bis man das Bild dann etwas länger betrachtet hatte.

Nach eingehender Betrachtung wurde klar, daß die Frau Gott sah.

An den weißen Spitzen um ihren Hals war eine detailliert gemalte Brosche erkennbar. Die Ärmelmanschetten waren aus dem gleichen Spitzenmaterial wie der Kragen. Jedes einzelne Haar war sorgfältig an seinem Platz. Unter einer Lupe sah das Haar wie gekämmt aus. Das Gesicht der Frau zeigte die ersten Linien des beginnenden mittleren Alters. Dies war eine Frau, deren Jugend endgültig hinter ihr lag, doch sie schien sich deswegen nicht zu grämen. Es war keinerlei Bitterkeit an ihr. An ihren Fingern hatte sie keine Ringe. Sogar ihre Fingernägel waren bis ins letzte Detail gemalt. Er hatte die Nagelränder vor dem Kauf durch eine Lupe inspiziert.

Ein religiöser Hauch umgab das ganze Bild. Zumindest war dies eine Frau mit spirituellen Neigungen, eine dreihundert Jahre alte Jungfrau, für die Ewigkeit festgehalten von dem Künstler Vermeer.

Wieviel Arbeit steckte wohl in diesem Bild? Vor 332 Jahren hatte ein Mann bei Kerzenlicht oder vielleicht auch in der Mittagssonne gesessen und diese außergewöhnliche Frau wiedererschaffen. Hatte er seinen Pinsel angeleckt, um ganz fein mit ihm malen zu können?

Nein. Vermeer hatte wohl mit Mineralessenzen gearbeitet. Zu seiner Zeit gab es noch kein Terpentin zum Verdünnen des Öls. Aber wie viele Maler mochten im Laufe der Jahrzehnte langsam an Bleivergiftung gestorben sein, weil sie ihre Pinsel glattgeleckt hatten! Vermeer hatte das nicht getan. Er hatte mit Öl gearbeitet.

Der Sammler hatte indessen keinen Zweifel daran, daß Vermeer jederzeit für seine Kunst auch gestorben wäre. Er wollte das morgen einmal in der Bibliothek nachlesen und dort noch eingehendere Informationen über den Mann einholen, als er ohnehin schon hatte. Er mußte jetzt alles erfahren, was es über ihn überhaupt zu wissen gab. Allein vom Anblick dieses Bildes hier war ihm klar, daß dieser alte Meister die Farbe Blau vollkommen beherrschte.

Jetzt saß er einfach nur davor und blickte unentwegt die Miniatur an, die, so klein sie war, dennoch die ganze Westwand seiner Wohnung beherrschte, die für ihn wie eine Höhle war.

Allein der Anblick dieses Bildes rührte den Sammler fast zu Tränen.

Wie viele Menschen wußten schon, was es bedeutete, ein vollkommener Künstler zu sein, der sich ganz seiner Kunst verschrieb, und wie viele wagten eine solche Existenz überhaupt? Er selbst wanderte endlos durch neu eröffnete Galerien und blickte mit Geringschätzung auf das herab, was sich heutzutage moderne Kunst nannte. Dabei wehrte er rüde alle ab, die sich ihm zu nähern versuchten. Solche Versuche gab es genug, denn man wußte, wer er war und wie man zum Star werden konnte, wenn man eine Ausstellung in seiner Kunstgalerie hatte. Es waren vorwiegend Frauen, die seine Nähe und den Kontakt zu ihm suchten. Männer waren oft zu gehemmt dazu.

Früher einmal hatte er selber malen wollen. Das war, bevor er Kunst zu sammeln begann. Es gab einen Zusammenhang, dachte er, zwischen Kunst und Gewalttätigkeit. Heute zum Beispiel war er ein großer Künstler geworden. Wenn auch nicht auf die Art, wie er es sich einst erträumt und vorgestellt hatte. Er war ein Meister in der Kunst der Gewalt. Vermeer war mit der Gewalt zweifellos überhaupt nicht vertraut gewesen. Sein Leben hatte sich um Liebe gedreht, um Vertrauen und um das, was andere Hoffnung nannten.

Eines seiner Telefone surrte. Er hob den Kopf und horchte, um zu hören, welches Telefon es war. Er stand auf und ging in jenes Schlafzimmer, das er zu seinem Arbeitszimmer gemacht hatte. Er kratzte sich an der Wange, schlenderte bis zum Telefon, nahm ab und hob den Hörer ans Ohr.

»Ja.«

»Lieber Gott, endlich heben Sie ab, Gott sei Dank. Hören Sie zu, ich weiß, daß es spät ist –«

»Es ist früh. Was kann ich für Sie tun, Lenny?«

»Ich rufe Sie schon den ganzen Abend an, habe Nachrichten hinterlassen, habe es in der Galerie versucht, auch bei der anderen Nummer, die Sie mir gaben, Mensch ...«

»Nun haben Sie mich ja erreicht, Lenny.«

»Hören Sie zu, der Kerl, für den Sie letzten Dezember diese Sache erledigt haben ...«

Der Sammler erinnerte sich und sagte dies Lenny.

»Er will unbedingt mit Ihnen selbst reden. Er sagt, es ist wirklich sehr wichtig.«

»Hat die ... Sache ... nicht geklappt?«

»Nein, darum geht es nicht, es ist etwas anderes. Sie sollen den gleichen Gefallen noch jemand anderem tun.«

»Na gut, ich werde mal mit ihm reden.«

»Das genügt ihm nicht. Er sagt, persönlich, unter vier Augen. Und sofort.«

»Rufen Sie ihn an, Lenny, und sagen Sie ihm, daß ich in einer Stunde bei ihm bin.«

»Kann ich nicht, ich weiß seine Privatnummer nicht. Ich wußte ja nicht mal, ob diese Nummer hier Ihre Privatnummer ist.«

»Wollen wir wetten, daß Ihnen, wenn Sie scharf nachdenken, jemand einfällt, der weiß, wo Sie ihn erreichen können? Rufen Sie dort an, Lenny, und übermitteln Sie, was ich gesagt habe. Was auch immer heute nacht noch passiert, es steht Ihnen auf jeden Fall noch eine hübsche Überraschung bevor.«

»Danke, die könnte ich gebrauchen.«

Der Sammler legte auf, ohne sich die Mühe zu machen, sich zu verabschieden.

7

DER SAMMLER war maskiert, auch wenn kein zufälliger Beobachter dies hätte bemerken können. Es waren nur ganz subtile Veränderungen seiner charakteristischen Merkmale: Die Haare waren eine Spur heller gesprayt, sie sahen jetzt spülwasserblond aus, eine Tönung, die man leicht wieder auswaschen konnte. Dazu trug er eine Fliegerbrille mit einfachem Glas. Wattetampons in den Wangen machten sein Gesicht voller, und ein dick wattierter Anzug ließ ihn schwerer aussehen. Die Absätze seiner italienischen Schuhe waren erhöht, und um von seinem Gesicht abzulenken, trug er eine knallbunte Krawatte.

Auch Make-up hatte er sich aufgelegt, was seiner für gewöhnlich kalkbleichen Haut ein wenig Farbe verlieh. Getönte Kontaktlinsen machten seine Augen wasserblau. Zu den seltenen Gelegenheiten, bei denen er so wie jetzt mit anderen sprach, ließ er seine Stimme heiser klingen, als wäre er Raucher. Das ließ seine Gesprächspartner weniger angespannt reagieren. Doch niemals verfiel er in einen allzu lässigen Umgangston oder eine schludrige Aussprache oder fluchte wie sie. Er brachte es nicht übers Herz, sich auf ihr Gossenniveau hinabzubegeben.

Solange er die Arbeit machte, die sie verlangten, hatte er von ihnen ohnehin nichts zu fürchten. Doch es war in jedem Fall ratsam, es sich nicht mit ihnen zu verderben. Keiner von ihnen durfte ihn kennen und erfahren, wer er wirklich war. *Was* er war, war alles, was sie zu wissen brauchten.

Der Mann in Winnetka hatte ihm gesagt, was er wollte. Jetzt ging er durch die kühlen Krankenhauskorridore und suchte nach dem betreffenden Zimmer. An der Tasche seiner Anzugjacke trug er das selbsthaftende Besucher-Namensschild. Er ging vorbei an der Schwesternstation, ohne ihr auch nur einen Blick zu widmen.

Seine ganze Aufmerksamkeit galt allein den Zimmernummern. Als er die gesuchte gefunden hatte, blieb er stehen und sah hinein, bevor er klopfte.

Ein Bett mit einer jungen Frau darin. Er versuchte ihr anzusehen, wie lange sie wohl noch zu leben hatte. Es war jedenfalls keine Zeit zu verlieren.

Eine untersetzte ältere Frau saß mit wie zum Gebet gefalteten Händen und gesenktem Kopf auf einem Stuhl neben dem Bett. Zweifellos die Mutter. Neben ihr, auf einem nahe herangezogenen Stuhl, der Mann, dessentwegen er gekommen war. Er hatte einen Arm auf die Stuhllehne seiner Frau gelegt, als wolle er ihr Trost spenden, ohne sie berühren zu müssen.

Er klopfte noch einmal leise an die Tür und trat ganz ein. Die alte Frau fuhr hoch. Mr. Alleo war weniger schreckhaft. Er drehte sich nur ein wenig herum und blickte mit kalten Reptilienaugen zur Tür.

»Doktor?« sagte die Frau, aber er schüttelte den Kopf. »Nein, Ma'am. Tut mir leid, Sie zu stören.« Und zu Alleo sagte er: »Wenn ich Sie kurz sprechen könnte, Sir?«

Mr. Alleo erhob sich, sichtlich ungehalten, langsam aus seinem komfortablen Ledersessel. Der Sammler beobachtete ihn, wie er auf ihn zukam, und er war nicht ohne Bewunderung für die physische Präsenz, die der Mann besaß.

Es war, als ginge der Tod selbst zur Tür.

Keine überflüssige Bewegung, kein Schwanken, nichts von den sich wiegenden Hüften und den demonstrativ breitgemachten Schultern, eben rein gar nichts vom typischen Gang eines Gangsters. Dieser Mann bewegte sich mit Ökonomie, fast als schwebte er, wobei sein harter, kalter Blick die Augen des Besuchers keine Sekunde losließ.

Der Sammler mußte sich zusammennehmen, um nicht zu lachen. Der Mann hatte keine Ahnung, daß seine Macht, wie groß sie auch war, immer noch geringer war als seine eigene. Dieser Alleo war so daran gewöhnt, Befehle zu erteilen, denen man absolut gehorchte, daß er gar nicht mehr merkte, was für eine

Karikatur eines wirklichen Mannes er inzwischen war. Eines wirklichen Mannes, wie er jetzt einen vor sich hatte. Noch ehe dies hier zu Ende war, würde er zur Kenntnis nehmen müssen, daß ihm eine Lektion erteilt wurde. So standen die Dinge.

Alleo brauchte ihn, nicht umgekehrt. Wenn es zum Schlimmsten käme, konnte er ihn töten, ohne auch nur eine Sekunde zu zögern. Was umgekehrt wohl nicht mehr drin war. Ein Mann seines Alters, in seiner Position … Wenn Italiener älter wurden, machten sie sich zu viele Sorgen um Tod und Fegefeuer und ewige Verdammnis und Höllenqualen. Auch das Haus in Winnetka, von dem er gerade kam, war voller religiöser Ikonen. Und dort hatten sie über kaltblütigen Mord gesprochen; im Angesicht eines Kruzifixes an der Wand. Nein, der Aberglaube dieses Mannes allein reichte aus, ihn davon abzuhalten, seinem Besucher irgendwelches körperliche Leid zuzufügen …

Jedenfalls solange Alleo glaubte, daß der Sammler ihn nicht fürchtete; also durfte man ihm niemals zeigen, daß er gefürchtet wurde. Männern seines Schlages waren solche Dinge immer sehr wichtig. Sie waren eben dumme und brutale Bauern, die nur darauf warteten, daß man sie überrumpelte.

Alleo kam heraus auf den Flur und machte die Zimmertür hinter sich zu. Er winkte seinem Besucher, ihm zu folgen. Er ging ein Stück vom Zimmer weg. Der Flur war völlig menschenleer. Dann drehte er sich abrupt herum und sprach mit unterdrückter und leiser, aber drohend ungehaltener Stimme.

»Wer sind Sie, ein Reporter?«

Wäre er einer, das wußte er, wäre er ein toter Mann.

»Ihr Freund in Winnetka schickt mich«, sagte er.

»Ach so.« Sofort entspannte sich Alleo. So kühl und distanziert er sich sonst auch gab, seine Erleichterung konnte er nicht verbergen. Seine Hoffnungen und Wünsche waren jetzt im Gegensatz zu sonst an seinem Gesicht und in seiner Stimme offen abzulesen. Das war ein Signal, wie man im Augenblick mit ihm umgehen konnte.

»Wie heißen Sie?« fragte Alleo.

Der Sammler blickte ihn nur stumm an. Alleo nahm es hin.

»Können Sie ihr helfen?«

Das war eine leise, zaghafte Frage, fast ein Flehen.

Der Sammler verspürte eine große Genugtuung darüber, wie sehr dieser Mann sein Bittsteller war. Damit hatte er Macht über ihn – über ihn, der kaltblütig den Tod von mehr Menschen angeordnet hatte, als der Sammler bisher Geburtstage gefeiert hatte.

»Ich werde ihr helfen.«

Alleo schien mit einem Schlag fünfzig Pfund leichter zu sein. Er holte Luft und lehnte sich an die Wand.

»Wann?«

»Heute nacht noch.«

»Wieviel?«

»Das ist erledigt.«

Der Reptilienblick kam wieder in Alleos Augen, der tödlich starre Echsenblick.

»Von wem?«

»Ach, kommen Sie, Mr. Alleo. Als wenn Sie das nicht genau wüßten. Von Ihrem Freund in Winnetka natürlich. Er meinte, Sie würden das schon verstehen.«

War dies schon das Bewußtsein der Niederlage? Sank Alleo bei diesen Worten nicht sichtlich zusammen? Er wußte nur wenig über die Art der Geschäfte dieser Leute, außer, daß sie nicht eben astrein abgewickelt wurden und daß sie irgendwann dafür bezahlen mußten. Stets aber hatte er an ihrer angeblichen Stärke gezweifelt und an ihrer Intelligenz ohnehin. Welcher Mann mit Verstand verließ sich schon auf andere, wenn es darum ging zu töten?

»Also, was muß ich tun?« fragte Alleo.

»Sie bleiben einfach hier sitzen, Sir, und warten. Zuerst aber benötigte ich die medizinischen Unterlagen Ihrer Tochter. Ich muß alles über ihren Zustand wissen.«

»Ich kann den zuständigen Arzt in fünf Minuten kommen lassen.«

»Das schieben wir vorerst lieber auf. Er erfährt besser alles erst später, wenn seine Mithilfe erforderlich ist. Bringen Sie mir also die Krankenblätter, damit ich beginnen kann.«

Er sprach mit tonloser, professioneller Stimme und zeigte keinerlei Gefühl gegenüber einem Mann wie Alleo, der dergleichen als Schwäche werten würde. Aber er beschloß, Humanität zu demonstrieren, nachdem Alleo seinerseits welche hatte erkennen lassen. Später, wenn er darüber nachgedacht hatte, mochte Mr. Alleo es vielleicht bereuen, zuviel von sich und seinen Gefühlen offenbart zu haben. Dann würde der Sammler ein Problem haben. Für den Augenblick aber konnte er sich auf der Ebene dieses Killers bewegen.

»Ich weiß im allgemeinen weit im voraus, was ich tue. Ich wähle auch die Familien, für die ich arbeite, normalerweise sehr sorgfältig aus. Diesen Fall hier muß ich sehr eilig erledigen –«, er sah den Blick in Alleos Gesicht und beeilte sich fortzufahren, »– doch das ist nicht das Problem. Das Problem beginnt erst, wenn meine Arbeit getan ist. Ich kann arrangieren, daß der Spender hierher in die Notaufnahme gebracht wird, aber ich kann nicht tun, was ich normalerweise tue, um zu bekommen, was Sie benötigen. Ich habe nicht die Zeit, die Sache ordentlich vorzubereiten. Aber soviel ich erfahren habe, stehen Sie auf gutem Fuß mit gewissen Mitgliedern des Stadtrats.«

»Drei kenne ich persönlich, aber mir sind auch noch andere verpflichtet. Ich kenne den Bürgermeister, den Polizeichef und sogar den Gouverneur. Meine Tochter steht ganz oben auf der Liste der Transplantationsempfänger, schon seit einem Monat, aber im Moment ist einfach kein passender Spender zu finden; niemand hat ihre Blutgruppe.«

»Können Sie es mit Ihren Beziehungen arrangieren, Mr. Alleo, daß das, was ich Ihnen beschaffe, Ihrer Tochter auch zugeteilt wird?«

»Bringen Sie nur den richtigen Spender, und überlassen Sie den Rest mir.«

»Etwas Zeit brauche ich schon.«

»Es ist aber nicht mehr viel Zeit.«

»Es geschieht noch heute nacht, Mr. Alleo. Machen Sie sich keine Sorgen. Ich verstehe Sie.«

»Das bezweifle ich.«

»Pardon, Sir?«

»Ich weiß, was Sie für den Adler getan haben; wie Sie ihm sein Herz verschafft haben. Sie scheinen offenbar in seinen Diensten zu stehen.«

Der Sammler war froh, daß er sich maskiert hatte. Er spürte, wie ihm angesichts der Behauptung, er sei irgend jemandem dienstbar, das Blut in den Kopf schoß.

»Was immer man Ihnen bezahlt oder sonst gibt«, sagte Alleo, »ich verdopple es, wenn meine Tochter am Leben bleibt und Sie sie retten können.«

»Das ist nicht nö –«

»Wenn sie aber stirbt, wenn Sie und der Adler ihr nicht helfen können, dann sind Sie beide tot, haben Sie mich verstanden?« Alleo machte eine Pause, um seiner nächsten Feststellung noch mehr Nachdruck zu verleihen. »Sie und dazu alle, an denen Ihnen auf dieser Welt etwas liegt. Stirbt Sophia, sterben sie auch.«

Der Sammler musterte ihn und machte aus seinen Gedanken kein Geheimnis. Ein Mann, der seiner Dienste dringend bedurfte, stieß Drohungen aus? War er wirklich so dumm?

Einer der vielen Fehler, die er immer wieder an Menschen beobachtet hatte, war der, daß sie annahmen, alle anderen spielten nach den gleichen Regeln, lebten oder haßten wie sie, fürchteten sich wie sie und hatten Begierden wie sie. Alle tappten sie in die Fallen, die ihr eigenes unreflektiertes Ego ihnen stellte und ihr unstillbarer Drang nach Vergeltung. Er wußte, daß Alleo dem Irrglauben verfallen war, selbst die schlimmste Sorte Mensch habe auf die eine oder andere Weise irgendwann einmal Liebe erfahren.

Dieser Narr.

Er sagte: »Ihr Freund in Winnetka hat mich ja gewarnt, daß Sie mir drohen würden.«

»Das ist nicht nur eine Drohung, mein Lieber«, sagte Alleo.

Der Sammler lächelte milde. Jetzt wußte er, wie er diesen Mann verletzen konnte. Später einmal, wenn sich die Dinge wieder beruhigt hatten, wenn Alleos Tochter gerettet und sein Beitrag dazu vergessen war, würde er ihr einen kurzen Besuch abstatten und das Gute, das er getan hatte, wieder rückgängig machen. Er würde diese schlüpfrige Schlange von Mann schon lehren, gegen Unbekannte keine Drohungen auszustoßen. Doch man mußte die Hoffnungen dieses Gangsters aufbauen, ihn erleben lassen, daß seine Tochter gesund wurde und glücklich weiterlebte. Erst dann würde er sie töten – und zwar auf eine Weise, die dem alten Mann Alpträume für den Rest seines elenden Lebens bescheren würde.

Aber für den Augenblick beherrschte er sich und ließ die scharfe Antwort, die ihm auf der Zunge lag, ungesagt. Statt dessen sagte er ganz sanft: »Glauben Sie mir, Mr. Alleo, ich verstehe Ihren Schmerz.« Und er senkte kurz den Blick. »Ich habe meine Mutter auf die gleiche Weise verloren. Ich helfe Ihnen, aber Sie brauchen mir nicht zu drohen. Ich will auch Ihrem Freund in Winnetka nicht erzählen, was Sie mir da eben sagten. Sie scheinen an meiner Arbeit zu zweifeln. Ich werde Ihnen beweisen, wozu ich imstande bin. Sie haben eine Abmachung mit mir, Mr. Alleo, und ich werde meinen Teil erfüllen.«

Alleo nickte, auf kindische Weise zufrieden, doch ohne eine Ahnung zu haben, worauf er sich da einließ. »Und jetzt beschaffen Sie mir bitte die Krankenblätter. Außerdem benötige ich eine Telefonnummer, über die ich Sie jederzeit direkt erreichen kann, und zwar von jetzt an bis zur Beendigung meiner Arbeit.«

Alleo sah ihn an. Er war klein und untersetzt und mußte den Hals recken, um ihm ins Gesicht sehen zu können. Er wiegte sich auf den Zehenspitzen, während er zu erkennen versuchte, wie sehr sein Gegenüber nun wirklich Angst vor ihm hatte.

»Kommen Sie mit. Aber warten Sie vor dem Zimmer. Ich will meine Frau nicht noch mehr beunruhigen, sie ist ohnehin schon aus der Fassung.«

8

Der Junge hiess Ronald. Tulio glaubte nicht, daß er seinen Namen buchstabieren konnte. Ein zwölf Jahre alter Killer. Er saß ihm gegenüber, in den Stuhl mit der hohen Lehne gekauert, und rieb sich mit der einen Hand abwesend zwischen den Beinen, während er in der anderen eine Zigarette hielt. Trotz des gegenteiligen Anscheins, den er zu erwecken versuchte, war Tulio völlig klar, daß der Junge Angst hatte. Seine Knie schlugen unablässig gegeneinander, und sein Daumen klopfte pausenlos an den Zigarettenfilter. Wenn er an der Zigarette zog, tat er es so hektisch, als sei dies der letzte Zug, den er je im Leben tun würde. Seine Haare waren kurz geschoren, mit regelmäßigen Streifen darin. Er roch schrecklich, als habe er Speckfett als Pomade verwendet. Er schwitzte im ganzen Gesicht, und auch sein Unterhemd war schweißnaß. Seine schlabbernde, zwei Nummern zu große Hose war schmutzig. Sie hing ihm so tief an der Taille, daß man seine Unterwäsche sah. An den Füßen hatte er ein paar schmutzige Turnschuhe und auf dem Kopf eine nach links gedrehte Schildmütze.

Sein Gesicht versuchte, Gelassenheit auszustrahlen. Er lächelte, während er scheinbar locker daherredete. Tulio hörte ihm zu und versuchte sich so zu geben, daß der Junge ihn nicht als Bedrohung empfand. Seine Anwältin würde es ohnehin merken und ihn dann hinausschicken, aber Tulio wollte hören, was der Junge zu sagen hatte.

Der Jugendpolizist Raleigh, der neben Ronald saß, sah drein wie einer, der all dies schon zu oft mitgemacht hat, als daß es ihm noch irgendeine Reaktion abnötigen konnte. Er hatte sich mit gekreuzten Beinen zurückgelehnt und rauchte. Dabei war der kleine Raum mit seinen rosa gestrichenen Wänden schon verraucht genug. Die Anwältin verwahrte sich auch nur deshalb nicht dagegen, weil ihr Schützling ebenfalls rauchte. Sie konnte nicht gut vom einen verlangen, seine Zigarette auszumachen, ohne daß der Junge damit das Gefühl bekam, er sei hier derjenige, der kommandierte.

»Ich hab sie umgelegt, na und?« sagte Ronald mit einem halben Lächeln. »Das Aas hat mich geärgert. Keiner ärgert Taco.«

Taco. Sein Gangname auf der Straße. Tulio täuschte ein Gähnen vor, um seinen wachsenden Zorn zu bezähmen. Dieser Abschaum hatte auch noch Spaß bei dem, was er anderen antat. Das Mädchen, das er zu Tode gesäbelt hatte, war neunzehn Jahre alt gewesen. Der Leichenbeschauer würde noch einige Zeit brauchen, bis er die exakte Zahl ihrer sämtlichen Wunden festgestellt hatte. Aber sie zu töten hatte auch viel Zeit und Mühe gekostet. Ganz bestimmt handelte es sich nicht um eine Tat im Affekt.

»Warum hast du ihr euer Gangzeichen mit ihrem eigenen Blut aufgemalt?«

»Weil sie mich so auf die Palme gebracht hat.« Ronald schüttelte den Kopf und gab einen Zischlaut von sich, als sei er gezwungen, sich Beschränkten verständlich zu machen. »Ich hab sie angefaßt, um zu sehen, was sie denn spielt, aber sie lachte mich nur aus. Sagte, ich bin viel zu jung dazu, daß ich ein Sadist bin.«

Die Anwältin hatte eine weiche, sanfte Stimme voller Mitleid, für das Tulio keinerlei Verständnis aufbrachte. Bei Typen wie diesem Ronald kannte er nur noch zwei Empfindungen: Entsetzen und Haß. Und immer, wenn er zu Entsetzen gezwungen war, verwandelte sein Selbsterhaltungstrieb es in blinden, ziellosen Haß. Er sah die Anwältin an und fragte sich, ob sie bei einem solchen Typen wirklich so gelassen bleiben konnte.

»Und was sagte sie sonst noch, Ronald?« fragte sie, aber der Junge fuhr sofort hoch und beugte sich aggressiv in seinem Stuhl vor. »Nennen Sie mich gefälligst Taco.«

»Wieso das?« fragte Raleigh. »Weil du so sehr wie ein Kidnapper aussiehst?«

»Setz dich wieder zurück«, befahl ihm Tulio, und alle sahen

ihn an. Es war das erste, was er sagte, seit er den Raum betreten hatte, und er war selbst überrascht, wie sanft das herausgekommen war.

Die Anwältin sagte: »Entschuldigung, also Taco.«

Ronald lächelte.

Im Vergleich zu ihm, fand Tulio, war sie noch jung. Und wenn sie auch oft auf entgegengesetzten Seiten standen, empfand er manchmal Bewunderung und Respekt für die scheinbare Leichtigkeit, mit der sie ihre jeweilige Aufgabe erfüllte. Egal, ob sie mit einem Jugendlichen sprach, der noch nicht einmal im Teenageralter war und von dem sie sich Vorhaltungen machen ließ, oder mit einem prominenten Politiker bei Pflichtverteidigungen, sie zeigte die gleiche Unbefangenheit . Zudem war ihre Erscheinung alles andere als unansehnlich. Er bemerkte, daß sogar Ronald sichtlich derselben Meinung war, was dies betraf. Er kriegte die Augen gar nicht mehr von ihrem Busen.

Sie trug ein leichtes, lockeres Sommerkleid, das dennoch nicht unprofessionell wirkte. Er hatte sie schon in Dutzenden Vernehmungen erlebt, und nie war sie dabei in Kleidung erschienen, die man als verführerisch bezeichnen hätte können. Trotzdem hatte sie immer diese verführerische Ausstrahlung. Einfach durch die Art, wie sie ihre Kleider trug.

Sie spürte, daß er sie ansah. Er merkte es an der Art, wie sie kaum merklich, aber ungehalten den Kopf zur Seite warf. Er sollte das gefälligst bleiben lassen, damit es der Junge nicht merkte und es ihm nachmachte. Wo sie ohnehin im Umgang mit einem Mutanten wie diesem Roland allen Respekt benötigte, den sie bekommen konnte. Tulio konnte doch nicht ihre Arbeit untergraben. Es war auch so schon hart genug für sie.

Er bemühte sich, mit seinem Ausdruck nichts zu verraten, und wandte sich wieder Ronald zu.

»Wie ich an ihr rumgesäbelt habe, sagt sie, daß ich ein ganz mieser Dreckskerl bin«, sagte Ronald. »Das war es, was sie noch gesagt hat.« Er lächelte wie ein Aufmerksamkeit heischender Klassenclown über den Punkt, den er gelandet hatte.

»Taco«, sagte die Anwältin, »du weißt ja wohl, daß du diesmal in ernsten Schwierigkeiten bist.«

»Ach Scheiß, Lady. Ich bin doch noch gar nicht strafmündig. Ihr könnt mir überhaupt nix machen.«

»Man kann dich aber trotzdem einsperren, bis du einundzwanzig bist.«

Das verfehlte seine Wirkung nun doch nicht. Das war eine zu lange Zeit für sein Vorstellungsvermögen.

»Da will ich einen Anwalt haben.«

»Du hast aber kein Recht auf einen«, sagte Raleigh. »Du bist noch ein Kind und nicht strafmündig, wie du selbst gesagt hast. Kinder kriegen keine Anwälte.«

»Ich geh jedenfalls nirgends hin, bis ich einundzwanzig bin, Lady, Scheiß noch mal.«

Die Anwältin hatte genug.

»Taco«, sagte sie, »ich bin deine Anwältin. Der Mann da nimmt dich nur auf den Arm. Ich bin dir öffentlich zugeteilt, jedenfalls vorerst, und ich kann dir helfen, wenn du dir helfen lassen willst, aber nur, wenn du jetzt allmählich aufhörst, dich hier aufzuspielen und so zu tun, als müßtest du dafür auch noch eine Belohnung bekommen.«

Sie sah ihn mit ihren grünen Augen fest an. Ihre Lippen waren zu einem schmalen roten Strich zusammengepreßt. Sie war dabei, den entscheidenden Satz zu sagen, und wollte, daß Ronald sie verstand.

»Also, Taco«, sagte sie, »willst du, daß ich dir helfe? Willst du es echt versuchen und mit einigen Fachleuten zusammenarbeiten? Willst du mit ihnen zusammen nicht nur herausfinden, was du getan hast, sondern vor allem, warum?«

»Hab ich Ihn' doch schon gesagt, Lady, warum. Das Biest hat mich auf die Palme gebracht.«

»Aber nein, das ist es doch überhaupt nicht.«

»Scheiße.«

»Hör zu, Junge«, sagte Raleigh, »ich kann dir einen Vorschlag machen, hier vor all den Zeugen.« Er lächelte ihn an. Tulio blickte verstohlen auf die Anwältin, die ihrerseits Raleigh anstarrte und gar nicht erst zu verbergen versuchte, was sie von dieser Unterbrechung hielt. Aber sie war auch professionell genug, seine Autorität vor dem Jungen nicht zu sabotieren. Die Konventionen mußten gewahrt bleiben, andernfalls würde ein Kind wie dieser Junge lernen, wie man jemanden manipuliert, noch ehe er richtig aus den Windeln war. Die drei Erwachsenen in diesem Raum mußten eine gemeinsame Front bilden.

Ronald sah Raleigh an und war sich nicht so sicher, ob man ihn hier nicht verulken wollte. Doch immerhin, er hörte zu, und Raleigh sprach weiter.

»Wir wissen, daß du das nicht allein getan hast, da kannst du sagen, was du willst. Es waren auch ältere Jungs dabei, Jungs, die jetzt dich die Suppe auslöffeln lassen wollen. Also, paß auf, Ronald, hier ist das Angebot. Du sagst uns, wer noch dabei war, und wir lassen dich dafür gehen. So einfach ist das.«

Ronald lächelte mit der Überheblichkeit eines Straßengangsters.

»Na gut. Aber dann müßt ihr mich auch nach Hause fahren.«

»Moment!« sagte da die Anwältin laut und scharf dazwischen. Es hallte von den Wänden wider wie ein Schuß. »Er sagt dir nicht die Wahrheit, Taco«, erklärte sie. »Es gibt keine Möglichkeit der Welt, daß du einfach wieder auf freien Fuß kommst. Niemand wird dich hier gehen lassen, und niemand fährt dich nach Hause. Wenn hier jemand irgendwelche Abmachungen trifft, dann ich, und zwar in Absprache mit dem für dich zuständigen Staatsanwalt.«

»He, he, Lady!« sagte Raleigh, aber die Anwältin gebot ihm mit einem Blick, der einen Stein hätte zerspringen lassen können, gefälligst zu schweigen.

Auch Tulio griff nun ein. »Das reicht, Raleigh!« Er sah, daß die Anwältin etwas sagen wollte. Doch sie überlegte es sich anders und wandte sich wieder Ronald zu.

»Taco, du hast ein Mädchen getötet, und du mußt dafür büßen. Es gibt aber Hilfe für dich, wenn du sie haben willst. Ich kenne Leute, die sich mit dir beschäftigen können und es auch tun werden. Zusammen mit dir und mit einem Freund von mir, bei dem du dann leben mußt, in einer kontrollierten Umgebung, können sie herausfinden, was mit dir passiert ist, was mit dir nicht stimmt, und ihr könnt miteinander versuchen, das zu beheben. Aber das kann nicht ich für dich besorgen. Ich kann dir nur dabei helfen.«

Sie machte eine Pause, ehe sie fortfuhr. »Also, wie ist es? Das ist der tatsächliche Vorschlag an dich, die einzig mögliche Abmachung. Sag diesen Polizeibeamten hier die Namen der anderen, die mit dabei waren, und ich verspreche dir, daß der Richter dich nur in ein geschlossenes Jugendheim mit strenger Bewachung einweist, wo du laufend psychiatrische Betreuung bekommst.«

»Das nennen Sie eine Abmachung?« sagte der Junge abschätzig und versuchte, einen überlegenen Eindruck zu machen, starrte die Anwältin aber doch unverwandt an, weil er einen Ausweg ahnte.

Tulio war sich nicht sicher, ob er das nur spielte oder wirklich Hilfe wollte: einen Ausweg aus seinem bisherigen Leben.

»Es ist die beste Abmachung«, antwortete die Anwältin Ronald, »die du überhaupt angeboten bekommst, glaube mir. Die geschlossene Jugendanstalt und Hilfe für dein Problem. Und wenn du klug bist, packst du die Gelegenheit beim Schopf, Taco. Wenn der Staatsanwalt erst einmal eingreift, könnte es bereits zu spät sein.«

»Und wie wollen Sie mir das garantieren? Wieso können Sie mir das versprechen?«

»Der Richter ist mein Vater.«

Das rang Ronald ein amüsiertes Lächeln ab.

»Ihr Papa ist der Richter?« Er warf den Kopf zurück und lachte laut auf. »So ein Luder, was? Ihr Papa ein Richter!« Er schüttelte den Kopf, während er allmählich wieder zu lachen aufhörte, und griff dann über den Tisch zu seinem Päckchen Mentholzigaretten. Es war unten geöffnet. Er klopfte eine heraus, steckte sie sich in den Mund und zündete sie mit der Kippe der anderen an, die er noch in der Hand hielt.

»Und wenn ich in diesen Deal reingehe, wo Sie sagen, Lady, krieg ich da auch Pflaumen?«

»Was?«

»Pflaumen, Lady«, half Raleigh aus, »bedeutet in seinem Gassenjargon, was wir Muschi nennen.«

Die Anwältin war schockiert.

Tulio hatte inzwischen mehr gesehen und gehört, als er ertragen konnte. Er stand heftig auf, packte den Jungen am Hemd, zog ihn hoch und stieß ihn grob an die Wand.

»Ich warne dich, Ronald, zum letztenmal.«

Die Zigarette hing in Ronalds Mundwinkel. Tulio schlug sie ihm weg. Sie prallte funkenstiebend von der Wand ab. Er hielt Ronald mit einer Hand an die Wand gedrückt, paßte aber auf, daß er ihn nicht im Gesicht berührte.

»Noch so eine Bemerkung, Bürschchen«, sagte er, »noch eine Beleidigung, und ich registriere dich als Unbekannten und schaff dich ins Bezirksgefängnis. Das kostet mich wahrscheinlich meine Stellung, aber das ist es mir wert. Ich freue mich darauf, mitanzusehen, was sie dort in nur einer einzigen Nacht mit dir machen werden. Du kleines mieses Stück, du.«

Er spürte, wie ihn jemand am Ärmel zog und sich eine Hand um seinen Arm schloß. Die Anwältin zerrte heftig an ihm.

»Lassen Sie ihn los!« Er hörte es wie aus der Ferne. »Tulio!«

Er ließ los.

Ronald war von der Szene immerhin geschockt genug, um einiges von seiner Arroganz eingebüßt zu haben. Auf seinem Gesicht zeigten sich Erschrecken und Haß.

Tulio sah mit einer gewissen Faszination, wie die Miene des Jungen alle seine Empfindungen sichtbar widerspiegelte. Gefühle, die er nicht artikulieren konnte, es sei denn, daß sein schwindender Mut ihn zwang, alles offen zu sagen, was er empfand. Dieser halbwüchsige Kriminelle mochte sich soeben darüber klargeworden sein, daß er kein Messer mehr in der Hand hielt und daß er es hier nicht mehr nur mit einem hilflosen und schutzlosen Mädchen zu tun hatte.

»Nimm dich also zusammen, Taco«, sagte Tulio, »oder du machst es nicht mehr lange genug, um in irgendeine Klinik zu kommen.«

»Lieutenant, das reicht jetzt!«

Er sah die Anwältin an, verwundert über ihre Aufregung. Sie ergriff offen Partei gegen ihn! Und das für diesen kleinen, miesen herzlosen Killer! Er ging langsam zurück zu seinem Stuhl und setzte sich wieder.

Die Anwältin führte Ronald entschlossen zu seinem Stuhl zurück und setzte sich anschließend selbst wieder. Sie war beherrscht und bewahrte Haltung.

Raleigh sagte: »Also gut, Junge. Bevor du nun Gedankenspielchen anstellst, solltest du wissen, daß es keine Zeugen für den Quatsch gibt, der sich hier gerade abgespielt hat.«

Die Anwältin sah auch ihn strafend und verächtlich an.

»Was passiert ist, ist folgendes: Du hast den Lieutenant hier angegriffen, und er hat dich dafür an die Wand gedrückt.«

»Sie ist meine verdammte Zeugin«, sagte Ronald mit einer Kinnbewegung zur Anwältin hin. »Sie hat doch alles mitangesehen.«

Raleigh schnaubte nur verächtlich. »Und du, Ronald, bist genau so dämlich, wie du aussiehst. Glaubst du im Ernst, irgendein Richter in diesem Bezirk glaubt deiner Anwältin mehr als zwei Polizisten mit zusammen fünfundvierzig Dienstjahren?« Er funkelte die Anwältin an. »Die Abmachung«, sagte er, »liegt auf dem Tisch, nimm sie an oder laß es bleiben. Was Besseres kriegst du im Leben nicht mehr angeboten, Junge, glaub mir das. Ich kann dir nur raten, darauf einzugehen. Tust du es nämlich nicht, dann wanderst du in den Jugendknast, und wir alle hier wissen, was dort mit dir passiert.«

»Nein!« rief Ronald und sah hilfesuchend seine Anwältin an. »Also gut, Lady, helfen Sie mir, und holen Sie mich hier raus, ja? Ich will in keinen solchen Jugendlichen-Laden. Ich bin doch noch nicht mal alt genug dafür. Und ich bin nicht verrückt.« In seinen Augen standen jetzt Tränen.

Raleigh sah ihn gelangweilt an. Für ihn war er nichts als der psychopathische kindliche Killer, den man unbedingt für den Rest seines Lebens wegschaffen mußte.

Die Anwältin sah ebenfalls zu Ronald. Allerdings erblickte sie in ihm die gequälte Seele, die dringend Zuspruch brauchte, aber nie erhalten hatte, und vielleicht noch zu retten war, vorausgesetzt, man ließ ihr möglichst rasch angemessene Behandlung zuteil werden.

Auch Tulio sah den Jungen an und war sich seines Urteils nicht sicher. Er schien Mitleid zu empfinden – jedenfalls hätte er es empfinden können, hätte er nicht andererseits gewußt, was der Junge diesem Mädchen in dieser heißen, dunklen Seitengasse auf der West Side der Stadt angetan hatte.

»Ich helfe dir, Taco«, sagte die Anwältin schließlich. »Aber nur, wenn du diesen Männern hier dabei hilfst, genau aufzuklären, was passiert ist. Du mußt damit beginnen, reinen Tisch zu machen, indem du sagst, wer noch alles dabei war.«

»Meine Kumpel bringen mich um, wenn sie erfahren, daß ich sie verpfiffen habe.« Ronald war zwar schon besiegt, verhandelte aber noch um Schutz.

»Ich kann dir nicht versprechen, daß sie es nicht erfahren«, sagte die Anwältin.

»Wo komme ich denn nun hin? In den Jugendknast, zusammen mit denen?«

»Nein, sie werden nicht in deine Nähe kommen. Du gehörst woanders hin.«

»Na gut, also ich sage es. Aber unter einer Bedingung.«

»Welche, Taco?« Die Stimme der Anwältin klang bereits ein wenig ungehalten, aber auch erwartungsvoll.

Tulio fragte sich, wie sie das nur fertigbrachte. Diesem Jungen mußte doch gesagt werden, daß er nicht in der Position war, Bedingungen zu stellen oder zu verhandeln! Wo man ihm ohnehin gerade das Angebot seines Lebens gemacht hatte.

»Er muß rausgehen«, sagte Ronald und deutete auf ihn. »Der hat meinen Bruder eingebuchtet, der ist für den Rest seines Lebens weg. Und der hat mich angegriffen und mich rumgestoßen. Solange der da ist, sage ich nichts. Ich weiß schon, was der dann macht. Der macht es mit mir wie mit Jamahl.«

»Lieutenant?« sagte die Anwältin.

Tulio stand auf. Es machte ihm nichts aus zu gehen. Der Rauch im Zimmer ging ihm ohnehin auf die Nerven.

9

Jake Phillips saß im Wagen und biß sich auf die Zunge, um sich zu zwingen, während Moores Tirade den Mund zu halten. Er tat, als wäre es ihm ganz egal, was Moore von sich gab, aber das war keineswegs der Fall, und er mußte sich sehr beherrschen, um Moore nicht in sein fettes Gesicht zu schlagen. Aber er wollte keinen Aufstand machen. Er hatte bereits erfahren, wie die ganze Abteilung vor diesem Mann kuschte, der seit Jahren ihr Problem war. Doch diesmal war es wirklich schwer, sich zu beherrschen, nachdem der Fettwanst ihm seine erste Verhaftung vermasselt hatte, nur um ihm heimzuzahlen, daß er Tulio die Hand geschüttelt hatte. Moore hatte die Verhaftung einfach den Blödmännern vom Streifendienst überlassen, für die der Mordfall ein willkommener Anlaß war, ihren Hintern endlich einmal aus dem Auto zu bewegen. Jetzt schuldeten sie Moore einen Gefallen. Aber was hatte er, Jake Phillips, davon? Nichts, wie es aussah.

Sie fuhren durch die South Side, vorbei an ausgebrannten Häusern und Kirchen, von denen nur noch die Fassaden standen. Gruppen junger Schwarzer standen an jeder Straßenecke, und an jeder Ampel, an der sie halten mußten, starrten sie sie auf eine Art an, die Phillips angst machte. Moore allerdings schien sie nicht zu fürchten. Er ignorierte sie einfach, oder aber er starrte einfach zurück. Er benahm sich, als machten ihn sein fetter Hintern und seine Polizeimarke immun gegen Schüsse.

So wütend er auch war, es hinderte ihn nicht daran, seine Suada zu unterbrechen und hinaus auf die aggressiven, feindlichen Gesichter zu blicken, nur um anschließend wieder mit Phillips weiterzureden, so als seien sie die besten Kumpel, von ihren Polizeimarken zusammengeschweißt gegen alle diese

Feinde ringsum. Und ihm zu erklären, er solle sich diese ignoranten Schmarotzer, dieses von der öffentlichen Wohlfahrt lebende Gesindel ruhig einmal genau ansehen. Und daß er ein T-Shirt zu entwerfen gedenke, auf dem steht: »ARBEITE!« Und kleingedruckt darunter: »DAS IST EINE SACHE DER WEISSEN, DIE IHR DOCH NICHT VERSTEHEN WÜRDET!« Erst als sie weitergefahren und außer Sicht derjenigen Rasse waren, die er fürchtete, setzte Moore seine Vorwürfe gegen Phillips fort.

Jake Phillips hörte ihm weiter schweigend zu. Moore beschimpfte ihn, machte ihm Vorwürfe, wollte wissen, wie er dazu komme, dem Mann auch noch die Hand zu geben, wo er sich so unverschämt ihm gegenüber benommen habe.

Anfangs versuchte Phillips noch zu erklären, doch weil Moore sichtlich nicht zuhörte, ließ er es schließlich sein. Er setzte sich nur zurück, machte seine Beine lang, was ihn noch tiefer in den Sitz drückte, und blickte stumm zum Fenster hinaus, um abzuwarten, bis dem alten Windsack endlich die Puste ausginge.

Moore fuhr eine Weile lang schweigend und ließ seine Wut am Auto aus, raste kreuz und quer durch die Gegend, offiziell auf dem Weg zu einer Adresse, wo sie versuchen sollten, einen weiteren Haftbefehl wegen Mordes zu vollstrecken. Wenn sie auch gut wußten, daß der Mann schon bei seiner letzten Verhaftung eine nicht existierende Adresse angegeben hatte. Den Auftrag hatte Moore erhalten, nachdem er ins Präsidium zurückgekommen war und dort dem Captain in dessen Büro minutenlang vorgejammert hatte. Vermutlich, um Tulio anzuschwärzen. Das miese Schwein. Er hatte es lieber, wenn Moore schwieg. Das war besser, als sich seinen Mist anzuhören, den er die ganze Zeit von sich gab. Zum Beispiel über Tulios Freundin, die Anwältin, die er kurz zuvor im Präsidium kennengelernt hatte.

Plötzlich brach Moore sein dumpfes Schweigen wieder, und jetzt klang er eher verletzt und beleidigt als zornig.

»Nein, Philly, wissen Sie, das hätten Sie nicht tun sollen. Gut, Sie sind neu, und Sie haben noch nicht viel Erfahrung, aber es gehört zu den wichtigsten Anstandsregeln, daß man sich auf keinen Fall gegen seinen Partner stellt. Das hätten Sie nicht tun dürfen, ihm auch noch die Hand zu geben.«

Erwartete er etwa eine Entschuldigung? Phillips war sich nicht sicher. Wenn ja, dann sollte er nicht mit der Hand am Hintern darauf warten. Die würde ihm nämlich anwachsen, bevor er sie bekam. Viel lieber hätte er auch noch zugegeben, daß er vollkommen einer Meinung mit Tulio war, was Moore betraf. Daß er ihn für einen Arsch hielt. Aber er verkniff es sich dann doch. Immerhin war er ja neu. Dies war sein allererster Tag bei der Mordkommission. Da wollte er nicht gleich für Aufruhr sorgen und sich zu weit aus dem Fenster lehnen. Denn wenn er es täte und aus dem Fenster fiele, würde er im Mist stecken und darin versinken. Denn Moore war es, der seit Jahren bis zum Hals im Mist steckte und längst eine Goldmedaille dafür hätte, wenn es eine olympische Disziplin wäre.

»Ich tue Ihnen ja nur einen Gefallen, wissen Sie«, sagte Moore. »In meinen zehn Jahren bei der Mordkommission habe ich noch keinen ausgebildet. Aber der Captain hat mich ausdrücklich gebeten, Sie mitzunehmen, und da habe ich halt okay gesagt. Weil ihr mir jetzt beide etwas schuldig seid.«

Das nun freilich war eine Behauptung, die Phillips so nicht stehenlassen konnte. »Nur er schuldet Ihnen etwas«, korrigierte er Moore, »falls überhaupt jemand.«

»Was? Wie war das?« Moore nahm den Blick von der Straße und starrte ihn einschüchternd an.

Aber Phillips schüttelte trotzdem den Kopf und atmete tief durch.

»Wenn Sie dem Captain einen Gefallen getan haben, indem Sie mich mitnahmen, dann ist allenfalls er Ihnen etwas schuldig. Wieso ich? Solange Sie nicht ausdrücklich etwas für mich tun, schulde ich Ihnen doch nichts.«

»Ach, so ist das, wie?«

Manchen Leuten konnte man sich einfach nicht verständlich machen. Leuten wie Moore mußte man alles buchstabieren. Sonst begriffen sie nichts.

»Soviel ich weiß«, sagte Phillips also, »haben Sie noch gar nichts für mich getan. So sieht es aus, denke ich. Ich stelle Ihnen Fragen, und Sie ignorieren sie, und wenn Sie doch einmal antworten, vergessen Sie nie, mich zu beleidigen. Darin, lieber Jerry, kann ich wenig Gefälligkeiten erblicken. Sie reden mich mit einem Namen an, der nicht der meine ist, Sie behandeln mich mit einer Respektlosigkeit, als sei ich nicht Ihr Partner, sondern ein Straßenjunge, den man irgendeiner Tat verdächtigt.«

Einen Augenblick lang fürchtete er, Moore werde rechts ranfahren, anhalten und auf ihn einschlagen, denn Moore ließ den Motor kurz durchdrehen und stieg dann auf die Bremse, daß die anderen Autos ausweichen mußten. Das wütende Gehupe und die verärgerten Stimmen der Schwarzen war selbst durch die geschlossenen Scheiben und trotz der rauschenden Klimaanlage nicht zu überhören.

Schließlich beherrschte sich Moore wieder und fuhr weiter. Während er sprach, war seine Stimme schmeichlerisch, und er glaubte offenbar zu wissen, wo der Hase langlief.

»Sie haben wohl Beziehungen, wie, Phillips? Da und dort ein paar Freunde, ja? Leute, die ihre schützende Hand über Sie halten, stimmt's?« Er wartete ein wenig, in Gedanken versunken. Wieder einmal bewies Moore, daß er genau der Typ war, für den Jake Phillips ihn hielt: für einen, der der festen Überzeugung war, keiner würde ihm je widersprechen, ohne Rückendeckung von einflußreichen Leuten in der Abteilung zu haben. »Sind Sie das Söhnchen von irgendwem, Phillips?«

»Wir sind alle Söhne von irgendwem, Jerry«, antwortete Phillips entspannt. Aus dem Fenster lehnen oder nicht, er wollte genau das tun, was Tulio ihm geraten hatte: um einen anderen Ausbilder bitten, sobald sie zurück im Präsidium waren.

Lieutenant Anthony Tulio saß ganz allein im Zimmer. Niemand war anwesend, den er mit seinem Eifer, seinem scharfen Verstand und seinem umfangreichen Wissen über die Unberechenbarkeit der kriminellen Seele schwindlig reden konnte.

Gegenüber seinen Kollegen stellte er immer eine unbewegte Miene zur Schau, egal, was passierte. Doch stets wärmte es ihm das Herz zu wissen, wie sehr er sie beeindruckte. Und daß sie alle wußten, wer der beste Detective der Chicagoer Polizei war; nämlich Tony Tulio. Selbst eine Null wie Moore konnte nur beeindruckt sein, wie rasch er den South-Side-Mord aufgeklärt hatte.

Dieser Jake Phillips zumindest war von seiner Lösung beeindruckt gewesen. Doch die ganze Genugtuung würde bald wieder gedämpft werden durch den üblichen Hang der Kriminellen, zu lügen, daß sich die Balken bogen. Einer wie Phillips mußte erst noch die harten Realitäten im Kampf gegen die Kriminalität kennenlernen. Die Mordwaffe würden sie schon finden, dafür wollte er persönlich sorgen. Und dann würde sich der Killer plötzlich der Tatsache gegenüber sehen, daß er in der Falle saß und überführt war. Doch wie alle würde er anschließend mit einer Geschichte daherkommen, gegen die kein Anwalt ankam, nicht einmal eine so tüchtige Anwältin wie die des jungen Ronald. So spielte sich das eben ab heutzutage, in der Stadt mit den vielen Opfern.

Der Killer würde behaupten, der Mann im Auto hätte mit etwas vor ihm herumgefuchtelt, das er für eine Pistole gehalten habe. Und in der Annahme, bald einem geplanten Mordanschlag zu erliegen, habe er selbst geschossen, aus reiner Notwehr. Das Opfer war ein Weißer in einem Schwarzenviertel und fuhr einen nagelneuen Cadillac. Der Killer würde im Zeugenstand in Tränen ausbrechen, und wenn ihn die Geschworenen dann nicht gleich laufen ließen, sondern doch verurteilten, dann jedenfalls nicht wegen Mordes und auch nicht wegen Raubmordes. Das alles wußte dieser Mann nur zu gut. Womöglich würde er sich sogar noch vor dem Prozeß des einfachen Totschlags schuldig bekennen, sich dafür drei Jahre einhandeln, und die Opfer wären schon vergessen, ehe der Killer noch ins Gefängnis eingeliefert wurde.

Der Respekt, den der junge Jake vor ihm hatte, würde bis dahin längst verflogen sein. Auch sein Sinn für Gerechtigkeit würde beträchtlich leiden, wenn er erlebte, wie ein Richter oder die Geschworenen mit einem Staatsanwalt Kuhhandel trieben, statt ein angemessenes Urteil zu fällen.

Die Sachlage eines Prozesses interessierte Tony Tulio eigentlich nur selten. Für ihn war die Aufklärung eines Verbrechens das Entscheidende.

Und darin war er besser als irgendwer sonst. Nicht einer in der ganzen Polizei der Stadt konnte es annähernd mit ihm aufnehmen. Das bestärkte ihn jedesmal, wenn auch nur vorübergehend, in dem Glauben, daß, was er tat, wichtig war, und folglich auch er selbst. Er war, auch in den Augen aller Kollegen, noch immer der Beste. Jetzt allerdings war er allein, und da zählte es wenig, ob er nun wirklich der Beste war oder nicht.

Niemand war letzten Endes wirklich berechenbar. Das war doch im Grunde das ganze Geheimnis. Man mochte davon ausgehen, daß die Menschen sich in voraussehbarer Weise verhielten, wenn man sie auf eine Art behandelte, die die menschliche Natur mit ins Kalkül zog. Aber trotzdem waren alle, ganz gleich ob Polizist oder Verbrecher, einmalig, Individuen, deren innerste Motive und Antriebskräfte von Dingen abhingen, die, wie alle fest überzeugt waren, niemand außer ihnen selbst verstehen konnte.

Polizisten konnten zuweilen faul sein. Auch sie gingen lieber den bequemsten Weg. Zum Glück waren die meisten Kriminellen unfaßbar dumm. Er hatte zuviel Erfahrung mit ihnen, als daß ihm jemand etwas anderes weismachen könnte.

Als er, vor seiner Versetzung zum Ressort *Besondere Verbrechensopfer*, noch bei der Mordkommission gewesen war, hatte er einmal einen Mordfall rasch gelöst und sofort den Namen eines Verdächtigen gehabt. Doch der hatte sich nach dem Verbrechen verdrückt, und er, Tulio, konnte ihn nicht finden. Daraufhin erschien in den Zeitungen das Bild des Gesuchten, und die Berichte dazu zitierten ausführlich Lieutenant Tulio. Er hatte sich lang und breit über die homosexuellen Aspekte des Verbrechens geäußert: daß der Täter seine Tat offensichtlich als Nachweis seiner Männlichkeit verstanden habe und mit ihr von seinen homosexuellen Neigungen ablenken wollte.

Die Schwulenaktivisten waren schier Amok gelaufen. Doch auch der Killer hatte den Artikel offensichtlich gelesen, oder jemand hatte ihn ihm vorgelesen, jedenfalls rief er empört an, kaum minder empört als die Schwulenaktivisten, und beschimpfte Tulio: wenn hier einer schwul sei, dann höchstens Tulio selbst oder seine verdammte Mutter. Er brüstete sich, daß man ihn nie fassen werde, während Tulio in aller Ruhe den Anruf lokalisieren ließ. Sie faßten den Mann, während er noch immer an seinem Münztelefon stand und schimpfte und den großen Mann markierte – in der Halle eines Bumshotels, drei Blocks vom Polizeipräsidium entfernt. So hatte er seinen Fall gelöst und scherte sich einen feuchten Kehricht um sein angekratztes Image bei den vereinigten Schwulen oder sonstwo.

Wie die meisten anderen war eben auch dieser Ganove buchstäblich dümmer gewesen, als die Polizei erlaubt.

Aber ein eingeschränkter Blickwinkel war ein zweischneidiges Schwert. Was die Öffentlichkeit bei einer Gruppierung ablehnte, akzeptierte sie ohne weiteres von einer anderen. Speziell, wenn man sie glauben ließ, man hätte sie mit Insider-Informationen versorgt. Man brauchte nur mit ein wenig Psychologenchinesisch herumzuwerfen, und schon schlossen sich alle der eigenen Meinung an.

Man brauchte nur zu sagen, daß man als erfahrener Polizist sehr wohl beurteilen konnte, ob ein Verdächtiger wirklich schuldig war oder nicht. Daß man nämlich Schuldige schon daran erkannte, daß sie sich gleich nach dem Prozeß in ihre Zelle legten, um seelenruhig ihr Nickerchen zu halten. Und schon machten alle solche Augen und taten, als wäre ihnen die große Erleuchtung gekommen. Aber man konnte nur hoffen, daß keiner auf die Idee kam, das alles mal genau zu überdenken. Auf dem Papier sah alles immer sehr gut aus. Er, Tulio, wünschte sich nur, daß solcherart erleuchtete Standpunkte niemals Grundlage für eine Beweisführung vor Gericht wurden.

Er kannte es ja aus eigener Erfahrung. Wenn es auch sehr lange her war. Noch in der Zeit, als die Vorstellung, ein Polizist zu werden, so ungefähr die letzte und entfernteste aller seiner Erwartungen in seinem jungen und unreifen Kopf gewesen war. Nein, er kannte es nur zu gut. Er hatte es leider am eigenen Leib erfahren, damals.

Man wird verhaftet und zu Tode erschreckt. Man hat es mit Leuten zu tun, die Macht und Autorität über einen haben und einem sogar eine Pistole an die Schläfe setzen. Mindestens eine Stunde lang – häufig sogar sehr viel länger – befindet man sich dann in einem Zustand wütenden Entsetzens. Je nach der eigenen Herkunft und Vergangenheit muß man sich ein blödes Arschloch nennen lassen, einen Scheißkopf, einen Nigger, einen Latino-Spick oder einen Itaker, und das immer und immer wieder, von Leuten, die keinen Zweifel daran lassen, daß sie einen für den Rest seiner Erdentage »von der Straße weg« haben wollen, und wenn sie es persönlich besorgen müßten. Wenn man vorher niemals längere Zeit eingebuchtet war, versuchen sie einen mit Horrorgeschichten weichzukochen: »Was die Nigger im Knast mit deinem Hintern machen«, zum Beispiel, »wenn erst einmal das Schloß des Gefängnistors hinter dir zugefallen ist«. Und wenn sie glauben, damit Informationen aus einem herausholen zu können, tyrannisieren sie einen mit Geschichten über den Alltag im Gefängnis, damit man endlich das Maul aufmacht. Die ganze eigene Existenz wird zu Sekunden zusammengepreßt. Es existiert keine Vergangenheit mehr und keine Zukunft. Es gibt nur das Jetzt und das Gefühl der Handschellen um die Gelenke, die einem ins Fleisch schneiden. Und es gibt nur noch diese Leute, die freundlich sein können, wenn sie wollen, oder aber einem alles Leid der Welt zufügen, wenn man es wagt, nicht zu parieren und so zu funktionieren, wie sie es gerne hätten.

Man wird vor eine Kamera gestoßen und für die Verbrecherkartei abgelichtet, und dann packen sie die Finger und rollen sie in Druckerschwärze und drücken sie auf ein Blatt Papier. Anschließend wird man in eine winzige Zelle mit primitiven Ziegelwänden und einer dünnen Wegwerfmatratze auf einer harten Holzpritsche eingeschlossen, mit Plastiktüchern zum Zudecken und einem Klo ohne Deckel. Die Tür knallt hinter einem zu, und der Adrenalinspiegel sinkt allmählich. Wenn man Glück hat, entdeckt man sogar, daß man allein ist.

Man legt sich auf sein sogenanntes Bett und bedeckt die Augen mit dem Arm und versucht seiner Panik Herr zu werden.

Binnen Minuten ist man eingeschlafen.

Aber schon ist wieder ein Polizist da, sieht, in welchem Zustand man sich befindet, und kann einen für eindeutig schuldig erklären, weil man, kaum daß sie einen eingeschlossen haben, »peng, Mann«, auch schon losgepennt hat.

Für den Polizisten war es nur eine weitere Nacht in seinem Job, für ihn war man nur ein weiterer Mitspieler, der für eine Weile aus dem Verkehr gezogen wurde.

Doch für denjenigen, der hinter Gittern saß, sah die Sache etwas anders aus.

Es kam immer auf den Blickwinkel an.

Heutzutage waren die Einsätze höher als je zuvor, die Morde kaltblütiger und auch nicht mehr so einfach aufzuklären. Je weiter er sich davon entfernte, was er einmal gewesen war, desto schwerer war es, sich daran zu erinnern, wie es einmal gewesen war.

Anders als die meisten Polizisten hatte er niemals den einfachsten Weg gewählt, es sei denn, die Sachlage war so eindeutig, daß es gar keine andere Möglichkeit gab. Auch wenn er niemals scharf darauf war, hatte ihm seine Einstellung ein gewisses Maß an Ruhm eingebracht, aber viel wichtiger war, daß sie ihm zu seiner Eigenständigkeit verhalf.

Jetzt war er der Leiter des Ressorts *Besondere Verbrechensopfer*, hatte aber immer noch drei ranghöhere Vorgesetzte. Und auch mehr Feinde in der Abteilung als Freunde. Außerdem stand er bei der Presse in dem Ruf, ein Schwulenfresser, Rassist und faschistisches Schwein zu sein. Das machte ihm am wenigsten aus. Er benützte die Presse ohnehin mehr als sie ihn.

Er war der Boß hier, der Mann, dem seine Leute glaubten. Nach einundzwanzig Dienstjahren als Einzelgänger hatte er jetzt seine eigene Abteilung, die auf ihn zählte. Das Problem war nur, daß er sich nicht sicher war, ob er diese Abteilung überhaupt noch haben wollte.

Nebenan saß dieser Ronald und machte seine Aussage vor einem kindischen Cop und einer Anwältin, die ihm »helfen« wollte und ohnehin nur anwesend war, weil er, Tulio, sie hatte holen lassen. Damit wollte er die Burschen von der Mordkommission ärgern. Dafür, daß sie ihn zu einem simplen Mordfall gerufen hatten, den sie durchaus ohne ihn hätten lösen können.

Die Bullen in diesem Fall hier hatten sich einmal dazu bequemt, beim Verhör dabeizusein.

Ronald würde sich natürlich alle Mühe geben, die Sache schönzureden und seine eigene Rolle bei diesem brutalen und häßlichen Verbrechen so harmlos wie möglich darzustellen. Die Anwältin würde zu allem nicken oder zumindest so tun, als glaubte sie ihm alles. Ronald starrte vermutlich zur Decke und versuchte, sich in seine Rolle hineinzusteigern, je länger er redete und dabei rauchte und die Augen verdrehte. Die Anwältin würde ihrerseits alles glattreden, um nur ja diesem kindlichen Monstrum zu helfen, und sie würde Ronald ermutigen, noch mehr zu erzählen, während sie selber überlegte, wie sie ihren Boß soweit bekam, die ausgehandelte Abmachung nachträglich zu erlauben.

Alle hatten sie in Ronald etwas anderes gesehen. Alle hatten sie bis zu einem gewissen Grad recht, gleichzeitig aber auch nicht.

Für ihn, Tulio, war dieser Ronald die Verkörperung von all dem, was noch auf ihn zukam.

Wie lange konnte man den Anblick verstümmelter Leichen und Mörder im Kindesalter ertragen? Immer häufiger gab es diese eiskalten Killer, die allenfalls noch Gemütsbewegung darüber zeigten, daß sie selbst Fehler gemacht hatten und sich fangen ließen. Erzählte man ihnen, daß sie schließlich einem Menschen sein Leben genommen hatten, das gewiß nicht weniger wert war als ihr eigenes, sahen sie einen nur abschätzig an und mokierten sich. Denn das lag jenseits ihres Vorstellungsvermögens.

Was war schuld an dieser Entwicklung? Ein Mangel an Phantasie? Oder einfach Trägheit? Oder ein gleichgültiges Verhältnis zu Gewalt? Die Entmenschlichung aller außer der eigenen Person?

Nur wenige Leute vermuteten dies bei Tulio, und noch weniger hätten es geglaubt, wenn man es ihnen gesagt hätte, aber Tatsache war, daß sein Erfolg auf einer großen Sensibilität in diesen Dingen beruhte, und immer, wenn man ihn mit einem totalen Mangel an Sensibilität konfrontierte, wurde er, zumindest innerlich, sehr zornig.

Eben dies machte einen guten Cop aus ihm – aber wohl auch einen Kandidaten für vorzeitige Pensionierung. Falls ihn nicht vorher schon eine plötzliche Herzattacke erwischte. Oder eine Kugel aus einer Pistole, mit der jemand wie dieses windige Bürschchen Ronald auf ihn zielte: Gebt mir einen Bullen als Zielscheibe, und ich besorge es ihm.

Sofort nach dem Unfall, der sein Leben veränderte, hatte er sich auf die Arbeit gestürzt und stundenlang verbissen Akten gewälzt. Und manchmal hatte dies sogar zum Erfolg geführt.

Doch mittlerweile schien es immer seltener zu funktionieren. Die Herausforderung schien auch nicht mehr so stark zu sein wie vor dem Unfall.

Diese Herausforderung – nämlich klüger zu sein als sie, die Kriminellen – war ihm früher sehr wichtig. Sie in ihrem eigenen Spiel zu schlagen und ihre Gesichter zu sehen, wenn sie begriffen hatten, daß sie ausgespielt worden waren, wenn er vor ihrer Tür stand und seine Polizeimarke an der Kette um seinen Hals leicht schaukelte. Das Verbrechen nachzuweisen war die Aufgabe des Staatsanwalts. Seine Aufgabe war, es aufzuklären. Und es hatte ihm Genugtuung verschafft, wenn er einen Fall gelöst hatte, daran bestand kein Zweifel.

Doch seit dem Tod von Martie und Jess hatte dies alles für ihn erheblich an Bedeutung verloren.

Die Tür ging auf. Er schreckte hoch und kam in die Realität zurück. Er bemühte sich, ein ausdrucksloses Gesicht zu zeigen. Seine Gedanken an Martie und Jess durften nicht die sichtbare Ursache dafür sein, daß seine Augen feucht waren. Er blickte kühl hoch. In der Tür stand Raleigh.

»He, Mann«, sagte Raleigh ärgerlich und zornig, »sagen Sie mal, was haben Sie sich eigentlich dabei gedacht, dieses Biest von Anwältin zu holen, die nichts als Scherereien macht? Sie war heute überhaupt nicht als Pflichtverteidigerin eingeteilt. Sie wissen doch selbst, wie ihr immer das dämliche Herz blutet!«

»Ich habe sie nicht geholt«, sagte Tulio kühl, »sondern nur gebeten, mit dabeizusein. Für den Rest können Sie die Mordkommission verantwortlich machen. Hätten Sie den Fall selbst bearbeitet, statt mich dazuzuholen, wofür überhaupt kein Anlaß bestand, hätten Sie diesem windigen Knaben alle Lügen erzählen können, die Sie wollten, und wären damit durchgekommen. Wie üblich, was, Raleigh? Sie hätten doch nur den Zweiten Staatsanwalt hinzuziehen müssen, um sie und ihr Vorgehen zu blokkieren.«

»Eben, genau das hätte ich getan. Und dann hätten zwei Juristen miterlebt, wie Sie auf einen Festgenommenen losgehen, und Sie säßen jetzt dafür im Knast, und dieser Taco würde wieder frei herumlaufen und sich ins Fäustchen lachen.«

»Das habe ich für Sie getan, Mann. Oder meinen Sie, ich weiß nicht, daß das bei Jugendlichen tabu ist?«

»Ach, Sie können mich mal.« Raleigh schlug die Tür zu.

Tulio fühlte sich erleichtert. Doch dann ging die Tür noch einmal auf. Er machte sofort wieder sein ausdrucksloses Gesicht, weil er noch einmal Raleigh erwartete.

Doch zu seiner Verblüffung war es die Anwältin.

10

Er nickte ihr zu. Einen Fuß hatte er auf einen anderen Stuhl gestützt, seine Unterarme ruhten auf dem angezogenen Knie. Er hob kurz die Hand zum Gruß. Sie kam zu ihm, zog ihm den Stuhl unter dem Bein weg und setzte sich. Traurig schüttelte sie den Kopf.

»Warum hast du denn das gemacht?«

»Was gemacht?« Er stellte sich dumm, wußte aber natürlich genau, was sie meinte.

»Warum hast du mich dazugeholt? Ist dir klar, was morgen passiert? Wir werden beide eins aufs Dach kriegen. Ich bin eine Pflichtverteidigerin, zum Donnerwetter. Als wenn du das nicht wüßtest, Tony.«

Er benutzte seine Lieblingsausrede, die er oft gebrauchte. Immer, wenn er aufgefordert wurde, sein Benehmen zu erklären. »Für eine gute Sache muß man manchmal verbotene Dinge tun.«

Aber sie schüttelte erneut den Kopf und seufzte. Es war keineswegs das erstemal, daß sie dies von ihm hörte.

»Du lernst es wohl nie, Tulio?«

»Was lernen?« Er war die Unschuld selbst und hob fragend die Augenbrauen.

»Raleigh ist stinksauer.«

»Ja, aber auf dich, Frau Anwältin, nicht auf mich.«

»Ach was, er wußte doch genau, was ich sagen würde. Wie ich die Sache angehe. Und zwar schon in dem Moment, als ich ins Zimmer kam. Es ist ja schließlich nicht so, als hätten wir uns noch nie zuvor gesehen. Aber er hat es eben riskiert, dem Jungen was vorzulügen. In der Hoffnung, ich würde es ihm durchgehen lassen und stumm bleiben. Dabei wußte er doch ganz genau Bescheid. Und deshalb hat er sich ja auch nicht weiter beschwert, als ich ihm dann in die Parade fuhr. Aber du bist derjenige, der mich geholt hat, und deshalb ist er sauer auf dich, Lieutenant!«

»Er wird's überleben«, sagte Tulio. Er beugte sich vor und strich ihr über das Gesicht. »Du bist verdammt schön, weißt du das?«

Sie entzog sich ihm rasch. »Laß das, Tony.«

Er beugte sich noch weiter vor, versuchte sie zu küssen, spürte aber ihre Abwehr und ließ es sein, so schwer es ihm auch fiel. »Ach, nun komm, Marian, glaubst du wirklich, das mit uns ist nicht längst allgemein bekannt?«

»Na ja, ein paar ahnen es vielleicht. Weißt du, wen ich eben draußen auf dem Flur gesehen habe? Dieses fette, widerliche Stück Müll Moore. Er hat mich seinem neuen Partner vorgestellt und mir dabei die ganze Zeit auf den Busen gestarrt wie ein Spanner. Und sagt diesem Jungen, diesem Jake oder so, sagt ihm doch glatt, ich bin deine ›Alte‹.«

»Der Dreckskerl. Und was hast du gesagt?«

»Ich habe ihm gesagt, daß ich die ›Alte‹ von niemandem bin, und habe ihn stehenlassen. Was hätte ich denn tun sollen? Nach dir schreien, damit du ihn verdrischst? Das zweitemal an einem Abend? Ich bin unter anderem immer noch Profi, so wie du auch. Also behandle mich nicht wie eine kleine Nutte, ja? Für einen Quickie im Vernehmungszimmer bin ich nicht zu haben.«

»Wie bitte? Was zum Teufel redest du da?«

»Du hast mich genau gehört, Tony.«

»Ja, ich hab dich gehört, aber ich kann nicht glauben, was ich gehört habe. Wann habe ich mich jemals so benommen? Das war nichts als ein Geburtstagskuß.«

»Und du hast mich zu diesem Fall gerufen, weil du meinen Geburtstag mit mir feiern willst, wie?«

»Nein, ich habe dich zu diesem Fall gebeten, weil dieser Junge noch nicht einmal trocken hinter den Ohren ist und schon ein kaltblütiger, herzloser Killer. Er braucht jemanden wie dich.«

»Ach darum geht es, ja? Mein Lieber, du hast dich aber mächtig verändert! Man stelle sich vor, Tony Tulio sorgt sich plötzlich um die unterprivilegierte Jugend unserer Stadt! Das weiß ich aber besser, Tony. Die einzige Frage ist, hast du es nur getan, um Raleigh zu ärgern oder um dich an den Leuten von der Mordkommission zu rächen, weil die dich heute abend unnötig rausgescheucht haben? Was es auch immer war, mein Lieber, es paßt mir überhaupt nicht, von dir einfach benutzt zu werden, ist das klar?«

»Ich habe dich niemals benutzt.«

»Doch, ich glaube, das hast du. Und ich verabscheue es.«

»Ist das deine Art, dich mit unseren Gefühlen auseinanderzusetzen? Sie zu teilen?« Aber er bereute, was er da gesagt hatte, im gleichen Moment, da es heraus war.

»Wage es nicht, meine Gefühle zu analysieren! Es paßt dir nicht, wenn ich das mit dir mache, und du bist dazu weit weniger qualifiziert als ich, mein Lieber!«

Er nahm diese offene Beleidigung seiner Bildung hin, sah sie nur fragend an und sagte: »Was zum Teufel ist los? Was stimmt nicht mit dir in letzter Zeit?«

Er beobachtete sie. Er hatte so seine Vermutungen. Wenn sie sie ihm bestätigte, dann war es wohl aus zwischen ihnen, und er mußte eben gehen, auch wenn es ihn mehr schmerzen würde als alles seit dem Unfall vor zwei Jahren.

Er würde sie geradeheraus fragen, und wenn er dachte, daß sie ihn vielleicht anlog, würde er seinen Vermutungen weiter nachgehen. Er hatte keine Ahnung, wie er sich fühlen würde, wenn er etwas herausfand. Er hatte Angst vor dem, was er dann tun würde.

Was hätte es noch für einen Sinn zusammenzubleiben, wenn er ihr nicht trauen konnte? Aber auch nur daran zu denken war zuviel für ihn. Er mußte sich darauf konzentrieren, was jetzt im Moment passierte.

»Nichts!« sagte Marian nämlich und seufzte. Tulio bemühte sich, nach außen keine Regung zu zeigen. Sie log ihn doch an, und er wußte es. Irgend etwas stimmte nicht, und er glaubte auch zu wissen, was.

Doch er mußte vorsichtig sein. Er wollte nicht unbedacht aufs Spiel setzen, was ihn mit ihr verband. Oder jedenfalls bis zum Beginn ihrer seltsamen Veränderung verbunden hatte.

Auf jeden Fall mußte er Klarheit haben. Er achtete peinlich darauf, seine Stimme ganz ruhig zu halten und sich nichts von seiner aufkeimenden Panik anmerken zu lassen. Trotzdem stellte er die Frage, von der er sich nicht sicher war, ob er die Antwort hören wollte.

»Gibt es jemand anderen, Marian? Ist es das?«

Sie sah ihn nur stumm an.

»Willst du nicht wenigstens mit mir darüber reden?«

Jetzt war er schon ein Bittsteller, das verriet seine Stimme. Aber es war ihm egal. Er liebte sie schließlich.

Er saß auf seinem Stuhl und wollte auf keinen Fall etwas tun, was sie als Drohung empfinden konnte.

»Komm, gehen wir eine Tasse Kaffee trinken.«

Er spürte, wie seine Gesichtsmuskeln zuckten, und bemühte sich um Fassung. Schließlich sollte sie nicht aus Mitleid bei ihm bleiben. Das war ihr durchaus zuzutrauen. Sie war so veranlagt.

Er beobachtete sie. Sie kämpfte sichtlich mit sich.

Dann sagte sie sanft und leise: »Lassen wir es doch einfach sein, Tony. Es hat nicht funktioniert. Wir haben es versucht, aber es hat nicht funktioniert.«

Als er nicht antwortete und sie einfach nur stumm anstarrte, fuhr sie fort: »Du bist einfach zu … intensiv … Zu sehr auf deine Arbeit fixiert.«

Er holte tief Luft. »Ich habe dich doch nie zu irgend etwas gedrängt, Marian, in dem ganzen Jahr nicht, seit wir zusammen sind, oder?« Am liebsten hätte er damit aufgehört, er hörte sich ja schon an wie ein bettelnder Narr. Und sie sah ihn an, als ob sie das gleiche dachte. Sieh an. Sie konnte so empfindsam und fürsorglich sein, wenn sie wollte, aber jetzt war ihr deutlich anzumerken, daß sie die Szene in einem gewissen Sinn auch genoß.

»Es tut mir leid, Tony«, sagte sie. »Ich will dich nicht verletzen. Aber es ist aus. Schon seit Monaten.«

»Seit Monaten? Du bist mir die Wahrheit schuldig, Marian. Wenigstens die Wahrheit!« Er schrie jetzt, und sie blickte ihn hart an.

»Schrei mich nicht an!« sagte sie. »Und schuldig bin ich dir überhaupt nichts!« Sie unterbrach sich, als sei sie sich nicht sicher, wie weit sie gehen konnte. »Also gut. Ja, du hast recht, es gibt jemand anderen!« Sie beobachtete ihn, wie er reagieren würde.

Er spürte, wie er zusammensank, als er es erst einmal begriffen hatte.

»Das geht schon eine ganze Weile. Ich wußte nur nicht, wie ich es dir beibringen sollte.«

Tulio fühlte sich angewidert. »Dann geh doch zu ihm!« stieß er hervor.

Marian hob die Hand und machte eine Bewegung, als wolle sie ihn berühren, brach aber ab, als sie seine Augen sah.

»Hast du nicht gehört«, schrie er sie an. »Hau ab! Geh doch zu deinem Scheißkerl!«

Marian verließ das Zimmer ohne ein weiteres Wort.

11

Der Sammler saß an seinem Schreibtisch und blätterte die Akten durch, die auf den Computer übertragen worden waren. Nicht, daß er die Unterlagen nur überflogen hätte, aber er war doch einigermaßen in Eile. Dieser Alleo war kein Mann, der sich übermäßig freundlich verhalten würde, sollte er die gegen Bezahlung übernommene Aufgabe nicht erfüllen.

Aber auch der Adler war kein sehr freundlicher Mann. Immerhin hatte er bar bezahlt, und dieses Geld lag sicher im Bürosafe des Sammlers, um später einmal gut angelegt zu werden, allerdings nur, damit es nicht die unerwünschte Aufmerksamkeit des Finanzamts erregte. Er lächelte, als er ausgerechnet hatte, daß es über drei Wochen in Anspruch nehmen würde, das ganze Geld loszuwerden, wenn er täglich 9900 Dollar einzahlte. Schwierigkeiten, dieses Geld – und überhaupt jemals wieder welches – anzulegen, bekam er höchstens, wenn es ihm nicht gelang, Sophia Alleo zu retten. Was nicht ganz so einfach war, wie er zunächst gedacht hatte.

Das erste Problem war ihre höchst seltene Blutgruppe. Eine Stunde lang hatte er in seinen Unterlagen gesucht, bis er jemanden mit der gleichen Blutgruppe fand.

Auf dem Computermonitor erschien das Bild einer hübschen Frau Mitte zwanzig, daneben ein Auszug ihrer Personalien: Größe, Gewicht, Haarfarbe, Augenfarbe, Alter, Geburtsdatum, Sozialversicherungsnummer, Familienstand und Adresse. Unten rechts stand die Blutgruppe: A positiv. Sie würde auch die kommende Nacht noch erleben.

Er rollte das Monitorbild rasch weiter. Nächste Seite, Blick auf die Blutgruppe, weg, nächste Seite. Er hatte einige tausend Seiten in der Datei. Sie wurde ständig aktualisiert und ergänzt, von

Zeit zu Zeit wurden auch Daten eliminiert. Er verfolgte aufmerksam und regelmäßig die Chicagoer Zeitungen und hatte einen Ausschnittdienst beauftragt, ihm alle Todesanzeigen im ganzen Staat zu sammeln, damit gegebenenfalls die entsprechenden Seiten gelöscht werden konnten. Denn alle in der Datei erfaßten Personen lebten noch, und zwar im Staat Illinois. Sooft einem Organspender ein neuer Führerschein ausgestellt wurde, bekam er, Harris, eine Kopie davon, die ihn fünfzig Cents kostete. Die Sache lief ins Geld, aber das war es wert.

Wie viele hatte er inzwischen durchgesehen? Tausend, zweitausend? Wenn er nun tatsächlich keine Frau mit Sophias Blutgruppe fand? Oder wenn er jemanden fand, der oder die sechs Autostunden entfernt von hier lebte – falls er mit dem Auto fahren mußte? Es konnte zu spät sein, noch einen Flugzeugpiloten zu erwischen.

Er zwang sich, über dieses Problem vorerst nicht weiter nachzudenken. Wenn er jemanden brauchte, fand er ihn schon. Es gab genug Leute, die alles taten, ohne Fragen zu stellen, sofern nur die Bezahlung stimmte. Das Problem konnte er angehen, wenn es sich konkret stellte. Für den Augenblick war nur wichtig, weiterzumachen, bis er eine passende Person fand.

Das bestmögliche Resultat wäre natürlich eine Person, die Sophia in jeder Hinsicht körperlich so ähnlich war wie nur möglich. Nur war das bisher beste Ergebnis ein Italiener im südlichsten Teil von Illinois. Möglicherweise müßte sich Sophia letztlich damit zufriedengeben. Aber natürlich wäre es nicht optimal, ein Organ von einem Spender zu bekommen, der beträchtlich älter war als sie. Andererseits waren in der jüngsten Vergangenheit sogar Affenlebern erfolgreich Menschen eingepflanzt worden. Wenn es gar nicht anders ging, mußte sie eben mit dieser Männerleber vorlieb nehmen.

Nicht, daß er in Panik geraten wäre. Sein Naturell war nicht von dieser Art. Entweder er fand einen Spender oder nicht. Wenn nicht, dann gab er eben das Geld zurück. Vielleicht mußte er sogar das Herz zurückfordern, das er vergangenen Winter dem

Adler selbst beschafft und dabei seine eigene chirurgische Kunst angewendet hatte. Das war durchaus machbar, wenn sie ihm allzusehr auf die Pelle rückten.

Er haßte es, für Leute wie diesen Alleo oder den Adler zu arbeiten. Für Gangster, die glaubten, sie könnten jeden einschüchtern. Ihm machten sie jedenfalls keine Angst. Das brachte keiner fertig, davon war er überzeugt.

Trotzdem, es lag ihm daran, nicht zugeben zu müssen, daß er mit leeren Händen dastand. Und es war ihm auch nicht daran gelegen, den Adler oder Alleo oder sonst jemanden zu töten, der von ihm wußte und davon, was er für den Adler getan hatte. Jede solche Tat wäre viel zu riskant. Schlimmer noch, es wäre eine sozusagen kostenlose Leistung. Und er hatte nicht die Absicht, irgend etwas umsonst zu tun. Wenn er es auch jederzeit tun würde, falls es sein müßte. Er war ein Profi, ein Künstler. Von seiner Seite gab es keine emotionelle Beteiligung. Für ihn war alles eine Sache der künstlerischen Perfektion.

Fünfzehn Seiten weiter fand er die passende Person.

Gott sei Dank lebte die Person nahe genug, daß er einfach hinfahren und sie abholen konnte. In seinem Geschäft mußte er gelegentlich Flugzeuge mieten, von Piloten, die an seltsame Aufträge gewöhnt waren und keine Fragen stellten und nichts sahen und hörten, sondern einfach ihre Bezahlung entgegennahmen und den seltsamen großen, schlanken Mann sogleich vergaßen, der von allen möglichen Ecken des Staates irgendwelche Säcke anschleppte, die mit irgend etwas gefüllt waren.

Er hatte mehrere solcher Piloten an der Hand, von denen er wußte, daß er auf sie zählen und sich auf sie verlassen konnte. Heute nacht aber würde er keinen von ihnen brauchen. Die Frau war ganz in der Nähe, in einer der Vorstädte im Norden. Ein Nest namens Lake Forest. Er kannte sich in der Gegend ein wenig aus. Damals, als er noch versucht hatte, sich, wie man das nannte, in die Gesellschaft zu integrieren, hatte er dort einige Partys besucht.

Er fuhr einen gestohlenen Klempnerlieferwagen mit falschem Kennzeichen. Er hielt, selbst jetzt, spät in der Nacht, die vorgeschriebenen Tempolimits ein und nahm in Kauf, daß ihn Autos mit der Lichthupe antreiben wollten. Er ignorierte sie einfach, genauso wie alle emporgereckten Mittelfinger, wenn sie ihn überholten. Er hatte keine Zeit für solche Egotrips und machte sich also auch gar nicht erst die Mühe, darauf zu reagieren.

Hier oben war das alles sehr viel anders als in Chicago.

Es gab beispielsweise kaum nennenswerten Lärm. Hier verklagten die Leute einander bereits wegen zu lauter Rasenmäher oder eines knatternden Auspuffs. Die einzigen Busse, die hier verkehrten, befuhren die Hauptstraßen und transportierten im wesentlichen jene Minderheiten hin und her, die als Hauspersonal arbeiteten. Deren hauptsächliches Lärmproblem waren die Eicheln, die jeden Herbst von den Bäumen auf ihre Dächer fielen und langsam herunterrollten. Und allenfalls noch ein bellender Hund, falls man den nachts draußen gelassen hatte. Er mußte sich diesen Verhältnissen sorgfältig anpassen, wollte er nicht ringsum ungewollte Aufmerksamkeit erregen.

Er mochte es gar nicht, wenn Aufträge so überstürzt erledigt werden mußten, ohne Zeit zur Vorbereitung und ohne haarklein ausgearbeitete Pläne. Im allgemeinen wußte er immer über die Gegend Bescheid und hatte die Landkarte im Kopf, dazu genaue Fluchtpläne und irgendwo in einer Seitenstraße zusätzliche Fluchtautos für alle Fälle, beispielsweise, wenn sich eine unerwartete Planänderung ergab. Und er wußte stets genau Bescheid über das jeweilige Opfer: ob Kinder in der Nähe waren und wie viele, wie der Ehepartner hieß und wo die Eltern lebten. Was für Sicherheitseinrichtungen vorhanden waren. Dies und tausend andere Einzelheiten wußte er immer, bevor er loszog und seinen Auftrag erledigte.

Heute nacht hatte er nichts außer einem Namen – Carole Conners – und einer Adresse. Und der Blutgruppe. Natürlich machte das den Auftrag in gewisser Weise spannender und zu einer größeren Herausforderung.

Konnte ihm die Polizei von Lake Forest in die Quere kommen? Hatte sie überhaupt eine Chance gegen ihn? Wenn sie ihm zu nahe kommen sollten, mußte er sie töten. Und trotzdem diese Carole Conners in den Sack stecken und nach Hause bringen.

Er zwang sich, nicht daran zu denken. Er hatte einfach einen Auftrag zu erledigen und konnte sich die Begleitumstände nicht aussuchen. Wegen der besonderen Risiken bekam er schließlich ja auch das Doppelte seines üblichen Honorars, also mußte er mit diesen besonderen Risiken fertigwerden und die Dinge nehmen, wie sie kamen.

Das Wohnhaus der Conners stand umgeben von Wald in einem Gebiet mit zahlreichen Häusern, die man durchaus Villen nennen konnte. Nicht daß irgend jemand von den Bewohnern selbst sie so genannt hätte. Vermutlich sprachen sie ihren Bekannten gegenüber mit vornehmer Untertreibung davon, daß sie in Lake Forest »was« hätten. Wie man so etwas eben in dem Tonfall eines Menschen sagt, der durchblicken lassen will, daß er nun mal von altem Wohlstand ist. Neue japanische Autos standen am Straßenrand, als Abwechslung da und dort auch ein Cadillac oder Lincoln dazwischen. Auf dem Grundstück der Conners standen eine Menge Bäume, und zum Haus führte eine lange geschwungene Einfahrt.

Der Sammler schaltete seine Scheinwerfer aus und rollte langsam und vorsichtig in die Einfahrt hinein. Auf halbem Wege hielt er an und schlüpfte lautlos unter die Bäume.

Vor dem Haus war ein Cabrio geparkt, ein Pontiac Sunbird. Das war wohl ihr Wagen, in dem sie erst vor ein paar Wochen vom College heimgefahren war. Über einer Seitentür war ein Licht an. Es schien hell durch die Stäbe eines schmiedeeisernen Zauns. War sie vielleicht noch wach? Er stand verborgen im Schatten der Bäume und wartete, bis sich seine Augen an die Dunkelheit gewöhnt hatten. Ja, die Tür war offen. Im Türrahmen war eine weibliche Silhouette sichtbar.

Das war sie. Er beobachtete sie. Noch ein paar Minuten, und sie war seine neueste Erwerbung. »Akquisition« nannte er es.

Was tat sie wohl im Sommer, diese Carole? Hatte sie einen Ferienjob und lernte den Wert des Geldes kennen? Oder gestatteten ihre Eltern ihr den Luxus des Nichtstuns?

Sie war neunzehn Jahre alt, hatte blonde Haare und sattgrüne Augen. Eine sehr auffällige Kombination. Er hatte mal eine Frau gekannt, die fast exakt genauso ausgesehen hatte. Ihr Bild hing gerahmt an seiner Wohnzimmerwand. Schon auf seinem Computerbildschirm war er angesichts des Fotos von Miss Conners verblüfft gewesen über die Ähnlichkeit, und als er dann noch rechts unten die passende Blutgruppenangabe entdeckte, wurde ihm klar, daß dies Schicksal war.

Er stand in der Dunkelheit, war erregt, roch das frisch gemähte Gras und die Blumen in den Beeten. Es war der schönste Augenblick von allen. Der Künstler unmittelbar vor der Erschaffung seines neuen Werkes.

Irgendwo bellte ein kleiner Hund. Er schlich um das Haus herum nach hinten und ging dann ohne Zögern durch das Tor, das zum Pool führte, auf das Haus zu.

Carole Conners rief Muffin ungehalten zur Ruhe. Der Pudel, den ihre Mutter so liebte, war ihr zu laut. Warum ließ sie den Hund nicht selbst hinaus? Irgendwann demnächst würde sie ihrer Mutter diese Frage einmal stellen. Sie hatte nicht die Absicht, ihren ganzen Sommer damit zu verbringen, sich um den Hund zu kümmern. Dann zwang sie sich, diesen Gedanken nicht weiterzuverfolgen, und ermahnte sich selbst. Ihre Mutter verdiente das nicht, sie war immer gut zu ihr. Warum sollte sie denn nicht erwarten können, daß Carole den Sommer über immer noch den Hund hinausließ, bevor sie zu Bett ging? Sie blieb doch ohnehin immer sehr viel länger auf als ihre Eltern. Außerdem war Muffin ja auch gar kein lästiger, sondern im Gegenteil ein sehr lieber und netter Hund. Eine Sie übrigens, ein Zwergpudel. Sie war gar nicht zu bändigen gewesen vor Wiedersehensfreude, als Carole im Juni von ihrem ersten grandiosen Collegejahr in den Sommerferien nach Hause gekommen war.

Sie hörte Muffin bettelnd bellen und mußte doch lächeln, obwohl es ihr lästig war. Die kleine Muffin. Kleine, nervöse Ratte. Sie bellte jetzt ganz wild. Da war etwas oder jemand draußen vor dem Haus. Als wäre sie imstande, auch nur eine Nachbarskatze zu verscheuchen.

»Muffin, komm her, komm!«

Solange sie denken konnte, war Carole immer sehr dankbar für jede Freundlichkeit gewesen, die ihr zuteil wurde, ganz gleich, ob klein oder groß. Sogar die hochnäsigen Nachbarn in dieser Gegend hier waren ihr stets sehr zugetan gewesen: Marges und Bens kleinem Mädchen. Marges und Bens einzigem Kind. Es mochte zuweilen zwar lästig sein, immer den hohen Erwartungen ihrer Eltern entsprechen zu müssen, aber es machte andererseits auch Spaß, wenn man sah, wie der Stolz sich auf ihren Gesichtern spiegelte, wenn sie die ohnehin hohen Erwartungen sogar noch übertraf.

Sie erhielt immer eine Belohnung, aber das war gar nicht der entscheidende Antrieb für ihre Leistungen. Der Sunbird war ihr schon vor fünf Jahren versprochen worden, für ihren Schulabschluß. Vier Jahre College, Carole, hatte ihr Vater gesagt, mit Notendurchschnitt über normal, und du kannst dir jeden Wagen wünschen, den du haben willst. Im vernünftigen Rahmen, natürlich.

Sie hatte eine Bestnote nach der anderen geschafft und war obendrein auch noch eine der Beliebtesten in der ganzen High-School geworden. In diesen Jahren war sie auch zur jungen Frau herangewachsen. Und am Abschlußtag hatte ihr Vater ihr diesen Wagen geschenkt.

War da etwas dort draußen? Carol verspürte einen leisen Hauch von Furcht. Aber sie schüttelte den Kopf und schnitt sich selbst eine Grimasse für ihre Ängstlichkeit. Das hier war doch nicht der College-Campus, wo man ständig vorsichtig sein mußte. Dies war schließlich Lake Forest. Hier gab es keine Kriminalität.

Carole legte den Kopf zur Seite und lauschte.

Was war mit dem Hund passiert?

»Muffin?«

Sie ging zur Seitentür und flüsterte den Namen des Hundes.

Der schwache Schein der Glühbirne über der Seitentür reichte nicht sehr weit. Und hier hinten war es stockdunkel. Trotz der schlimmen Hitze überlief sie ein kalter Schauer. Sie schalt sich wegen ihrer Angst vor der Dunkelheit. Was konnte hier schon passieren? Was in aller Welt sollte ihr hier schon geschehen?

Und dann bekam sie plötzlich keine Luft mehr.

Jemand drückte ihr die Kehle zu und würgte sie mit kräftiger Hand. Trotz ihrer Panik erkannte sie, daß es ein Mann war. Ihre verzweifelten Versuche, sich zu wehren und sich von ihm zu befreien, schienen ihn nur zu amüsieren.

Was ihre Angst zu Entsetzen steigerte, war die Art, wie er lächelte und sie dabei ansah, als wäre er in Gedanken versunken.

Als ihr die Luft ganz wegblieb und ihre Kräfte schwanden, begann sie lautlos zu beten.

Ihr letzter Gedanke, ehe die große Dunkelheit über sie hereinbrach, war die Sorge um den Hund ihrer Mutter. Hoffentlich hatte der Mann nicht auch Muffin weh getan.

12

NEIN, WEH GETAN hatte er dem Hund nicht. Er hatte ihn nur getötet, noch ehe er überhaupt begriffen hatte, daß er in Gefahr war. Jetzt hatte er ihn hinten im Lieferwagen liegen, ein Bündel mit leblosen Gliedmaßen neben der zwar gefesselten und geknebelten, aber noch immer unversehrten und atmenden Carole Conners.

Er hatte sie zum Wagen getragen und sie hinten hineingelegt, war dann zur nach wie vor offenen Seitentür des Hauses zurückgekehrt und hatte dort ihre Handtasche gesucht und durchwühlt. Jetzt steckte ihre Brieftasche in der hinteren Gesäßtasche ihrer Jeans. So machte sie später weder für die Leute im Krankenhaus noch für die Polizei einen ungewöhnlichen Eindruck. Sie würden sehen, daß sie umgebracht worden war, aber nicht einmal erahnen können, warum.

Hinter ihm begann Carole ungleichmäßig zu atmen und sich zwischen den Rohren und Klempnerwerkzeugen hin und her zu wälzen. Sie würde beim Erwachen zwar in Panik geraten, allerdings auch nicht viel dagegen machen und schon gar nicht schreien können. Lediglich durch die Nase konnte sie vor Angst schnauben, doch diese Geräusche waren bei dem Lärm der Stereoanlage ohnehin nicht zu hören. Irgendwann würde sie im Widerschein entgegenkommender Autos den leblosen Hund an ihrer Seite entdecken und nach und nach wohl auch begreifen, daß sie keineswegs das Opfer eines zufälligen Verbrechens war. Zwar nur eine weitere Zahl in der Statistik, aber ganz bestimmt eben nicht aus Zufall.

Was würde sie wohl denken? überlegte er. Daß er sie gekidnappt hatte, um Lösegeld für sie zu erpressen? Es war wohl das Gescheiteste, sie das glauben zu lassen, solange es nur ging. Die

Wahrheit erfuhr sie besser nicht. Nicht etwa, weil er Mitleid empfand. Aber jemand, der wußte, daß er sterben sollte, konnte zuweilen Kräfte wie fünf Männer entwickeln. Wenn sie aber glaubte, er halte sie um Lösegeld gefangen, würde sie versuchen, mit ihm zu diskutieren und ihm ihre Logik klarzumachen. Wäre der Termindruck nicht so groß, hätte er sich wahrscheinlich überlegt, mit ihr irgendwohin zu fahren und ihr die Gelegenheit zu geben, einen Überredungsversuch zu unternehmen. Er hatte das schon einige Male gemacht, wenn es die Zeit erlaubte. Einmal hatte er eine »Akquisition« sogar tatsächlich wieder laufen lassen.

Er verließ den Lake Forest Drive und fuhr vorsichtig weiter, bis er nur noch einen Block von dem schmutzigen, rattenverseuchten Gebäude entfernt war, in dem sich sein geheimes Büro befand. Dort wollte er seine Arbeit ausführen. Die Gegend war wunderbar dafür geeignet, so etwas unbemerkt zu erledigen.

Er fuhr in die Seitenallee der 13. Straße bis zum Kundenparkplatz eines farbigen Friseurs. An der Rückseite des Hauses war eine Anschlagtafel mit einer schönen Farbigen in zehnfacher Lebensgröße, die mit perfekten weißen Zähnen auf den Parkplatz herunterlächelte und dazu frech mit einem Auge zwinkerte. Ihr Haar war künstlich geglättet, und dieses Geheimnis teilte sie mit den Inhabern des Salons.

Er kurbelte das Fenster hoch und stellte den Motor ab, klappte den Sitz vor, blickte vorsichtig durch das kleine viereckige Sichtfenster nach hinten in den Laderaum und vergewisserte sich, daß sich keine anderen Autoscheinwerfer aus irgendeiner Richtung näherten.

Die Hitze wurde auf einmal bleiern. Er begann zu schwitzen. Er konnte sie auch riechen. Sie roch nicht gut. Aber er wußte aus Erfahrung, daß das sogar noch schlimmer werden würde.

Er mußte vorsichtig sein. Er mußte seine Arbeit hier erledigen, wo er mit keinen Unterbrechungen zu rechnen brauchte, und dann seine Ware fast drei Meilen nördlich von hier in einer Seitengasse des Krankenhauses abliefern; nur so konnte er sicherstellen, daß die Ware auch in den richtigen Notfall-OP gelangte.

Während der Fahrt war Carole Conners ein ganz unpersönlicher Gegenstand für ihn geworden. Er sah sie nicht mehr als Mensch, und sie hatte kaum noch einen größeren Wert für ihn als der kleine tote Pudel. Und nicht einmal diesen Status hätte sie noch, wäre jemand bereit gewesen, ihn dafür zu bezahlen, den Pudel statt ihrer zu töten. Kunst war Kunst, und ihr Wert berechnete sich ganz gewiß nicht nach so etwas Simplem wie Menschlichkeit.

Er stieg nach hinten in den Laderaum, ließ sich auf die Knie nieder und holte ein Paar Wegwerf-Plastikhandschuhe aus einer Tasche seines Arbeitsanzugs. Er zog sie sich langsam über und ließ sie an den Handgelenken auf die Art schnalzen, wie es Ärzte vor einer Operation tun. Unter den Achseln lief ihm der Schweiß herab, und auch seine Oberschenkel klebten. Bei den geschlossenen Fenstern war es inzwischen erdrückend heiß in dem Wagen.

Er lächelte, als er sah, daß sein Opfer bei Bewußtsein war und ihn anstarrte.

»Hallo«, sagte er ganz sanft und fast verführerisch. »Geht es Ihnen gut?« Er staunte über seine eigene Stimme und darüber, wie er jetzt unter diesen Umständen noch imstande war, Emotionen zu heucheln.

Sie nickte, wenn ihr auch Tränen über das Gesicht liefen. Er wischte sie ihr weg und roch an ihnen. Dann rieb er die Finger aneinander und dachte nach. Er überlegte, welche der vielen Möglichkeiten, die ihm zur Verfügung standen, er wohl benutzen sollte, um sich seine Ware zu verschaffen.

In einem dringenden Notfall wie diesem wäre es günstiger, wenn er ein Herz benötigt hätte. Mit einem Körperschuß konnte man den Spender fast sorglos ausschalten und doch noch einige Stunden am Leben erhalten. Aber wenn eine Leber gebraucht wurde, kam ein Bauchschuß natürlich nicht in Frage. Kugeln konnten eine Menge Schaden anrichten, weil sie im Körper oft genug wild umherflogen und Gewebe verletzten. Er durfte keine Verletzungen der unteren Körperorgane riskieren.

Sein Opfer gab drängende Laute von sich und spannte sich gegen seine Fesseln, die freilich auch den Körperkräften eines zehnmal stärkeren Mannes ohne weiteres standgehalten hätten. Ihr Entsetzen flutete in Wellen auf ihn zu und über ihn hinweg. Er spürte sie fast körperlich gegen sich prallen, ähnlich wie die Hitze. Aber letztlich hatten sie nicht mehr Wirkung auf ihn als Regen auf ein Straßenpflaster. Den flehenden Blick ihrer Augen beantwortete er mit einem sanften Lächeln.

Er hatte nicht die Absicht, sein Opfer, das bis vor kurzem eine Person namens Carole Conners gewesen war, sexuell zu mißbrauchen. Er hielt nichts davon, seine Arbeit mit unnötigen Anstrengungen zu belasten.

»Ich werde eine halbe Million fordern«, sagte er zu ihr. »Haben Ihre Eltern so viel zur Hand?«

Er beobachtete, wie ihre großen grünen Augen hoffnungsvoll aufleuchteten. Sie nickte heftig.

»Tut mir leid wegen Ihres Hunds, Carole. Aber ich hatte keine andere Wahl.«

Sie schüttelte den Kopf, um ihm eifrig zu bedeuten, daß sie sich aus dem Hund nichts weiter machte. Sie glaubte, sich mit ihm verständigt zu haben, und wartete darauf, das Klebeband, das ihr den Mund verschloß, entfernt zu bekommen. Nun, was das betraf, konnte sie beruhigt sein. Das dauerte nicht mehr lange. Nur würden ihr die Stimmbänder dann nicht mehr von großem Nutzen sein.

Er betrachtete sie eingehend und konnte es kaum noch abwarten. Bald würde sie aufs perfekteste verwertet.

Er schloß die Augen und schüttelte den Kopf, er griff sich an die Schläfen und massierte sie, während er vor Schmerzen stöhnte. Etwas riß an seiner Brust, ein ganz unbekannter und fremder innerer Schmerz. Er geriet in Panik.

Er holte mehrmals tief Luft, bis der Schmerz in seinem Kopf und in seiner Brust wieder abklang.

Noch nie zuvor war ihm so etwas passiert. War das eine körperliche Reaktion? Was konnte es sonst sein?

Das Wesen, das einst Carole Conners gewesen war, gab einige gepreßte Laute von sich; stöhnende, wimmernde Laute, die ihm ein gewisses Gefühl von Mitleid darüber verursachten, daß sie so gar keine Ahnung hatte, was gleich mit ihr geschehen würde.

Er blickte auf sie hinab und ermahnte sich im stillen, besonders vorsichtig und sorgfältig zu sein. Vor allem durfte er auf keinen Fall zulassen, daß, was da gerade in ihm selbst vor sich ging, seine ganze Arbeit gefährdete.

Er mußte ihr einen gnädigen Tod gewähren. Dies war ein Teil dessen, was seine Arbeit schön machte.

Sanft berührte er ihre Kehle und streichelte sie mit seinen starken Fingern. Er tastete sich nach hinten, bis er die richtigen Knochen im Griff hatte.

Dann drückte er einmal mit aller Kraft zu und spürte, wie das Lebewesen unter seinen Händen erschlaffte. Er wußte, bis zum Tod dauerte es noch mindestens eine halbe Stunde.

Er fuhr den Lieferwagen hinter die Entbindungsstation, parkte in der Anlieferungszone und schaltete die Warnblinkanlage ein. Dann machte er die Tür hinten auf und sah sich noch einmal in alle Richtungen um, aber weit und breit war niemand zu sehen.

Er entfernte die Klebebänder von ihrem Mund und von den Armen und Beinen, legte sie auf dem Pflaster ab und fuhr eilig davon. Er lächelte, als er ungesehen und ungehindert wieder auf der Straße war.

Er griff in seine Brusttasche und holte sein Funktelefon heraus, klappte es auf, wählte eine Nummer, hörte Alleo antworten und ließ ihn dreimal hallo sagen.

»In der Seitengasse hinter der Entbindungsstation – Prentice Hall – liegt das, worauf Sie warten. Wegen der Übergabe dessen, was Sie mir schulden, rufe ich Sie morgen an.« Er unterbrach die Verbindung, noch ehe Alleo irgend etwas antworten konnte.

Keine Stunde später nippte er geduscht, entspannt und zufrieden an einem Glas Wein und betrachtete sein neuestes Gemälde mit aller Liebe, zu der er fähig war.

13

MARIAN KAM AUS DER DUSCHE ihres Apartments auf der North Side. Sie dachte über Tony nach und war ein wenig traurig. Sie sollte nicht mehr an ihn denken, dachte sie. Sie wollte auch gar nicht an ihn denken, redete sie sich ein. Sie wollte vielmehr an Paul denken und daran, wie glücklich sie sich fühlte, seit er vor ein paar Minuten angerufen hatte.

Er hatte sich vor Freude fast verschluckt, als er endlich etwas von ihr hörte. Sie hatte ihn, etwas kokett, gefragt, ob es nicht schon zu spät sei, sich zu treffen, und er hatte geantwortet, sie sollte schnellstens ins Auto steigen und zu ihm kommen. Über die Zeit könnten sie sich noch Sorgen machen, wenn sie alt waren. Sie fand es so süß, daß er sie angerufen hatte, weil er sich Sorgen machte. Tony wollte in solchen Fällen höchstens wissen, wo um alles in der Welt sie denn gesteckt hätte.

Das war nur einer von vielen Unterschieden zwischen den beiden Männern.

Tony war natürlich aufregend, auf seine Art. Aber er war zu sehr auf seinen Beruf fixiert, hatte kein Gespür für Kultur, ihn interessierte nichts außer der Jagd nach Mördern. Oft kleidete er sich eher wie ein Stadtstreicher als wie ein Lieutenant, er rasierte sich tagelang nicht, schlief wenig und ernährte sich unsäglich.

Paul dagegen war fast so etwas wie ein Gesundheitsfanatiker, er war stets makellos gekleidet und von tadellosen Manieren. Immer schien er die richtigen Worte zu finden, und er war obendrein der am wenigsten egozentrische Mann, den sie jemals gekannt hatte, obwohl er noch die meisten Gründe gehabt hätte, selbstgefällig zu sein.

Er hatte einfach Klasse und Stil, Esprit und Intelligenz. Daß er auch noch viel Geld verdiente, war für sie zweitrangig. Schließlich verdiente sie selbst nicht schlecht. Und wenn sie noch mehr verdienen wollte, konnte sie jederzeit in eine Privatkanzlei eintreten oder eine eigene eröffnen. Dann konnte sie in Strafsachen verteidigen wie jetzt auch, nur eben selbständig – und dabei eine Menge Geld machen.

Doch dies war nicht ihr Stil. Es ging ihr auch so gut genug. Und jetzt ging es ihr sogar noch besser, jetzt, da sie wußte, daß sie Paul Harris liebte. Das war auch der letzte, entscheidende Grund dafür gewesen, daß sie Tony Tulio aus ihrem Leben gestrichen hatte.

Paul war so ganz anders als Tony. Soviel ... lebendiger.

Sie hatte sich schon bereitgelegt, was sie anziehen wollte. Die lässige Hose mit der Bluse. Heute abend, an ihrem fünfunddreißigsten Geburtstag. Früher war ihr fünfunddreißig immer schrecklich alt vorgekommen. Aber jetzt, da sie selbst fünfunddreißig war, fand sie, daß von alt keine Rede sein konnte. Sie lächelte. Das sogenannte mittlere Alter, hatte ihr Vater immer gesagt, begann stets fünfzehn Jahre nach dem eigenen Alter.

Sie trocknete sich ab und kleidete sich eilig an. Ihr Anblick im Spiegel gefiel ihr allerdings gar nicht.

Nie zuvor war es so schwierig für sie gewesen wie diesmal, mit einem Mann Schluß zu machen. Bisher hatte sie damit nie größere Probleme gehabt. Aber mit Tony war es etwas anderes. Er war auch nicht wie alle anderen – wie die meisten anderen. Kein Kletterer auf der Karriereleiter. Kein Yuppie. Und keiner, der von ihr nur sein eigenes Vergnügen wollte. Er war alles andere als oberflächlich. Er war blitzgescheit, hatte eine Menge durchgemacht und harte Schicksalsschläge erlitten.

Aber trotzdem hatte sie heute keine andere Wahl gehabt. Endlich hatte sie den Mut aufgebracht, ihm den Laufpaß zu geben. Weil er recht gehabt hatte: es gab wirklich einen anderen. Jemanden, mit dem sie sich schon seit einiger Zeit traf. Und von dem sie zumindest hoffte, daß er endlich der ganz Richtige war.

Sie kämmte ihr Haar aus, das zu dieser späten Stunde ein wenig strubbelig war. Eigentlich sollte sie sich ja lieber ausziehen und ins Bett fallen und schlafen. Aber wie oft wurde man schon fünfunddreißig? Außerdem brauchte sie nach einem Abend wie heute einfach jemanden zum Reden. Jemanden, der sie verstand. Jemanden, der Mitgefühl für sie aufbrachte.

Paul fällte niemals Urteile über sie und stritt sich auch nicht. Niemals hatte sie ihn wütend oder zornig gesehen. Stets war er die Vernunft selbst und blieb ruhig. Er war einfach eine erfrischende Abwechslung zu Tony Tulio mit seinem explosiven Temperament.

Paul hatte nun schon eine ganze Zeitlang Verständnis dafür gehabt, daß Sex nicht in Frage kam, bevor sie die Situation mit Tony endgültig geklärt hatte. Geduldig hatte er ihr versichert, daß es für ihn wichtigere Gründe gab, weshalb er mit ihr zusammensein wollte, als endlich mit ihr intim zu werden. Nun, heute nacht würde sie sich ihm gegenüber jedenfalls intim geben. Genauer gesagt, zerreißen würde sie ihn.

Sie lächelte. Nun, da sie Tony endgültig aus ihrem Leben entfernt hatte, war ihr richtig nach Feiern zumute. Ab heute war alles anders.

Sie dachte an Paul. Was für ein eleganter Körper! Er war unglaublich gut gebaut, aber alles andere als ein Muskelprotz. Er war er ein reifer Mann, der sich seiner selbst sicher war und niemandem etwas beweisen mußte. Von einem liebevollen Kuß riß er sich los und sah sie dann mit einer gewissen Traurigkeit an, als hätte er gern mehr gewollt und gewußt, sie würde nachgeben, wenn er es forcierte. Aber er war zu galant, um sich über das hinwegzusetzen, was sie als ihren Wunsch angegeben hatte. In ihrem Leben hatte sie schon viel getan und eine Menge Fehler begangen, aber heutzutage und in ihrem Alter war es selbstmörderisch, sich durch alle möglichen Betten zu schlafen. Und obwohl sie als Teenager eine einigermaßen wilde Zeit hinter sich gebracht hatte, war sie auch damals nie mit zwei Männern zur gleichen Zeit ins Bett gegangen. Aber sie hatte auch keinem jemals etwas vorgemacht. Mit Tony Tulio hatte sie schon seit einigen Monaten nicht mehr geschlafen. Sie hatte immer das Bedürfnis gehabt, erst endgültig mit ihm Schluß zu machen, bevor sie sich ganz auf diese neue Affäre mit Paul einließ.

Doch jetzt brauchte Paul nicht länger zu warten.

Sie griff nach ihrer Handtasche und schloß die Wohnungstür gewissenhaft zweimal ab. Es hatte in jüngster Zeit eine Einbruchsserie in der Nachbarschaft gegeben. Ein Strolch, den die Polizei den Schlosser nannte, trieb sein Unwesen in der Gegend. Allein im letzten Monat hatte er hier in der unmittelbaren Nachbarschaft sechs Vergewaltigungen verübt. Jedesmal war er dabei in Wohnungen und Häuser eingedrungen, die sorgfältig verriegelt waren.

Sie ging die drei Treppen nach unten zu Fuß, statt auf den langsamen und klapprigen Aufzug zu warten, stieg in ihr Auto, bog in die Cornelia Street ein und fuhr dann nach Süden Richtung Southport.

Sie hatte heute noch gar nichts von ihrem Vater gehört, hatte dies allerdings auch nicht erwartet. Es war schon beachtlich, wenn er ihr wenigstens jedes Jahr eine Karte zu Weihnachten schickte.

Sie war erst drei Jahre alt gewesen, als ihre Mutter starb. Sie konnte sich nicht mehr an sie erinnern, hatte keine warmen Erinnerungen an diese Frau, nichts, das sie hätte festhalten wollen. Nur was ihr Vater ihr erzählt hatte, wußte sie von ihr, aber er war nicht sehr freundlich. Ihre Mutter war offenbar zufrieden damit gewesen, zu Hause zu sitzen, das Haus zu hüten und sich um sie, Marian, zu kümmern. Dies hatte ihr Vater später auch von ihr, seiner einzigen Tochter, für sich erwartet. Deshalb ließ er sie auch nur das College absolvieren, aber nicht etwa, damit sie eine gute Ausbildung bekam. Sie sollte danach für ihn da sein. Eine juristische Laufbahn seiner Tochter stand für ihn nicht zur Debatte. Er war sogar derart entschieden dagegen gewesen, daß sie wie ein Pferd hatte arbeiten müssen, um sich ihr Studium selbst zu finanzieren. Nicht einen Finger hatte er dafür gerührt, ihr zu helfen. Und sie selbst hatte ihn auch niemals, nicht ein einziges Mal, auch nur um einen Cent gebeten.

Woran lag es? Hatte er die berufliche Konkurrenz gefürchtet? Hatte er da Probleme hinsichtlich seiner Selbstsicherheit? Männer seines Schlages hatten derartige Schwächen, das wußte sie. Frauen schienen ihn ohnehin stets eingeschüchtert zu haben. In der Gesellschaft von Männern fühlte er sich bei weitem wohler. Bis heute wußte er nicht recht, wie er sich verhalten sollte, wenn sie ihn bei ihren Besuchen umarmte und auf die Wange küßte. Niemals war sie das Gefühl losgeworden, daß er lieber einen Sohn gehabt hätte.

Und jetzt war sie doch Juristin. Aber wie er triumphierte, bei den seltenen Gelegenheiten, da er sie bei einem Fehler ertappen konnte!

Sie bog in die Division Street ein und drückte automatisch die Taste der elektronischen Innenverriegelung. Noch ein Stück weiter, und sie war bei den Cabriuni-Green-Hochhäusern, der Wohnanlage mit der ärmsten Bevölkerung und der höchsten Kriminalität in der ganzen Stadt. Soviel Wohlstand nur ein paar Blocks von dieser Verwüstung entfernt! Kein Wunder, daß sich die Akten einschlägiger Fälle auf ihrem Schreibtisch türmten. Sie sah starr geradeaus und war erleichtert, als die Ampel auf Grün schaltete und sie unbehelligt nach Osten weiterfahren konnte.

Sie verscheuchte die Gedanken an ihren Vater und an alles andere, als sie in die zurückgesetzte kreisrunde Einfahrt zu dem Wohnhaus von Paul Harris einbog. Sie stieg aus und gab dem Parkwächter Pauls Namen an. Jedes Penthouse hier hatte zwei eigene Parkplätze, für den Mieter selbst und für einen Besucher. Sie gab dem Mann zwei Dollar Trinkgeld und bekam ihr gelbes Parkschild. Sie nickte dem Portier zu, der ihr die Glastür am Eingang aufhielt, ging durch die Halle und genierte sich ein wenig für ihre snobistische Begeisterung darüber, nicht den normalen Aufzug zu nehmen, sondern den durchgehenden zum obersten Stockwerk. Sie mußte warten, bis der Portier den speziellen Knopf für den Penthouselift gedrückt hatte und dessen Tür aufging.

Der Aufzug sauste nur so nach oben. Er schaukelte kaum trotz der raschen Fahrt und glitt völlig geräuschlos aufwärts, anders als der altersschwache Lift bei ihr. Immerhin, die kleine Couch an der Rückwand, die sie auch etwas prätentiös fand, benötigte sie denn doch nicht. Doch für den großen Spiegel darüber war sie dankbar. Er gab ihr Gelegenheit, noch einmal kritisch ihr Aussehen zu prüfen.

Sie sah zuversichtlich aus. Stark. Fähig und kompetent. Genau der Typ Frau, der in das Penthouse eines solchen Gebäudes gehörte. Doch tatsächlich fühlte sie sich ganz und gar nicht so. Es war hier wie bei Gericht. Fassade war alles.

Die Türen fuhren sanft und fast lautlos auf. Sie trat hinaus auf den Flur mit dem dicken Teppich und wandte sich nach rechts zum ersten der beiden Penthouse-Apartments hier oben. Sie berührte die Taste für die Klingel, hörte aber nichts von drinnen. Doch schon nach Sekunden verdunkelte sich der Türspion, und sofort gingen auch die Türschlösser auf.

Die Tür öffnete sich, und Paul nahm sie lächelnd in die Arme, gab ihr ein kleines Küßchen auf den Mund und drückte sie zur Begrüßung leicht an sich, ehe er sie hineingeleitete.

Er vergaß zunächst, die schwere doppelte Eichentür wieder zu verschließen, holte das eilig nach und kam sofort wieder zu ihr. Marian war etwas unsicher. Noch nie hatte sie ihn so angeregt, um nicht zu sagen aufgeregt, erlebt. Er drängte sie sanft vorwärts, während ihr Blick, wie immer hier, über die lichterschimmernde Stadt bis weit hinaus auf das endlose Dunkel des nächtlichen Michigansees wanderte.

Dann hörte sie seine stolze Stimme hinter sich: »*Happy Birthday*! Na, was sagst du?«

Marian sah ihn an und lächelte skeptisch. Sie wandte sich der Stelle zu, die er ihr zu zeigen versuchte. Dort an der Wand hing ein kleines Gemälde, angestrahlt von oben von einem kleinen schwachen Licht.

Sie sah es sich näher an. Eine sitzende Frau in einem blauen Zimmer mit gelassenem Blick in die Ferne.

»Ein Vermeer«, sagte Paul Harris.

Marian blickte ihn erstaunt an. Sie fühlte sich desorientiert und erschreckt. Sie mußte es noch einmal betrachten, kniff die Augen zusammen, und ein Schauer überlief sie. Ihre Knie wurden so weich, daß sie sich an ihn lehnen mußte.

»Gute dreihundert Jahre alt«, sagte Paul.

Aber seine Worte drangen zu ihr wie durch einen endlos langen Tunnel. Sie nickte nur langsam und starrte weiter unverwandt auf das Bild.

Es war ein derart erstaunliches und genaues Abbild ihres eigenen Gesichts, als hätte sie selbst für das Bild Modell gesessen.

»Das bist du«, sagte Paul, und sie konnte nur zustimmend nicken.

14

Sie sass auf dem Ledersofa und hatte sich etwas von ihrem Schock erholt, war aber noch immer verblüfft über diese unglaubliche Ähnlichkeit. Als hinge sie selbst dort an der Wand. Sie konnte von ihrem Platz aus das von dem sanften Lichtschein umhüllte Gemälde genau sehen.

Paul brachte ihr ein Glas Wein. Sie nippte daran, stellte es auf den Tisch und schüttelte erneut den Kopf, als müsse sie etwas von sich abschütteln.

»Ich bin katholisch erzogen worden«, sagte sie.

»Der alte Hannerty.«

»Ja.«

»Es paßt also nicht in deine Vorstellungen vom Jenseits?«

»Ach, ich war seit dem Tag meines Schulabschlusses in keiner katholischen Kirche mehr, Taufen, Hochzeiten und Beerdigungen ausgenommen. Aber seit meinem fünften Lebensjahr hatte man mir eingetrichtert, daß man, wenn man stirbt, entweder in den Himmel oder in die Hölle kommt, je nachdem, wie brav man war.«

»Und das gefiel dir nicht?«

»Ich sprach niemals darüber. Das ist schließlich kein Thema, das man mit Nonnen diskutieren kann. Aber es wollte mir nicht in den Kopf, daß meine erotischen Phantasien über David Cassidy gleich so schlimm sein sollten, daß ich in dieselbe Hölle käme wie beispielsweise Hitler. Das leuchtete mir einfach nicht ein.«

»Religion ist Aberglaube. Schwache Menschen brauchen sie. Als Zaun, damit sie nicht ihre eigenen Jungen fressen.«

»Na, das ist aber eine amüsante Art, es zu definieren«, sagte Marian. »Ich habe mich seit Jahren mit dem Thema nicht mehr beschäftigt, aber das ganze ideologische Gerüst, das man mir indoktriniert hat, sitzt mir für ewig im Kopf. Bis zu diesem Augenblick habe ich niemals auch nur einen Gedanken an das Thema Reinkarnation verschwendet.«

»Aber jetzt akzeptierst du, daß dies dort du selbst bist?«

»Mein Gott, das ist, als wäre es nach einem Foto von mir gemalt.«

»Nur gab es damals noch keine Kameras.« Er lächelte sie an, um klarzumachen, daß dies natürlich ein Scherz war. »Ich glaube, du hast ihm Modell gesessen.«

»Vermeer? Ich?«

»Ja, du. Und du bist immer und immer wieder gekommen, drei Jahrhunderte lang. Bis wir beide uns gefunden haben.«

Marian griff wieder nach ihrem Wein, diesmal trank sie allerdings einen kräftigen Schluck. Sie lachte kurz melancholisch auf.

»Da kommt einem fünfunddreißig gar nicht mehr so alt vor.«

»Das Bild ist ungefähr zehnmal so alt, Marian.« Paul stand auf und kam zu ihr, nahm ihr das Glas aus der Hand und stellte es auf den Tisch zurück. Er setzte sich neben sie und legte den Arm um ihre Schultern.

»Und wenn du mal annimmst«, sagte er, »ich sei damals Vermeer gewesen?«

»Also, um ganz ehrlich zu sein, darüber möchte ich jetzt nicht so ausführlich nachdenken.«

»Macht dir der Gedanke angst, früher schon einmal gelebt zu haben?«

»Nein, aber Sterben macht mir angst, und jetzt gerade fühle ich mich ziemlich alt.«

»Mit fünfunddreißig? Aber, aber!«

»Das ist es nicht allein. Ich habe heute mit Tony endgültig Schluß gemacht.«

»Im Ernst?« Er lächelte glücklich.

Marian war stolz auf sich. Paul, der wohlhabende, erfolgreiche Kunsthändler, war glücklich, weil sie ihrem Freund den Laufpaß gegeben hatte und nun bei ihm in seiner Wohnung war und es ihm mitteilte.

»Wie hat er es denn aufgenommen?«

»Nicht sehr gut.«

»Das macht nichts«, meinte Paul wegwerfend, »solange du weißt, daß es richtig war.«

»Er weiß von uns. Nicht deinen Namen, aber er weiß jetzt, daß es jemand anderen gibt.«

»Hast du es ihm gesagt?«

»Das war gar nicht mehr nötig.«

»Er wird darüber hinwegkommen.«

»Bei ihm weiß man nie, was er tun wird.«

»Ich habe keine Angst vor ihm. Außerdem hast du dir nichts vorzuwerfen. Und mein Problem ist er erst recht nicht. Aber falls er hier auftauchen sollte, Marian – ich werde schon mit ihm fertig.«

»Der Gedanke, daß er dir etwas antun könnte …«

»Das wird er ganz bestimmt nicht. Er kann mir gar nichts antun.« Paul schmiegte sich an sie und küßte ihre Schulter. Marian spürte, wie es in ihr zu kribbeln begann.

»Das einzige«, sagte er, »was mich verletzen könnte, wäre, wenn du mich verlassen würdest. Nur das würde mir etwas antun.« Er strich mit seinen Lippen über ihren Hals. »Das würde mich wahrscheinlich sogar umbringen.«

»Es wird nicht geschehen«, sagte Marian. Sie wurde bereits schwach und erregt und fühlte sich ein wenig überwältigt. Sie dachte an Tony und verspürte einen Schmerz in der Brust. Tränen kamen ihr. Sie wischte sie hastig weg. Paul stand auf und musterte sie besorgt.

»Er ist keine Tränen wert.«

»Ach, weißt du, er ist so altmodisch, so ritterlich. Er lebt noch in den fünfziger Jahren.«

»Er wollte dich doch nur beherrschen und hat dich wie sein Eigentum behandelt.«

»Und du nicht?«

Er sah sie an, als hätte sie ihm ins Gesicht geschlagen. Sein Blick war verletzt. »Niemals!« sagte er sanft und leise. »Marian, ich liebe dich, das weißt du doch? Und zwar um deiner selbst willen und nicht dafür, was ich aus dir machen könnte oder möchte. Er wollte doch nur eine kleine Polizistenfrau, über die er die volle Kontrolle hätte, um sein männliches Ego zu bestärken. Ein Macho. Was aber mich angeht, so habe ich schon vor langer Zeit gelernt, daß man die schönsten Kunstwerke der Welt niemals wirklich besitzen kann. Man kann sich an ihnen lediglich für eine bestimmte Zeit erfreuen.«

Marian blickte ihn schuldbewwußt an. Sie berührte seine Wange und ließ ihre Hand dort verweilen. Er drehte den Kopf und küßte ihre Handfläche. Er hatte ihr gesagt, daß er sie liebte, und sie hatte es gehört.

An der Wand gegenüber hing ein Bild, für das er ein Vermögen bezahlt haben mußte. Er hatte es offensichtlich für sie ausgesucht und erworben, um ihr zu zeigen, wieviel sie ihm bedeutete. Er war hinter ihr gestanden, seit sie ihn kannte. Seit sie ihm ihre Zweifel über Tony erzählt hatte und darüber, wie er war. Daß der ganze Streß, unter dem Tony ständig stand, von seiner Arbeit herrührte. Wie sein Gehirn funktionierte und wie er wirklich war, wenn ihn die Fernsehkameras einmal nicht im Visier hatten.

Und niemals hatte Paul Abfälliges über ihre Beziehung zu Tony gesagt, wie es so mancher andere Mann sicher getan hätte. Nicht nur so mancher: die meisten Männer. Paul hingegen hatte nicht einmal den Versuch unternommen, zu untergraben und schlecht zu machen, was zwischen ihr und Tony war. Nie hatte er allerdings auch nur den geringsten Zweifel daran gelassen, daß er immer für sie da sein würde, wenn sie ihn brauchte und ihn um Hilfe bat. Immer hatte er ihr das Recht darauf zugestanden, ihre eigenen Entscheidungen zu treffen, ohne sie mit seinen Ansichten und Wünschen zu belasten.

»Ich liebe dich auch«, sagte sie sehr sanft, dabei beugte sie sich zu ihm und küßte ihn. Er blieb ebenfalls ganz sanft und zurückhaltend und forcierte nichts.

Schließlich löste er sich von ihr und wischte ihr die letzten Tränen ab. »Bleib heute nacht hier«, murmelte er.

»Was dachtest du, weshalb ich gekommen bin?« sagte sie hingegen ganz nachdrücklich.

Erst lächelte er nur und beugte sich wieder zu ihr, und diesmal war sein Kuß schon drängender. Marian preßte sich heftig an ihn und erwiderte seinen Kuß. Sie wußte, selbst jetzt noch würde er sich nur höflich entschuldigen, wenn sie ihn plötzlich wieder wegstieße. Er ginge zurück zu seinem Stuhl und würde ganz zwanglos das Thema wechseln. Tony wäre da ganz anders. Er würde beleidigt schweigen und glauben, es läge an ihm. Da war Paul doch sehr viel selbstsicherer und souveräner. Er hatte keinen Grund, an seiner Männlichkeit zu zweifeln. Paul mußte nichts beweisen.

Marian griff nach seiner Hand und führte sie an ihre Brust, die er zärtlich zu streicheln begann. Sie ließ ihre Hand zwischen seine Beine gleiten und packte an der richtigen Stelle zu. Sie spürte, wie er den Kuß abbrach und wie sie hochgehoben wurde. Sie öffnete die Augen. Er trug sie so leicht wie ein Kissen, aber ohne Eile in sein Schlafzimmer. Sie überlegte, ob er wohl die Tür mit einem Fußtritt aufstoßen würde, und mußte sich bei dem Gedanken daran das Lachen verkneifen.

Er tat es nicht. Er drückte die Tür vielmehr mit seinem Rücken auf und stieß sie hinter ihnen wieder zu. Er knipste mit dem Ellenbogen das Licht an, trug sie bis zum Bett und legte sie sanft darauf. Sie begann ihre Bluse aufzuknöpfen, aber er hielt ihre Hände fest.

»Laß mich das machen.«

Langsam öffnete er einen Knopf nach dem anderen und leckte ihre Haut, die darunter zum Vorschein kam.

»Laß mich alles selbst machen, Marian. Bleib nur liegen und überlasse alles mir.«

Sein ganzes Leben lang hatte Sex für Harris eine große Rolle gespielt. Aber seine stärksten erotischen Gefühle verspürte er immer nach einer »Akquisition«. Er hatte sich ganz gelassen gegeben, als bedeute es ihm gar nicht so viel. Aber Marian konnte nicht ahnen, wie ungeheuer stark sein Wunsch gewesen war, über sie herzufallen, sobald sie seine Türschwelle überschritten hatte.

Jetzt leckte er ihre Brüste, während seine Finger schon weiter unten waren und fiebrig ihrer Beschäftigung nachgingen. Er war entschlossen, sich auch mit der Zunge dorthin vorzuarbeiten. Er liebte sie. *Er liebte sie.* Und er wollte ihr eine Nacht bescheren, an die sie sich ihr ganzes Leben erinnern sollte.

Er war richtig überwältigt davon, daß sie diesem Tulio endlich den Laufpaß gegeben hatte. Dabei hatte er sie ja eigentlich allein wegen ihrer Beziehung zu diesem Kerl ausgesucht. Aber dann hatte sich die Sache ganz anders entwickelt. Gegen seinen ursprünglichen Willen hatte er sich verliebt. Er hätte es selbst nie für möglich gehalten. Aber er war verliebt.

Er leckte sich genüßlich ihren Körper entlang abwärts und wunderte sich dabei über sich selbst. Er verspürte ganz neue Gefühle, die sich an ihm festsaugten wie Pilotfische an einem Wal. Völlig fremde sensationelle Empfindungen überkamen ihn. Hinterher würde er sich rational mit ihnen beschäftigen müssen, um sie genau zu analysieren.

Er hatte das starke Bedürfnis, sie zu beschützen, zärtlich zu ihr zu sein und liebevoll. Er brauchte nur in ihre Augen zu blicken, und schon fühlte er es. Was genau, konnte er nicht sagen. Aber etwas zog und zerrte an ihm dabei, tief in seiner Brust.

Anfangs, vergangenen Herbst, als er begonnen hatte, ihr den Hof zu machen, sah er in ihr nur eine beschränkte, schwache und törichte kleine Frau, von der er sich die Informationen über den Mann verschaffen konnte, der, soweit er wußte, alles daran setzte, ihm einen Mord nachzuweisen und ihn zu verhaften. Damals benötigte er auf ganz bestimmte Fragen verläßliche Antworten. Tulio ermittelte in dem Fall einer seiner »Akquisitionen«. Er selbst hatte die Sache zu dem Zeitpunkt schon längst für erledigt und vergessen gehalten. Aber Tulio hatte ihn ganz unerwartet wieder aufgerollt und im Fernsehen irgendwelchen psychologischen Unsinn über die Beziehung des Täters, also seine, zu dem Opfer von sich gegeben. Wußte er etwa, daß der eine Mord kein

Einzelfall war? Wußte oder ahnte er, daß es noch andere »Akquisitionen« gab und daß alle zu ihm führten?

Er mußte es herausfinden, und Marian sollte seine Nachrichtenquelle sein, seine Pipeline zum Kopf dieses Ermittlers. Und es hatte tatsächlich gar nicht lange gedauert, bis feststand, daß er nichts zu befürchten hatte. Tony Tulio war ein selbstgefälliger Egoist, ein publicitygeiler Hurenbock, der sich nicht mehr aus seinem triefenden Selbstmitleid über den tragischen Verlust seiner Familie befreien konnte. Zudem hatte er gewichtige Feinde in seinem eigenen Revier. Und wenn er ausnahmsweise mal nicht beruflich beschäftigt war, existierte offenbar nichts anderes für ihn als Marian, die er ganz für sich zu gewinnen suchte.

Aber jetzt war er weg, sie hatte ihn aus ihrem Leben gestrichen. Und er selbst hatte die Absicht, sich zur Ruhe setzen. Das Conners-Mädchen sollte seine letzte offizielle »Akquisition« gewesen sein. Diese Periode seines Lebens sollte zu Ende sein. Sein größtes Kunstwerk sollte nun die Frau werden, die sich hier und jetzt unter den Berührungen seiner Zunge lustvoll wand.

Er hob den Kopf etwas und sagte leise: »Ich liebe dich.«

Er spürte, wie sich ihre Hand in seinen Nacken grub. Er glaubte ganz fest, noch nie im Leben etwas gesagt zu haben, das zutreffender oder aufrichtiger war.

Er liebte sie, daran gab es keinen Zweifel. Wirklich und wahrhaftig. Was war das für eine Frau, die dies zustande brachte? Er lächelte, während seine Zunge sie weiter liebkoste. Ein Gefühl von Zufriedenheit und Befriedigung überkam ihn. Ein Gefühl wahrer Hingabe. Er tat etwas, was er bisher noch nie getan hatte: jemandem Lust bereiten, den er tatsächlich liebte. Er küßte sie überall, knabberte an ihr, verwöhnte sie weiter mit seiner Zunge. Dabei hörte er mit halbem Ohr ihr lustvolles Stöhnen und fragte sich, ob sie eigentlich merkte, welch begierige Töne sie von sich gab. Er bereitete ihr Lust, und das machte ihn glücklich.

Seltsam. Seltsam. Was sich da doch für eigenartige Dinge begaben. Er mußte in der Tat darüber nachdenken. Aber nicht jetzt. Später.

15

Tulios Haus lag in einer ruhigen Straße, nur einen Steinwurf vom Comiskey Park entfernt. Bei Abendspielen allerdings war es in der Gegend nicht mehr ruhig. Und nach einem Spiel pflegten die schönen Rasen vor den Häusern der Vorstadtbewohner überzulaufen von den Hinterlassenschaften der Stadionbesucher, die ringsherum in den Seitenstraßen geparkt hatten und die Vorgärten als ihre persönlichen Pissoirs betrachteten. Es sei denn, man hatte, wie Tulio, Glück, und das Haus war umzäunt. Sonst dauerte es oft ewig, bis der Gestank sich wieder verflüchtigte, weil die Leute sogar in die zentralen Klimaanlagen urinierten. Da half es auch nichts, daß während solcher Spiele pausenlos Fahrzeuge abgeschleppt wurden und die Wagenbesitzer, die zu geizig gewesen waren, für fünf Dollar ordentlich zu parken, fünfundsechzig Dollar berappen mußten. Im Sommer schien es in der ganzen Nachbarschaft wirklich keine Ruhe mehr zu geben. Im Winter war die Gegend dafür trostlos einsam und verlassen. Besonders für Tony Tulio. Vor allem die letzten beiden Winter.

Er betrat sein Haus geräuschlos durch die Garage, so vorsichtig, als schlafe im Haus immer noch jemand, den er auf keinen Fall aufwecken wollte. Die direkt ans Haus gebaute Garage hatte er noch in jenem Frühjahr, erst ganz kurz vor dem Unfall, errichten lassen. Damit wollte er seiner Familie den weiten Weg von der Garage hinten im Hof ersparen, schon weil seine Frau auf diese Weise ewig brauchte, bis sie die Lebensmitteleinkäufe aus dem Auto ins Haus geschleppt hatte. Für einen Mann von seinem Einkommen war es eine ziemlich luxuriöse Anschaffung gewesen, aber er fand, daß er dies seiner Frau, die er liebte, schuldig war. Er war sich durchaus im klaren darüber, daß er ihr in den

Jahren ihrer Ehe bis dahin wirklich nicht sehr viele Geschenke gemacht hatte. Und diese Erkenntnis hatte ihn damals sogar veranlaßt, entschlossen einige Dinge in seinem Leben zu ändern – als er erst einmal begriffen hatte, wie wichtig es ihm war, an sie zu denken und ihr Geschenke zu machen.

Was hatte er ihr denn eigentlich für Geschenke gemacht, was hatte er ihr gegeben? Oh, da gab es durchaus eine Menge Dinge …

Kopfschmerzen, ja, die hatte er ihr in reichlichem Maße verursacht. Und, um sich die Wahrheit einzugestehen, auch jede Menge Kummer, wenn er mal wieder die ganze Nacht ausblieb und trank und sie allein zu Hause ließ, in dem unbestreitbaren und auch unbestrittenen Wissen, daß er sich dabei mit anderen Frauen herumtrieb.

Er hatte sehr lange gebraucht, bis er erwachsen genug war, um zu begreifen, daß das, was er zu Hause hatte, viel wichtiger war als alles, was ihm die Straße bot. Aber sie hatte sich nie beklagt, ihm nicht einmal nachgestellt. Und als er endlich zu begreifen begann, was er an ihr hatte, war es zu spät gewesen …

Er trat ins Haus, griff blind nach dem Schalter für die Klimaanlage, blieb noch ein wenig im Dunkeln stehen und horchte ins Haus hinein. Er versuchte, ihre Gegenwart herbeizuzaubern: seine Frau und seine Tochter …

Er ging ins Schlafzimmer, ohne auch nur ein Licht angemacht zu haben.

In der Dunkelheit blinkte das rote Lämpchen des Anrufbeantworters. Ein einziger Anruf. Vielleicht Marian? Er schaltete die Wiedergabe ein, wandte sich aber sogleich angewidert ab, als er die Männerstimme hörte.

Es war Hal, sein Betreuer und Partner bei den Anonymen Alkoholikern. Der scheinheilige Idiot. »Ich wollte nur mal nachfragen.« Seine ewige Floskel, jedesmal. Und er hatte Tulio in letzter Zeit gar nicht gesehen, ging er denn nicht mehr zu den Treffen?

Verstanden diese Leute eigentlich gar keinen Wink? Was

sollte er noch tun, einen erschießen, bis sie endlich begriffen, daß seine Zeit bei ihnen genug war?

Er spulte das Band kopfschüttelnd zurück. Wozu. Er hatte keine Lust zurückzurufen.

Er ging in den Wohnraum, schaltete hier endlich das Licht ein und blieb vor dem Familienfoto stehen, das vor einigen Jahren in der größten Sommerhitze aufgenommen worden war. Einer der Nachbarn hatte sie geknipst, als sie am Samstagnachmittag gerade vom Comiskey Park zurückkamen. Damals waren gerade die letzten Arbeiten am neuen Stadion gemacht worden. Das alte stand fast in seinem Schatten und war ein rechter Anachronismus; ein Dinosaurier kurz vor dem Aussterben. Es hatte ihn etwas betrübt damals, daß das alte Stadion einfach abgerissen und dieser neue Klotz dafür hingestellt wurde, jeden Tag, wenn er auf dem Weg zur Arbeit daran vorbeifuhr und die Abrißbirne mit ihren dumpfen Schlägen an der Arbeit war. Als Kind hatte er dort noch Nellie Fox und Louis Apparicio spielen sehen und viele andere, die inzwischen längst nicht mehr da waren. So tot wie jetzt seine Frau und seine Tochter ...

Auf dem Foto sahen sie aus, als wären sie für alle Zeiten glücklich, alle drei lächelten in die Kamera, er und seine Frau und seine Tochter. Er selbst grinste eher, halb betrunken, mit vorgestreckter Brust, je einen Arm um seine beiden Mädels links und rechts, womit er aller Welt demonstrierte, daß diese zu ihm gehörten und daß es ein jeder, der sich an ihnen vergreifen wollte, mit ihm zu tun bekam. Es war eines der letzten Male gewesen, daß er betrunken war; zu der Zeit, als er bereits angefangen hatte, klug zu werden.

In dem grellen Sonnenlicht, in dem das Foto gemacht worden war, hatte Marties hellbraunes Haar noch heller geschimmert, als es tatsächlich war, schon mit vielen grauen Strähnen dazwischen, die zugegebenermaßen alle auf sein Konto gingen. Aber er hatte sie, groß und hager, wie sie war, mit Würde umarmt gehalten und auch mit einer Grazie, die man nicht spielen und vortäuschen konnte. Und ihr Lächeln war breit und voll und offen. Sie hatten

Spaß gehabt an diesem Nachmittag. Sie hatte sogar zusammen mit ihm zwei oder drei Bier getrunken.

Er starrte lange auf das Foto und hatte Sehnsucht nach all dem, was ihm die einzige Frau bedeutete, die er je wirklich und aufrichtig geliebt hatte und von der ihm nicht mehr übriggeblieben war als dieses Bild.

Martie war auf diesem Foto dreiunddreißig. Ihre Brüste hatten sich schon leicht zu senken begonnen, und sie hatte hart daran gearbeitet, die beginnende Schlaffheit ihres Bauches zu bekämpfen. Ihre Trimmgeräte standen jetzt noch immer im Keller und waren inzwischen nur noch Schlupfwinkel für Spinnen. Hanteln, Standfahrrad und Rudergerät waren mit seidigen Spinnweben bedeckt. Sie war eine wirkliche Schönheit gewesen, seine Martie. Er war immer sehr stolz gewesen, sie erobert zu haben.

Auch auf Jess starrte er voller Trauer. Sein einziges Kind, wie sehr hatte er sie geliebt! Hochaufgeschossen und hager wie ihre Mutter. Auf dem Foto, das ihre aufblühende Jugend für immer und ewig festhielt und das er jeden Samstagmorgen säuberlich vom Wochenstaub befreite, trug sie ein purpurrotes Oberteil. Er dachte mit Wehmut an die Jahre, da sie noch ein ganz unbefangenes kleines Kind gewesen war und ihm, wann immer sie Lust darauf hatte, auf den Schoß kletterte, um ihn zu herzen und zu küssen. Und damals hatte sie sehr oft Lust dazu gehabt.

Später hatte sie dann gelernt, ihm nicht mehr zu nahe zu kommen, wenn beispielsweise zu viele leere zerknautschte Bierdosen im Küchenmülleimer lagen. Zu der Zeit hatte sie sein Bieratem schon abgestoßen.

Auf diesem Foto hier jedoch war kein Anzeichen dafür erkennbar, daß sie die Teenagertochter eines Trinkers war, der sich auf dem absteigenden Ast befand. Da machte seine kleine Jessica vielmehr einen sehr lebendigen Eindruck, sie lächelte und reckte ihre junge Puddingbrust vor, die sich aus dem zu engen Oberteil quetschte. Ihre Mutter hatte gesagt, das könne sie ohne weiteres tragen. Er erinnerte sich an seinen Zorn, als er bemerkte, wie andere Männer seine Tochter sehr eindeutig anglotzten.

Er strich vorsichtig über die Glasscheibe des Fotos, sah sich selbst darin gespiegelt und erschrak darüber, wie häßlich, wie schmerzgepeinigt er jetzt aussah, ganz anders als auf dem Foto. Die Todesanzeige daneben begann bereits zu vergilben und sich zu wellen. Aber er war entschlossen, sie im Rahmen stecken zu lassen, bis sie sich in ihre Bestandteile auflöste.

Er hätte ihr mehr von sich geben müssen, dachte er. Er hätte ein besserer Mensch sein müssen. So schwer wäre das ja gar nicht einmal gewesen. Aber er hatte immer alles für selbstverständlich gehalten. Heute wußte er, was für ein großer Fehler das gewesen war. Jetzt, weit jenseits der Mitte seines Lebens, da er wirklich und ganz allein war. Den Schmerz seines Verlustes verspürte er jeden Tag, und je älter er wurde, desto mehr. Wie selten war diese Art vollständiger, nachsichtiger Liebe, die Martie ihm entgegengebracht hatte. Und wie lange hätte es wohl noch gedauert, bis er auch ohne ihren Tod diese Liebe endgültig verloren hätte?

Er ging ins Schlafzimmer. Früher hatte er es mit Martie geteilt. Es gab Zeiten – wenn auch in immer größeren Abständen –, in denen er so deprimiert war, daß er in das Zimmer seiner Tochter ging, sich dort auf das Bett setzte und einfach auf ihre noch immer an den Wänden hängenden Poster starrte. Poster von George Michael und von jungen, posierenden Burschen, die sich seinerzeit die New Kids on the Block genannt hatten. Zeitgenössische Elvis-Verschnitte, programmiert darauf, Hormonausstöße hervorzurufen.

Aber heute abend hatte er nicht den Mut, in dieses Zimmer zu gehen. Heute wollte er sich nur an seine Frau erinnern. Und sich auch ein wenig selbst quälen. Als hätte Marians Verlust ihm eine zusätzliche Bußstrafe auferlegt – indem sie ihn daran erinnert hatte, wie seine Frau und sein Kind umgekommen waren.

Er setzte sich auf Marties Bettseite, wo sie früher seinen nackten Körper an ihren gepreßt hatte, und griff nach dem Kissen, das er, seit sie nicht mehr da war, nur noch selten berührt hatte. Er hatte den Bezug weder gewaschen noch gewechselt und sich vorgemacht, so immer noch ihr Parfüm und ihr Haarspray zu riechen. Für alle Ewigkeit sollte ihr Geruch in dem dünnen, weichen Stoff imprägniert bleiben.

Er hielt sich das Kissen an die Nase und roch intensiv daran.

»Ach, Martie …« murmelte er beim Ausatmen und wiederholte es immer wieder und erinnerte sich so an sie. Erinnerte sich an alles, was er erst nach ihrem Tod erfahren hatte. Dinge, über die er niemals mit irgend jemandem sprechen konnte. Nicht einmal mit Marian. Marian, die er zu lieben geglaubt hatte.

Wie konnte er sich das nur einbilden? Eine selbstsüchtige, ichbezogene Yuppie-Anwältin zu lieben? Das war doch eigentlich schon das Schlimme daran. Sie hatte ihn einfach nur benutzt, solange sie ihn brauchte, hatte mit ihm gespielt, während sie die ganze Zeit nur auf der Suche nach einem anderen war; nach dem »Richtigen«. Es war mehr, merkte er, als er ertragen konnte.

Schon deshalb, weil ihm dies nicht zum erstenmal passiert war.

Er stand vom Bett auf und ging zu dem kleinen Tisch neben dem Wandschrank zwischen der Ecke und dem Toilettetisch, in dessen Schublade noch immer Marties Wäsche lag. Er schloß die kleine Schublade auf und holte den Brief heraus, der darin lag. Er trug einen Poststempel mit einer Zeigefingerhand und der roten Schrift daneben:

ZURÜCK AN ABSENDER
UNGENÜGENDE FRANKIERUNG

Die Frankierung war nicht nur ungenügend gewesen. Martie hatte, offenbar in Eile und Verwirrung, überhaupt kein Porto auf den Brief geklebt. Der Brief war genau an dem Tag zurückgekommen, als sie und Jessica beerdigt wurden. Er hatte ihn hinter der Tür gefunden, als er vom Leichenschmaus heimgekommen war, wo sich Freunde, von denen er gar nichts gewußt hatte, und Verwandte, die er kaum kannte, benommen hatten, als ginge ihnen sein tragischer Verlust tatsächlich persönlich nahe.

Er hatte den Brief an diesem Tag mindestens hundertmal gelesen in dem verzweifelten Versuch, ihn zu begreifen. Irgendwann in der folgenden Nacht dann endlich war er wenigstens halbwegs imstande, die Botschaft seiner Frau zu verstehen.

Er las den Namen und die Adresse auf dem Umschlag wieder. Der Brief war an einen Mann adressiert, von dem er niemals irgend etwas gehört hatte und den er auch gar nicht kennenlernen wollte. Er war nicht bei der Beerdigung gewesen und hatte auch nie angerufen. Zu seinem Glück. Hätte er es getan, Tulio wäre, glaubte er, imstande gewesen, seine Waffe zu ziehen und ihn niederzuschießen.

Er ging schweren Schrittes zurück zum Bett, setzte sich, öffnete den Umschlag, nahm den Brief heraus und las ihn zum mittlerweile tausendsten Mal in den über zwei Jahren; las die letzten Gedanken seiner Frau.

Lieber Scott,

ich kann nicht glauben, daß Du mich belogen hast, daß alles, was je zwischen uns war, nichts bedeuten soll. Ich habe Dich geliebt. Ich liebe Dich sogar noch immer. Und auch Jess liebt Dich mehr als ihren Vater. Und alle unsere Pläne und Träume sind nun also gestern abend zerbrochen. Wie konntest Du mich einfach gehen lassen, wie konntest Du nur sagen, du hättest mich nie geliebt? Ich war bereit, alles aufzugeben für Dich, mit Dir ganz von vorne anzufangen, ich mit meiner Tochter. Und da sagst Du mir nun einfach, daß ich für Dich nicht mehr war als Sex, ein Spielzeug.

Niemals bin ich schlimmer gedemütigt worden.

Das Kind, das ich in mir trage, wird seinen Vater niemals kennen. Du hast mir das Herz gebrochen, mir und meiner Tochter, aber Du wirst keine Gelegenheit bekommen, auch noch dieses Kind zu verletzen; auf keinen Fall; nie im Leben.

Und der Brief war nur unterschrieben: *Martie.*

Er atmete schwer aus, faltete den Brief wieder zusammen und legte ihn weg.

Am Todestag seiner Frau und seiner Tochter war er auf Verbrecherjagd gewesen. Er war drei Tage lang kaum nach Hause gekommen. Sie hatten versucht, einem Mann eine Falle zu stellen, der ein junges Mädchen namens LaFeit ermordet hatte. Er hatte die Presse eingeschaltet und eine Lüge nach der anderen verbreitet, um so vorsichtig seinen Köder auszulegen. Doch der Mörder hatte den Köder nie angenommen. So sehr er sich auch zu erinnern versuchte, er konnte sich an keine wirkliche Verbitterung in diesen drei Tagen erinnern, an keine verschlossene Miene Marties, an keine gedrückte Stimmung Jessicas.

Sie hatten ihn beide hintergangen, hatten ihm beide das Messer mitten ins Herz gestoßen – seine Frau mit ihrer offenen Untreue und seine Tochter mit ihrer stillschweigenden, verschwörerischen Zustimmung. Martie hatte einen Liebhaber gehabt, den auch Jess geliebt hatte. Mehr als ihren Vater. Das konnte also nicht irgendeine kurze und nebensächliche Affäre gewesen sein. So etwas, hatte er sich eingeredet, hätte er verzeihen können. Aber dies – ihr eingestandener Plan, ihn sogar zu verlassen, ihr Wunsch, ein neues Leben anzufangen, als Frau eines anderen …

Wie konnte Jess mit alledem einverstanden sein, sich an dem Komplott beteiligen? Warum hatte sie ihm nie auch nur ein Sterbenswörtchen davon gesagt? Daß er als Ehemann versagt hatte, wußte er ja. Aber …

Und Martie war obendrein auch noch schwanger gewesen, als sie mit dem Wagen in die Betonmauer der Unterführung gerast war. Sie trug das Kind eines Mannes unter dem Herzen, den sie zu lieben geglaubt hatte.

Natürlich war es Tulio in den Sinn gekommen, den Mann umzubringen, damals, ziemlich bald nach dem Unfall. Ihn umzubringen und anschließend die Pistole auf sich selbst zu richten. Er war im Bett gelegen und hatte sich immer wieder den Tod eines Fremden namens Scott ausgemalt. Doch dann war er seinem ersten Impuls doch nicht gefolgt, auch nicht, als er den brutalen, versteckten Sinn dieses Briefes tatsächlich verstanden hatte:

Nämlich, daß dies kein Unfall gewesen war, daß Martie mit Jessica absichtlich gegen die Mauer gefahren sein mußte.

Wie hatte es sich abgespielt? Hatte sie die Augen geschlossen und das Gaspedal durchgedrückt? Geschrien, als der Wagen über die Böschung gesaust war, in dem Bruchteil einer Sekunde, ehe er in die Wand der Unterführung krachte? Und was hatte Jess getan? Sie konnte das unmöglich freiwillig mitgemacht haben.

Eine Zeitlang danach hatte er Martie gehaßt, sie in die Hölle gewünscht. Später hatte er dieses Schwein Scott gehaßt, der Martie ins Gesicht gelogen und ihr Liebe vorgespielt hatte, um sie dann einfach fallenzulassen.

Doch nach einigen Monaten fing er an, die Schuld dort einzugestehen, wo sie wirklich lag. Bei ihm selbst. Die Schuld lastete allein auf seinen Schultern. Er hatte Martie in das alles hineingetrieben, sogar bis in ihren selbstmörderischen Wahnsinn.

So oft hatte sie versucht, ihm die perfekte Frau zu sein. Und je mehr sie gab, desto mehr nahm er, selbst noch, als er endlich mit seinem Trinken Schluß gemacht hatte. Für ihn aber war das nur eine persönliche Leistung gewesen, die Belohnung verdiente. Als schulde Martie ihm etwas dafür, daß er sich endlich von der Flasche losgerissen hatte. Er war nun öfter zu Hause und ging auch nicht mehr fremd. War dies vielleicht nicht eine besondere Belohnung wert, stand sie darum etwa nicht in seiner Schuld?

Sein Piepser meldete sich. Er schreckte hoch. Er schaltete das Gerät aus, stellte die Anrufnummer fest, steckte den Piepser wieder in den Gürtel und griff, nicht undankbar für die Störung, langsam zum Telefon.

16

Marian blickte versonnen zur Decke hinauf und lauschte auf Pauls sanftes Schnarchen neben sich. Sie lächelte. Er war so schüchtern, auf seine Weise, und so besorgt darum, sie glücklich zu machen. Es war ihr fünfunddreißigster Geburtstag heute, und zum erstenmal an diesem Tag wurde ihr klar, wie gut sie es hatte. Sie hatte eine gute Stellung, ein gutes Leben, und jetzt hatte sie auch noch einen guten Mann gefunden.

Letzteres war etwas, von dem sie nie sicher war, ob es je eintreten würde. Sie schien immer nur Männer wie Tony Tulio anzuziehen, mit Eigenheiten, die sie erst kurieren wollte, die sich aber später doch als fatal erwiesen und als Gift für die Beziehung.

Aber Paul war in allem so anders. Er schien sie nicht zu brauchen. Paul schien sie vielmehr zu begehren.

Wenn das nicht mal eine erfrischende Abwechslung war!

Sie setzte sich im Bett auf. Sie konnte in dieser ungewohnten, seltsamen Umgebung nicht schlafen. Pauls Schlafzimmer war größer als ihre ganze Wohnung. Es war, als versuchte man im Grand Canyon zu schlafen.

Seltsam, sie hatte niemals eine Nacht in Tonys Haus verbracht. Sie war überhaupt höchstens ein paarmal dort gewesen. Miteinander geschlafen hatten sie immer nur bei ihr, und selbst dort war er nur hin und wieder auch einmal die ganze Nacht geblieben. Es war, als bliebe sein Bett zu Hause für alle Zeiten der Erinnerung an diese Frau vorbehalten, die bereits ein ganzes Jahr tot war, als sie ihn kennenlernte.

Sie schüttelte den Kopf, wie um sich von den Gedanken an Tony Tulio zu befreien. Sie wußte, wenn sie sich nicht von ihm losriß, überfiel sie gleich das Mitleid mit ihm. Er war ein ungezügelter und manischer Typ und überhaupt noch nicht ausreichend von seinem Schicksalsschlag geheilt, um eine andere normale Beziehung einzugehen. Hätte Paul sie nur gedrängt, wäre sie Tony sogar schon vor Monaten davongelaufen. Doch jetzt war sie andererseits auch froh, daß es doch nicht so gekommen war, denn nun war es allein ihre Entscheidung gewesen, sich von Tony zu trennen. Und sie wußte auch, daß sie die richtige Entscheidung getroffen hatte. Und sie würde nun nicht weiter an ihn denken heute nacht.

Heute nacht wollte sie vielmehr allein an Paul denken. Paul war wirklich so ganz anders als Tony, schon mit seinem erstklassigen Beruf, seinem ganzen Geld und mit diesem Traum von einem Apartment hoch oben am Himmel. Man hörte keinen Bus, kein Auto, kein Taxi, und auch sonst drang kein Straßenlärm bis hier herauf. Man war hier wie in einem Kokon, sicher und geborgen und von Stille umgeben. Hier oben, soviel stand fest, würde sie niemals jemanden schreien hören.

Aber das war gar nicht die Umgebung, an die sie nachts gewöhnt war.

Und auch an die völlige Dunkelheit war sie nicht gewöhnt. Als Paul hinterher das kleine Nachttischlicht gelöscht hatte, war sie mit einem Schlag wie blind gewesen. Der Raum war plötzlich stockdunkel. Nicht einmal das kleine rote Licht eines Weckers bot irgendeinen Orientierungspunkt. Wäre er nicht an ihrer Seite, wäre sie längst in Panik geraten.

Sie tastete sich aus dem Bett, suchte sich mit ausgestreckten Armen den Weg durch die totale Finsternis und fand die Türe tatsächlich dort, wo sie sie vermutet hatte. Gott sei Dank. Pauls weißer, knöchellanger Bademantel hing an einem Haken hinter der Tür. Sie zog ihn an. Der Duft einer exklusiven und sehr teuren Seife hing darin. Sie öffnete die Tür gerade nur den schmalen Spalt, den sie benötigte, um durchzuschlüpfen, schloß sie leise hinter sich und paßte sorgfältig auf, daß sie kein Geräusch machte. Sie wollte Paul nicht aus dem Schlaf reißen.

Sie stand an der großen Glaswand des Wohnraums und starrte hinaus in die Dunkelheit, hinter der, wie sie wußte, der See lag.

Allerdings war er jetzt nicht zu sehen. Auf dem Wasser gab es keine Straßenbeleuchtung, alles war schwarz.

Am liebsten wäre sie zurück in ihre Wohnung gefahren, um ein wenig Schlaf zu finden. Aber ihre Sachen waren noch im Schlafzimmer. In dieser völligen Dunkelheit konnte sie sich schlecht anziehen. Vermutlich würde sie ihre Sachen nicht einmal finden.

Sie wandte sich ab und vermied ausdrücklich den Blick auf das Gemälde. Sie hatte inzwischen nicht mehr die Kraft, es anzuschauen. Sie hatte Angst vor dem, was dieses alte Bild ihr zu sagen schien. Sie ging quer durch den ganzen Raum bis zu einer großen Eichentür, öffnete sie und suchte nach dem Lichtschalter daneben. Als das Licht anging, fand sie sich in Pauls wohlausgestattetem Sport- und Gymnastikraum.

Sie löschte das Licht wieder, zog die Tür zu und verspürte ein vages Gefühl der Unruhe. Es war der erste Fitneßraum, den sie jemals gesehen hatte, in dem sich nicht ein einziger Spiegel befand.

Dort war noch eine Tür neben der zum Schlafraum, in dem Paul noch schlief. Mehr aus Langeweile als aus sonst einem Grund ging sie hin und öffnete auch diese Tür. Sie knipste das Licht an und fand sich in einem Computerraum. Er sah etwas eigenartig aus. Ratlos blickte sie sich um. Dem Computertisch mit seinem Telefon gegenüber befand sich ein niedriger Tisch mit vier weiteren Telefonen, jedes mit einem eigenen Anrufbeantworter. Betrieb Paul hier eine Art von Telemarketing oder ein ähnliches Geschäft? Zwei Anrufbeantworter blinkten. Sie hatte nicht die Absicht, sie abzuhören. Das waren Pauls Geschäftsangelegenheiten.

Sie ging zu dem Computer und bemerkte, daß er leise summte. Er war also an. Sie setzte sich und schaltete den Monitor ein, der sofort ein Bild zeigte.

Ein volles Farbbild einer lächelnden jungen Frau, die ihr vage bekannt vorkam. Ein Porträtfoto.

Das Lächeln der jungen Frau oder des Mädchens war selbstbewußt; sie schien die Absicht zu haben, auf der Welt noch von sich reden zu machen. War dies eine Bekannte Pauls? Neben dem Bild standen Informationen: Name, Adresse, Geburtsdatum, Haar- und Augenfarbe. Die Augen der jungen Frau waren grün, so wie ihre eigenen. Unten auf dem Bildschirm stand, in anderer Schrift und wie nachträglich eingefügt, die Blutgruppe.

Seltsam. So viele Dinge kamen ihr heute nacht ungewöhnlich vor.

Zum erstenmal, seit sie sich von Tony getrennt hatte, verspürte sie Angst. Wovor eigentlich? fragte sie sich selbst. Was hatte sie zu befürchten? Sie fühlte, wie ein kalter Schauer sie überlaufen wollte, und unterdrückte ihn. Auch gegen dieses seltsame plötzliche Angstgefühl kämpfte sie an, indem sie sich einredete, eine Närrin zu sein. Doch es gelang ihr nicht, die Furcht abzuschütteln.

Als sie eine Hand auf ihrer Schulter fühlte, die sich dann um ihren Hals schloß, fuhr sie erschrocken hoch.

»Suchst du etwas?« fragte Paul.

Sie mußte erst mehrmals tief durchatmen, ehe sie imstande war zu antworten. »Mein Gott, hast du mich erschreckt.«

»Tut mir leid, Marian.«

Seine Stimme war leise und entspannt. Aber er sprach in einem Ton, den sie noch nie von ihm gehört hatte. Sie ermahnte sich selbst im stillen, sich nicht albern zu benehmen. Paul war schließlich gerade erst aus dem Schlaf erwacht, und sie hatte auch noch niemals zu dieser Tageszeit mit ihm gesprochen, das war alles. Die Hand um ihren Hals bewegte sich leicht und begann ihre Schulter zu massieren. Sie schloß die Augen, lehnte sich zurück und versuchte dieses unerklärliche, irrationale Gefühl von Furcht zu überwinden.

»Mmmm«, sagte sie wohlig, »das tut gut.«

»Wonach hast du denn gesucht, Marian?« fragte Paul noch einmal, zwar ganz ruhig und langsam und mit nur leichter Betonung ihres Namens, doch irgendwie klang er wie ein verärgerter Vater, der sich bemühte, seinen Unmut zu bezähmen.

»Was?«

»Ich habe dich gefragt, was du hier gesucht hast.«

»Gar nichts. Ich konnte nur nicht schlafen und bin ein bißchen herumgewandert, das ist alles.« Sie spürte die Abwehr in ihrer eigenen Stimme und versuchte, sie zu überwinden. »Der Computer lief. Ich hatte keine Absicht zu spionieren.«

Er antwortete nicht darauf, und sie beschloß deshalb, in die Offensive zu gehen.

»Was ist das hier überhaupt?«

»Nur ein Experiment, um das mich ein notleidender Künstler bat.«

»Über die Benachteiligung der Frauen«, sagte Marian, »und wie sie in der Gesellschaft von heute als reine Objekte behandelt werden?«

»So ungefähr, ja.«

Seine Finger kamen in ihr Blickfeld. Er schaltete den Computerbildschirm aus.

»He, ich war gerade dabei, es mir anzusehen.«

»Oh, entschuldige. Ich bringe mir ungern Arbeit mit nach Hause. Ich schalte ihn dir gerne wieder an. Wenn du es möchtest, kannst du es dir selbstverständlich weiter anschauen. Aber ich gehe wieder schlafen.«

Leicht besänftigt sagte Marian: »Nein, nein, schon gut, ich habe genug gesehen.«

Täuschte sie sich, oder wurde der Druck seiner Hände bei diesen Worten etwas stärker?

»Komm«, sagte er, »gehen wir wieder ins Bett.«

Sie stand auf und dachte, daß er sie jetzt wohl für eine Schnüfflerin hielt. Für einen Eindringling, nicht mehr für einen geladenen Gast. Und dieses Gefühl brachte sie auf.

»Ich kann hier nicht schlafen, Paul«, sagte sie. »Das hier ist mir zu groß und zu still und zu dunkel.« Und sie tat, als überliefe sie ein Schauer. »Und zu kalt.«

»Ich möchte aber, daß du bleibst, Marian. Früher oder später mußt du dich doch sowieso daran gewöhnen, nicht?«

Was war das, etwa ein Heiratsantrag? Oder nur das Angebot, bei ihm einzuziehen? Sie fühlte sich schon ein wenig besser.

Dennoch entging ihr nicht, daß Paul, als sie den Raum verließen, die Tür unauffällig zusperrte.

17

TULIO RASTE im Wagen zurück in die Stadt und kam auf die Ryan Street, die er um diese Nachtzeit, abgesehen von kaum mehr als einem halben Dutzend anderer Autos, fast für sich allein hatte.

Vor ihm stieg der Sears Tower empor, der über die Stadt wachte (oder, Tulio war sich da nicht so sicher, sie vielleicht auch nur ausspionierte). Die Lichter dieses höchsten Gebäudes der Welt waren die beste Werbung, die sich die Stadt nur wünschen konnte. Aus irgendeinem Grund fühlte Tulio sich bei ihrem Anblick immer in Sicherheit.

Er fuhr in die Seitenstraße hinter der Prentiss Hall, stieg aus und schlüpfte zum drittenmal in dieser Nacht unter den gelben Bändern einer Tatortabsperrung durch. Man hatte sie hier angebracht, obwohl es gar nichts abzusperren gab. Die Seitenstraße war völlig leer. Sie war die sauberste, die er je gesehen hatte, jedenfalls, wenn man sich die Blutflecken wegdachte. Er verschloß seinen Wagen und ging die zwei Blocks bis zum Eingang der Notaufnahme zu Fuß.

Die Ärzte waren bereits von den verantwortlichen Detectives befragt worden, ebenso der Streifenpolizist, der die Leiche der jungen Frau gefunden hatte. Und in ihrer versammelten Weisheit hatten sie entschieden, daß dies ein Fall für das Ressort *Besondere Verbrechensopfer* sei. Und – zum erstenmal heute nacht – hatten sie damit sogar recht.

Das Opfer war seit über einer Stunde tot. Ihre Organe waren für Transplantationen freigegeben. Die Chirurgen hatten sie ihr entnommen, sobald sie sicher waren, daß sie nicht mehr zu retten war. Die lebensfunktionserhaltenden Teile der Carole Conners waren bereits unterwegs zu Menschen, denen sie das Weiterleben ermöglichen sollten. Eine Autopsie sollte die genaue Todesursache des Mädchens ermitteln.

Er war mit solchen Fällen allmählich vertraut. Organspenden waren mittlerweile eine verbreitete Praxis. Nur hatte er hier eine Menge mehr zu überprüfen, das war ihm klar. Gut verschlossen in seinem Schreibtisch lagen bereits fünf Akten von Fällen, in denen die Opfer alle Organspender gewesen waren. Er hoffte nur, daß sich die Befürchtung, die er seit nun schon zwei Jahren mit sich herumtrug, nicht bewahrheitete; daß es sich noch immer um zufällige Übereinstimmungen handelte; nämlich daß alle Opfer Organspender waren. So zynisch er auch im Laufe seines beruflichen und privaten Lebens geworden war, er konnte sich vorstellen, daß es nun einmal Menschen gab, die noch über ihren Tod hinaus bereit waren, anderen zu helfen. Es half ihnen, ihr eigenes Leid zu überwinden. Er konnte nur hoffen, daß der Tod dieser Carole Conners einfach nur ein häßlicher, normaler Mord war.

Aber sie war doch gerade erst neunzehn gewesen, dachte er. An dem Tag, an dem sie geboren wurde, war er selbst schon seit drei Jahren Armeeveteran gewesen und schon seit zwei Jahren im Polizeidienst. Er hatte Narben am Körper, die zwei Jahrzehnte älter waren als dieses junge Mädchen.

Er hoffte, daß sein Verdacht falsch war und es eine einfache Erklärung für diesen Tod gab. Selbst wenn sich herausstellen sollte, daß es keine Tat im Affekt war. Diesmal, vermutete er, gab es wohl kein Autokennzeichen des Täters, das jemand netterweise auf der Anzeige eines schnurlosen Telefons hinterlassen hatte.

Auf den ersten Blick schien es sich um einen Unfall zu handeln, vielleicht auch um einen Streit eines Liebespaars. Carole Conners mochte in der Hitze des Streits erwürgt worden sein, woraufhin der Mörder in Panik geriet, sie zum Krankenhaus fuhr und sie dort in der Seitenstraße ablegte, weil er sie verständlicherweise nicht gut selbst hineinbringen konnte. Da hätte er erklären müssen, was passiert war. Als könnte die Polizei das nicht selbst herausfinden …

Der Geliebte des Mädchens also als naheliegender Tatverdächtiger. Vorausgesetzt, sie hatte einen Geliebten. Das stand im Moment noch nicht fest. Es gab zwar einen Burschen, den sie aus der Schule gekannt hatte, aber auch die Eltern waren, den ersten Protokollen zufolge, nicht sehr sicher. Auch die theoretische Möglichkeit, daß es sich um einen Drogenmord handelte, war wegen der Gegend, in der man sie gefunden hatte, nicht auszuschließen. Kinder aus wohlhabenden Familien der nördlichen Suburbs, bei denen es als schick galt, sich als erfahren auszugeben, unterschätzten häufig die Großstadtdesperados.

Aber wer immer dieses Mädchen umgebracht hatte – daran, daß es sich um ein besonderes Verbrechensopfer handelte, bestand jedenfalls diesmal kein Zweifel. Das Opfer war mitten in Chicago gefunden worden. Ihr Vater war ein einflußreicher Mann in dieser Stadt hier, in der es, wie jedermann wußte, mindestens ebenso von Bedeutung war, wer man war wie was man hatte oder wieviel man verdiente.

Tulio sah in sein Notizbuch und machte sich einige Anmerkungen darüber, wem er die anschließende Kleinarbeit übergeben wollte, sobald er seine Ermittlungen hier am Tatort abgeschlossen hatte. Er würde eine Notiz und die bisherigen Protokolle hinterlassen, selbst aber nicht an dem Fall weiterarbeiten. Es war spät, und er war müde. In dieser Nacht war der Fall bestimmt nicht mehr aufzuklären, anders als die beiden anderen Fälle heute nacht. Natürlich war der Liebhaber des Mädchens – falls es einen gab – der erste, den man sich vorknöpfen mußte. Man mußte ihn also erst einmal finden, dann herholen und zweifellos auch einige Stunden lang verhören, bis man ihm die Tat entweder nachweisen oder aber ihn wieder laufen lassen konnte. Zu alledem war er im Augenblick körperlich nicht in der Lage. Schon in der Anfangsphase des Verhörs würde er schlappmachen.

Heute nacht wollte er nur noch mit den Eltern des Mädchens sprechen und sich dann entscheiden, was zu tun war. Vielleicht mußte er dann zwei Leute aus seiner Abteilung hinzuziehen und ihnen übergeben, was er bisher hatte. Bis er hier fertig war, würde es ohnehin schon in die Morgendämmerung gehen. Er wollte seinen Detectives nicht unnötig Schlaf rauben. Wenn immer es ging, besorgte er die Anfangsarbeit lieber selbst. Dadurch bekam man ein Bild eines Falles und ein Gefühl dafür. Man konnte erste Überlegungen anstellen und damit dann das untergeordnete Personal weiterarbeiten lassen. Und so wollte er es auch hier halten. Danach wollte er nach Hause fahren, duschen und ins Bett gehen. Er hoffte nur, auch wirklich schlafen zu können.

Die Eltern des Mädchens saßen ganz allein in einer Ecke auf Plastikstühlen, die sie nahe nebeneinander geschoben hatten.

Er blickte auf seine Notizen. Benjamin und Marjorie Conners. Beide recht alt für eine so junge Tochter. Bestimmt hatten sie sichergehen wollen, bis sie ihr das Beste geben konnten, ehe sie sich entschlossen, sie in die Welt zu setzen. Und nun war sie tot – so tot wie seine eigene Tochter auch.

Benjamin Conners war sehr klein. Aber er war dafür ein sehr bekannter Professor an der Universität, sogar Vorstand irgendeiner Fakultät. In einem Fach jedenfalls, von dem Tulio noch nie etwas gehört hatte. Irgend etwas auf -ologie. Er war ein schlaffer Typ, aber nicht fett. Einer von diesen elitären Snobs vom Nordufer, die in dieses Milieu hineingeboren waren. Kurz, einer von den Leuten, die nicht mit ihrem Körper und ihren Händen arbeiteten, sondern mit dem Kopf, und die sich, wenn irgendeine körperliche Arbeit zu tun war, ihre eigenen Leute dafür kommen ließen. Über seinen schon fast kahlen Kopf hatte er kunstvoll die letzten verbliebenen, aber immer noch schwarzen Haarsträhnen gebürstet.

Er trug eine schwere Brille mit dicken Gläsern, die seinen Augen die Illusion von Weisheit verliehen. Ein dicker grauer Walroß-Schnurrbart war an den Enden aufwärts gebogen. Wäre er dem Mann rein privat begegnet, hätte er sich nicht mit ihm anfreunden wollen. Er mochte diese Art Leute nicht. Diesen Typ Mensch, der in seinem Elfenbeinturm hockte und von dort Urteile über die niedrigeren Klassen fällte, die nicht seine Bildung und sein Einkommen hatten. Und die anderen, die seine Bildung besaßen, waren ihm natürlich an Intelligenz unterlegen.

Die Frau, Mrs. Conners, war genau die Art Frau, die diese Art Mann heiratete. Sie hatte Klasse, war groß und elegant und auf dem Weg in ihre »goldenen Jahre«. Ihr schon leicht grau werdendes Haar war sorgfältig eingelegt. Ihr Gesicht war schon etwas faltiger als das ihres Mannes. Sie machte den Eindruck einer langmütigen, starken Frau und war wohl auch diesen und jenen Kompromiß eingegangen, um ihren Platz im Leben zu sichern. Tulio konnte sie sich gut vorstellen, wie sie die für die Ehefrau eines Fakultätsdekans unvermeidlichen Teegesellschaften gab, in irgendeiner Bibliothek eine Ansprache über die Wichtigkeit guter Bücher hielt und Minderheiten ermutigte, Plato zu lesen, dabei aber dies alles jeden Augenblick haßte wie die Pest und sich wünschte, weit weg, vielleicht sogar jemand anderer zu sein. Vielleicht sogar selbst Mitglied der Fakultät und nicht lediglich die Ehefrau eines Mitglieds. Vermutlich hatte sie sich in ihren frühen Jahren halb kaputt geschuftet, damit er nicht zu arbeiten brauchte und Zeit für seine Promotion und Habilitation hatte; damals, in jenen Zeiten, als niemand auf die Idee gekommen wäre, daß sie vielleicht selbst gern studiert hätte.

Sie schien die Situation auch jetzt sehr viel besser zu meistern als ihr Mann. Für sie war der Tod ihrer Tochter sichtlich eine Tragödie. Für Professor Conners aber war er nicht nur tragisch, sondern auch lästig.

Tulio ging zu ihnen, verneigte sich respektvoll und stellte sich vor. Er wußte sofort, mit wem der beiden er es zu tun haben würde. Die Mutter sah ihn mit einer tiefen Trauer in den Augen an, die er sofort nachvollziehen konnte, aber ihre Augen waren trocken. Der Vater dagegen zitterte am ganzen Leib. Tulio spürte es auch bei dem kurzen Händedruck, den sie austauschten. Seine Augen waren gerötet und seine Wangen tränenüberströmt. Auch die Begrüßung brachte er nur mit gebrochener Stimme hervor. Aber selbst in diesen Augenblicken seines größten Leids blieb er herablassend und sprach das Wort »Lieutenant« in einer Art und

Weise aus, die unmißverständlich ausdrückte, welche Bedeutung dieser Status in den großen, weisen Augen dieses Mannes hatte.

»Mrs. Conners«, begann Tulio und bemerkte wohl, wie sich eine rasche Mißbilligung auf dem Gesicht des Professors zeigte. Aber er hatte keine Zeit, sich mit den Statusproblemen dieses Mannes aufzuhalten, und mußte sich an den Elternteil halten, der die Situation offensichtlich am besten meisterte. »Es tut mir leid, Sie in Ihrem Kummer belästigen zu müssen, aber ich muß Ihnen einige Fragen stellen.«

»Wir verstehen es schon«, sagte Mrs. Conners und tätschelte ihrem Mann begütigend die Hand. Tulio fragte sich, ob er ihr diese Geste jemals vergeben würde.

»Ich habe die ersten Protokolle gelesen, aber darin steht nichts von einem Freund Ihrer Tochter; nur von jemandem, mit dem sie während des Semesters vielleicht mal aus war.«

Er bemerkte, wie das Ehepaar einen raschen, flüchtigen Blick austauschte. Es war klar, daß die nächste Antwort der Mutter wohl eine Lüge sein würde.

»Sie traf sich hier mit überhaupt niemandem.«

Tulio ließ es durchgehen. Er war daran gewöhnt, daß die Leute immer erst einmal logen. Seine Leute würden sich noch in der Nachbarschaft umhören und schon herausfinden, mit wem das Mädchen sich tatsächlich getroffen hatte. Nachbarn von Mordopfern und Verdächtigen waren immer ganz wild darauf, den Kriminalbeamten und der Presse alles zu erzählen, was sie wußten oder zu wissen glaubten. Dadurch kamen sie sich wichtig vor, wenn vielleicht auch nur für einen Tag, und sie hatten endlich einmal die Gelegenheit, laut zu sagen, welchen Einblick in den Charakter ihrer Nachbarn sie gewonnen hatten. Und wenn sie damit auch fast immer falsch lagen, so wußten sie doch das eine oder andere Detail, das die Ermittler noch brauchten. Den Rest, nämlich die Amateurpsychologie über ihre Mitmenschen, konnte man getrost den Reportern zum Ausschlachten überlassen.

Tulio machte sich absichtlich klein, so daß er mit seinem Blick unter der Augenhöhe von Mrs. Conners blieb. Seine nächste Frage sollte sie nicht verschrecken.

»Sie haben ausgesagt, daß Sie Carole gute Nacht sagten, nachdem die *Tonight*-Show zu Ende war. Das wäre also halb zwölf. Der Anruf bei der Nummer 911 kam kurz nach zwei. Haben Sie irgendeine Ahnung, wo sie hingefahren und mit wem sie zusammengewesen sein könnte?«

»Sie fuhr nirgendwohin.«

»Ma'am, sie wurde immerhin fast zwanzig Meilen von hier aufgefunden.«

»Sie las ein Buch, als ich ihr gute Nacht sagte. Sie hatte nicht die Absicht auszugehen. Das hätte sie mir gesagt.«

Gewiß doch. Dieses Argument hatte er schon so oft gehört, daß er es nicht mehr zählen konnte. Immer wieder hatte er vor Eltern gestanden, deren Kinder an einer Überdosis gestorben waren, aber selbst wenn ihnen noch die Nadel im Arm steckte, hatten die Eltern aufs heftigste bestritten, daß ihre Kinder überhaupt jemals Drogen genommen hätten. Und verlangt, der Fall müsse als Mord klassifiziert werden. Irgendwer hatte ihrem Baby das angetan. Niemals waren Eltern bereit, von ihren Kindern das Schlimmste anzunehmen. Er konnte es ja verstehen.

So wie ja auch kein Ehemann das Schlimmste von seiner eigenen Frau annehmen wollte.

Viel, das war klar, würde er von diesen Eltern hier nicht erfahren. Hoffentlich hatte Carole wirklich einen Freund gehabt, den ihre Eltern zu schützen versuchten. Denn wenn es keinen Freund gab, dann wurde die Spur rasch eiskalt, und zwar schon morgen früh, wenn seine Detectives zum Rapport kamen. Heute nacht wollte er niemanden mehr rufen. Das Ehepaar Conners hatte mit seinem Verhalten dafür gesorgt, daß dies sinnlos gewesen wäre.

»Mein Beileid für Ihren Verlust«, sagte Tulio und reichte Mrs. Conners seine Karte. »Jemand aus meiner Abteilung wird Sie morgen früh noch einmal aufsuchen.« Er nickte kurz und stand auf.

»Warten Sie!« sagte Professor Conners da plötzlich. Tulio sah ihn erwartungsvoll an. Der Professor hatte sichtlich Mühe, seine Gedanken zu artikulieren. Seine Lippen bewegten sich tonlos und formten Wörter, die er noch nicht laut auszusprechen imstande war. Er suchte vermutlich einen Weg, sich in einer Weise auszudrücken, die so ein analphabetischer Polizist wie Tulio einigermaßen verstehen konnte. Tulio blickte ihn unverwandt an und überlegte, wann dem Mann wohl das Gespür für andere Menschen chirurgisch entfernt worden war.

Um sie herum herrschte Chaos. In der Notaufnahme schrie jemand, dazwischen waren die kalten und lauten Stimmen des Krankenhauspersonals zu hören, die die leidenden Opfer mit ihren Vornamen anredeten. Dieser persönliche Umgangston sollte »Freundschaft« signalisieren.

Schließlich sprach der Professor.

»Werden Sie ihn erwischen? Kriegen Sie den Mann, der meine Tochter umgebracht hat?«

Der Mann flehte; wahrscheinlich zum erstenmal in seinem ganzen Leben. Er wollte Garantien, nachdem er bisher nur Ausflüchte von sich gegeben hatte.

Tulio blickte ihn an und war selbst sprachlos.

»Bitte!« sagte Conners. »Lassen Sie sie nicht zu einer bloßen Zahl in Ihrer Statistik werden!«

»Ich kriege ihn«, sagte Tulio, bemüht, seine Verachtung für Leute wie Conners zu verbergen. Sein Blick zu Mrs. Conners hin deutete hingegen einen Hauch von Sympathie oder jedenfalls Mitgefühl an. Carole war schließlich auch ihre Tochter. Doch er hatte gesagt: »Meine Tochter.«

»Ich kriege ihn«, sagte er auch zu ihr, diesmal mit deutlich mehr Gefühl. »Wir kommen morgen noch einmal, Ma'am, und reden mit Ihnen.« Er wandte sich um und wollte gehen.

»Warten Sie!«

Diesmal war sie es, die ihn zurückrief. Er drehte sich zu ihr um. Sie stand rasch auf, ohne sich mit ihrem Mann abgestimmt zu haben, der sie von hinten beobachtete, während sie zu Tulio kam und dann das Gesicht in den Händen verbarg. Tulio sah, wie seine Schultern zuckten, und blickte weg. Mrs. Conners nahm seinen Arm und zog ihn beiseite. Er spürte durch den Stoff der Kleidung, wie ihre Finger zitterten.

»Lieutenant.«

»Ma'am?«

»Ich weiß, was Sie denken. Daß dies irgendeine Drogengeschichte war oder daß Carole einen verrückten Freund hatte. Sie glauben, sie hat uns nichts von den verborgenen Seiten ihres Lebens erzählt. Aber da irren Sie sich.«

Tulio war von der Festigkeit ihrer Stimme gerührt.

»Sie hat mir alles von sich erzählt«, sagte Mrs. Conners. »Alles.« Dieses letzte Wort flüsterte sie nur noch. Als sie weitersprechen konnte, redete sie ganz leise, damit ihr Mann nicht hörte, was sie nun einem Polizeibeamten sagte.

»Ich weiß alles über ihre erste Liebesgeschichte, und ich weiß, daß sie in ihrem ersten High-School-Jahr Marihuana rauchte wie alle anderen. Ich war ihre beste Freundin, vom Tag ihrer Geburt an bis heute, ihrem letzten.«

Sie hielt inne, sichtlich nicht daran gewöhnt, in einem Atemzug von ihrer Tochter und deren Tod zu reden. Dann nahm sie sich wieder zusammen. Tulio bewunderte sie für ihre Kraft und beneidete sie um ihren Mut.

»Mein Mann fürchtet, Sie würden auch diesen Fall einfach unter den Teppich kehren, wie es so oft geschieht. Daß Sie in der Geschichte nur einfach einen Yuppie-Mord sehen und so tun, als sei er gar nicht geschehen. Ich weiß, daß Sie es ihm übelnahmen, als er von Statistik sprach. Es war nicht zu übersehen.« Sie machte erneut eine Pause, unsicher, wie sie fortfahren sollte. Als sie schließlich weitersprach, geschah es zögernd und mit einer Spur von Scham in ihrer Stimme.

»Es bleibt einem nicht verborgen, Lieutenant, was Sie von Leuten wie uns denken.«

»Ihr Ansehen bei mir steigt mit jedem Wort, das Sie sagen, Ma'am.«

»Er hat Angst, daß Ihre – Abneigung gegen uns Sie veranlaßt, Caroles Mörder nicht intensiv genug zu suchen.«

»Das wird sie nicht.«

Sie sah ihm fest in die Augen. Die Macht ihres Blicks rührte ihn. Ihr Mann mochte ihr über die Jahre das Herz gebrochen haben, aber ihren Geist konnte man noch immer erreichen. Tulio ertappte sich bei dem Wunsch, sie kennengelernt zu haben, als sie dreißig war.

»Meine Tochter, Lieutenant«, sagte sie, »war ein anständiges Mädchen. Immer schon, seit sie klein war, kümmerte sie sich um andere. Und sie hatte ja auch die Gelegenheit dazu. Sie hatte eine sehr seltene Blutgruppe, wissen Sie, und deshalb spendete sie schon mit zwölf Jahren zum erstenmal Blut.« Sie hielt erneut inne und griff instinktiv nach Tulios Arm. »Was ist, Lieutenant, haben Sie etwas?«

»Nein, nein, schon gut«, sagte Tulio. Seine Gedanken rasten. Nicht noch eine, dachte er. O Gott, nein, nicht schon wieder.

»Sie tat das gerne, Lieutenant. Sie hat alle Dankesbriefe des Roten Kreuzes aufbewahrt, in denen ihr versichert wurde, wie hilfreich ihre Bereitschaft war. Sie hatte absolut nichts mit Drogen zu tun, Lieutenant. Carole ist gegen ihren Willen aus dem Haus entführt und ermordet worden.«

»Ma'am ...«

»Bitte reden Sie mich nicht mit Ma'am an, Lieutenant. Auch unser Hund ist weg, müssen Sie wissen. Aber das steht ja im Protokoll. Halten Sie den etwa auch für einen Junkie, der fortrannte, um sich Drogen zu kaufen? Nein, meine Tochter ist gekidnappt worden, und je mehr Zeit Sie mit der Vermutung verschwenden, irgendwer sonst sei beteiligt, desto mehr Zeit hat der Killer, seine Spur zu verwischen.« Sie machte ein Pause, um festzustellen, ob sie Tulio mit ihren Worten etwa zu nahe getreten sei. Er stand da und blickte sie nur stumm an.

»Helfen Sie uns also, Lieutenant? Meine Tochter war kein Junkie, sie traf sich auch nicht mit irgendeinem Verrückten. Ein Unbekannter hat sie umgebracht. Werden Sie ihn finden?«

»Ja.«

Sie seufzte wie erleichtert auf und glaubte ihm. »Gott sei Dank. Mein Mann hat auf seinem Gebiet Macht und Einfluß, Lieutenant. Aber er ist nicht stark. Spätestens morgen früh wird er sich ans Telefon hängen, um mit dem Bürgermeister zu reden und mit Ihrem Polizeipräsidenten und wer weiß mit wem sonst noch, und er wird alles mögliche verlangen, was Sie – wie ich sehr gut verstehe – sicher nicht sehr erfreut. Aber das ist seine Art, mit dem, was geschehen ist, fertigzuwerden. Er wird eben versuchen, die Dinge irgendwie unter Kontrolle zu bringen. Sie müssen das verstehen.«

»Ja, ich verstehe es.«

Mrs. Conners nahm seine Hand und drückte sie kräftig, als wolle sie ihren Pakt mit ihm besiegeln. Natürlich würde sich der Professor, sobald er sich erst einmal ausgeweint hatte, ziemlich übel aufführen, aber das konnte man nicht seiner Frau anlasten. Sie hatten eine Art Abmachung. Er hatte ihr praktisch sein Wort gegeben.

»Vielen Dank, Lieutenant«, sagte Mrs. Conners. »Haben Sie vielen herzlichen Dank.«

18

JAKE PHILLIPS saß im Chefzimmer und fühlte sich unbehaglich. Er war inzwischen unsicher geworden. Mit seiner Beschwerde lief er Gefahr, den Bogen zu überspannen. Niemand liebte Beschwerden.

Der Captain saß hinter seinem Schreibtisch und sah ihn seltsam an. Phillips wäre am liebsten aufgestanden und gegangen, um nichts zu sagen, was ihm später übelgenommen werden konnte.

»Tja, Phillips, also, wir haben jetzt schon Probleme, wie?«

Der Captain war ein stämmiger Mann mit Schultern wie ein Verteidiger beim Football und einem kräftigen Kopf mit kurzgeschorenen schwarzen, zum Teil aber auch grauen Haaren. Er trug seine Waffe links, im Hosenbund, nur der Griff schaute über dem Gürtel heraus. Als bräuchte er sie noch ständig. Jake Phillips fühlte sich in seiner Gegenwart klein. Wie ein Schüler, der zum Direktor bestellt worden ist. Sein Reifezeugnis galt vor einem Oldtimer wie dem Captain gar nichts. Jemand ohne Schulabschluß, dafür aber mit guten und schnellen Instinkten war ihm lieber als einer, der seinetwegen sogar einen Doktortitel in Polizeiwissenschaft haben konnte.

»Captain –«, sagte Phillips, und fast versagte ihm die Stimme.

»Sie sollten gleich von Anfang an wissen, Phillips«, unterbrach ihn der Captain, »daß er mir nur einen Gefallen tut.«

»Es gibt doch auch andere, die mich ausbilden können.«

Der Captain antwortete nicht darauf. Er klopfte sich eine filterlose Zigarette aus seiner Packung, steckte sie an und blies den Rauch weg von Phillips. Die weißen Wände des kleinen Büroraums waren von den Rauchgewohnheiten des Captains schon lange angegilbt. Kleine braune Flecken verklumpten Nikotins klebten auf dem schmutzig-trüben Fenster direkt hinter dem

Captain. Phillips konzentrierte sich auf diese Flecken, also auf die Schwäche des Captains. Er roch den schalen Tabakgestank aus dem von Kippen überquellenden großen, runden, braunen gläsernen Aschenbecher. Der stand auf seinem Schreibtisch gleich hinter dem Namensschild in Kursivschrift. *Captain Merlin Royal.* Jake wollte ihn nicht anschauen, und er wollte auch nicht sehen, wie der Captain ihn anblickte.

»Ich will mit Tulio arbeiten«, sagte er. Da war es heraus. Doch dem Captain gefiel der Vorschlag gar nicht.

»Ach so ist das? Der gnädige Herr sucht sich seine Tätigkeiten bei uns selbst aus?«

»Nein, Sir, so ist das nicht –«

»Wie ist es dann?«

Aus der Stimme des Captains war kein Hinweis darauf zu entnehmen, was er darüber dachte. Sie klang monoton, und der Tonfall erinnerte daran, daß der Captain im Ghetto auf der West Side aufgewachsen war. Und trotzdem hatte jedes Wort, das er sagte, einen warnenden Unterton. Das machte Phillips angst, doch die Sache war schon zu weit gediehen, als daß er noch hätte kneifen können. Wenn er das tat, stand er als Feigling da. Und wenn es etwas gab, das einen in dieser auf ihren Machismo stolzen Abteilung erledigte, dann ja wohl der Vorwurf der Feigheit.

Phillips beschloß, den vermeintlich schwachen Punkt des Captains anzugehen. »Captain«, sagte er, »der Mann ist ein Fanatiker, intolerant und voller Vorurteile. Jedes zweite Wort, das er sagt, ist Nigger oder schwarzer Affe. Beim ersten Mordfall, auf den wir zusammen stießen, erzählte er nicht nur mir, was seiner Ansicht nach passiert war, sondern allen, die herumstanden, egal, ob sie es hören wollten. Und er beschimpfte gleichzeitig die Leute aus der Nachbarschaft, die nachsehen wollten, was da los war. Dann kam Tulio und hatte die Sache fünf Minuten später geklärt, und es stellte sich heraus, daß Moore komplett falsch gelegen hatte.«

Der Captain ignorierte das alles. Er ging nicht einmal auf den Vorwurf von Moores Rassismus ein. Vielleicht war das ja auch längst eine so bekannte Tatsache, daß er sich gar nicht mehr ernsthaft damit abgab.

»Und diese fünf Minuten brachte Tulio ja wohl damit zu, Ihren Ausbilder zu attackieren, oder etwa nicht?« sagte er statt dessen nur.

Phillips war verblüfft. Neuigkeiten verbreiteten sich ja wirklich schnell. Offenbar hatte der Captain seine Zuträger. Oder vielleicht war Moore schon vor ihm hier gewesen und hatte Tulio angeschwärzt, nachdem dieser ihren Fall im Handumdrehen gelöst hatte. Dieser fette miese Arsch.

Er antwortete dem Captain nicht und machte nur eine hilflose Handbewegung, um dann rasch einen anderen Punkt anzusprechen.

»Captain, er war so sauer auf Tulio, daß er mir nicht mal meine Verhaftung überließ. Statt dessen schickte er zwei Cops in Zivil, die nur zufällig herumstanden, und überließ denen meine Verhaftung.«

»Aha, also jetzt kommen wir offenbar zum springenden Punkt«, sagte der Captain. »Es spricht die beleidigte Leberwurst. Hören Sie zu, junger Mann, es ist mir ziemlich schnurz, wessen Lehrjunge Sie sind. Ich habe keine Zeit, mich mit solchem Kleinkram zu befassen.«

»Captain, das ist es nicht«, sagte Phillips noch einmal. Er war von seinem obersten Vorgesetzten enttäuscht und wußte nichts mehr zu sagen. Alles, was ihm noch einfiel, war die Wahrheit: »Sehen Sie, Captain, der Mann macht mir angst.«

»Na schön. Also wem möchten Sie nun von mir zugeteilt werden? Aber sagen Sie nicht Tulio, das können Sie vergessen. Der arbeitet mit keinem zusammen, nicht mal mit seinen eigenen Leuten. Die nehmen allenfalls Anweisungen von ihm entgegen, aber sie arbeiten nicht mit ihm.«

Dem Captain machten seine eigenen Ausführungen inzwischen sichtlich Spaß, es schien sogar eine Spur Grausamkeit in seiner Stimme mitzuschwingen.

»Mit wem also möchten Sie zusammenarbeiten? Mit jemandem, der Ihrem Vater einen Gefallen schuldet? Der Ihren alten Herrn so respektierte, daß er sich sogar selbst in die Bresche werfen und opfern würde, wenn es sein müßte, um Sie zu retten?«

»Sir –«

Aber der Captain schlug heftig mit der Hand auf die Schreibtischplatte. »Stecken Sie sich Ihren Sir an den Hut, junger Mann! Wer, glauben Sie eigentlich, sind Sie? Moore unterzieht Sie erst mal einigen ersten Tests, damit er sieht, was für einer Sie sind, und was tun Sie sofort? Kommen hier zu mir gerannt und petzen und weinen mir was vor, daß Ihr praktischer Ausbilder Ihre Verhaftung einen anderen machen ließ! Nachdem Tulio sie Ihnen überhaupt erst zugeschanzt hatte. Genau das ist die richtige Art, wie man sich am ersten Tag in der Abteilung benimmt. Das verschafft Ihnen sicher eine Menge Freunde unter den Kollegen!«

»Ich habe es nicht nötig, von einem von denen –«

»Und wie Sie das nötig haben, junger Mann! Ich werde Ihnen jetzt mal was flüstern, was Sie sich besser hinter die Ohren schreiben: Sie können sagen oder tun, was Sie wollen, aber wie weit Sie es hier bringen, hängt davon ab, wie Ihr Verhältnis zu den Kollegen ist!«

Er machte eine Pause und wartete auf eine Antwort von Phillips, und als keine kam, unternahm er noch einen Versuch.

»Also, hören Sie zu, Phillips. Ich werde Sie noch ein wenig aufklären. Wenn Sie hier und in Ihrem ganzen Leben nicht zurechtkommen, dann kriegen Sie mächtige Probleme. Ihr Leben wird mies, und Sie können sich deshalb auch nicht mehr richtig auf Ihre Arbeit konzentrieren. Und wenn Sie sich nicht mehr richtig auf Ihre Arbeit konzentrieren können, lösen Sie auch keine Mordfälle. Und wenn Sie keine Mordfälle aufklären, dann sind Sie auch nicht mehr lange bei der Mordkommission. Moore hat zu jedem in der Abteilung hier, bei dem es sich auch nur im entferntesten lohnt, eine persönliche Beziehung. Ich selbst kenne ihn nun schon seit zwanzig Jahren. Er kennt den Superintendent und sogar den blöden Bürgermeister. Und mit so einem Mann wollen Sie sich anlegen? Den wollen Sie in die Ecke stellen? Zu welchem Zweck? Um statt dessen mit Tulio zu arbeiten? Vielleicht interessiert es Sie, junger Mann: Tulios Tage sind gezählt. Der Mann fuhrwerkt hier schon so lange wie ein Irrer herum, daß es ein Wunder ist, daß er noch nicht in der Zwangsjacke steckt. Der Mann ist ein Dinosaurier, verstehen Sie? Sie aber sind bei einem Vollblüter. Fanatiker hin, Vorurteile her, ich habe keine Zeit, mich mit solchen albernen Anschuldigungen zu befassen. Der Mann tut seine Arbeit. Hören Sie mir jetzt gut zu, junger Mann: Es gibt kein Problem, haben Sie mich verstanden? Denn falls es eines geben sollte, dann höchstens das Ihre, nicht eines von Moore.«

»Sir?« sagte Phillips, aber der Captain gebot ihm mit erhobener Hand zu schweigen.

»Warten Sie, Augenblick noch. Bevor Sie ein weiteres Wort sagen, Mr. Phillips, möchte ich Sie warnen. Nur noch eine einzige Erwähnung des Namens Moore, und Sie sind noch heute abend Ihren Job hier in der Abteilung los! So, jetzt können Sie gehen. Schlafen Sie sich aus, und melden Sie sich morgen wie vorgesehen zum Dienst.« Der Captain drückte wie zur Bestätigung seines Richterspruchs die Zigarette im Aschenbecher aus, ohne dorthin zu blicken, weil er Phillips fest im Auge behielt. Seine großen Augen waren kalt und unversöhnlich. Das Weiße in ihnen war mit roten Äderchen durchzogen.

»Ist was? Wollten Sie noch etwas sagen?«

»Nein, Sir«, sagte Phillips.

»Schön, dann scheren Sie sich raus hier. Ich habe noch anderes zu tun, als Ihren Babysitter zu spielen.«

Phillips kam in den Bereitschaftsraum und unterbrach Moore mitten im Satz. Moore saß so an seinem Schreibtisch, daß er jeden sehen konnte, der hereinkam. Er blickte seinem Neuling entgegen und schwieg sofort. Jake Phillips hatte das bestimmte Gefühl, daß Moore soeben mit den beiden anwesenden Polizisten von ihm gesprochen hatte.

»Sind Sie fertig mit dem Captain, Philly?« fragte Moore.

»Kein Problem, Moory«, antwortete Phillips. Einer der beiden Polizisten lachte. Moore verzog nicht einmal das Gesicht.

»Habe ich es euch nicht gesagt? An dem Burschen muß man noch arbeiten. Na los, Philly, da ist ein Anruf. Unten auf der 23. und Michigan hat sich ein Nigger direkt vor einen Revolverabzug gestellt.« Er sah den schwarzen Detective an, der an der Kaffeetheke lehnte, und sagte: »Ist nicht persönlich gemeint, Rosy.«

Der farbige Polizist sagte: »Warum sollte ich mich betroffen fühlen, wenn diese jungen Nigger sich gegenseitig umbringen?«

Als sie die Michigan Avenue hinunter fuhren, sagte Moore zu Phillips, er solle die ganze Sache mal von der positiven Seite sehen. Es hätte ja auch sein können, daß sie die West Side zugeteilt bekommen hätten. Und dann, versicherte er ihm, würden sie erst richtig knietief in der Scheiße stecken.

»Da hat jeder eine Waffe. Die meisten haben eine Neuner. Obwohl inzwischen die Uzis auf dem zweiten Platz angelangt und langsam eine echte Konkurrenz sind. Das Gesindel kann nicht mal den eigenen Führerschein lesen oder seinen Namen richtig buchstabieren, aber sie machen dir aus jeder Waffe in fünf Minuten blind eine Automatik.« Sein Ton war ganz freundlich und sachlich. Moore, der Selbstbewußte, in seiner großen Nachsicht. Er wartete eine Weile, um sicher zu sein, daß Phillips auch begriff, wie er gleich einer weiteren Ladung Weisheit teilhaftig wurde.

»Ihr neuer Freund«, sagte er dann leichthin, »bringt sich gerade um Kopf und Kragen.«

»Wen meinen Sie denn?«

»Na, Tulio.« Er sah Phillips kurz an und lächelte. »Einer von den neuen Uniformierten hat Anzeige gegen ihn erstattet. Wegen tätlichen Angriffs auf mich. Die Berufsehrenkammer hat ihn für morgen vorgeladen. Und die Abteilung für innere Angelegenheiten. Mit Ihnen wollen sie auch reden.« Er kicherte. »Und da müssen Sie wohl oder übel die Wahrheit sagen und Ihren Helden reinreiten. Ist das Leben nicht ungerecht, was?«

»Waren das nicht vielleicht doch Sie selber, der ihn angezeigt hat?«

»Ich?« sagte Moore mit demonstrativer Übertreibung. Sofort wußte Phillips, daß Moore zumindest die Fäden gezogen hatte. »Aber, Philly, wie hätte ich denn das tun können! Besonders, nachdem Ihr Kumpel uns den Fall so schön aufgeklärt hat? So funktioniert das doch alles: Sie tun mir einen Gefallen, und ich revanchiere mich meinerseits mit einem Gefallen. Nein, nein, das war einer von diesen Neuen, der gemeint hat, er muß Beschwerde führen.« Er warf ihm einen heuchlerischen Blick zu. »Das tun die manchmal, diese jungen Burschen. Petzen, meine ich.«

Phillips ging nicht darauf ein. »Also, er klärt unseren Mordfall auf, wenn ich Sie richtig verstehe, und dafür versuchen wir, ihn rausschmeißen zu lassen.«

»Was wollen Sie denn. Alles, was ich tun werde, ist, die Wahrheit zu sagen. Und das tun Sie lieber auch, Philly. Jedenfalls diesmal. Statt diesen ganzen Mist zu erzählen, den Sie da um das Büro des Captains herum von sich gegeben haben.«

Phillips sah angelegentlich hinaus auf die Straße und auf die Schilder. Sie passierten eben die 21. Straße. Nur noch eine kurze Strecke. Dort vorne war bereits eine Gaffermenge zu erkennen, einen Block weiter und auf der anderen Straßenseite. Wie das Licht die Motten zogen die Blaulichter der Polizeifahrzeuge die Leute an und weckten ihre Neugier. Er wußte nicht, ob er für den Rest der Fahrt den Mund noch halten konnte. Hier in einem neutralen Einsatzfahrzeug mit einem Fanatiker, nachdem er sich gerade einen ordentlichen Anschiß geholt hatte. Von einem farbigen Vorgesetzten, der mehr Politiker war als Polizeibeamter und selbst Angst vor dem Fanatiker hatte. Und zur gleichen Zeit war der einzige wirklich gute Cop in der ganzen Mordkommission, den er bisher in Aktion erlebt hatte, gerade dabei, dem Fanatiker und seinen Hörigen in die Falle zu gehen.

Er atmete tief durch und hoffte im stillen, sein Vater möge ihm vergeben – wo immer er sein mochte. Der alte Herr lachte sich vermutlich schief. Er hatte ihm oft genug geraten, bei den Uniformierten zu bleiben.

Er blies den Atem langsam aus den geblähten Backen und sagte:

»He, Jerry!«

»Wie war das, Philly?«

Die schleimige Kröte. Er wartete einen Augenblick, um sicher zu sein, daß er seine Wut bezähmen konnte, und wiederholte dann:

»Fahren Sie doch mal rechts ran, bitte, ja, Jerry?«

»Ach was? Und warum sollte ich das tun, Philly?«

»Weil ich zu Fuß zur Elften zurückgehe. Schluß, aus, mir reicht es, ich hab genug von dem Mist.«

»Zu Fuß gehen wollen Sie?« Moore fand das wirklich amüsant und spielte ein wenig mit seinem Neuling. »Ja, wissen Sie denn gar nicht, daß es ausgesprochen gefährlich ist da draußen auf diesen Straßen, noch dazu mitten in der Nacht, Jakey?« Und das zog er übertrieben in die Länge: Jaaay-key. »Ein junger, gutaussehender Bursche wie Sie bringt sich doch nicht in so einer Gegend selbst in des Teufels Küche, oder? Mann, bei Ihrem Aussehen kann es doch sogar passieren, daß Sie sexuell belästigt werden!«

»Ich sage es Ihnen nicht noch einmal, Moore. Fahren Sie rechts ran.«

Moore fuhr wortlos rechts ran und hielt vor einer kaputten Parkuhr in einer verlassenen Straße der South Side. Schräg gegenüber war das alte Lexington Hotel, wo Al Capone einst Hof gehalten hatte.

Er überdachte seinen Entschluß noch einmal und fand ihn richtig. Er machte die Tür auf und sah hinaus. Der Rinnstein war voller Müll und Abfall. Im Tor eines leerstehenden Hauses gegenüber schlief ein Penner. Der breite Gehsteig war heruntergekommen und voller Brüche im Pflaster. Nicht weit neben dem schlafenden Wermutbruder lag ein umgekippter Einkaufswagen aus einem Supermarkt.

Er setzte einen Fuß auf die Straße und wandte sich noch einmal halb zu Moore um.

»Ich gehe zurück in den normalen Dienst, wo nur zählt, was man tut, und wo man nicht mit solchen Arschlöchern zusammenarbeiten muß.«

Moore schien kein bißchen beleidigt zu sein. Im Gegenteil, er tat so, als habe Phillips keineswegs ihn persönlich gemeint. Er sagte:

»Das ist kein guter Entschluß für deine Karriere, Junge. Aber vermutlich das Richtige für dich selbst. Du bist nicht aus dem Holz geschnitzt, glaube ich, das man bei uns in der Mordkommission braucht.«

»Aber vorher werde ich noch aussagen, Jerry. Und denen dort die Wahrheit erzählen. Wie Sie Tulio fast niedergemacht haben. Und was Sie über die Affeninsel sagten und über das T-Shirt, das Sie sich machen lassen wollen. Die Zeitungen stürzen sich ja bekanntlich mit Wonne auf solche Geschichten. Und es ist mir auch scheißegal, was Ihr Captain darüber denkt. Ihn juckt Ihr Fanatismus vielleicht nicht. Reporter aber, bekanntlich ja berüchtigt liberal, fressen so was. Auf Wiedersehen also auf den Titelseiten!«

Doch Moores Reaktion enttäuschte ihn. Statt hochzugehen wie eine Rakete, lächelte er nur nachsichtig.

»Erzähl Ihnen doch, was du willst, Junge. Wem, denkst du wohl, glauben sie mehr, einem alten Hasen der Mordkommission mit höchster Benotung und seinem wohlgemerkt farbigen Abteilungschef oder einem Neuling, der noch nicht trocken hinter den Ohren ist und nicht einmal einen einzigen vollen Tag in der Mordkommission durchgehalten hat?«

Phillips machte die Tür hinter sich zu, sah Moore hinterher, wie er davonraste und dabei seine Hosenbeine vollspritzte. Einiges von dem aufgewirbelten Rinnsteindreck fiel auf den schlafenden Wermutbruder, der sich abrupt aufsetzte und sich umsah, sich angegriffen wähnte und beide Arme schützend vor sein Gesicht hochwarf. Dann erblickte er Phillips im Widerschein der Straßenbeleuchtung als bedrohliche Silhouette.

»Tun Sie mir nichts, bitte, tun Sie mir nichts«, schrie er auf.

Phillips stand da und starrte ihn eine Weile geistesabwesend an, ehe er sich umwandte, die Hände in die Hosentaschen steckte und mit gesenktem Kopf zum Polizeipräsidium zurückging.

19

DIES WAR NUMMER SECHS. Tulio wußte es instinktiv. Er hatte die Akten, alle Informationen, die Erfahrung und das Fachwissen, das ihm sagte, kein Zweifel, alle Morde gingen auf das Konto eines Mannes. Eines einzigen. Eines Irren, der dort draußen herumlief und auf Bestellung tötete, um Körperorgane zu liefern und Geld dafür zu kassieren. Und damit jedesmal Schicksal spielte, Leben nahm und gab.

Das einzige, was er bis heute nacht noch nicht hatte, waren ein Verdächtiger und schlüssige Beweise. Einen Verdächtigen hatte er auch immer noch nicht. Aber jetzt besaß er wenigstens erste Anhaltspunkte. Stimmen auf Tonband. Anrufe bei der Polizei.

Mord aus Großzügigkeit. Welches Tier beging eine solche Tat? Kein Serienmörder. Eher ein normaler Auftragskiller, vielleicht von der besser bezahlten Sorte, aber sicher nicht mehr als das. Einer, dem Grausamkeit gegen Mitmenschen Freude und Vergnügen bereitete. Einer, für den das Töten ein Mittel zum Zweck war. Und dieser Zweck, daran hatte Tulio keinen Zweifel, war Geld.

Aber die Frage, die ihn am meisten beschäftigte, war: Hatte er es etwa mit einem über das ganze Land verbreiteten Netz von Auftragskillern zu tun? Er hatte Unterlagen lediglich über einige hundert Morde, alle in Chicago begangen. Er konnte natürlich die Feds, die Bundesbehörden, einschalten, vor allem das VICAP, das Gewalttäter-Fahndungsprogramm des FBI, und von denen erfragen, ob es ähnliche oder vergleichbare Fälle auch anderswo im Land gab. Soviel er wußte, war das FBI ohnehin schon tätig in der Sache und arbeitete rund um die Uhr, um diesen Killer zu finden. Sie mochten ihn sich anders vorstellen als er, vielleicht sogar als organisierten Serienkiller. Aber es war ja bekannt, daß die

Regierung exotische Geschichten dieser Art geradezu liebte, um sich in der Öffentlichkeit mit einer Aura von Romantik, Faszination und Unbesiegbarkeit zu umgeben. Vermutlich hatten sie schon ein Täterprofil erarbeitet und kamen damit dem Bild verdammt nahe, das er selbst – basierend auf den Verbrechen – ebenfalls verfolgte: wovon der Mann lebte, wo und wie er aufgewachsen war und wie er sich kleidete. Es war ihm nicht wohl dabei, daß er die Feds bisher nicht eingeschaltet hatte. Aber wenn er es vorhatte, müßte er es bei seinen Vorgesetzten ausdrücklich beantragen. Und so weit wollte er nicht gehen. Jedenfalls nicht, solange er nicht mehr in der Hand hatte als bis jetzt.

Seine Vermutungen hatten vor nun schon über zwei Jahren mit jener Latetia LaFeit begonnen, einem Mädchen im Teenageralter. Sie war in der abgelegenen Southeast Side gefunden worden, als sie bereits im Sterben lag. Mit einem sorgfältig plazierten Genickschuß, der nur eine kleine Wunde verursachte, die aber genügte, sie verbluten zu lassen. Noch auf dem Transport in das weniger als einen Block vom Tatort – oder jedenfalls Fundort – entfernte South Chicago Community Hospital war sie tot. Eine männliche Stimme, sichtlich in Panik, hatte bei 911 angerufen, und der Beamte vom Dienst hatte das Mädchen noch lebend und atmend aufgefunden, wenn auch bereits bewußtlos.

Der Vater des Mädchens war selbst pensionierter Polizeibeamter gewesen. Er hatte ihn, Sergeant Tony Tulio, Mordkommission, mit den ersten Zweifeln und Verdachtsmomenten konfrontiert. Er hatte ihn gefragt, ob er die ganzen Umstände denn wirklich für Zufall halten wolle. Ein siebzehnjähriges gesundes Mädchen aus ordentlichen Verhältnissen, ohne jede Verbindung zu irgendwelchen Drogenkreisen oder Gangs, ein junger Mensch mit einer Zukunft, wird gezielt niedergeschossen und stirbt. Ihr Wagen fehlt, am ganzen Körper gibt es keine Spuren von Gewalt oder einem Kampf, aber der Ort, wo sie langsam verblutet, liegt ganz in der Nähe eines Krankenhauses, in dem eine reiche, ältere Frau ganz oben auf der Liste für Nieren-Herz-Verpflanzungen steht und in Todesangst auf diese Transplantation wartet.

Und er, Sergeant Tulio, hatte auch gefunden, daß dies mehr als nur ein Zufall war.

Den Leuten von der Presse hatte er eine seiner speziell ausgedachten Geschichten erzählt und sich über den psychischen Zustand des Täters verbreitet, in einer Weise, die dem Zweck der Übung diente, ohne Panik in der Öffentlichkeit auszulösen. Er hatte sich selbst zum Köder in diesem Spiel gemacht, in dem es bestenfalls eine, aber keine zweite Gewinnchance gab. Doch am Ende war doch nichts dabei herausgekommen, jedenfalls bei diesem Fall nicht. Der Köder hatte einfach niemanden angelockt.

Und das hatte ihn enttäuscht. Lag er denn so falsch mit seinen Ermittlungen, so weit vom Schuß, so weit vom Kern der Lösung entfernt? Das mindeste, was er sich erwartet hatte, war ein Anruf gewesen, und auf den war er gut vorbereitet, mit einer gut geplanten Falle. Kriminelle waren im wesentlichen geistig beschränkt und glaubten gerne an das, was sie im Kino und im Fernsehen sahen. Beispielsweise, daß es mindestens drei Minuten dauerte, einen Telefonanruf zu orten.

Falsch.

Tulio hatte in seinem Büro einen Computer, der am 911-Notrufsystem hing. Damit konnte er sofort die Herkunft jedes telefonischen Anrufs bei dieser Notrufnummer von außerhalb des Polizeipräsidiums mit Nummer und Adresse feststellen. Sie erschienen auf dem Bildschirm im gleichen Augenblick, da die Verbindung zustande kam.

Er hatte niemandem etwas von seinen Vermutungen erzählt, nicht einmal Martie. Er hatte allerdings versucht, mit dem Ehemann der Organempfängerin, einem reichen Bauunternehmer, zu sprechen, doch der hatte ihn eiskalt abfahren lassen. Als er ihn drängen wollte, hatte der Mann ihn kühl an seinen Anwalt verwiesen, der ihm seinerseits damit gedroht hatte, die Presse und das Fernsehen einzuschalten und gegen ihn mobil zu machen.

Und tatsächlich hatte ihm noch am gleichen Nachmittag sein direkter Vorgesetzter eingeheizt: Für wen, zum Teufel, er sich eigentlich halte, daß er sich mit so einem Mann anlegte? Oder wußte er vielleicht nicht, daß der Mann Hunderttausende Dollar für den letzten Bürgermeisterwahlkampf gespendet hatte? Und nach dieser Rede erhielt Tulio kurz und schlicht den dienstlichen Befehl, die Sache nicht weiter zu verfolgen und die Familie in Ruhe zu lassen. Doch nicht einmal zu diesem Zeitpunkt hatte er seinen Vorgesetzten etwas von seinem Verdacht berichtet. Er behielt ihn für sich und nahm sich vor, erst dann damit herauszurücken, wenn er überzeugende und eindeutige Beweise in der Hand hatte.

Das war seine Art zu arbeiten. Er hielt seine Karten immer gut verdeckt und spielte sie dann im richtigen Moment aus.

Aber drei Tage nach dem Beginn seiner Ermittlungen waren Martie und Jess in den Tod gefahren.

Danach hatte es einige Zeit gedauert, bis er überhaupt wieder an diese Latetia dachte, obwohl ihr Vater zum Begräbnis gekommen war, wo er drüben auf der anderen Seite stand und ihn mit verschleierten Augen und traurigem Gesicht ansah, als wüßte er, daß die Ermittlungen über den Tod seiner eigenen Tochter wohl erst einmal beendet waren.

Später fing er an, dem einen oder anderen Gedanken außerdienstlich nachzugehen. Die meisten waren nur vage Überlegungen. Aber schließlich wurden ihm diese privaten Untersuchungen zur Freizeitbeschäftigung, die ihn vom Alkohol ablenkte. Und von Martie und Jess und dem, was geschehen war. Und von seiner Grübelei darüber, was für eine leere Wüste sein Leben inzwischen darstellte.

Es war aber auch eine große Belastung, dieses neue große Hobby. Denn es gab ja noch die durchschnittlich zweieinhalb Morde täglich in Chicago, die alle bearbeitet sein wollten.

Er nahm sich die Akten sämtlicher Mordfälle der letzten fünf Jahre in Chicago vor.

Er sortierte jeden Mord aus, der in oder aus einem Fahrzeug heraus begangen wurde, und jeden, nach dem die Täter gefaßt wurden. Auch Täter, die nicht darauf geachtet hatten, in welchem Zustand sie ihre Opfer hinterließen, kamen nicht in Betracht.

Sein Killer, wenn es ihn denn gab, war zweifellos ein ausgesprochener Perfektionist. Er tötete so, daß kein lebenswichtiges Organ beschädigt wurde.

Es blieben einige Dutzend Fälle übrig, denen er sich nun besonders widmete, und er stellte fest, wie viele von ihnen Organspender waren.

Elf.

Von diesen elf waren jedoch lediglich drei (einschließlich Latetia) unter vergleichbaren Umständen zu Tode gekommen: Sie waren in der Nähe von Krankenhäusern aufgefunden und ihre Körperorgane zu Transplantationen verwendet worden. Nachforschungen in den anderen acht ungelösten Mordfällen führten zwar zu einigen stark Tatverdächtigen, aber es gab zu wenige Beweise, um ihnen den Prozeß zu machen.

Obwohl er sich bereits ein ganzes Jahr konkret mit der Sache beschäftigt hatte, gelang es ihm nicht, eine wirkliche Verbindung zwischen den Opfern und einem einzigen Täter herzustellen. Und er hatte gewiß alles andere als nur oberflächlich oder nebenbei daran gearbeitet, ganz im Gegenteil. Speziell in der Zeit, bevor er Marian Hannerty kennengelernt hatte.

Die Sache war längst zu seiner Obsession geworden und beschäftigte ihn jeden Abend, den er nicht mit Marian zusammen war oder an dem er das starke Bedürfnis verspürte, wieder zu trinken. Es war wie ein Spiel für ihn, wie ein Puzzle, das er unbedingt zusammenfügen wollte. Aber nicht selten hatte er dabei auch das Gefühl, am Ende jage er doch nur paranoiden Verdächtigungen nach. Jedenfalls hätten ihm seine Vorgesetzten dies erklärt, wenn er sie mit dem wenigen, das er in der Hand hatte, behelligt hätte. Und alle anderen wären genau der gleichen Meinung gewesen. Sie hielten ihn sowieso für verrückt, ohne daß er noch zu ihnen ging und ihnen dadurch zeigte, daß sie recht hatten.

Und dann hatte er doch alles getan, eben diese Ansicht zu festigen, indem er den Fall LaFeit wieder ausgrub und damit vor die Presse ging, ohne sich auch nur die Mühe zu machen, seine Vorgesetzten davon zu unterrichten. Wie lange war das her inzwischen, ein Jahr? Zur gleichen Zeit, als er Chef der Abteilung *Besondere Verbrechensopfer* geworden war. Ein Jahr nach dem Autounfall. Etwa um die Zeit, als es mit Marian angefangen hatte.

Es gebe, hatte er vor der Presse erklärt, neue Beweise im Mordfall LaFeit, und er erwarte eigentlich jeden Augenblick eine Festnahme. Der Killer habe einen fatalen Fehler begangen. Er habe Spuren hinterlassen, die bisher nur nicht richtig erkannt und eingeordnet worden seien.

Er hatte so ungefähr alles mitgeteilt – bis auf einen Namen, einen Verdächtigen. Es war sein Versuch gewesen, den Killer aus dem Bau zu locken und ihn zu einem unvorsichtigen Schritt zu veranlassen. Er war sich ziemlich sicher gewesen, irgend jemand, der den Killer kannte, würde sich unter der speziellen Nummer, die er hatte veröffentlichen lassen, telefonisch melden und weitere Hinweise liefern. Jemand, der in den Fall verwickelt oder an ihm beteiligt war, sich aber bisher nicht gerührt hatte. Der jetzt aber auspacken wollte, um als Kronzeuge gegen den Mörder die entscheidende Straffreiheit zugesichert zu bekommen.

Es waren eine Menge Anrufe eingegangen, und die neue Abteilung *Besondere Verbrechensopfer* war jedem einzelnen sorgfältig nachgegangen. Aber nicht ein einziger hatte etwas ergeben. Zwei Jahre nach dem Tod des Mädchens Latetia waren sie keinen Schritt weiter als am Tag nach der Tat. Das einzige, was sein Gang an die Öffentlichkeit bewirkt hatte, war, daß er sich neuen Ärger mit den Sesselfurzern aus der oberen Etage einhandelte.

Jetzt befand er sich in einem langen Krankenhausflur, ein Zeigefinger auf einem Schild wies ihm den Weg zur Chirurgie. Er ging langsam auf das Wartezimmer zu und war gespannt auf die Begegnung, die er in ein paar Minuten haben würde. Er erinnerte sich an den einen besonderen Todesfall, der ihn über jeden Zweifel hinaus davon überzeugt hatte, daß er von Anfang an tatsächlich auf der richtigen Spur gewesen war.

Der Adler – Carmine Venicie – hatte wegen seiner Herzerkrankung im Sterben gelegen.

Der zweitmächtigste, aber zweifellos der bösartigste und notorischste Gangster Chicagos, der brutale, verehrte Mob-Patriarch, der obendrein im Verdacht stand, nicht weniger als vierunddreißig Unterwelt-Morde persönlich begangen zu haben, war dabei, mit vierundfünfzig über den Jordan zu gehen. In Justiz- und Polizeikreisen war dies Anlaß gewesen zu feiern. Doch dann begannen Gerüchte zu zirkulieren, und in den oberen Etagen wurden die Gesichter rasch wieder besorgt. Gerüchte, wonach Adler-Freunde auf der Suche nach einem passenden Herz für ihn waren, um eine Transplantation zu ermöglichen.

Ein an sich lächerlicher Gedanke, über den man sogar hätte lachen können – wäre nicht zur Genüge bekannt gewesen, daß die Leute dieses Mannes in dem Ruf standen, mit gut funktionierender, zweckdienlicher Brutalität jedes gewünschte Ziel zu erreichen. Und jeder Straßenpolizist wußte, daß sie notfalls einfach den Nächstbesten umbringen würden, wenn es denn dazu dienen konnte, sich zu beschaffen, was ihr Boß brauchte, um sein miserables Leben noch eine Weile zu verlängern. Man konnte sogar davon ausgehen, daß vielleicht längst ein Wettbewerb im Gange war, bei dem jeder kleine Mob-Handlanger drei Herzen anschleppte, in der Hoffnung, eines werde schon passen.

Diese Gerüchte kamen von zuverlässigen Quellen der Straße, weshalb sogar der Justizminister in Washington persönlich eingriff und versuchte, den Mord zu verhindern, als die Sache längst nicht mehr in ihren Händen lag. Ganz offiziell hatte sich nämlich ein Spender gefunden. Weit außerhalb der Stadt.

Nicht, daß irgend jemand die Sache falsch beurteilt hätte. Niemand glaubte wirklich an einen Unfall des Spenders, weder die Feds noch die örtliche Polizei, nicht einmal der Adler bestand auf dieser Version. Aber zu beweisen war nichts. Die Ärzte hatten den Adler aus Angst an die erste Stelle der Liste der Organempfänger gesetzt, und man hatte in der Notaufnahme einer ländlichen Kleinstadt ganz zufällig einen passenden Spender gefunden. Er war einundzwanzig Jahre alt und lag im Sterben infolge einer ebenso mysteriösen wie tödlichen Schußwunde im Kopf.

Selbstverständlich gab es eine Untersuchung, aber nur auf lokaler Ebene dort unten. Da die Stadt doch ziemlich weit weg lag, hatte Tulio einige Mühe gehabt, Details in Erfahrung zu bringen. Aber schließlich erfuhr er doch noch, was er wissen wollte.

Der Spender war ein Waffennarr gewesen, ein Farmerssohn, der geschossen und gejagt hatte, seit er aufrecht gehen konnte. Kein Typ also, der sich beim Reinigen einer .22er-Pistole aus Versehen eine Kugel in den Kopf jagt. Trotzdem war dies der offizielle Ermittlungsbefund, und niemand hatte Interesse daran, ihm zu widersprechen.

Außer Tony Tulio. Der glaubte, seine Nummer fünf gefunden zu haben.

Aber er hielt den Mund, weil er null Komma null Beweise hatte. Der Farmer und seine Frau hatten in ihrem Schlafzimmer oben im Haus geschlafen, als der Schuß sie aufweckte, und sie hatten nichts Außergewöhnliches gesehen oder gehört, weder vor noch nach dem Schuß. Keine Hinweise auf gewaltsames Eindringen, auch keine fremden Reifenspuren vor dem Haus außer denen, die zu Fahrzeugen der Farm gehörten. Die Akte wurde geschlossen, aber die Verdachtsmomente bestanden weiter.

Weil zum Beispiel das auf Eis gelegte Herz des jungen Mannes in einem sofort eingetroffenen Spezialhubschrauber sofort zum Adler gebracht worden war.

Und daß das Herz pefekt paßte, sodaß der Körper des Adlers keine Anstalten machte, das fremde Organ abzustoßen.

Und nun war der Adler gefährlich wie eh und je und leitete seine kriminelle Firma von einer Villa in Winnetka aus, wenn er sich auch darauf beschränken mußte, Tag und Nacht nur noch in schwarzen Seidenpyjamas zu verbringen.

Natürlich flogen die Gerüchte nur so herum, aber keines drang an die Öffentlichkeit. Und nicht einmal die Klatschpresse erfuhr irgend etwas, was sie hätte schreiben können.

Dafür wußte der Adler um so besser Bescheid. Die Polizei hatte lediglich ihre Verdachtsmomente, aber mehr nicht. Doch alle wußten, daß der Mann wieder einmal ungeschoren davongekommen war. Tulio allerdings war davon immer noch nicht ganz überzeugt. Er ging der Sache weiter nach.

Er hatte das Tonband bei sich zu Hause. Eine Kopie des Anrufs, der nach dem Mord an Latetia unter 911 eingegangen war. Er wollte es sich noch einmal anhören und mit dem Anruf über das Opfer von heute nacht vergleichen, nachdem er Alleo einige Fragen gestellt hatte. Damit mußte er wohl oder übel bis morgen warten. Doch er war sicher, daß der Stimmenvergleich eine exakte Übereinstimmung erbringen würde. Und dann hatte er seinen Beweis und konnte sich einen Angriffsplan zurechtlegen. Er war fest entschlossen. Selbst wenn er sich zu diesem Zweck von den zynischen und phantasielosen Leuten, unter denen er arbeitete, unbezahlten Urlaub geben lassen mußte, damit er den Mann jagen und stellen konnte, der mit so kaltblütiger Kalkulation mordete. Aber er zweifelte eigentlich nicht daran, daß er sie dazu bringen konnte, ihm einige seiner Leute als exklusive Mitarbeiter zu lassen. Als sein eigenes Sonderkommando. Weil seine Bosse nämlich auch nicht wollten, daß die Feds mehr herumschnüffelten als er. Die Bosse der beiden Behörden FBI und CIA konnten ja über ihre angeblich so gute Zusammenarbeit so viele Lügen erzählen, wie sie wollten, doch jeder Polizist wußte, daß die Wirklichkeit anders aussah. Wenn man eine Möglichkeit hatte, die Kerle von der Bundesbehörde fernzuhalten, dann tat man das auch. Die sollten sich um ihre Spezialfälle und um ihren Papierkrieg kümmern. Wenn es um die Aufklärung echter Mordfälle ging, konnte es auch nicht einer von den Brüdern mit einem Tulio aufnehmen.

Und wenn die Goldfasane da oben nicht mitmachten, dann würde er einfach zu den Zeitungen und zum Fernsehen gehen und die Stadt mit den Schreckensgeschichten terrorisieren, die er zu erzählen hatte.

Es war ihm nicht bewußt, aber während er da den Krankenhausflur entlangging, preßte er die Lippen fest zusammen im Vorgefühl des Kampfes, den er auf sich zukommen sah.

20

DIE FRAU blickte auf, als er eintrat. Einen Moment lang wollte Tulio seinem ersten Impuls folgen, gleich wieder hinauszugehen. Sie war alt und in Tränen aufgelöst. Die sofort aufkeimende Hoffnung auf ihrem Gesicht bei seinem Eintritt kam ihm schmerzlich ins Bewußtsein. Als er dann aber auch Alleo sah, der ihm finster entgegenblickte, entschloß er sich zu bleiben.

»Was wollen Sie, Officer?« Alleo brauchte nicht zu raten. Tulio trug seine Marke noch immer sichtbar an der Kette um den Hals.

»Sie, Alleo!« sagte Tulio. »Für dreißig Jahre nach Stateville.«

Alleo stand langsam auf und schüttelte die besorgte Hand der Frau, die ihn zurückzuhalten versuchte, sanft ab.

»Wenn Sie diese Hundemarke nicht um den Hals trügen, würde ich Sie für einen betrunkenen Herumtreiber halten. Sehen Sie sich doch mal selber an. Ich kann Sie bis hierher riechen. Was stellen Sie vor, einen verkommenen Spitzel oder was? Wissen Sie, was Sie jetzt machen? Sie werden schleunigst hier verschwinden. Sie wissen ja gar nicht, auf was Sie sich da einlassen.«

»Werfen Sie mich doch raus.«

»Glauben Sie etwa, das kann ich nicht? Meinen Sie, das schaffe ich nicht mehr?«

»Arturo ...!« sagte die Frau schwach, aber beide Männer ignorierten sie. Tulio war es egal, was sie hören oder sehen mochte. Sie hatte sich schließlich selbst entschlossen, diesen Mann zu heiraten, und mußte wissen, was er für einer war.

»Wo haben Sie die Leber her, Alleo?« fragte er.

Das ließ Alleo für einen Augenblick erstarren. So gut er sein mochte, sein Mißtrauen und seine Angst konnte er jedenfalls nicht kaschieren.

»Woher soll ich wissen, vom wem die Leber stammt? Von irgendeinem Spender, was weiß ich.«

»Sie meinen, die Ärzte haben Ihnen nicht gesagt, was passiert ist?«

Alleo starrte ihn an und überlegte sichtlich, wie er sich verhalten solle. Schließlich meinte er: »Doch, ja.«

»Warum sagen Sie dann, Sie wissen es nicht?«

Es war zu spät. Einen Augenblick lang hatte er ihn an der Angel gehabt. Aber mittlerweile war Alleo bereits wieder Herr der Situation und hatte seine ganze Arroganz wiedergewonnen, die einfache und beschränkte Leute wie ihn glauben ließen, sie wären schlauer als die Polizei.

»Ich bin nicht verpflichtet«, sagte er, »Ihnen irgendeine Auskunft zu geben. Und jetzt seien Sie so nett und verschwinden Sie hier. Sie vergessen mich, und ich vergesse Sie.« Er drehte sich um, ließ Tulio stehen und ging zurück zu seinem Stuhl am Bett. Seine Frau sah ihn mit sichtlicher Erleichterung an.

Tulio zog seinen letzten Trumpf aus dem Ärmel.

»Na, kommen Sie schon, Alleo, wir machen zusammen einen kleinen Ausflug.«

Alleo lächelte nur milde. »Aber nicht doch. Nicht heute abend. Und wenn Sie es genau wissen wollen, überhaupt nie.« Seine Stimme war merklich härter geworden. Er saß hoch aufgerichtet auf seinem Stuhl. »Weil Sie nämlich überhaupt nichts gegen mich in der Hand haben, nie etwas hatten und auch nie etwas haben werden. Wenn Sie es genau wissen wollen, mein junger Freund.« Er wandte sich von seiner Frau ab und spuckte trocken auf den Boden zwischen seine Füße. »Daß ich mit Ihnen jemals irgendwohin gehe, das schlagen Sie sich mal aus dem Kopf. Jetzt nicht und nicht irgendwann sonst. Wenn Sie das gütigst zur Kenntnis nehmen möchten.«

Tulio starrte ihn an, aber der alte Mann wich keinen Deut zurück und hielt seinem Blick stand. Diese Fähigkeit hatte ihn wohl dorthin gebracht, wo er war.

»Bitte, Officer, unsere Tochter ist mitten in einer Operation!«

flehte die alte Frau. Aber Tulio war noch immer mit dem Versuch beschäftigt, Alleo niederzustarren, und sah nicht einmal zu ihr hin.

Er wußte schon, daß er tatsächlich gar nichts unternehmen konnte und Alleo in dieser Hinsicht völlig recht hatte. Die Aufforderung, mitzukommen, war ein Bluff gewesen und der Versuch einer Provokation, ihn zu einem tätlichen Angriff zu verleiten. Aber das hatte nicht geklappt.

»Ich werde schon herausfinden«, sagte er, »woher diese Leber so plötzlich kommt.«

»Aber bitte sehr! Gerne! Tun Sie das!«

»Haben Sie den Auftrag gegeben, das Mädchen umzubringen?«

»Ach, Officer, muß ich Ihnen etwa sagen, daß Sie, wenn Sie mich verhören wollen, mich festnehmen und mir meine Rechte verlesen müssen? Bevor Sie das nicht tun, antworte ich Ihnen keine Silbe. Und schätzungsweise eine Viertelstunde danach sind Sie außerdem Ihren Job los und haben eine Klage und eine Dienstaufsichtsbeschwerde am Hals, gegen Sie persönlich und gegen Ihre ganze Abteilung. Und jetzt sage ich es Ihnen zum letztenmal: verschwinden Sie. Alles, was Sie hier zuwegebringen, ist, daß Sie in die Privatsphäre eines alten Elternpaars eindringen, das mit Sorge darauf wartet, zu erfahren, wie seine Tochter eine schwere Operation übersteht. Sie haben nicht das Recht, uns zu belästigen.«

Und dann ließ er ihn noch wissen, was sich in den Vieruhr-Nachrichten und in den Morgenzeitungen abspielen würde, falls er sich der Notwendigkeit gegenübersähe, seine Anwälte entsprechend zu instruieren. Denn so sehr er, wie er sagte, Publicity verabscheue, würde er sich ihrer doch bedienen, um Tulio von hier zu entfernen und seine Frau von seiner Anwesenheit zu befreien.

Tulio war klar, daß Alleo für eine so massive Drohung einen guten Grund haben mußte. Er spürte, wie ihn ein Schauer überlief, blieb aber äußerlich ungerührt. Er war so nahe dran! Nach so langer Mühe! Er war dran! Er durfte nichts tun, was seinen Erfolg gefährden konnte.

Er lächelte also und sagte: »Wir sprechen uns wieder, und das sehr bald.«

»O nein, das werden wir nicht«, antwortete Alleo und fragte sofort hinterher: »Wie war Ihr Name gleich noch?«

»Tulio. Ich bin Lieutenant Tony Tulio. Warum, wollen Sie Beschwerde einreichen? Hätten Sie gern meine Markennummer?«

Alleo musterte ihn jetzt vorsichtig, ignorierte den Sarkasmus und mochte sich vielleicht einiger Dinge erinnern, die er gehört hatte.

»Ich weiß schon, wer Sie sind, Lieutenant«, sagte er. »Sie sind der bekannte Abschießer, der Rächer der Enterbten. Was wollen Sie denn von mir?« Mit Händen und Schultern machte er die universelle italienische Geste der Verwirrung. »Sie sind Italiener, ich bin Italiener. Lieutenant, wir sind praktisch Landsleute!«

»Ihnen bin ich überhaupt nichts.«

»Ach was, Lieutenant. Sie wissen doch, Blut ist dicker als Wasser.«

Tulio sah rote Punkte vor seinen Augen. Den Ausdruck hatte auch sein Vater immer gebraucht, nachdem er ihm Prügel verabreicht hatte und sich danach wieder etwas beruhigte und in Panik verfiel über das, was er getan hatte, und versuchte, ihn dazu zu bringen, daß er den Mund hielt und niemandem sagte, woher seine blauen Flecken wirklich stammten. Und so hielt er auch jetzt den Mund und sah Alleo lediglich stumm an. Dann ging er rückwärts aus dem Zimmer. Die beiden Alten ließen den Blick nicht von ihm, bis sich die Tür zwischen ihnen schloß.

Tulio stand mit dem Rücken zur Tür, atmete tief durch und preßte die Augen zu. Es war ihm klar, daß er der Aufklärung dieses Falles nie näher gewesen war als jetzt. Er hatte endlich die konkrete Spur, nach der er schon seit zwei Jahren suchte. Jetzt mußte er alles nur noch einmal genau durchdenken, und dann würde er es alles vor sich haben, so klar wie die ganzen zwei Jahre noch nicht. Er gab sich einen Ruck und ging davon, den Krankenhausflur entlang. Er durfte jetzt keinen Fehler machen und alles noch verderben. Er durfte seine Beherrschung nicht verlieren. Mußte sich unter Kontrolle haben. Dann gehörte ihm der Mann.

»Das ist ein Mann, der außer Kontrolle gerät!« sagte Alleo ins Münztelefon auf der gegenüberliegenden Seite des Raumes, nachdem er sich davon überzeugt hatte, daß Tulio wirklich fort war. »Jemand muß ... ein Wörtchen mit ihm reden!« Er flüsterte es fast, damit seine Frau es nicht hörte. Er hatte bisher noch nie Geschäftliches mit ihr besprochen, und er hatte auch nicht die Absicht, jetzt damit zu beginnen. »Das ist wichtig, klar? Kommen Sie sofort her, noch heute nacht.« Eine Weile hörte er zu, wie der Mann am anderen Ende der Leitung mit ihm diskutierte. Was war das hier? Die Nacht der Idioten? Hatte der Mann vergessen, woher der Hauptteil seiner Einkünfte kam? Dieser Mann war Alleos Besitz ...!

»Ich sagte, herkommen, und zwar jetzt gleich«, wiederholte er und hängte ein.

Er ging ins Bad und war dankbar dafür, daß er und seine Frau heute nacht die einzigen im Wartesaal der Chirurgie waren. Er verschloß die Tür, setzte sich auf die Toilette und dachte über seine Möglichkeiten nach.

Sollte er ein hohes Tier bei der Polizei anrufen und sich über die Impertinenz dieses Lieutenant Tulio beschweren? Lieber nicht. Es konnte ein Fehler sein. Am besten wäre es wohl, ihn gleich beseitigen zu lassen. Es war sehr lange her, seit er zuletzt einen solchen Auftrag erteilt hatte, und nun war er plötzlich in einer einzigen Nacht binnen weniger Stunden schon zum zweitenmal dazu genötigt. Und dabei ging es nicht um Geschäfte. Keiner der Morde brachte der Familie auch nur einen Cent ein. Diese Ironie des Schicksals ließ ihn fast lächeln.

Nein, er konnte diesen Lieutenant nicht einfach aus dem Weg

räumen lassen. Jedenfalls jetzt noch nicht. Er konnte hinterlassen haben, wohin er ging und was er vorhatte und mit wem er zu reden beabsichtigte. Erst mußte er sich noch einmal alles in Ruhe durch den Kopf gehen lassen. So hatte er es als junger Mann auch immer gemacht. Er durfte die Tatsache, daß er inzwischen älter war, nicht als Ausrede dafür benutzen, impulsiv zu handeln.

Sicher, kein Polizist in ganz Chicago hätte es seinerzeit auch nur gewagt, ihm eine Frage zu stellen, wenn nicht mindestens zehn FBI-Leute hinter ihm gestanden hätten. Zu viele von ihnen hatte er in der Tasche, und wer selbst nicht käuflich war, hatte zumindest einen Boß, der Alleo nach der Pfeife tanzte.

Allerdings, das war lange her. Heute war er ein respektabler und ehrbarer Geschäftsmann, und auch bei der Polizei hatte sich einiges geändert. Heute konnte er nicht mehr so vorgehen wie früher. Und da hockte er nun mit seinen Problemen, zwanzig Jahre, nachdem solche Zeiten endgültig vorbei waren. Er mußte genau überlegen. Sich vergewissern, daß er nichts Voreiliges unternahm. Denn vor allem anderen durfte er niemals zulassen, daß dieser Tulio erfuhr, woher die Leber für seine Tochter stammte. Seine Tochter und seine Frau durften niemals die Wahrheit darüber erfahren. Niemals. Das war er ihnen schuldig. Schließlich war er in erster Linie ein Mann, der sich stets um seine Familie kümmerte.

Was also war zu tun? Seine Möglichkeiten waren sehr begrenzt.

Plötzlich richtete er sich lächelnd auf. Natürlich! Die Lösung des Problems war so einfach, daß er sie bisher einfach übersehen hatte, obwohl sie doch ganz offen vor ihm lag.

Er brauchte doch nur sämtliche Oberen der Polizei anzurufen, die er kannte, vom Superintendent bis herunter zum Captain, in jedem einzelnen Revier, und seine Empörung darüber zu äußern, wie irgendein kleiner Lieutenant in dieser Zeit seines größten persönlichen Leids ihn belästigt und dazu nicht nur ihn, sondern auch seine leidgeprüfte Ehefrau beleidigt hatte. Er mußte nur damit drohen, seine Anwälte einzuschalten, die ihrerseits alle Reporter mobil machen würden, die ihnen bedingungslos verpflichtet waren und von denen sie an jedem Finger zehn hatten. Und die bereit waren, für eine Exklusivstory über einen Mann wie ihn, Mr. Alleo, ihre Großmutter zu verkaufen. Er mußte alle seine Register ziehen und einen Riesenstunk anzetteln. Aber er mußte damit warten, bis er den Mann traf, den er eben per Anruf herzitiert hatte.

Denn dieser ganze Aufruhr würde nicht viel helfen, solange dieser Lieutenant Anthony Tulio noch die Gelegenheit hatte, seine Version der Geschichte zu erzählen.

Also mußte der Mann zuerst beseitigt werden.

Niemals konnte die Untersuchung bis zu ihm gelangen. Und wenn, dann hatte er das perfekte Alibi. Denn wie unglaublich dumm müßte er sein, einen Mann ermorden zu lassen, wenn er kurz zuvor dessen sämtliche Vorgesetzte angerufen hatte, um sich über ihn zu beschweren? Das mußte jedem einleuchten, und für so dumm hielt ihn niemand.

Sobald er den Liquidierungsauftrag erteilt hatte, wollte er mit seinen Anrufen beginnen. Der Reihe nach würde er sie alle aus dem Schlaf reißen.

21

Für jake Phillips verlief die Nacht immer schlimmer. Der Captain war stinksauer auf ihn, und es war ihm auch völlig egal, ob Phillips das merkte oder nicht.

Phillips stand vor seinem Schreibtisch. Der Captain hatte jeden Anschein von Freundlichkeit fallenlassen, und Jake mußte sich alles anhören und schlucken. Er war nicht einmal mehr aufgefordert worden, sich zu setzen. Es stimmte, er wollte die Mordkommission wieder verlassen, aber er wollte nicht hinausgeworfen werden. Also blieb ihm nichts übrig, als die Standpauke über sich ergehen zu lassen.

»Sie wollen wieder weg von der Mordkommission? Ach ja? Sie wollen aus meiner Abteilung? Was sind Sie eigentlich, sagen Sie mal, bescheuert?« Der Captain schien den Antrag persönlich übelzunehmen.

Jake Phillips hielt den Mund, obwohl er gerne angemerkt hätte, daß der Captain doch erst vor einer Stunde – als quasi besonders schwere Strafe – damit gedroht hatte, ihn zurück in den normalen Polizeidienst zu schicken. Jetzt, da er von sich aus diesen Wunsch äußerte, war es ihm auch nicht recht, und der Captain tat gerade so, als könne die Mordkommission ohne seine unschätzbaren Dienste gar nicht weiterexistieren.

Das Büro des Captains war eine einzige Rauchwolke. Der Aschenbecher war in den runden Abfalleimer neben dem Schreibtisch ausgeleert, aber nicht gesäubert worden und noch voller schwarzer Aschеflecken auf dem Glasboden.

»Seit wann sind Sie bei der Polizei, Phillips?«

»Vier Jahre«, sagte Phillips, um rasch zu ergänzen: »Sir.«

»Vier Jahre! Schon ganze vier Jahre, man stelle sich vor!« Der Captain hatte sich nun doch in Rage geredet und wurde immer lauter. Er schien ihm mitten ins Gesicht zu fahren, obwohl noch immer der Schreibtisch zwischen ihnen war. »Mein lieber Freund, da gibt es Leute, die seit vierzehn Jahren oder schon vierundzwanzig Jahren darauf warten, zur Mordkommission zu kommen! Sie ignoranter Blödmann, Sie!«

Phillips hatte keine Chance, irgend etwas zu entgegnen.

»Haben Sie eine Ahnung, wie viele Angehörige von Minderheiten pro Jahr hier reinkommen? Natürlich nicht. Zu wenige nämlich. Und sooft ich nur eine Gelegenheit dazu habe und einen davon reinschmuggle, um Typen wie Moore aus diesem Scheißladen hier rauszudrängen, kommt man mir in die Quere und sagt mir, ich soll damit noch eine Weile warten, weil der Junior von irgendwem zuerst reingemauschelt werden muß, irgend so ein Scheißerbürschchen mit schon ganzen vier Dienstjahren, das es doch verdient hat, zur Mordkommission zu kommen. Und genauso hat man mir auch Sie aufs Auge gedrückt! Aber der Teufel soll mich holen, wenn ich Sie gehen lasse, bevor Sie auch nur eine einzige volle Dienstschicht erledigt haben!«

»Warum, Captain?« Jetzt hielt es Jake Phillips doch nicht mehr länger. »Versetzen Sie mich doch einfach, erlösen sie mich von diesem sogenannten Ausbilder, und holen Sie sich statt dessen einen von Ihren Wunschkandidaten aus irgendeiner Minderheit, der es mehr verdient hat als ich! Ich meine, was soll das Ganze? Wollen Sie mich bestrafen?«

»Mein lieber junger Freund, wenn ich Sie bestrafen wollte, dann würde ich hier um diesen Schreibtisch herumgehen und Ihnen eine kleben, daß Ihnen Hören und Sehen vergeht! Für wen zum Teufel halten Sie sich eigentlich, daß Sie hier reinkommen und anfangen, meine Entscheidungen in Frage zu stellen?«

»Sir …«

»Ich scheiße auf Ihren Sir, Mann! Sie wollen also wissen, warum ich Sie nicht gehen lasse? Das will ich Ihnen sagen. Es gibt zuviele miese Schweine wie Moore, die nur darauf warten, hier reinzukommen.« Der Captain nickte heftig mit dem Kopf.

»Kerle wie Moore, nur dreißig Jahre jünger, mit genau den

gleichen Allüren und Ansichten. Kerle, denen es nicht die geringsten Schwierigkeiten macht, sich mit diesem Bastard abzugeben.«

»Sir, Sie können mich nicht mit Gewalt halten, wenn ich nicht will.«

»Nein, das nicht, Phillips. Aber ich kann Ihnen das Leben bei der normalen Polizei zur Hölle machen. Ich kann Ihnen jede Dienstminute dort so vermiesen, bis Sie entnervt aufgeben und lieber Schullehrer werden, draußen in den Vorstädten, wo Sie hingehören, Sie mit Ihrer dämlichen Empfindlichkeit! Es ist besser, Sie kriegen das rasch in Ihren Kopf: hier bei uns geht es hart zu, aber wir sind die Besten. Ich habe sieben Jahre lang gearbeitet wie ein Pferd, um diese Abteilung zu dem zu machen, was sie jetzt ist. Und weder Sie noch sonstwer wird mir das ruinieren.«

»Aber warum wollen Sie dann –«

»Schluß jetzt, ich habe genug von Ihren albernen Fragen. Wenn Sie vom Fragenstellen leben wollen, dann suchen Sie sich einen Job bei der Volkszählung.« Der Captain rutschte nach vorn, drückte seine Zigarette heftig im Aschenbecher aus und ließ sie noch glimmend dort liegen, lehnte sich dann wieder zurück und musterte Phillips zynisch. Er nickte mit dem Kopf, als sei er zu einer Übereinkunft mit einer früheren Entscheidung gelangt. Als er weitersprach, hatte er seinen Zorn gebändigt und redete ruhig und beherrscht, und in seiner Stimme war nur noch ein Hauch von Unmut.

»Wissen Sie, ich kannte Ihren Vater. Ich meine, ich hielt immer schön Distanz, aber ich kannte ihn jedenfalls. Wer er war und was. Man schickte mir Sie, und Sie dürfen mir glauben, daß ich Sie mir genau angesehen habe. Sie sind nicht wie er. Ich dachte sogar, daß Sie durchaus ein guter Mann bei uns werden könnten.« Er machte eine Pause und fuhr dann fort: »Aber ich habe mich getäuscht.« Und er wies mit dem Kinn zur Tür, während er nach einer neuen Zigarette angelte. »Und jetzt raus hier«, sagte er. »Gehen Sie. Schlafen Sie noch ein paar Stunden, und melden Sie sich morgen früh zum Dienst bei der normalen

Polizei zurück, oder wann immer Ihre Dienststelle zu arbeiten anfängt. Ich werde dort noch anrufen, bevor ich heimgehe, und die Leute dort informieren, was sich hier abspielt. Sie werden auch keine Schwierigkeiten bekommen.« Er brummte in sich hinein. »Weiß der Geier, wer da seine schützende Hand über Sie hält, ich werde mir jedenfalls die Finger nicht verbrennen.«

Phillips blickte den Captain völlig verblüfft an. Wovon redete der denn? Er funkte derart viele Signale, von denen er kaum eines verstand. Hatte er ihn etwa ganz falsch eingeschätzt? War der Captain vielleicht doch mehr als nur einer von denen, die alles immer nur politisch beurteilten und entschieden? Er hatte gesagt, er wolle keine jungen Typen von der Art Moores unter seinen Leuten haben. Und warum hatte er ihm das dann nicht schon beim erstenmal erklärt, als sie über Moore gesprochen hatten?

Und außerdem, in der Tat, wer war er denn, um sich mit einem Captain anzulegen? Er begann darüber nachzudenken, wie es für diesen denn ausgesehen haben mußte, als er kam. Ein junger Kerl, zwar mit Bildung, aber mit gerade mal vier Polizeidienstjahren, der gegen seinen Willen der Mordkommission zugeteilt wurde. Und der Captain wußte obendrein von seinem Vater und was für ein Typ Polizist er gewesen war. Aber das rechnete er ihm, Jake, nicht einmal zum Nachteil an, statt dessen hatte er sich sogar die Mühe gemacht, festzustellen, ob er auch aufrichtig war. Also, was, zum Teufel, war da in ihn gefahren? Es dämmerte ihm, daß er wohl doch einen großen Fehler machte, sich so aufzuführen.

Er begann sich zu schämen und hätte sich am liebsten verkrochen. Anfangs hatte der Captain offenbar vermutet, er sei ein halbseidener Typ wie sein Vater, hatte aber dann herausgefunden, daß er sich da irrte. Und eben hatte er sogar geradeheraus gesagt, daß er sich Jake als guten Mann in seiner Abteilung vorstellen konnte. Er war bereit gewesen, ihn erst einmal machen zu lassen und zu sehen, wie er sich entwickelte, ihm aber nichts zu geben, bis er sich bewährt und gezeigt hatte, wozu er sich eignete.

Na, und wie er sich bewährt hatte! Er hatte dem Captain

vorexerziert, aus welchem Holz er geschnitzt war. Indem er gleich bei der ersten kleinen Schwierigkeit prompt das Handtuch werfen wollte!

Der Captain war mit dem Anzünden seiner neuen Zigarette beschäftigt und knurrte wieder.

»Sie sind ja immer noch da.«

»Captain ...«

»Was denn noch?«

»Was soll ich tun, bis mein Ausbilder vom Außeneinsatz wieder da ist?«

Der Captain sah ihn nur einen Augenblick lang an, drehte sich dann mit seinem Drehstuhl herum und starrte zu dem schmutzigen Fenster. Phillips sah seinen Kopf auf und nieder gehen, als tanze er zu einer Musik, die nur er hörte. Oder aber als kämpfe er einen pulsierenden Zorn nieder, den er sich nicht anmerken lassen wollte, bevor er ihn nicht unter Kontrolle hatte. Schließlich drehte er sich wieder herum und ließ die Zigarettenasche in die Nähe des Aschenbechers fallen.

»Sie haben Ihren Dienstpartner einfach stehenlassen«, sagte der Captain, »sind ihm weggelaufen und haben ihn allein gelassen.«

»Es waren eine Menge uniformierter Polizisten am Tatort, Streifenwagen und Notarztambulanzen. Allein war er da auf keinen Fall, auch nicht in irgendeiner Gefahr.«

»So mögen Sie das sehen. Fragen Sie mal Moore, was er davon hält, wenn ich ihm erzähle, daß Sie immer noch da sind.«

»Captain –«

»Halten Sie den Mund. Gehen Sie nach oben und warten Sie dort. Das Büro *Besondere Verbrechensopfer* ist rechts. Ich werde Tulio rufen. Wenn er noch immer unterwegs ist, sage ich ihm, daß Sie auf ihn warten. Wenn nicht, gehen Sie nach Hause und melden sich morgen nachmittag wieder. Sie werden ja wohl nicht wollen, daß ich ihn hier antanzen lasse, um ein Vorstellungsgespräch mit Ihnen zu führen, nachdem ich ihn aus dem Bett geholt habe.« Als er Jake Phillips' Gesicht sah, knurrte er, halb lächelnd: »Seine Abteilung steht nämlich auch ganz schön unter Druck, müssen Sie wissen.«

»Vielen Dank, Captain.«

»Reden Sie erst mit Tulio. Vielleicht will er Sie ja gar nicht haben. Und selbst wenn, danken Sie mir nicht, solange Sie nicht erst mal eine Weile bei ihm waren.« Er griff, während er noch sprach, zum Telefon, das zu klingeln begonnen hatte. »Wenn Sie erst lange genug dabeisind, finden Sie schon noch heraus, daß ich immer noch der beste Boß bin, den Sie in Ihrem ganzen Leben hatten.« Dann bellte er blaffend ins Telefon: »Ja?«

Jake Phillips wandte sich zum Gehen, als er hörte, wie sich der Ton des Captains schlagartig änderte.

»Ja Sir, hier ist Captain Royal.«

Während er hinausging, warf er noch einen kurzen Blick zurück. Der Captain hatte sich aufgerichtet und machte einen völlig erschütterten Eindruck. Jake hörte ihn sagen: »Sir, ihn zu suspendieren liegt nicht in meiner Kompetenz –«, und gleich danach: »Richtig, Sir, richtig, das stimmt schon, aber nur nominell. Er befehligt seine eigene ...« Phillips schloß die Tür hinter sich, aber er hörte den Captain noch leise sagen: »Ja, Sir.«

Er ging den Flur entlang zur Treppe. Hinter sich hörte er einen Wutschrei, der sicher eine Menge Dreck von den Fenstern zum Abbröckeln brachte.

22

Mr. alleo stand in einem dunklen, leeren Raum in einem verlassenen Teil des Krankenhauses, der erst im Bau war. Der Streß der Nacht – und überhaupt der letzten Monate – machte sich allmählich bemerkbar. Seine Tochter konnte noch immer sterben. Seine Frau hatte ihre Zweifel. Und er stand in der Schuld des Adlers, dieses Wahnsinnigen.

Und da war nun sein Abgesandter, diese Kreatur, und tat, als täte er ihm einen Gefallen, indem er sich persönlich herbemühte, damit man ihm klarmachte, worum es ging. Und dann spielte sich dieser Kerl auch noch auf und wollte wissen, warum Mr. Alleo denn diesen Polizisten, diesen Tulio, loswerden wollte.

Was maßte dieser Mensch sich an, über eine klare Anweisung zu diskutieren? Hatte er schon vergessen, wie er zu dem großen Haus draußen in der Vorstadt gekommen war, wo er mit seiner Frau lebte? Wer ihm überhaupt erst gezeigt hatte, wie er seine riesigen Summen verdienen konnte? Und daß man ihm zudem erst hatte beibringen müssen, wie man sie am Finanzamt vorbeischleuste? Wie, wenn nicht allein mit seiner Hilfe, konnte dieser Mensch wie ein König in einem Haus mit Swimmingpool leben, statt wie einst mit fünfundvierzigtausend jährlich knapp oberhalb des Existenzminimums herumzukrebsen?

»Wir müssen den Mann doch gar nicht gleich beseitigen, Mr. A«, wagte sein Gesandter vorzuschlagen, »er ist so und so geliefert, das kann ich Ihnen garantieren. Unter uns gesagt, wir haben doch schon dafür gesorgt, daß er seinen Job los ist. Und zwar schon morgen früh.«

Mr. Alleo gestattete sich nicht, in seinem Gesicht oder in seiner Stimme seinen Unmut zu zeigen. Er sprach weiterhin sehr ruhig und zwang sich sogar zu einem Lächeln. Nur um zu zeigen, was er von derlei Argumenten hielt und welchen Grad von Ernsthaftigkeit er ihnen beimaß. Dieser Bauer im Schachspiel wollte doch nicht im Ernst seine, Alleos, persönliche Strategie zur Diskussion stellen? Vielleicht war es doch an der Zeit, diesen Einfaltspinsel selbst beiseiteschaffen zu lassen und durch einen anderen zu ersetzen.

»Da gibt es nichts zu diskutieren«, sagte er. »Ich will ihn tot sehen, und zwar noch heute nacht, ist das klar? Und ich will, daß alle Unterlagen und Akten vernichtet werden. Und damit meine ich alle, die er hat. In seinem Büro oder auch bei sich zu Hause. Und Sie verschaffen sich persönlich zu beiden Orten Zugang. Wie Sie das anstellen, ist Ihre Sache.«

Mr. Alleo mußte den Kopf in den Nacken legen, um seinem Gegenüber in die Augen blicken zu können. Der senkte seinen Blick zu ihm herab. Aber ganz unterwürfig. Gut. Endlich kam er zur Vernunft.

Aber nein, die hündische Kreatur sah weiter nach unten und diskutierte weiter. »Mr. Alleo, entschuldigen Sie bitte, ich weiß, ich soll Ihnen nicht weiter widersprechen. Aber ich muß Sie darauf hinweisen, daß es ein Fehler wäre. Der Mann ist ein Cop. Wir können doch keinen Cop umbringen.« Und er hob seinen Blick wieder und begegnete dem Alleos entschlossen und versuchte damit seinen Worten den nötigen Nachdruck und die erforderliche Ernsthaftigkeit zu verleihen, dabei aber dem, was er weiter sagte, den Stachel zu nehmen. »Verzeihen Sie nochmals, Sir, aber, Mr. A, Sie standen sehr unter Druck in letzter Zeit. Diese Sache mit Ihrer Tochter, das würde jedem an die Nieren gehen.«

Mr. Alleo nickte dazu, als denke er wirklich über das nach, was er da hörte. Er wandte sich halb um, strich sich übers Kinn, fuhr dann blitzschnell herum und schlug dem anderen mit dem Handrücken ins Gesicht, der verblüfft und völlig schockiert zurückwich. Alleo hob die Hand noch einmal, als wolle er ein zweites Mal zuschlagen, aber der andere wich wimmernd zurück.

Mr. Alleo ließ die Hand sinken und wandte sich mit der ganzen Stärke seiner Persönlichkeit an seinen Untergebenen. Er funkelte ihn unter halbgeschlossenen Augenlidern an, und es entging ihm nicht, daß dessen Lippen in kaum noch beherrschtem Zorn zitterten und er seine gelben Zähne fast fletschte. Alleo war froh, daß er schon lange keine Waffe mehr bei sich trug, denn sonst hätte es leicht sein können, daß dieser Mann hier längst tot wäre. Er beherrschte sich mit aller Kraft und achtete darauf, daß seine Stimme auch weiterhin ruhig blieb, ohne den geringsten Zweifel an seinen Absichten zu lassen.

»Was glauben Sie eigentlich, wer Sie sind, Sie undankbares Würstchen, Sie Abschaum? Wer? Wer denn? Halten Sie sich inzwischen etwa schon für jemanden? Für mächtig? Oder für meinen Partner? Ich werde Ihnen sagen, was Sie wirklich sind! Sie sind mein ganz kleines Apportierhündchen, haben Sie mich verstanden? Genau das sind Sie und nichts sonst, merken Sie sich das! Und wenn ich etwas von Ihnen hören will, dann frage ich Sie schon danach. Aber solange ich Sie nicht frage, halten Sie gefälligst den Mund!«

Der andere wich bis zur Wand zurück, als wolle er sich in sie verkriechen. Er war völlig verschreckt.

»Ich habe Ihnen eine Anweisung erteilt, und diese werden Sie gefälligst ausführen! Und zwar jetzt. Und noch heute nacht. Sobald Sie dieses Krankenhaus verlassen haben!«

»Bitte, Mr. Alleo ... ich hatte natürlich kein Recht ... ich bitte um Vergebung ... es tut mir leid. Ich bedaure das, entschuldigen Sie, Sir.«

»Ziehen Sie ab, Mann, machen Sie, daß Sie wegkommen. Und tun Sie, was ich Ihnen aufgetragen habe. Noch heute nacht. Und jetzt raus hier, aus meinen Augen!«

Ohne ein weiteres Wort entfernte sich die Kreatur eilig. Seine hastigen Schritte im Flur waren bald nicht mehr zu hören.

Wäre er nur etwas weniger unterwürfig gewesen, hätte Alleo ihn winseln und auf seinen Knien zu Kreuze kriechen und den Mond anheulen lassen. Der Anblick so unmännlicher feiger Kriecherei ekelte ihn an. Dieser Wurm hätte wahrscheinlich alles gemacht, was man von ihm verlangt hätte, und wäre es noch so entwürdigend gewesen. Diese Art Leute waren zwar brauchbare Lakaien, aber vertrauen konnte man ihnen nie. Man schaffte sie einfach aus der Welt, wenn sie Dinge entdeckten, die sie nichts angingen.

Er zwang sich, wieder ruhig zu werden, und verließ den Raum, um zurück durch den verlassenen Korridor in das Wartezimmer zu gehen, wo seine Frau vermutlich noch immer mit nervösen Fingern Rosenkränze für Sophia betete. Er hatte nicht die Absicht, ihr irgend etwas von dem, was soeben vorgefallen war, zu erzählen. Und ihr käme es ihrerseits nicht im entferntesten in den Sinn, ihn danach zu fragen. Sie wußte aus Erfahrung, wie weit sie gehen konnte, und blieb sogar lieber weit von dieser Demarkationslinie entfernt – anders als dieser arrogante hündische Typ, der versucht hatte, so zu tun, als spreche er von gleich zu gleich, und dem man erst seine Grenzen hatte aufzeigen müssen, damit ihm klarwurde, was er wirklich war. Nämlich ein Lakai, ein Diener und sonst nichts.

Auch Polizisten, dachte er, hatten häufig die Angewohnheit, sich für mehr zu halten, als sie waren. Zu glauben, weil die normale Bevölkerung Angst vor ihnen hatte, hätten alle Angst vor ihnen. Ganz besonders, wenn sie Geld angenommen hatten, verfielen sie nicht selten dem Denkfehler, sie hätten Macht über den Geldgeber. Als wäre nicht gerade das Gegenteil der Fall. Deshalb mußte man bei Polizisten dieser Sorte auch oft drastischere Lehrmethoden anwenden. So wie bei diesem einen, der seine Lektion inzwischen gelernt hatte. Dieser fette Jerry Moore. Auch einer von denen, die mehr hündische Kriecher waren als aufrechte Männer.

Er betrat das Wartezimmer, und ein eisiger Schauer lief ihm über den Rücken, sobald er die Ärzte in ihren weißen Kitteln erblickte, die über seine Frau gebeugt standen und auf sie einredeten.

23

Lenny Roman besaß Möglichkeiten, sich selbst zu schützen, die weit über das hinausgingen, was er früher mit seinen Fäusten im Ring vermocht hatte. Er war überzeugt davon, inzwischen gelernt zu haben, auch seinen Kopf zu benutzen, und zwar genausо gut wie einstmals seine Fäuste.

Die Stadt Chicago glaubte neuerdings, in ihrer großen Weisheit Mittel und Wege gefunden zu haben, zwei Fliegen mit einer Klappe zu schlagen, nämlich die Stadtkasse zu füllen und zugleich die Straßenkriminalität zu bekämpfen. Wegen jedem Dreck ließ sie jetzt Autos abschleppen.

Lenny konnte das gar nicht lustig finden, speziell, wie die Presse darauf reagierte. Also angenommen, du fährst ganz harmlos durch die Stadt und hast vorsichtshalber deine Knarre neben dir liegen. Und was passiert? Klingeling, nehmen sie dir das Auto weg und schleppen es ab. Und du kannst dich dumm und dämlich zahlen, wenn du es wiederhaben willst. Es kostet dich glatt sechshundert Dollar, damit sie es dir überhaupt wiedergeben, und dazu berechnen sie dir noch extra das Abschleppen und Abstellen. Kurz, bloß weil du harmlos durch die Stadt gefahren bist und vorsichtshalber dein Schießeisen neben dir liegen hattest, blechst du alles in allem einen Riesen. Lenny kannte kaum jemanden, der nicht ständig zahlen mußte.

Oder die Geschichte mit den käuflichen Damen. Du läßt eine in deinen Wagen einsteigen, denkst nichts Böses, und was ist? Die Sittenpolizei kommt an, nimmt dir deinen Wagen weg, und der Rest ist dasselbe Theater wie mit dem Schießeisen auf dem Nebensitz. Sie kassieren dich ein mit dem Wagen, und dann ab. Auf die Art kostet dich die einfache Schnellbedienung im Runterbeugen inzwischen auch schon einen Riesen. Was sind denn das für Zustände. Da bleibst du doch besser gleich daheim und gehst betteln! Ist doch wahr!

Sie hatten ja auch schon festgelegt, wie sie es machten, wenn sie dich mal mit einem bißchen Stoff schnappten. Der einzige Unterschied ist, daß sie dein Fahrzeug dann nicht einfach sicherstellen. Nein, wenn sie dich mit Stoff schnappen, behalten sie deinen Wagen gleich ganz, es sei denn, er ist gemietet oder geleast.

Lenny hatte schon eine Menge Zeit damit verbracht, sich dazu etwas auszudenken. Wenn beispielsweise irgend so ein junger Spund mit Papis Auto von einem Vorort in die Stadt hereinkommt, weil er sich was aufreißen will, kassieren sie ihn ein und lassen ihn erst mit Lösegeld wieder weg. Wenn aber irgendeiner von den Killern der Mörderischen Monsterkannibalen seinen Schlitten mit Uzi-MPs vollgepackt hat und mit Crack, kriegt er ihn anstandslos wieder, sobald er seine Abgabe in bar entrichtet hat.

Nach Lennys Meinung steckte hinter dieser ganzen Praxis nicht besonders viel Sinn.

Einen gewissen Sinn hatte für ihn dagegen – in Anbetracht der Tatsache, daß man ihm, wann immer er gerade einen Wagen hatte, regelmäßig eine Falle stellte und ihm das Gefährt wegnahm –, daß er sich zu Selbstschutzmaßnahmen entschlossen hatte. Um sich also selbst zu schützen (und eine Menge Geld zu sparen: für Benzin, Parkgebühren, Versicherung, bis hin zum Preis für den Zulassungsaufkleber), hörte er einfach auf, Auto zu fahren. Und er trug auch nur noch ganz selten eine Waffe und hielt sich so fern von jedem Stoff, als bekäme man von ihm Aids.

Die Cops hatten ohnehin ihren Spaß damit, ihn dauernd zu provozieren. Ständig frotzelten sie ihn wegen irgend etwas. Falls sie ihn heute abend wieder aufs Korn zu nehmen gedachten, würden sie freilich einen Volltreffer landen. Denn heute hatte er sich als einer von ihnen verkleidet. Samt Marke und falschem Polizeiausweis in der Tasche. Und von seinem Gürtel hing auf der linken Seite ein Funksprechgerät, wenn es auch nicht funktionierte. Es stammte von irgendeiner Baustelle. Die Batterien waren schon lange leer, und er hatte sich niemals die Mühe gemacht, sie zu ersetzen. Auf der anderen Seite hatte er einen Piepser stecken. Und hinten an seinem Gürtel hingen silbrigschimmernde Handschellen, von denen er aber den Schlüssel verloren hatte. Abgesehen vom fehlenden Schießeisen sah er damit ziemlich echt aus. Jedenfalls ausreichend, daß jemand, der aus gutem Grund Angst vor den Hütern des Gesetzes hatte, nicht auf Anhieb sagen konnte, daß der Mann überhaupt kein echter Cop war.

Nun hatte er sich im Laufe der Zeit freilich schon eine ganze Menge Feinde innerhalb der Polizei von Chicago gemacht. In aller Regel begannen diese Geschichten immer ganz einfach mit Trunkenheit und ungebührlichem Benehmen, eskalierten dann allerdings rasch, bis eine Streife in der jeweiligen schicken Lounge eintraf, um sich des Betrunkenen mit dem ungebührlichen Benehmen anzunehmen, der einem oder zwei anderen Anwesenden auf die Nase geboxt hatte. Und das Ende vom Lied war immer, daß angesichts der Power in Lennys Fäusten einer dalag und nicht mehr Piep sagte. Und gleich waren dann Scharen von Polizisten da und versuchten ihm die Birne zu vermöbeln. Wenn auch nur ihre Knüppel dabei zu Bruch gingen, weil seine Birne nun einmal noch härter war als ihre Preßholzstecken. Mehr als nur ein Cop hatte ihn schon gewarnt, es möglichst nicht darauf ankommen lassen, ihm auf der Straße zu begegnen, wenn gerade keine Augenzeugen unterwegs waren. Und seine Antwort darauf war stets gewesen: Wozu denn, Schatz, möchtest du an mir nuckeln, ohne daß dein Image als harter Mann dabei flötengeht?

Dieser Art waren die Gründe, warum Lenny nur noch überaus selten hinter dem Steuer eines Automobils anzutreffen war. Üblicherweise ließ er sich inzwischen nur noch im Taxi fahren, ganz gleich, wie weit sein Ziel entfernt war. Es sei denn, er gabelte noch irgendeinen Fan aus alten Zeiten auf, der ihn umsonst mitnahm, wohin er wollte. Es gab noch immer genug solcher alter Fans, die sich geehrt fühlten, wenn sie so was tun durften. Weil sie sich dann ein wenig im wenn auch schon recht verblaßten Ruhm von Lennys glorreicher Vergangenheit sonnen konnten. Und die auch wissen wollten, was für ein Gefühl es war, von solchen Leichtschwergewichten wie Foster oder Victor Galindez verdroschen zu werden. Lenny hielt sich im allgemeinen von solchen Leuten lieber fern, weil die Versuchung schnell zu groß wurde, ihnen genau zu zeigen, was das für ein Gefühl war. Außerdem hatte er schon zu viele Scherereien am Hals, als daß er sich auch noch damit befassen konnte, Groupies zusammenzuschlagen, die lauter dämliche Fragen stellten. Manchmal allerdings war er in Eile, oder vielleicht hatte er auch gerade Lust, mal wieder von der Vergangenheit zu reden. Dann ließ er diese Typen mit ihm in der Stadt herumflitzen und tat so, als sei er Thomas Gerardi persönlich. Der bereitwillige Fahrer war dann eben sein persönlicher Chauffeur und Leibwächter.

Aber nicht heute abend. Heute war Lenny nicht in Stimmung. Und außerdem war weit und breit keiner zu sehen, der ihn nach Halstedt hätte fahren können. Nach seinem Treffen mit Gerardi und nachdem er auch endlich den Sammler erreicht hatte, war er wieder im Spiel gewesen. Doch schon bald hatte ihn sein Glück wieder verlassen, und er war auf die Nase gefallen. Jetzt mußte er etwas Geld zusammenkratzen. Und zwar schleunigst obendrein.

Und er mußte eine Zeitlang verschwinden, wenn er diesmal mit heiler Haut davonkommen wollte. Gerardi mochte sonst leicht glauben, er sei allzu stur. Jedenfalls hatte er ihn nicht sehr stark unter Druck gesetzt, um ein paar Antworten zu erhalten. Denn schließlich hatte Lenny schon für ihn gearbeitet. Er kannte ihn also, samt seinen Tricks und Schlichen. Aber dieser Alleo war eine ziemlich harte Nuß. Das war ihm geläufig. Wenn irgendeiner für ihn tätig wurde, wollte Alleo immer alles über ihn wissen. Die Geschichten über ihn waren Legion. Der Mann stand in dem Ruf, sich von einer Sekunde zur anderen vom feinen Gentleman in einen Killer zu verwandeln, der einen umlegte, ohne auch nur mit der Wimper zu zucken.

Damals, Ende September, als Lenny sich zum erstenmal mit Gerardi über ein passendes Herz für den Adler unterhalten hatte,

hatte er ihm bereits genau auseinandergesetzt, was der Mann, für den er arbeitete, alles tun konnte. Gerardi zeigte sich sehr interessiert und wollte mehr über den Mann wissen. Doch Lenny hatte dichtgehalten. Er war schließlich manchen Leuten gegenüber zur Loyalität verpflichtet. Und irgendwo in seinem Hinterkopf gab es auch noch einen anderen Grund, den Mund zu halten, selbst nachdem Gerardi angefangen hatte, ihm zu drohen. Aber wenn er ihm jetzt den Namen verriet, was hinderte Gerardi dann noch daran, sich direkt mit dem Sammler in Verbindung zu setzen? Und er selbst wäre aus dem Spiel. Noch einmal kam er im Leben nicht an einen so zuverlässigen und beständigen Mann wie Paul Harris, den Sammler. Wenn er ihn mit Gerardi zusammenbrachte, dann würde Harris sich zweifellos erkenntlich zeigen, und es fiele damit also auch für ihn etwas ab dabei. Andererseits war er auch nur Geschäftsmann und genauso skrupellos wie jeder andere. Jedes Stück Kuchen, das Lenny bisher ergattert hatte, stammte aus Unternehmungen, bei denen er von Anfang an dabei war.

Nur so konnte er im vergangenen Herbst Gerardi davon abhalten, ihm etwas anzutun. Gut, vielleicht hatte er ihn auch der alten Zeiten wegen verschont und nicht abschießen lassen. Mit Alleo allerdings verbanden ihn keinerlei alte Zeiten. Mit Alleo hatte er keine gemeinsame Vergangenheit, die diesen Mann davon abhalten konnte, ihn, um die wahre Identität des Sammlers zu erfahren, auch ein wenig foltern zu lassen, wenn es sein mußte.

Was unter anderem auch bedeutete, daß er, Lenny, ein wenig Geld brauchte, für den Fall, daß er eine Weile untertauchen mußte. Morgen würde er es erhalten – von Harris. Der genaue Betrag war noch offen. Noch wußte er nicht, was Alleo genau wollte. Ihm sagte man ja nie etwas. Er war immer nur Zwischenträger und nichts weiter. Immerhin aber wußte er, daß Gerardi Harris beseitigen lassen wollte und ihn, Lenny, dafür benutzte. Was ihm ein wenig Angst machte. Er stand schließlich mit leeren Händen da, wenn Harris ins Gras beißen mußte. Alles, was er davon zu erwarten hatte, war, daß man ihm auch noch einen

Killer auf den Hals hetzte und daß etwa eine Million Kerle bereit waren, den Auftrag für ein Butterbrot zu erledigen, nur um Alleo oder dem Adler oder Thomas Gerardi einen Gefallen zu tun.

Anfangs hatte er noch geglaubt, einen ganz ruhigen Job zu haben und daß er sich heute nacht auf eine nette Morgengabe von Harris freuen konnte. Aber je mehr er darüber nachgedacht hatte, desto mehr Angst hatte er bekommen. Wenn nun beispielsweise Gerardi Alleos Namen nur als Täuschungsmanöver genannt hätte? Oder wenn das neue Herz des Adlers den Geist aufgab und es dessen letzter Wunsch war, Paul Harris mit seinen eigenen beiden Händen persönlich zu erwürgen?

Kurzum, in dieser ganzen Geschichte gab es einfach zu viele Wenn und Aber für ihn. Es machte ihm wirklich keinen Spaß, in dieser Liga zu spielen. Er wußte gut genug, wo seine Stärken lagen. Er war ein zuverlässiger und guter Ausführer präziser Aufträge und geschickt im Umgang mit kleinen Ganoven. Aber das hier überforderte ihn. Leute wie Alleo jagten ihm stets das kalte Grausen ein. Und schon gar nicht mochte er sich mit Leuten messen, von denen er wußte, daß sie schon mit mehr Grips im Kopf auf die Welt gekommen waren, als er sich jemals hatte aneignen können. Das waren einfach andere Kaliber, sie waren zu gut für ihn. Sie kannten zu viele Tricks, als daß einer wie er es jemals mit ihnen aufnehmen konnte. Das hieß im Klartext, was er jetzt zu tun hatte, war, sich etwas Geld zu verschaffen, die Antenne einzuziehen und zu warten, bis er wieder etwas von Harris hörte.

Zu allem Unglück aber hatte er am Abend beim Kartenspielen so ziemlich alles bis aufs Hemd verloren. Jetzt wußte er nur noch einen Ausweg, für den er nicht tagelange Vorbereitungen treffen mußte, wofür er ohnehin keine Zeit mehr hatte.

Dies war der Grund, warum Lenny an diesem Montag, morgens um fünf Minuten nach halb fünf, mit seinen gesamten Ersparnissen von zwei Zehndollarscheinen in der Hosentasche hinten in einem abgewrackten Taxi saß und die Nutte suchte, die ihm aus dem Schlamassel helfen konnte.

24

Jake Phillips lief die Treppe hinauf und versuchte seine Nervosität zu unterdrücken. Es würde schon alles gutgehen, redete er sich selbst pausenlos ein. Hatte Tulio schließlich nicht selbst gesagt, drüben an dem Tatort auf der South Side, wenn er je etwas brauchte, sollte er zu ihm kommen? Jetzt brauchte er etwas: nämlich seine Aufnahme in die Abteilung *Besondere Verbrechensopfer*.

Er erwartete eigentlich, daß das Büro um diese Zeit leer war. Tulio schlief wahrscheinlich. Die Tür bestand nur aus Leichtholz, sie war beim Anbau an das Haupthaus installiert worden war. Ein drastischer Unterschied zu der schweren Eichentür vor dem Büro des Captains oder auch zu den dicken stählernen Feuertüren in den Treppenhäusern, die alle schon aus der ersten Bauzeit stammten.

Als er sich in gewohnter Heftigkeit dagegenwarf, flog die Tür heftig auf und knallte an die Wand dahinter. Zum Glück war offenbar tatsächlich niemand da, der seinen Elefantenauftritt hier, wo er künftig zu arbeiten hoffte, miterlebte.

Er schüttelte den Kopf über seine eigene Ungeschicklichkeit, wandte sich um, um die Tür zu schließen, und fuhr erschrocken zusammen, als er sich wieder umdrehte und sich Lieutenant Tony Tulio gegenübersah, der in der Toilettentür auf der anderen Seite des Raums stand und mit einer 9-mm-Browning auf ihn zielte. Sogar aus dieser Entfernung konnte Phillips erkennen, daß die Waffe entsichert war und Tulio den Finger am Abzug hatte.

Tulio riß die Waffe mit beiden Händen hoch, in seinem Gesichtsausdruck mischten sich Erleichterung und Zorn. Er ließ sie sinken, sicherte sie und steckte sie zurück in seinen Halfter.

»Sorry«, sagte er.

»Wen haben Sie denn da vermutet, um Himmels willen?« fragte Phillips, bevor er merkte, daß dies keine gute Frage war. Aber Tulio hatte ihn echt erschreckt. Er war auch wütend. »Das hier ist schließlich ein Polizeirevier, Lieutenant.«

Tulio brauste weder auf, noch antwortete er auf die Frage. Er stand einfach nur da und sah Phillips an. Der starrte ihn seinerseits an und sah zu, wie er schließlich den Kopf ein wenig schüttelte und zu seinem Schreibtisch in der Mitte des Raums ging. Es war der einzige Raum hier, in dem einem Schreibtisch nicht ein zweiter gegenüberstand. Aus dieser Anordnung schloß Phillips, daß alle bei den *Besonderen Verbrechensopfern* in Teams arbeiteten, mit Ausnahme des Chefs.

Tulio setzte sich auf seinen Lederdrehsessel mit der hohen Rückenlehne, schaltete die Schreibtischlampe mit dem grünen Schirm ein und klappte rasch nacheinander das halbe Dutzend Akten zu, die aufgeschlagen auf seinem Schreibtisch lagen. Er legte sie zu einem Stapel aufeinander und sah Phillips schließlich fragend an.

»Nun, Jake, was kann ich für Sie tun?«

Das brachte Phillips erst einmal aus der Fassung. Captain Royal wollte Tulio doch Bescheid sagen, was er wollte. Er sagte also: »Hat Captain Royal Sie nicht angerufen?«

Tulio blieb achselzuckend vage. »Kann sein.«

Ach so. Keine Erläuterung. Hatte er seinen Piepser abgestellt? Oder war dessen Batterie kaputt? Oder hatte Royal tatsächlich mit ihm gesprochen, aber Tulio wollte es von Jake selbst hören? Aber aus Tulios Gesicht war nicht zu ersehen, welche Möglichkeit zutraf, es verriet nichts, nur die Augen musterten ihn scharf und intensiv.

Er nahm einen zweiten Anlauf. »Sir«, sagte er und versuchte gegen den Impuls anzukämpfen, die ganze Sache einfach zu vergessen, sich einfach nur zu entschuldigen und wieder zu gehen. In den Sternen schien nicht geschrieben zu stehen, daß er Mitglied der Mordkommission sein konnte, ganz gleich, in welchem

Ressort. »Ich habe Moore demonstrativ stehenlassen und bin Ihrem Rat gefolgt, einen anderen Ausbilder zu verlangen. Aber Royal wollte mich nicht gehen lassen. Er sagte, ich müsse bei Moore bleiben.«

Tulio musterte ihn auf eine eher desinteressiert wirkende Art. Als sei es ihm ziemlich gleichgültig, was der junge Mann ihm erzählte. Immerhin forderte er ihn nicht auf, sich wegzuscheren, und schien auch nicht ungeduldig zu sein. Er saß einfach nur teilnahmslos da, hörte zu und musterte ihn.

Phillips schluckte und fühlte sich zunehmend unbehaglich. »Er hat mich im Streifenwagen angepöbelt«, sagte er schließlich. »Und das auf dem Weg zu einem Mordtatort. Da habe ich ihn rechts anhalten lassen, bin ausgestiegen und zu Fuß zurückgekommen.«

»Augenblick«, sagte Tulio.

»Ja, Sir?«

»Wozu dient dieses Gespräch?«

Jake Phillips war jetzt bereits überaus nervös. Seine Hände waren feucht, er rieb sie sich an der Hose ab, machte den Mund auf und setzte zu einer Antwort an, besann sich aber noch rechtzeitig eines Besseren und wollte erst noch genau überlegen, was er von sich gab. Er machte den Mund wieder zu und schluckte schwer. Zumindest schaffte er es noch, verständnislos den Kopf zu schütteln.

»Jake«, sagte Tulio, »es ist spät, und ich bin müde.« Er sagte das so hin und ließ es in der Luft hängen, wie es war. Es vergrößerte die Spannung zwischen ihnen noch. Er hatte ihn wissen lassen, verstand Phillips, daß er dem großen Mann Zeit stahl. Arschloch, dachte er wütend. Für wen hält der sich?

»Ich meine, Lieutenant ...«, sagte er. »Sehen Sie, ich habe meinen Ausbilder abserviert, genau wie Sie es mir geraten hatten. Jetzt kann ich natürlich nicht mehr in der Abteilung bleiben, und ich möchte dafür in Ihre.«

»Bei uns ist nichts frei«, sagte Tulio.

Und Phillips sah, wie sich Tulios Lippen leicht kräuselten.

Was sollte das nun wieder? Wollte er sich etwa auch noch über ihn lustig machen und verkniff sich das Lachen? Das alles wurde ja mit jeder Sekunde schlimmer! Wahrscheinlich war es sowieso am besten, diese *Besonderen Verbrechensopfer* einfach zu vergessen und doch in den normalen Polizeidienst zurückzukehren. Nur, die Mordkommission war natürlich die Edelabteilung der ganzen Polizei, und die *Besonderen Verbrechensopfer* waren die Edelabteilung der Mordkommission, verdammt. Die Elite der Elite. So mir nichts, dir nichts durfte man das auch nicht sausen lassen.

Er entschloß sich zu einem letzten Versuch.

»Lieutenant, ich könnte bestimmt ein guter Mann bei Ihnen werden. Ich bin loyal und ehrlich, und ich kann arbeiten wie ein Pferd, wenn es sein muß. Und ich würde gerne mit den besten Leuten zusammenarbeiten. Mein Vater sagte mir immer, Sie seien der beste Mann, den er je gesehen habe, und Sie haben mir dies heute abend schon bewiesen, da draußen bei diesem Mord an diesem Kunsttypen, vor versammelter Mannschaft.«

Tulio sah ihn an, als schätze er ihn erneut ab. Phillips stand aufgerichtet vor ihm und blickte ihn intensiv an.

»Sehen Sie, Jake«, sagte Tulio, »ich bin Ihrem Vater zwar etwas schuldig. Und ich will auch gar nicht Ihre Gefühle verletzen. Aber ich bin hier an einer so großen Sache, daß mich der kleinste Fehler meine ganze Karriere kosten wird. Ich stelle mich diesem Risiko freiwillig, für mich selbst. Ihnen kann ich das schlecht zumuten. Ich habe meine zwanzig Dienstjahre voll und kann mich jederzeit bei voller Pension in den Ruhestand versetzen lassen. Bei Ihnen aber ist es bis dahin noch weit.« Er nickte noch einmal, und als er fortfuhr, war seine Stimme eisig.

»Der größte Gefallen, den ich Ihrem Vater tun kann, ist, daß ich Sie so fern von mir halte wie nur möglich. Sie können gar nicht in meiner Nähe sein wollen. Was da auf Sie zukommen könnte, überfordert Sie bei weitem. Wenn Royal Sie nicht behalten will, dann bedienen Sie sich in Gottes Namen einiger Beziehungen Ihres Vaters. Aber im Augenblick, Jake, ist mein Ressort hier alles andere als das Erstrebenswerte für Sie.«

Sein Telefon klingelte. Er sah es an, als sei es ein lästiger Eindringling, hob dann aber doch achselzuckend ab und meldete sich. »Tulio.«

Sein teilnahmsloses Gesicht verriet nichts von dem, was er vernahm. Auch zu hören war nichts. Es war nicht auszumachen, ob etwa Captain Royal am anderen Ende der Leitung war, um wie versprochen ein gutes Wort für ihn einzulegen.

Tulio hörte einfach nur stumm zu, allerdings erschien allmählich ein melancholisches, wissendes Lächeln auf seinem bisher teilnahmslosen Gesicht.

»Merlin«, sagte er, »haben Sie mir den Jungen raufgeschickt?« Er hörte wieder eine Weile zu, dann meinte er: »Tun Sie mir einen Gefallen. Nehmen Sie ihn zurück, und teilen Sie ihn Renelli zu. Und sagen Sie Renny, ich hätte empfohlen, ihm eine Hilfe zu schicken. Wenn Sie das tun würden?« Und dabei blinzelte und nickte er Jake zu. Royal war offensichtlich damit einverstanden.

Doch gleich anschließend, seinem sich verändernden Blick nach zu schließen, schien ihm der Captain einige Dinge zu sagen, die er nicht unbedingt hören wollte.

Phillips beobachtete ihn eine Weile schweigend. Je länger das Gespräch dauerte, desto mehr sah Tulio wie ein alter Mann aus, der sich allmählich mit der unausweichlichen Tatsache vertraut macht, unheilbar krank zu sein. Dieses traurige, müde Lächeln verließ sein Stoppelgesicht nicht mehr. Es erinnerte Phillips an Boxer, die er gesehen hatte, wenn sie nach dem Ende des Kampfs auf ihrem Hocker in der Ringecke saßen. Sie hatten tapfer gekämpft, jetzt war es vorbei, und sie wußten, daß die Kampfrichter nicht sie zum Sieger erklären würden, obwohl sie alles gegeben hatten.

»Das können Sie nicht machen«, hörte er Tulio sagen. »Das wissen Sie doch, Merlin.« Er hörte wieder zu und unterbrach dann: »Ach Quatsch, das können Sie doch gar nicht, mich meines Postens entheben. Das liegt doch überhaupt nicht in Ihrer Kompetenz! Schön, also Sie wollen mich weghaben, ja? Gut, dann sage ich Ihnen jetzt, was ich will. Ich will eine Verhandlung, und zwar mit Rechtsbeistand. Ich will mit meinen Anklägern konfrontiert werden. Damit ich ihnen vor aller Öffentlichkeit ins Gesicht sagen kann, daß sie lügen und diebische, schmutzige, kriminelle und korrupte Dreckhaufen sind. Und ich will noch etwas, Merlin. Ich will erfahren, ob Sie mit denen gemeinsame Sache machen.«

Und er legte auf, obwohl aus dem Hörer jetzt deutlich Captain Royals Gebrüll zu hören war. Er ließ die Hand noch kurz auf dem Telefon liegen, als wolle er sich daran wärmen. Dann sah er Phillips an und schien leicht überrascht zu sein, daß dieser immer noch da war.

»Schauen Sie, Jake«, sagte er und merkte, daß ihm die Stimme zu versagen drohte. Er unterbrach und räusperte sich. »Hier ist jetzt der Teufel los. Die sitzen mir im Nacken. Bald werden sie persönlich hier aufkreuzen, und da sind Sie dann besser nicht dabei. Denn die werden sich daran später erinnern und es gegen Sie verwenden, glauben Sie mir das. Gehen Sie jetzt heim, und kommen Sie morgen nachmittag wieder und melden sich bei Vince Renelli. Der kümmert sich besser um Sie als hundert Moores.«

Ohne nachzudenken, sagte Phillips: »Ich bleibe hier.«

War er wahnsinnig? Was redete er denn da? Er war doch gar kein Mitglied dieses verdammten Ressorts und war Tulio keine Loyalität schuldig. Wie kam er dazu, seine ganze Karriere für einen Lieutenant Tulio aufs Spiel zu setzen?

»Nein, Sie gehen«, sagte Tulio, und der Ton, in dem er es sagte, ließ keinen Zweifel daran, daß es ihm ernst damit war.

»Ich möchte Ihnen etwas sagen, Lieutenant«, erklärte Phillips. Er fühlte sich sehr viel entspannter und lockerer als am Morgen. »Den ganzen Abend lang heute bin ich getreten, beschimpft und beleidigt und wie ein halb zurückgebliebenes Stiefkind behandelt worden. Der Teufel ist los, sagen Sie? Wunderbar, paßt mir ausgezeichnet. Ich hab's ganz gern warm.«

Tulio gab kopfnickend zu verstehen, daß er diese Rede zu schätzen wußte. »Zu dumm«, sagte er, »zu dumm, daß Sie mir nicht schon vor Wochen oder wenigstens vor ein paar Tagen über den Weg gelaufen sind.« Er stemmte sich von seinem Schreibtisch hoch, streckte seine muskulösen Arme, wobei sein Hemd aus der Hose rutschte, was auch noch, zur Überraschung von Jake Phillips, seine harten, strammen Bauchmuskeln sehen ließ. Wo der Mann doch mindestens schon fünfundvierzig sein mußte.

Tulio schüttelte seine Verspannungen aus den Schultern und steckte anschließend die Hände tief in die Hosentaschen.

»Sehen Sie, ich arbeite hier mit achtzehn Leuten. Morgen früh werden nicht einmal drei von ihnen besonders bestürzt darüber sein, daß ich nicht mehr da bin. Und möchten Sie vielleicht wissen, was sie wirklich bestürzen wird? Daß ihre Jobs möglicherweise gefährdet sind. Daß sie nach der Methode ›Trifft's den Boß, trifft es auch uns‹ ebenfalls abserviert werden könnten. Aber schon nächste Woche, spätestens nächsten Monat, ach was, schon übermorgen, wird alles so sein, als hätte es mich hier nie gegeben.«

Er ging zur Tür, packte den Türknauf und drückte ihn heftig, bis seine Knöchel weiß wurden. Er schien Mühe zu haben, seine Gefühle unter Kontrolle zu behalten.

»Als ich dieses Ressort hier aufgebaut habe«, sagte er, »wissen Sie, wonach ich da suchte? Nach einem Dutzend Burschen wie Sie, Jake. Die loyal sind und Köpfchen haben und genau wissen, was sie wollen. Und auch genau wissen, wie das Spiel hier läuft. Polizisten, die mehr im Sinn haben, als ihre zwanzig Dienstjahre runterzuleiern, damit sie dann pensionsberechtigt sind, und sich bis dahin alles unter den Nagel zu reißen, was sie kriegen können. Schade, daß wir uns nicht früher über den Weg gelaufen sind.« Und er nickte wieder mit dem Kopf zur Tür hin. »Sind wir eben nicht. Und jetzt ist es zu spät. Also nun machen Sie schon, daß Sie rauskommen, ehe ich Sie mit Gewalt hinauswerfen muß.«

»Lieutenant –«

»Halten Sie den Mund.« Seine Stimme war leise und kalt und signalisierte, daß er nicht die Absicht hatte, sich noch weiter auf Diskussionen einzulassen. »Noch war keine Verhandlung, noch bin ich Lieutenant, und Sie sind Polizist. Also scheren Sie sich jetzt raus hier, Phillips. Das ist mein Ernst.«

»Also gut, Lieutenant. Dann gehe ich eben. Aber Sie sollen noch wissen, daß Moore etwas gegen Sie im Schilde führt. Einer von den Uniformierten am Tatort hat Sie bereits bei der IAD und der OPS verpetzt. Das könnte der Grund sein, warum der Captain so sauer ist.«

»Der Captain kann mich mal, und die von den Inneren Angelegenheiten können mich auch mal und die Vampire von der OPS erst recht. Die sind alle zusammen meine geringste Sorge. Ich weiß Ihre Loyalität zu schätzen, aber gehen Sie jetzt endlich. Los, raus. Machen Sie, daß Sie wegkommen.«

Jake Phillips nickte und ging an Tulio vorbei zur Tür hinaus, ohne sich auch nur einmal umzusehen. Er würde heimfahren zu seiner Frau, dem Baby die 5-Uhr-Morgenflasche geben und Marsha schlafen lassen. Wenn sie dann aufstand und Kaffee machte, wollte er ihr alles erzählen und mit ihr zusammen beraten, was er nun tatsächlich tun sollte.

25

Der richtige Name der Nutte war LaMar DeWitt. Aber er ließ sich Diana nennen, denn er fand, er sähe, wenn er zurechtgemacht war, aus wie Diana Ross. Und er trug auch genau die gleiche glatte Perücke wie die Sängerin, und er war schmächtig genug, um als schlanke Frau durchzugehen. Dazu hatte er die gleichen fleischigen Lippen und die gleiche hohe Stirn und das richtige Make-up. Wenn es allerdings nach Lenny ging, dann war er nicht unbedingt der Meinung, LaMar sehe wirklich aus wie Diana Ross. Wenn er auch zugeben mußte, daß man LaMar, in der richtigen Beleuchtung und mit genügend Drinks intus, immerhin mit Gladys Knight verwechseln konnte.

Jedenfalls wollte er mit LaMar nichts zu tun haben, wenn dieser kostümiert war. So betrunken wurde er denn doch nie. Für ihn war LaMar schlicht und einfach eine Transvestitenhure, nicht mehr und nicht weniger, und damit hatte es sich. LaMar hatte für ihn keinerlei Anziehungskraft, auch wenn er dauernd so tat, als seien sie vom Schicksal füreinander bestimmt. Eines Tages jedenfalls. Und sich überzeugt davon gab, das alles wäre auch schon längst geschehen, wenn sich Lenny nur endlich zu seiner wahren sexuellen Identität bekennen würde.

Dauernd pflegte dieser Mensch solche Reden zu führen. Lenny blieb nichts übrig, als sich zu beherrschen, damit er ihm nicht eine auf sein ausdrucksstarkes Kinn knallte, um die Tunte zur Räson zu bringen. Bisher hatte er sich noch jedesmal beherrscht. Schließlich gab es nicht viele Huren, die willens waren, die Risiken einzugehen, die LaMar ganz selbstverständlich auf sich nahm. Die meisten Huren waren ja dumm und faul. Während LaMar, soviel mußte Lenny zugeben, wirklich gut und fleißig war.

Hielt man ihm beispielsweise eine Pistole an die Schläfe und forderte ihn auf, entweder die Wahrheit zu erzählen oder gleich tot zu sein, so mußte Lenny neidlos anerkennen, daß er, würde er jemals das Pech haben, längere Zeit ohne Freiheit zu verbringen, am liebsten LaMar als Zellengenossen hätte. Nur draußen war das natürlich etwas anderes. Lenny war schlicht nicht interessiert. Und früher oder später mußte LaMar das einfach in seinen sturen Schädel kriegen.

Das war allerdings leider bisher noch nicht geschehen, vermutete Lenny, nach der Art zu schließen, wie er ihn jeweils begrüßte, wenn sie sich begegneten. Da brach LaMar buchstäblich aus dem Knäuel der Kolleginnen aus, mit denen er gerade redete, und trippelte hastig auf Lenny zu, klickediklick mit seinen hohen Stöckelschuhen auf dem rissigen Beton, »hallo, Baby!«, und war ganz glücklich, ihn zu sehen, freilich auch klug genug, ihn in Gegenwart der anderen nicht unbedingt mit seinem Namen anzusprechen.

Ein unablässiger Strom von Autos fuhr vorüber – späte Arbeiter und Frühaufsteher auf der Suche nach exotischen Erlebnissen. Samt der Bereitschaft, dafür auch zu bezahlen. Wurden sie vom Auge des Gesetzes erspäht und geschnappt, waren ihre üblichen Ausreden: sie fänden ihre geparkten Autos nicht mehr, oder: sie seien Schriftsteller, die für ihr neues Buch recherchierten und das wirkliche Leben beobachteten. Nur wußten sie nicht wie Lenny und LaMar, daß die Cops diesen ganzen Kokolores schon auswendig kannten und ihnen also auch kein Wort glaubten. Wuuu-sch, weg ist der Wagen. Kostenpunkt tausend Dollar, die nicht mal von der Steuer absetzbar sind.

»Hey«, sagte Lenny. Er fing LaMars Blick auf und ergänzte hastig: »Diana« und sah ihn erst daraufhin zufrieden lächeln.

War etwas? LaMar/Diana war total in Schwarz gekleidet, von der Perücke bis zu den Schuhen. Das Kleid war schwer, paillettenbesetzt und glitzerte im Scheinwerferlicht der nicht abreißenden Kolonne von Autos. Seine schwarze Strumpfhose hatte links eine Laufmasche von oben bis unten. Ließ sich nicht immer ganz vermeiden in dem Beruf. Die bloße Haut darunter war glatt und unbehaart.

»Tun wir was heute nacht, Schätzchen?« fragte er. »Sag mir, daß wir was tun heute nacht. Die Ecke hier ist zu abgegrast für mich. Völlig leergelutscht, verstehst du. Nur noch ausgeleierte Weiber voller Crack auf dem Strich hier. Schau sie dir an. Sie heben nicht mal mehr den Kopf, wenn einer auf sie zukommt, der unverkennbar wie ein Cop aussieht.«

»Ich bin bereit«, sagte Lenny und lächelte, als LaMar lachte. Es war ein ganz gutes Lachen, feminin und doch herzhaft, und es verschaffte ihm ein gutes Gefühl, LaMar zum Lachen gebracht zu haben. Warum, wußte er eigentlich nicht. Er wollte auch gar nicht erst darüber nachdenken.

»Na, wie hängt's?« fuhr er fort, aber da verschwand das Lächeln aus LaMars Gesicht.

»Du hast es zu weit getrieben, weißt du, Lenny«, sagte LaMar. »Und das weißt du auch selber ganz genau.«

Lenny verstand, daß es eine Warnung war, wenn LaMar ihn nun doch beim Namen nannte: Leg dich mit mir an, und du kriegst es prompt zurück. Mumm hatte er ja, der Bursche.

LaMar nickte noch einmal dazu und fuhr fort: »Wenn wir weiter zusammenarbeiten sollen, Schätzchen, dann muß neu verhandelt werden, verstehst du? Die Prozente und so.«

»Jetzt komm ...«

»Wofür hältst du mich denn, für eine Gratiszugabe? Daß ich für ein Butterbrot arbeiten soll? Soweit kommt es noch! Ich will mehr als nur ein Viertel. Hier draußen kann ich jede Nacht mehr als das machen und muß mich dann nicht mal für den Rest der Nacht verstecken, für den Fall, daß der Kerl zurückkommt, um mich zu schnappen, während du gemütlich in der Bar hockst und das Geld versäufst, das ich schwer verdient habe.«

»Aber dafür bekommst du dein Geld ja auch für nur einen einzigen Kerl pro Nacht, und danach kannst du in Ruhe heimgehen und hast obendrein nicht auch noch die ganze Zeit klebriges Zeug im Mund.«

»Wenn ich den Geschmack nur hin und wieder noch bekäme!« sagte LaMar jedoch und machte ein Gesicht dazu, das Lenny bedeutete, wie sehr er auf dem Holzweg war. »Das ist doch alles nichts mehr heute. Kannst in dem Geschäft doch absolut nichts mehr machen. Wärst ja auch verrückt, wenn du keine Gummis benutzen würdest.«

Lenny besah sich LaMars hautenges Kleid. Er hatte keine Handtasche. »Wo bewahrst du die denn eigentlich auf?« (Und wo bewahrte er sein Geld auf?)

»Das laß mal ruhig meine Sorge sein. Kommen wir endlich zu unserem Geschäft. Baby, ich sage dir, ich muß die Hälfte kriegen.«

»Die Hälfte? Diana, du bist übergeschnappt!«

»Die Hälfte, oder es läuft gar nichts, Schätzchen. Ich laß nicht mehr mit mir umspringen und mich mit Taschengeld abspeisen.«

»Du verlangst, ich soll deinen ganzen Anteil aus der eigenen Tasche bezahlen?«

»Sinnlos, zu diskutieren, Schätzchen. Die Hälfte, oder du entfernst deinen schönen weißen Hintern von hier und läßt mich zurück zu meiner Arbeit gehen. Wir Mädchen haben unsere Zeit doch nicht gestohlen, ich muß das Essen und die Miete verdienen. Ich hab sowieso einen Termin.«

»LaMar, was ist denn nur los mit dir heute? Soviel hast du nun auch wieder nicht zu tun, und das weißt du so gut wie ich. Die ganze wirkliche Arbeit und den ganzen wirklichen gefährlichen Mist mache ich doch.«

»Na gut. Dann stell dich auch hin und halt eins von den dämlichen Autos an und versuch mal, ob der Mr. Jones oder Smith, der drinsitzt, wirklich ranfährt, um es mit dir zu machen. Und du kannst auch den ganzen Rest alleine machen. Nur los, sieh zu, ob du einen von den weißen Kerlen überreden kannst, dich in die Johnson-Bar zu bringen. Mal sehen, was sie dir erzählen.«

»Diana ...«

»Lenny ...« äffte ihn LaMar nach. Er verschränkte die Arme und sah ihn an. »Also? Was ist nun? Ich kann nicht die ganze

Nacht hier rumstehen bei dir. Da fährt einer schon die ganze Zeit um den Block rum, der auf mich wartet. Er hat einen Aufkleber an der Windschutzscheibe, daß er aus Western Springs ist. Einer von deiner Fakultät, wenn du weißt, was ich meine.«

Lenny glaubte seinen Ohren nicht zu trauen. Was war das? Nannte der ihn etwa einen Schwulen? »Was meinst du damit, meine Fakultät, Diana?«

»Ach, Gott, Schätzelchen, nun sei nicht gleich eingeschnappt. Was denkst du eigentlich? Daß ich Angst vor dir habe? Nimm mal das Händchen ruhig wieder runter. Wenn es dir nämlich einfallen sollte, mich zu schlagen, du krummnasiger Exboxer, spielsüchtiger, häßlicher, besoffener Hurenbock, dann richte dich schon mal darauf ein, daß du den Rest deines ganzen Lebens nur noch mit offenen Augen schläfst. So ist es brav, Baby, mach die Faust auf. Immer mit der Ruhe, du weißt selber, daß das besser ist. Weil ich nämlich vielleicht mal nachts heimlich in dein Haus schleiche und dir deinen Dings abschneide, während du schläfst, solltest du auf die Idee kommen, Hand an mich zu legen.« Er kicherte. »Im Bösen, meine ich natürlich nur.«

»Diana ...«

»Ach was. Für wen hältst du dich denn heute? Für Paul Anka? Diana, Diana! Ich weiß meinen Namen schon selber. Und um deine Frage zu beantworten, was ich mit ›deine Fakultät‹ meinte: Itaker-Amerikaner, das meinte ich. Der ist außerdem ein junger Bursche, der dich gar nicht mehr kennt. Der weiß nicht, wer du mal warst. Er ist jetzt schon vier-, fünfmal um den Block gefahren. Ich war schon bei ihm. Der will gelutscht werden, aber ohne Gummi, darauf legt er Wert. Sagt, er mag nicht, wie sich das für ihn anfühlt. Ich hab ihm gesagt, er soll sich gefälligst selber lutschen oder sich eben eins von den Mädchen nehmen. Nein, mich will er. Bietet einen vollen Hunderter, zeigt ihn mir, in bar. Hat noch eine ganze Rolle davon in seinen süßen knappen Shorts.« Er lächelte wieder. »Also Baby, kriege ich jetzt die Hälfte oder nicht?«

Lenny kam zu dem Ergebnis, daß es auf die Wahl hinauslief,

die Hälfte kampflos wegzugeben oder die Tunte hier auf der Stelle zusammenzuschlagen, bis sie grün und blau war. Wenn er sich für letzteres entschied, mußte er auch gleich dazurechnen, sich eine Alarmanlage in seiner Wohnung anbringen zu lassen. LaMar war nicht der Typ, der nur leere Drohungen ausstieß. Und Lenny dachte an Gerardi, an den Adler und an einen alten Mann namens Alleo.

»Also gut, Diana. Du hast gewonnen. Die Hälfte, sauber durch die Mitte.«

»Iiii, ich mag das, wenn du schmutzige Reden führst.«

»Also los.« Lenny begann sich von LaMar zu entfernen, drehte sich dann noch einmal um für einen Abschiedsgruß, um ihn noch ein wenig zu quälen. Dafür, daß er ihn so schamlos erpreßt hatte.

»Sag mal, Diana, übrigens«, fragte er, »bist du jemals hart getroffen worden? Mal richtig auf die Fresse gefallen? Ich glaube, ich stelle mich den Cops und gestehe alles, was ich in meinem ganzen Leben getan habe. Und dann wünsche ich mir dich als Zellengenosse, Baby. Und dann wollen wir sehen, wer die Hälfte abkriegt.«

Darüber mußte LaMar nicht einmal eine Sekunde lang nachdenken, bevor er zurückschrie: »Aber dann wirst du dir wünschen, nie dort reingekommen zu sein, Baby! Wenn ich es mir so überlege, dann kann ich mindestens so gut fangen wie werfen. Für einen kräftigen weißen Burschen wie dich kriege ich jederzeit ein ganzes Päckchen Glimmstengel, und zwar jedesmal, wenn ich deinen Hintern ins Schaufenster lege!« Und er wandte sich ab, stakte davon, und Lenny mußte den ganzen Weg bis zur nächsten Ecke unter dem brüllenden Gelächter der anderen Nutten zurücklegen, das ihm in den Ohren klang.

Der Wagen fuhr vorsichtig in die Seitenstraße ein. Lenny drückte sich weiter in den Schatten der zurückgesetzten Hauseinfahrt zu diesem grauen Wohnblock, der auch schon bessere Tage gesehen hatte; sehr viel bessere. Es roch nach Gebratenem und nach Fett.

Es wurde ihm fast übel davon, zumal sich der Geruch auch noch mit dem Gestank von Abfall mischte, der überall in der Luft war. Er atmete nur noch durch den Mund.

In seinem Rücken spürte er die harten Stahlstäbe der Einbruchssicherung, und das schwere Vorhängeschloß drückte in seine Seite. Ausgerechnet heute, wo er nur ein leichtes gelbes Hemd und eine beige Hose trug. Das hier war alles gar nicht geplant gewesen für heute nacht. Geplant war vielmehr ein fetter Gewinn beim Spielen. Das war vielleicht ein Leben. So ein Mist.

Der Wagen fuhr vorbei. Es war gar kein normales Auto. Es war ein halber Truck mit Vierradantrieb, ein Geländewagen oder ein Bronco oder wie die Dinger hießen. So richtige Brummer, in denen man hoch wie in einem Laster sitzt, mit solchen Stoßstangen und überbreiten großen Reifen. Die Schultern und der Kopf des Fahrers waren kaum zu sehen. Er fragte sich, ob ihn LaMar nur aufgezogen hatte oder ob der Kerl wirklich Italiener war.

Das jeepartige Ungetüm hielt schließlich in einem ehemaligen Hinterhof an, in den er von der Seitenstraße aus hineinfuhr und dann schroff bremste. Die roten Bremslichter leuchteten hart auf, ehe sie erloschen. Genau das mußten sie in den Werbespots meinen, wenn sie die Dinger als Off-Road-Fahrzeuge bezeichneten …

Er gab LaMar ein wenig Zeit, dem Kerl sein Dings aus der Unterwäsche zu holen, und schlich sich dann im schützenden Schatten der Hauswand näher. Er hatte sich gebückt schon bis zur Fahrertür herangearbeitet und beglückwünschte sich gerade, diese Tätigkeit inzwischen zu einer Wissenschaft entwickelt zu haben, als sein Piepser losging.

Der Kerl fuhr hoch, Lenny sah ihn buchstäblich springen, und war schon halb draußen, ehe Lenny den blöden Piepser abstellen konnte. Obwohl er stand, mußte er doch zu dem Kerl hinaufschauen, der noch halb saß. Lieber Gott. Da hatte LaMar sich aber einen geangelt! Italiener, ohne Zweifel. Und wie gradewegs von einer römischen Piazza, direkt runter von einem Denkmalsockel.

Arme wie ein Gewichtheber, in einem weißen T-Shirt. Und einer von diesen Armen kam genau auf ihn zu, während der Bursche sich noch drehte, um aus dem Truck, oder was es war, heraus- und herunterzukommen. Aus dem Führerhaus erschienen eine breite muskelbepackte Brust, dazu lange, schwere Beine in Radlerhosen, die, als der Mann herabstieg, halb seinen Hintern hinunterrutschten, bis er schließlich unten stand, leicht schwankend, sich umdrehte und Lenny ansah, zwar nicht ganz furchtlos, aber mit hochgerecktem Kinn.

Lenny tat das einzige, was ihm im Augenblick einfiel. Er griff an, deckte ihn gleich richtig ein, rechts-links, rechts-links, hart auf den Körper geschlagen. Der Bursche war Gewichtheber, aber viel vom Prügeln verstand er nicht. Er krümmte sich zusammen, als ihn Lennys Haken trafen, beugte sich vor und fiel hin, Gesicht voraus, mitten auf den harten Erdboden neben seinem Fahrzeug, und japste nach Luft.

Lenny atmete schwer und war erregt. Als er hochsah, kam LaMar vom Beifahrersitz um das Auto herum auf ihn zugerannt.

Er lächelte schafsdumm und registrierte das Entsetzen in LaMars Gesicht, der nicht ihn ansah, sondern den Kerl, der da im Dreck lag. Lenny blickte ebenfalls zu ihm hinab. Er lag gar nicht mehr im Dreck. Er hatte sich irgendwie weggerollt oder war weggekrochen und fummelte an einer Pistole herum, die unter seinem Fahrersitz versteckt gewesen war.

Er war eben dabei, sie aus dem Halfter zu ziehen, als Lenny sich mit beiden Knien auf seine Brust fallen ließ. Der harte Stoß nahm dem Burschen seine letzte verbliebene Kampfkraft. Er lag flach da und streckte alle viere von sich und stammelte brabbelnd Jesusmaria auf itakerisch, während ihm das Blut aus dem Mund lief. Lenny zog ihm die Pistole ganz aus dem Halfter und wurde sich irgendwann bewußt, daß LaMar an der Radlerhose des Kerls zerrte. Er sah rasch nach, ob die Pistole geladen war, steckte sie dann zurück in den Halfter und diesen hinten in seine Hose.

»Ich wußte es ja!« sagte LaMar.

»Was wußtest du?« Lenny rang nach Atem. LaMar wedelte mit einem Bündel Geldscheinen vor seiner Nase herum.

»Das hatte der Kerl hinten in seiner Hose stecken. Zu mir hat er gesagt, ich soll die Augen zumachen, während er sie sich runterpuhlt.« Er blätterte das Bündel rasch durch. »Müssen über tausend sein, mindestens.«

Weniger, als Lenny gehofft hatte. Und davon mußte er LaMar nun auch noch die Hälfte abgeben. Immerhin, damit blieben immer noch fünfhundert mehr für seine Tasche, als er im Augenblick darin hatte. Er tastete rasch noch unter dem Fahrersitz, ob dort vielleicht noch etwas versteckt war. Ein paar Kreditkarten vielleicht oder etwas, das man verscherbeln konnte, ohne etwas von dem Erlös abgeben zu müssen. Seine Finger stießen tatsächlich auf etwas, allerdings auf etwas Metallenes. Metall und offenbar auch scharf. Er zog instinktiv die Hand zurück und sah, ebenso wie LaMar, eine Sheriffmarke zu Boden fallen. Sie drehte sich zweimal um sich selbst, ehe sie stillag, mit der Vorderseite nach oben.

»Ach, du Scheiße«, sagte LaMar.

»Beeil dich«, drängte Lenny, während er nach den Handschellen suchte und sie dem Kerl aus dem Gürtel zog. »Zähl das Geld, La M … schon gut: Diana!« Er zerrte den Polizisten herum, faßte ihn unter den Armen. Er schwitzte beträchtlich, teils aus Angst, teils wegen der verdammten hohen Luftfeuchtigkeit in dieser Nacht. Er schob den Mann halb in seinen Geländewagen, ließ ihn dann einfach fallen und packte ihn an einem Handgelenk, als er durch sein eigenes Gewicht wieder anfing, herauszurutschen und zu Boden zu sinken. Er hielt verbissen fest, der schlaffe Körper drehte sich, dann knackte etwas, und dem folgte ein Aufstöhnen. Offenbar hatten Gewichtheber sehr zarte Knochen. Wahrscheinlich von diesem ganzen Steroidzeug, das sie dauernd schluckten. Lenny legte ihm schließlich die Handschellen um ein Handgelenk und machte die andere am Lenkrad fest.

Dann rief er leise: »Diana?« Dann etwas lauter und schon etwas in Panik noch einmal: »Diana?«

Aber LaMar war verschwunden. Noch bevor er reagieren konnte und begriffen hatte, daß er ihm mit dem ganzen Geld durchgegangen war, ging sein Piepser wieder. Er griff geistesabwesend danach und stellte ihn ab. Er dachte angestrengt darüber nach, ob dieser Polizist hier gezielt auf jemanden angesetzt war oder einfach nur auf Verdacht hier jagte. Wenn das eine gezielte Aktion war, war sowieso alles egal. Dann nämlich waren die Cops binnen Sekunden da und kassierten Lenny ein. Und dann hatten sie natürlich auch LaMar schon, und dann saßen sie alle beide anschließend in einer Zelle unten an der Ecke 26. und California. Fast freute er sich sogar darauf. Wenn es aber keine Falle war, dann konnte LaMar sich auf etwas gefaßt machen. Dann schnappte er ihn sich und erwürgte ihn mit bloßen Händen.

Er wartete. Er hörte die Ratten überall herumhuschen. Der Polizist kam allmählich, immer lauter stöhnend, wieder zu sich, und als er sich über seine Lage endgültig im klaren war, begann er in seiner hilflosen Wut laut zu schreien.

Lenny fand, daß es nun Zeit war, Lebewohl zu sagen, und ging weg. Wäre es eine Falle gewesen, hätten ihn die Streifenwagen längst eingesammelt. Er kam aus der Seitenstraße heraus, wandte sich nach rechts, ging bis zur Ecke und dort weiter, auf dem Strich.

Dort war inzwischen weit und breit niemand mehr. Die ganzen aufdringlichen Huren waren fort, und fort waren auch die um sie herum flanierenden Autos. LaMar, wie er atemlos die Straße entlanggerannt kam, war offenbar das Signal gewesen, sich schleunigst davonzumachen: irgendwas Ungutes ging hier vor, da machte man sich lieber aus dem Staub.

Hier ein Taxi zu suchen war aussichtslos. Die Taxifahrer mieden diese Straße nachts. Sie waren gesetzlich verpflichtet, jeden Fahrgast anzunehmen, also auch Huren. Das aber wiederum erlaubte es jedem Cop, dem gerade der Sinn danach stand, ihren Wagen zu konfiszieren, sobald eine nur eingestiegen war. Und sie schlimmer abzukassieren, als er, Lenny, gerade eben diesen Freier abgezockt hatte, der sich als Cop entpuppt hatte. Oder genauer gesagt, abzuzocken versucht hatte. Während der tatsächliche Abzocker nun LaMar war.

Herr im Himmel.

Er ging gemächlich die Straße entlang. Es war ihm klar, daß das Geschrei des an sein Lenkrad gefesselten Polizisten bald die Neugierigen an die Fenster locken würde. Sie veranlassen würde, ihre Morgenzeitungen wegzulegen und durch ihre Jalousien zu blinzeln, was es denn da draußen wohl zu sehen gab.

Erst zwei Blocks weiter winkte er schließlich einem Taxi, dessen Fahrer zum Glück ein Ausländer war und schon wegen seiner mangelnden Sprachkenntnisse kein Interesse an einer Unterhaltung hatte.

Erst jetzt, als Lenny sich in Sicherheit wußte, sah er auf die Zahlen am Sichtfenster seines Piepsers in seinem Gürtel. Er mußte ihn sich am Fenster nahe vor die Augen halten, um sie lesen zu können und zu erfahren, wer ihn angepiepst hatte. Im gleichen Augenblick, da er die Nummer las, seufzte er auf. Es bedurfte wirklich nicht noch weiterer Beweise dafür, was für ein beschissener Tag dies für ihn war. Was er sah, genügte vollauf. Kristallisierende Schrift, winzige schwarze Zahlen. Die Telefonnummer von IHM persönlich, Thomas Gerardi.

»Der hat mir grade noch gefehlt«, sagte er.

Der Taxifahrer fragte: »Pardon, Pardon? Sie habe gesproche mit mir, Sir?«

»Schau, Sahib, spar dir deinen Charme für die Speikobras«, knurrte Lenny nur. »Halte da vorne bei der Telefonzelle an und laß mich dort aus deiner Schrottlaube raus.«

26

Sie schnappten ihn sich an einer Ecke in Downtown. Sie waren zu dritt und hatten Gerardi dabei, der sich heute nacht auf kein Risiko einlassen wollte. Lenny wurde mulmig, als er den Lincoln heranfahren sah, ließ sich allerdings nichts anmerken. Er wußte nur zu gut, daß sie das wie Haie schon aus der Ferne riechen, sich daran weiden und ihn fressen würden.

Gerardi selbst saß vorne beim Fahrer. Er beugte sich über die Sitzlehne nach hinten und musterte Lenny eingehend, schenkte ihm aber zur Begrüßung ein gütiges Lächeln. Einer von den Kerlen hinten stieg aus, so daß Lenny dort zwischen den beiden anderen in der Mitte sitzen konnte. Es gefiel ihm keineswegs, aber er war nicht in der Position, darüber zu diskutieren.

Er stieg ein und nickte dem, der schon drinnen saß, zu. Gerardi streckte er aufgekratzt die Hand hin und war sehr erleichtert, als dieser sie nahm und sie kräftig schüttelte.

»Tag, Mr. G, wie geht's denn so?«

»Es ging schon besser, Lenny«, sagte Thomas Gerardi.

»Tut mir leid, das zu hören.«

Es fiel Lenny schwer, nicht zu fragen, ob Gerardis mieser Tag etwas mit ihm zu tun hatte. Aber wenn es so war, erfuhr er es noch früh genug, und zwar zweifellos schon sehr bald.

»Schöner Schlitten«, sagte er.

»Ja, ich mag Autos«, antwortete Gerardi. Lenny musterte ihn und wandte sich dann achselzuckend den anderen Herren im Wagen zu. Deren Gesichter verrieten ihm gar nichts. Und er wußte, daß sie immer genauso dreinsahen, egal, ob sie etwas zusammen tranken oder aber ihn fertigmachten. Für diese Typen machte das keinen Unterschied. Solche Kerle hatten schlicht keine Gefühlsregungen irgendwelcher Art.

Er lehnte sich zurück, eingequetscht zwischen den beiden Muskelpaketen links und rechts, und sah zum Fenster hinaus auf den See, an dem der Fahrer auf dem Lake Shore Drive gemächlich entlangzockelte, Richtung Norden. Er war nicht weiter überrascht, als sie in die Sheridan Road abbogen. Das war der Weg zum Haus des Adlers, also mußte etwas schiefgegangen sein. Vielleicht hatte Harris sie irgendwie beleidigt oder sich geweigert, eine Anweisung auszuführen, und sie brachten ihn, Lenny, jetzt um, als Warnung für Harris.

Er spannte die Muskeln an und ballte heimlich die Fäuste. Er fühlte, wie seine Angst vor den beiden Gorillas neben sich wie in Wellen über ihn kam. Einer der beiden griff bereits in seine Jackentasche. Gut. Das hieß, daß auch sie Angst und Respekt vor ihm hatten und genau wußten, daß er durchaus gelegentlich jemandem die Rübe polierte, um irgendwem einen Gefallen zu tun. Sie nahmen ihn also nicht auf die leichte Schulter. Und das war durchaus Lob und Ehre für ihn.

»Ich habe dieses blöde falsche Sprechgerät noch immer am Gürtel«, sagte er, »das drückt mich. Kann ich es abnehmen?«

»Natürlich«, sagte Gerardi. Lenny nahm das Sprechgerät und ließ es zu Boden fallen. Niemand rührte sich. Nicht einer von ihnen würde jemals annehmen, Lenny sei bewaffnet. Es war allgemein bekannt, daß er ein Killer war, der nur mit seinen Händen arbeitete. Wozu sollte er da ein Schießeisen brauchen?

»Ich erinnere dich daran, daß es da liegt«, sagte der Gorilla zu seiner Rechten, »wenn wir dich nach Hause bringen. Damit du es nicht vergißt.«

Und da wußte Lenny, daß dies eine absichtliche Lüge war und daß sie tatsächlich vorhatten, ihn in seinen Tod zu fahren.

Das Haus war größer, als er es sich vorgestellt hatte. Das Dach sah aus, als bestünde es aus zersägten roten Rohren. Als sie die gewundene Auffahrt entlangfuhren, hatte er, inzwischen seltsam entspannt, Zeit, es zu bewundern. Hinter dem Haus lag wohl der See mit dem Privatstrand, wo sich die Enkelkinder des Adlers tummeln und schwimmen und spielen und Sandburgen bauen konnten, während drinnen im schalldichten Keller gerade Leute wie Lenny gefoltert und verstümmelt wurden.

Wie viele Räume mochte ein Haus wie dieses haben? Er mußte es erfahren, also machte er auf Konversation und fragte Gerardi, der ihm anstandslos antwortete: Einundzwanzig. Einundzwanzig Räume. Wahrscheinlich einschließlich der Bäder und Küchen, Abstellräume und Keller. Mußte wohl so sein.

Er selbst, Lenny, war in seinem ganzen Leben nirgends gewesen, wo es mehr als fünf Räume gab, Küche und Klo eingerechnet. Er hatte selbst in seinen besten Zeiten nie das große, feine Leben führen können. Und heute war er ohnehin weit entfernt von seinen besten Verdienstjahren. Er lebte bescheiden in einem kleinen Apartment auf der North Side, mit einem Klappbett und einer Kommode im einen Zimmer, einem Herd und einem kleinen Kühlschrank in der sogenannten Küche sowie einer schäbigen Couch vor einem Farbfernseher in einem kleinen und schmutzigen Wohnraum. Wann immer er umzog, brauchte er nur seine Klamotten mitzunehmen und das Foto seines Vaters, das vor zehn Jahren aufgenommen worden war, in Dino's Den an der Riviera. Es hing jetzt über seiner Couch, direkt mit Reißzwecken an die weiße Wand gepinnt.

Einundzwanzig Zimmer. Jesus.

Sie hielten mitten auf der kreisrunden Auffahrt und ließen ihn aussteigen. Es war das erstemal, daß er direkt vor einer großen Vorstadt-Villa stand. Überhaupt waren die einzigen Vororte, die er bisher gesehen hatte, Calumet City, das Dorado der Würfel- und Kartenspiele, und die bei den Rennbahnen.

Er stand da und hörte das Zirpen von Grillen, nicht wie sonst das Geräusch von Autobussen und Taxihupen oder das laute Dröhnen der Bässe von Stereoanlagen, die mehr kosteten als die ganzen Autos, in denen sie installiert waren. Hier ließ es sich wohl leben. Vielleicht nicht einmal so schlecht auch sterben, wenn es denn schon sein mußte.

Es war ihm nicht entgangen, daß der Fahrer die Schlüssel

hatte stecken lassen. Das mochte hier oben im feinen Winnetka kein Problem sein und womöglich sogar üblich. Normalerweise. Speziell, wenn der Wagen dem Adler gehörte.

Niemand faßte ihn an oder schob ihn zum Haus hin. Er ging einfach ganz selbstverständlich mit ihnen, in ihrer Mitte.

»Was passiert jetzt eigentlich?« fragte er schließlich.

Gerardi schüttelte den Kopf, als hätte er längst auf die Frage gewartet. »Er will mit dir reden.«

Lenny blieb an den Betonstufen zum großen Haustor stehen, das aus zwei schweren großen Eichentürflügeln mit Messingbeschlägen und Messingklopfer bestand. Alle anderen machten es ihm nach, außer Gerardi, der die Stufen hinaufstieg, dann aber innehielt, sich umdrehte und zu Lenny herabsah.

»Na los, was ist? Mein Gott, meinst du, wir hätten dich hierhergebracht, wenn wir vorhätten, dich kaltzumachen?«

Da war was dran. Wenn einer schon nicht clever genug war, sich denken zu können, daß der Adler gar nicht wußte, wer der Sammler war. Aber Gerardi hatte ihn, Lenny, schon immer unterschätzt. Was aber nur von Vorteil für ihn war. Gar nicht so schlecht, wenn dein eigener Chef dich für beschränkt hält. Auch jetzt konnte sich das durchaus noch zu seinen Gunsten auswirken. Wenn er es nur richtig anstellte. Man mußte nur gut pokern.

Also lächelte er und nickte in gespielter Erleichterung.

»Es ist bloß, wissen Sie«, sagte er und kam mit weichen Knien die Stufen herauf, »das hier oben und überhaupt alles. Es kommt mir etwas ungewohnt vor.«

»Du gewöhnst dich schon noch dran, Lenny. Bei den Leuten, die du kennst, hast du, ehe du dich umsiehst, auch so ein Haus wie das da.«

Einer der Gorillas entblödete sich nicht, darüber zu lachen. Gerardi warf ihm einen Blick zu, der sich gewaschen hatte.

Dann ging aber schon das Haustor auf, und Lenny trat in den Himmel ein.

Einmal, als er in New York gewesen war, hatte er auch die Lobby des Plaza Hotels kennengelernt, denn erstens brauchte er damals dringend eine Toilette, und zweitens wollte er einfach mal sehen, wie es da drin aussah. Jetzt, hier im Haus des Adlers, hatte er genau das gleiche Gefühl wie damals. Die Halle erinnerte ihn auch direkt an die Hotellobby. Alles durch die Bank erste Klasse und sündhaft teuer, groß, weit und hoch. Jedenfalls die Eingangshalle hier. Gleichzeitig kam das alte Ressentiment in ihm wieder hoch: daß er das alles zwar ansehen konnte, aber niemals anfassen, also selbst besitzen. Daß dies, kurz, eine Klasse war, zu der er niemals gehören würde.

Überall hingen irgendwelche Kerle herum. Er fragte sich, wo die eigentlich alle ihre Autos geparkt hatten. Als sie gekommen waren, stand draußen nur ein einziges. Eine überlange Limousine, von der er vermutet hatte, sie sei die Privatkutsche des Adlers. Aber vielleicht waren denen ihre Autos ja auch in irgendeiner von den vielen Garagen abgestellt.

Gerardi führte ihn an dem großen Wohnraum vorbei, wo eine ganze Clique von Kerlen beim Kartenspiel saß und sich nicht einmal die Mühe machte hochzusehen. Der Tisch, an dem sie spielten, sah alt und restauriert aus. Eine Antiquität. Der Adler hatte eben Klasse. Die drei Gorillas, die mit im Auto gewesen waren, zog es mit Macht zu den Kartenspielern hin, während Lenny brav Gerardi folgte, der auf eine sehr dunkle, sehr hohe, sehr breite und sehr alt aussehende braune Flügeltür zuging, vor ihr stehenblieb, einmal anklopfte und dann eintrat, als von drinnen das »Herein« ertönte – ziemlich schwach und wie aus weiter Ferne.

Lenny fühlte sich den Umständen entsprechend ganz gut. Er war sogar in einer gewissen Hochstimmung. In einem vornehmen, eleganten Haus wie diesem hier wurden keine Morde verübt, genausowenig wie in den Plüschkasinos in Las Vegas, selbst wenn man dort genau wußte, daß es dennoch schon mal passieren konnte, wenn einer gar zu frech herumfuhrwerkte.

Und genauso war das hier. Das Gefühl von Gefahr war sehr real vorhanden und erregte ihn auch, aber er glaubte doch alles sicher im Griff zu haben und daß er eine Glückssträhne hatte, bei der er allerdings um den bisher höchsten Einsatz seines Lebens spielte. Und so machte er, als er den Raum betrat, einen sehr ruhigen und gefaßten Eindruck.

Der Adler saß in einem hohen Sessel, dessen Leder schon völlig brüchig war und glänzte. Die Ohrlehnen waren nach innen gebogen wie gewaltige Fledermausflügel beim Einwärtsschlag. Der gleiche Sessel wie der von Ming dem Gnadenlosen in »Flash Gordon«.

Der alte Mann stand nicht auf, als sie eintraten, was ein schlechtes Zeichen sein mußte. Gerardi stellte sich hinter seinen Sessel, legte die Arme über die Rückenlehne und lehnte sich selbst an. Lenny blieb gute drei Meter vor dem Sessel stehen. Es bestand kein Anlaß näherzukommen. Es war klar, daß der Adler nicht vorhatte, ihm die Hand zu geben.

Der Alte blickte ihm entgegen. Er stand da und versuchte, Selbstvertrauen zu demonstrieren, indem er die Augenbrauen fragend hochzog wie einer, der ein unschlagbares Blatt in der Hand hat.

Um Gerardis Mund spielte indessen ein leichtes, kaltes Lächeln. Er glaubte offenbar, Lenny stünde das Wasser bis zum Hals. Lenny dachte: Der soll glauben, was er will, was weiß der denn schon? Was wußte der denn jemals?

Der Raum, in dem sie sich befanden, war riesig. Lenny sah sich betont gelassen um. Doppelte Glastüren führten hinaus zu einer Art Patio. Sie schienen sich hier an der Seitenfront des Hauses zu befinden. Weder der See noch die Auffahrt waren von hier aus zu erblicken. Die Türen waren geschlossen. Nur das leise Summen der Klimaanlage war zu hören. In eine der Wände war ein geradezu gigantischer offener Kamin eingebaut, der aber jetzt leer war. Darüber hing ein Kruzifix, groß genug, daß es aus einer Kirche gestohlen sein konnte. Eine ganze Wand bedeckten Regale voller Bücher. Eine weitere Wand war voller Gemälde, die Lenny alle ziemlich alt erschienen. Eines erkannte er. Das Letzte Abendmahl.

Er sah den Adler an. Der Mann schien nur noch die Hälfte von dem zu sein, was er einmal war. Früher einmal war er groß und kräftig gewesen, jetzt sah er verschrumpelt und alt aus, voller Falten und mit fahler Haut. Von dennoch ungebrochener Lebendigkeit zeugten einzig und allein seine blitzenden und stechenden Augen. Seine Nase, die ihm seinen allgemein üblichen Namen verschafft hatte, wirkte jetzt zu groß geraten und fehl am Platze in dem runzligen, hageren und kränklichen Gesicht.

»Mr. Venicie«, sagte Lenny, »darf ich Sie mal was fragen?«

Der Adler war sichtlich überrascht über diese Kühnheit. Er saß da und hatte Lenny seinen berühmten niederschmetternden Blick verpaßt, und dieser Wicht zeigte sich nicht einmal beeindruckt, sondern wollte tatsächlich sogar eine Frage stellen! Da hörte sich doch alles auf.

Aber er sagte, aus dem Mundwinkel: »Was?«

»Wieviel kostet Sie eigentlich allein die Klimaanlage in diesem Schloß hier pro Monat?«

Gerardi richtete sich auf wie an der Schnur gezogen, das süffisante Lächeln in seinem Gesicht erstarb, und sein Ausdruck wurde finster. Der Adler aber schien zu ahnen, daß er hinter ihm auf dem Sprung war, und winkte mit einer Geste über die Schulter ab. Gerardi blieb stehen. Der Adler verschränkte die Hände über dem Bauch.

Dann sagte er: »Für diese Sachen habe ich einen eigenen Buchhalter, der sich darum kümmert.«

»Ich muß schon sagen, Mr. Venicie, das muß man neidlos anerkennen, das hat Klasse hier, echt Klasse.«

»Wissen Sie, warum ich Sie habe holen lassen?«

»Nein, Sir. Falls ich etwas Dummes gemacht habe, vielleicht ein paar von Ihren Leuten beleidigt oder so, dann war das nicht meine Absicht.« Lenny machte eine Kunstpause. Venicie wartete geduldig. Wie ein total bescheuerter Stichwortgeber für meine Pointe, dachte Lenny. »Wenn die Kerle nicht auf dem Strich in Halstead herumgerannt wären«, sagte er, »um sich Muschis zu kaufen, wäre das überhaupt nicht passiert.«

Nun lachte der Adler sogar. Selbst Gerardi gestattete sich ein gezwungenes Lächeln.

»Thomas hat mir schon berichtet, daß Sie ein einfacher Mann sind, der gerne herumalbert und dem man nicht leicht zusetzen kann.«

Wenn der Mann wüßte. Er war sogar zu Tode verängstigt. Aber er wollte verdammt sein, wenn er es zeigte. Er hatte keine Ahnung, ob er hier noch lebend herauskam. Aber wenn, das wußte er, dann konnte ihn in Zukunft kein Würfel- oder Kartenspiel jemals mehr aus der Ruhe bringen.

»Und daß Sie ein guter Fahrer sind, sagt er. Daß Fahren sogar so eine Art Berufung für Sie ist.«

»Aber auch Boxen, Mr. Venicie. Als Boxer war ich auch mal sehr gut.«

»Richtig, ich habe an einigen Ihrer Kämpfe ganz gutes Geld verdient.«

»Nie hätte ich einen Kampf verloren, unbesiegt hätte ich abtreten können, wenn ihr Leute mir nicht soviel Geld in den Rachen geworfen hättet.«

»Ach, wissen Sie, Lenny, in manches Pferderennen habe ich noch viel mehr Geld gesteckt, ohne daß ich vorher etwas geschoben hätte. Soviel war das für uns nicht. Ein paar Dollar hier und ein paar da. Das ist genau wie mit unseren Fahrern. Das kommt und geht, beschissenes Kleinzeug, ohne Belang. Bloße Nummern, die für mich noch unbedeutender sind als die Köche und Butler hier im Haus. Nun aber, Lenny, haben Sie mir heute einen Mann geschickt, der alles andere ist als ein kleiner Fisch. Nämlich ein ziemlich harter, ausgekochter Bursche. Er war mir letztes Jahr sehr nützlich.«

»Ja, Sir, ich weiß.«

»Und Sie arbeiten für ihn. Sie sind sein Fahrer oder sein Bursche oder sein Butler oder so etwas.«

»Mr. Venicie, es gibt keinen Anlaß, mich so zu behandeln. Ich bin kein Hund. Und ich habe mich nie respektlos Ihnen gegenüber benommen.«

»Nein?« Der Alte richtete sich in seinem Sessel etwas auf. Seine Lippen kräuselten sich. Er setzte sich sichtlich in Positur.

»Sie kommen hierher in mein Haus, in einen Raum mit einem Kruzifix und einem Bild von Jesus Christus an der Wand, führen heidnische Reden und sprechen mit mir wie von gleich zu gleich, und das alles nennen Sie keine Respektlosigkeit?«

»Ich entschuldige mich.« Lenny verzichtete auf den Hinweis, daß der Alte ja selbst auch nicht besonders christlich redete.

»Aber leid tut es Ihnen nicht«, sagte der Adler.

»Ich bin kein Fahrer mehr, Mr. Venicie. Von niemandem. Diese Zeiten sind vorbei.«

»Ja, das stimmt«, gab der Adler zu, und es war auch gar kein Mokieren dabei, »Sie sind ein Erpressungskünstler, nicht wahr? Sie spielen den Polizisten und schüchtern die ganze East Side runter Nutten und ihre Freier ein. Und die Kleinganoven. Was ich so höre, schlagen Sie ab und zu für Thomas ein paar Schädel ein, damit Sie wieder genug Geld für die Spieltische haben.«

»Schön, ich tue, was ich kann, ich will ja niemandem zu nahe treten. Ich versuche einfach, mich durchzuschlängeln.«

Die Zeit für schlaue Bemerkungen war vorbei. Keine Furcht zu zeigen hatte ihm auch keinen Respekt eingetragen. Er wartete, hielt dem Blick des Alten stand, der ihn weiterhin scharf anstarrte, und wußte, weiter als bis jetzt würde er nicht mehr kommen.

»Schön, also jetzt wissen wir alle, wo Sie stehen. Aber tun Sie gefälligst hier nicht so, als wären Sie unter Kollegen oder als würden Sie Ihren Freund, den Herzlieferanten, mehr schätzen als uns. Sie hatten durchaus recht mit dem, was Sie sagten, Lenny. Wir haben Sie dafür bezahlt, diese Kämpfe zu verlieren, und zwar mit mehr Geld, als Sie selbst in Ihren besten Tagen je verdient haben. Wir haben Ihnen Arbeit und Brot gegeben, als Sie an sich schon gar nicht mehr zu kämpfen imstande waren. Und das könnten Sie bis heute noch haben, wenn Sie nicht selbst alles versaut hätten. Aber den alten Zeiten zuliebe werfen wir Ihnen ab und zu noch einen Knochen hin, Lenny, so ist das.«

»Wenn Sie mich vielleicht machen ließen, Mr. V«, bot Gerardi an. Fast bettelte er darum. In seiner Stimme war ein Anflug von Verzweiflung, aber auch von Ressentiment, weil eine große

Nummer wie der Alte hier tatsächlich soviel Zeit verschwendete, sich mit einer Null wie Lenny überhaupt abzugeben.

Lenny rührte sich nicht. Er wollte wissen, was der Alte erwidern würde. Das ließ auch nicht lange auf sich warten. Wie er richtig vermutet hatte, bekam es Gerardi schlecht, den Boß einfach zu unterbrechen.

Der Alte drehte sich in seinem Sessel herum, und Lenny entging nicht, wie allein dies schon recht mühsam für ihn war. Er blickte Gerardi strafend an. Gerardi wich wie unter Peitschenhieben einen Schritt zurück und murmelte eine Entschuldigung.

Der Alte wandte sich langsam wieder Lenny zu. Er sprach jetzt deutlich langsamer und rang sich jedes Wort nur mühsam ab.

»Sehen Sie, wie die Dinge stehen, Lenny? Viel Boden haben Sie nicht unter den Füßen. Thomas hier hat Ihnen die eine oder andere Frage gestellt, als ich meine Schwierigkeiten hatte, und Sie haben sie ihm nicht beantwortet. Dagegen war zu der Zeit wenig einzuwenden, weil am Ende alles in Ordnung ging. Er hätte auch gar keine Schwierigkeiten gehabt, Sie aufzustöbern, wenn es nicht geklappt hätte. Aber jetzt will er unbedingt einen Namen aus Ihnen herausfoltern und wissen, wer dieser Herzlieferant ist. Ich habe ihm ja gesagt, ›Thomas‹, habe ich gesagt, ›er ist schließlich einer von uns. Ruf ihn an, laß ihn abholen. Ich möchte mich mit ihm unterhalten.‹«

Er machte eine Pause, um wieder zu Atem zu kommen und seinen stechenden Blick aufzuladen, mit dem er Lenny dann weiter durchbohrte. Mit seinen eisblauen Augen, die über einer lebenslangen kriminellen Laufbahn tiefgefroren waren.

»Na los, Lenny, reden Sie! Beweisen Sie mir Ihre Loyalität. Vergessen Sie den Mann, für den Sie arbeiten. Erzählen Sie mir etwas. Wie heißt er?«

»Mr. Venicie ...«

»Was ist, Lenny?«

»Es gehört zu meiner Abmachung mit ihm, daß ich den Mund halte. Schließlich bestreite ich meinen Lebensunterhalt aus seinen Aufträgen.«

Der Adler nickte, als respektiere er dieses Argument voll und ganz. Doch seine nächsten Worte straften diese Vermutung Lügen.

»Falls Sie die Absicht und den Wunsch haben, dieses Haus wieder zu verlassen, Lenny, sagen Sie mir doch lieber, was ich hören möchte. Nämlich den Namen.«

Lenny sah ihn an. Dieser runzlige, faltige Alte, der den Mann opfern wollte, dem er sein Leben verdankte! Was war denn nun mit dem Kruzifix und dem Christusbild an der Wand? Zählte das jetzt plötzlich wieder nichts?

Als der Adler weitersprach, lief Lenny, obwohl der Alte ganz ruhig redete, ein eiskalter Schauer über den Rücken.

»Sophia Alleo, Lenny, ist vor einer Stunde auf dem Operationstisch gestorben. Ihr Freund hat eine Leber für sie beschafft, die nicht besonders gut funktionierte.« Er war fast selbst von seinen Worten überwältigt. Er wußte, er redete zuviel. Aber er wollte den Teufel tun und Lenny seine Schwäche merken lassen.

Er atmete tief durch, ehe er fortfuhr. »Er ist ein toter Mann, Lenny. Er muß aus dem Weg geräumt werden. Mr. Alleo will, daß ihm zum Ausgleich für die Leber, die seine Tochter umbrachte, seine herausgenommen wird. So wie ich ihn kenne, würde es mich nicht wundern, wenn er sie in seine Makkaronisoße gemischt haben möchte, um sie aufzufressen. Nun weiß er allerdings nichts von Ihnen, und das braucht er auch nicht zu wissen. Sagen Sie mir einfach, wer dieser Mann ist, Lenny. Dann lassen wir Sie gehen, und alles andere ist vergessen.«

Er atmete erneut tief durch. Lenny bemerkte, wie ihn dabei ein schneller Schmerz durchzuckte. Er spiegelte sich deutlich auf seinem Gesicht wider. Dieses Gespräch forderte sichtlich seinen Tribut von ihm. Immerhin sollte der Mann ja eigentlich schon seit einem Jahr tot sein. Nur sein Haß und das Böse in ihm hielten ihn nach wie vor am Leben. Vielleicht starb er jetzt und hier, vielleicht kündigte sein gestohlenes Herz den Dienst auf und stieß diese ganze Masse von Bosheit und Bösartigkeit ab, der es unablässig ausgesetzt war.

»Passen Sie mal gut auf, Lenny«, sprach der alte Adler weiter. »Ich habe jetzt genug. Entweder Sie sagen mir hier auf der Stelle, solange wir uns alle noch wie Gentlemen benehmen, wer er ist, oder ich muß Sie von Thomas und ein paar von den Leuten in den Keller hinunterbringen lassen, damit die Ihnen Eiszapfen in Ihre edlen Körperteile jagen, bis Sie endlich tun, was man Ihnen sagt.« Und er zuckte mit den Achseln, um zu zeigen, wie wenig ihn dies berührte.

»Sie sehen, Lenny«, meinte er, »Sie haben keine Wahl. Also, wie heißt er?«

Lenny Roman hatte bisher dreimal in seinem ganzen Leben alles, was er besaß, auf ein Black-Jack-Blatt gewettet. Zweimal hatte er gewonnen und den ganzen Haufen Chips, Tausende, vor sich aufgehäuft, samt dem Rest des Inhalts seiner Brieftasche, und war, zu nervös, um sitzen zu bleiben, aufgestanden, um zu warten, wie die anderen Karten standen. Er erinnerte sich gut an die Gefühle, die er dabei durchlebt hatte. Dieses Kitzeln von den Hoden hinauf bis in die Brust und von dort weiter in den Mund, wo es wie Messinggeschmack ankam. Und wie ihm buchstäblich dabei die Ohren klangen.

Das eine Mal hatte er einen Black Jack gehabt, das zweite Mal standen seine zwei Könige gegen siebzehn des Bankhalters.

Das dritte Mal, als er alles verlor, war er ausgeflippt.

Und wie würde es jetzt ausgehen? Gewann er oder verlor er? Er hatte keine Ahnung. Doch damals in Vegas, als er verloren hatte, hatte er den Kitzel nicht verspürt, diese erotische Welle durch seinen Körper wie bei den anderen beiden Malen, als er ebenfalls alles bis auf den letzten Chip samt seinem letzten Bargeld aus der Brieftasche eingesetzt und gewonnen hatte.

Jetzt verspürte er das bewußte Kitzeln. Sogar noch intensiver denn je. Jetzt stand ja auch eine Menge mehr auf dem Spiel als nur ein Berg Chips und ein paar Banknoten. Es war ein Gefühl, als würde er gleich ohnmächtig. Der Alte bemerkte es zwar, hielt es aber irrtümlich für Angst. Er hob die Augen zum Himmel und sagte zu Gerardi: »Was habe ich gesagt?« Als hätten sie eine Wette darüber abgeschlossen, ob Lenny umfiele oder nicht.

Aber Lenny fiel nicht um. Er baute sich im Gegenteil auf für das, was er zu tun hatte.

Er atmete schwer, als dieses bewußte Gefühl durch ihn strömte, das fast mit einer Erektion einherging und ihn bereit machte. Er griff nach hinten und zog die Pistole, die er dem falschen Freier abgenommen hatte.

»Keiner rührt sich. Keiner von euch Scheißkerlen rührt einen Finger! Sie da!« Er hielt die Pistole beidhändig im Anschlag auf Gerardi, der den Mund offen hatte, als wollte er um Hilfe rufen, ohne daß sich ihm ein Laut entrang.

»Wenn Sie auch nur ein Wort sagen, Sie Scheißkerl, schwöre ich Ihnen bei dem Christus da, daß ich dem Alten eine Kugel mitten durch sein Ersatzherz jage, bei dessen Beschaffung ich selbst mitgeholfen habe!«

»Rühren Sie sich nicht, Thomas!« befahl der Alte in seinem Sessel. Seine Stimme klang angewidert, sogar verächtlich. Er hatte mehr mit Lenny vorgehabt. Lenny hätte Besseres tun können, als sich hier diesen Abschaum hinter ihm vorzunehmen.

»Ich habe jetzt das Kommando, Alter«, unterbrach ihn Lenny und fuchtelte vor Gerardi mit der Pistole herum. »Los, rüber zum Vorhang, und nehmen Sie die Kordeln ab, los. Und damit fesseln und knebeln Sie den Alten hier, und hinterher mache ich es mit Ihnen genauso.«

»Warum erschießen Sie uns nicht einfach gleich, Lenny?« sagte der Adler. »Nur zu, jetzt, gleich!«

»Bring mich nicht in Versuchung, du alter, verhutzelter, häßlicher Dreckskerl, oder ich …!« Er warf einen Blick auf den Adler und sah, wie dieser ihn weiterhin unbeeindruckt anfunkelte. Falls sie ihn bei seiner Flucht schnappten, schwor er sich, wollte er lieber die Pistole auffressen als noch einmal einen Fuß hierher in diesen Raum zu setzen.

»So ist es gut«, sagte er zu Gerardi. »Und jetzt zurück, während ich die Knoten prüfe.«

Gerardi hatte den Alten gut verschnürt und ihm sein eigenes Taschentuch in den Mund geschoben. Den Rest der Vorhangschnur, mit der er ihn gefesselt hatte, wickelte er ihm um den Kopf und vor den Taschentuchknebel.

»Umdrehen«, kommandierte Lenny. Gerardi drehte sich um und hielt ihm die Hände nach hinten entgegen, weil er offenbar erwartete, gefesselt zu werden. Aber Lenny hatte andere Pläne.

Er hieb Gerardi den Pistolenkolben heftig unter dem Ohr an die Seite des Kopfs und fing ihn im Fallen auf, damit sein Sturz auf den Teppichboden keinen Lärm verursachte. Er ließ ihn langsam zu Boden gleiten. Das bewußte Gefühl war jetzt überall in ihm. Es war wie kurz vor einem geistigen Orgasmus. Er wußte nicht recht, was er davon halten sollte.

Er ging hinüber zu der gläsernen Terrassentür, öffnete sie und trat hinaus. Die Hitze draußen schlug ihm wie eine Faust entgegen. Er machte die Tür hinter sich zu. Er schwitzte, daß ihm das Wasser herunterlief. Halb war es Angstschweiß, halb die feuchtschwüle Luft. Aber nun war es nur noch ein Kinderspiel, um das Haus herum bis nach vorne zu gehen, in den Lincoln zu steigen und wegzufahren, so schnell es nur ging – und nachdem er die Reifen der Limousine des Alten zerstochen hatte.

27

TULIO SASS auf dem Bett, das Kissen seiner toten Frau auf dem Schoß, die Hände darauf gelegt, und starrte an die rissige Wand, während er den Anrufbeantworter abhörte. Die Stimmen darauf wurden, je mehr der Morgen graute, immer ungehaltener. Er hörte die Wörter, aber er nahm ihren Sinn nicht auf. Er war sich der sprechenden Stimmen bewußt, aber es war ihm ziemlich egal, wer es war und was sie alle wollten.

Er überlegte, ob er einfach ausgehen sollte, um sich irgendeine Kneipe zu suchen, die die ganze Nacht offen hatte. Damit er sich betrinken und so dem ganzen Elend entfliehen konnte. Er hatte keine Familie mehr, keine Beschäftigung, keine Freunde, schlicht gar nichts mehr. Er hatte Marian verloren und jetzt auch noch seinen Job. Irgendwie hätte er das alles durchstehen können, wenn er wenigstens noch seine Arbeit gehabt hätte. Dann hätte ihn nichts umgebracht. Früher oder später hätte er alles überwunden, selbst den Verlust Marians. Aber so ... Ohne seine Arbeit, das war ihm klar, hatte er keinen Halt mehr.

Martie. Jess. Marian. Die Stellung. Lieber Gott im Himmel, er hatte wirklich absolut nichts mehr.

Das Telefon klingelte schon wieder. Es mußte inzwischen der achte Anruf sein. Vielleicht war es diesmal Marian. Gerade jetzt wäre dies besonders schön. Nach dem dritten Klingeln schaltete sich der Anrufbeantworter ein.

»Tony, sind Sie da? Royal hier. Ich brauche Sie hier, verdammt, Mann, bevor der ganze Mist hier drunter und drüber geht. Sie sind schließlich auf Bereitschaft, zum Teufel, und da stellen Sie einfach Ihren Piepser ab! Das können Sie doch nicht machen, das wissen Sie doch ganz genau. Also hören Sie zu, es ist etwas passiert. Hier ist alles voller Kerle von ganz hoch oben, die nehmen Ihre sämtlichen Akten und Ihren ganzen Schreibtisch auseinander. Moore erstattet Anzeige, er unterschreibt ein richtiges Papier gegen Sie, haben Sie mich verstanden, Tulio? Solange Sie rumlaufen, erklärt er, fühlt er sich bedroht. Haufenweise rennen hier Scheißkerle vom IAD und vom OPS und vom Pflichtverteidigerbüro herum. Was haben Sie da zu diesen Eltern gestern abend gesagt? Haben Sie denen wirklich ausdrücklich versprochen, Sie würden den Kerl fangen, der ihre Tochter umgebracht hat? Außerdem ist da irgend so ein Bandenheini, der behauptet, Sie wären in seine Wohnung eingebrochen und hätten ihn bedroht. Auch der erstattet Anzeige gegen Sie!«

Der Captain redete noch weiter und weiter auf diese Art und schien gar nicht mehr aufzuhören. Das ganze Band hätte er vollsprechen können, die ganze halbe Stunde lang, die es lief, und es hätte alles aufgezeichnet, während Tulio davor saß und den Inhalt nur halb aufnahm. Doch dann hob er einfach den Hörer ab, überlegte noch eine Weile, ob er ihn einfach so liegen lassen sollte, und entschloß sich dann doch, sich zu melden.

»Royal?«

»Na endlich, Tulio! Mann, sehen Sie zu, daß Sie hier antanzen! Im Augenblick sind Sie nur suspendiert, aber wenn Sie nicht sofort kommen und diese Arschlöcher hier besänftigen, sind Sie entlassen!«

»Bin ich doch schon, Royal. Die wollen doch nur noch die sogenannten Formalitäten abwickeln, damit alles legal wird. Ich bin draußen, und das wissen Sie doch ganz genau.«

»Sehen Sie, es ist ja noch viel schlimmer. Die Feds sind hier –«

»Die können mich mal.«

»Die Familie dieses Opfers, Conners heißt der Mann, hat sie gerufen. Ihre Tochter ist ihnen aus ihrem Haus gekidnappt worden, sagen sie, und Sie haben angeblich behauptet, das sei überhaupt nicht passiert. Tony, hier ist der Teufel los! Kommen Sie her. Es gibt Leute genug, die Ihnen Hilfe schuldig sind.«

»Ach Quatsch. Ich bin gestern abend einfach zu vielen Leuten auf die Zehen getreten, Royal, das ist alles.«

»Ja, ja, mir auch, ich weiß. Als Sie mich gefragt haben, ob ich auch bei denen sei.«

»Ich weiß es doch besser.«

»Das sollten Sie, ja.«

Das FBI war also schon da. Die hohen Herrschaften. Die ganz Oberen. OPS. IAD. Das Pflichtverteidigerbüro. Und auch irgendwer mit einer Menge Beziehungen und Macht wollte ihm ans Leder. Jemand wie Alleo beispielsweise. Andernfalls würden diese Blutsauger vom PLO nicht herumschnüffeln. Es mußte Alleo sein. Oder die »Familie« des jungen Bandenpunks, dieses zwölfjährigen Ronald-Taco. Jedenfalls, wer es auch war, sie wußten genau, wo sie hingehen mußten. Die Arschlöcher vom PLO gingen sowieso nirgends hin, wo nicht mit Sicherheit ein Kamerateam aufkreuzte.

»Tulio? Tony! Sind Sie noch da?«

»Moore unterschreibt also ein Papier?«

»Eine formelle Dienstaufsichtsbeschwerde, Mann. Er will Sie richtig eingesperrt sehen. Und auch dieser Calhoun hockt hier rum mit Zeugen und einem Anwalt und was weiß ich alles. Er hat überhaupt das PLO erst hergerufen. Um zehn Uhr heute morgen sind schon die ersten Reporter angerückt. Sie halten richtige Pressekonferenzen mit allen hier im Treppenhaus ab.«

Tulio legte einfach mitten in Royals Satz auf. Zum Teufel mit allem. Er hängte das Telefon aus und stellte es auf das Nachttischchen.

Würde doch sowieso nicht mehr lange dauern, bis einer von diesen hohen Nummern auf die glorreiche Idee kam, gleich hierherzukommen und ihn abzuholen. Die Feds oder Moore oder vielleicht sogar einer von seinen eigenen Leuten, alle darauf aus, irgendwem in den Hintern zu kriechen.

Wahrscheinlich schickten sie einen, von dem sie glaubten, er würde ihnen vertrauen. Wobei sie sich freilich irrten. Er traute überhaupt niemandem mehr.

Na gut, jemanden gab es noch. Marian. Vielleicht liebte sie ihn doch noch immer. Auf jeden Fall aber hatte sie sich zweifellos noch ein paar Gefühle für ihn bewahrt, auch wenn irgend so ein gutaussehender junger Schnösel ihr eingeredet haben mochte, ihm zu seinen Gunsten den Laufpaß zu geben. Ja, zu ihr würde er gehen.

Wenn sich Marian hinter ihn stellte, bekam er vielleicht sogar seine Stellung zurück. Er brauchte sie schließlich. Aber noch mehr brauchte er etwas anderes.

Nämlich jemanden, der ihn liebte. War das zuviel verlangt? Und war es zu spät, darum zu bitten?

Er sah auf die Uhr neben dem Bett. 7.11 Uhr. Wieviel Glück – oder Pech – würde er heute haben? Der hohe Ton des Freizeichens ging ihm auf die Nerven. Er legte wieder auf. Er erhob sich, steckte seine Pistole ein, griff nach den Schlüsseln und ging.

Paul Harris war in der Küche und gerade damit beschäftigt, eine Pfanne mit leicht gewürzter Butter einzufetten, als er Marians Schritte hörte. Er lächelte.

Sollte er es ihr jetzt sagen? Alles über sich? Nein, es war nicht die rechte Zeit dafür.

Letzte Nacht, als er sie in seinem Computerraum fand, hätte er ihr fast alles erzählt. Fast. Hatte es aber dann doch unterlassen. Weil er sie liebte. Diese Aufklärung mußte noch bis zum Wochenende warten. Sie würde Zeit brauchen, darüber nachzudenken, um überhaupt erst zu begreifen, was er ihr eröffnete. Und er mußte sie genau beobachten. Sorgfältig beobachten. Nachdem er ihr die Wahrheit gestanden hatte. Er liebte sie, wirklich aus tiefstem Herzen. Aber wenn er auch nur eine Sekunde glauben mußte, daß sie ihn anzeigte, nachdem er ihr alles erzählt hatte, blieb ihm trotz allem keine andere Wahl, als sie zu beseitigen. Gerne würde er es nicht tun, aber er würde es tun. Also wartete er besser noch. Wenigstens noch bis zum Wochenende.

»Omelett?« fragte er.

Sie hatte seinen weißen Bademantel an, der ihr zu groß war und am Boden schleifte, ihre Füße verdeckte und wie die Schleppe einer Königin hinter ihr hergezogen wurde. Der tiefe

V-Ausschnitt vorne, wo sie ihn nur zusammengerafft hielt, ließ ihn den Ansatz ihrer Brüste sehen, die schon nicht mehr ganz straff waren. Ihr Haar war naß und hing in Strähnen herab. Sie war ohne Make-up. So, begriff er, sah Marian morgens aus. Ihrem Alter entsprechend. Sie war nur fünf Jahre jünger als er. Aber sie hatte am gleichen Tag Geburtstag wie er. War das ein Omen?

Er lächelte noch immer.

»Nein, danke«, sagte Marian, und es klang ein wenig verlegen. Sie war es zweifellos nicht gewohnt, morgens in der Wohnung eines Mannes aufzuwachen. »Aber etwas von dem Kaffee nehme ich gerne«, sagte sie, »falls genug da ist.«

Sie ging an ihm vorbei und sah in sämtliche Küchenschränke. Es erleichterte ihn sehr, daß sie zumindest damit ganz so tat, als sei sie zu Hause.

»Zweiter Schrank, unten«, sagte er.

»Danke sehr.« Schon tat sie wieder verlegen. Verdammt.

Er wollte, daß sie sich ganz zwanglos benahm und sich willkommen fühlte. Aber wie sollte sie das anstellen? Er war unsicher. Mit keiner ihrer Vorgängerinnen war es ihm jemals so gegangen.

Er goß die geschlagenen Eier in die Pfanne und breitete die Masse durch Schwenken aus. Er gab Gewürze dazu, Tomatenscheiben, Kartoffelscheiben und grüne Peperoni, hielt die Pfanne über der Flamme und rüttelte sie, während er mit geschickten flinken Bewegungen umrührte. Als das Omelett fertig war, leerte er es vorsichtig auf einen Porzellanteller und teilte es mit einer Spachtel in zwei ungefähr gleich große Hälften. Die eine Hälfte gab er auf einen zweiten Teller und schwenkte diesen verführerisch vor Marians Nase.

»Ganz sicher nicht?«

»Na schön.« Marian kicherte verlegen.

Er stellte den Teller vor sie hin, beugte sich vor und küßte sie auf den Hals. Sie erwiderte den Kuß, indem sie sich an ihn schmiegte und den Kopf noch weiter zur Seite beugte, um Paul noch mehr Platz zu geben. War dies die Art, wie es wirklich sein sollte? Alle diese Berührungen und Küsse und was die Leute sonst noch alles an Zärtlichkeit und Freundlichkeit ansahen? Das konnte er durchaus. Er konnte so tun.

Heute abend, beschloß er, wollte er einen guten alten Wein mit nach Hause bringen und ein leichtes Essen zubereiten. Vielleicht gebratenen Fisch. Da gab es dieses Feinkostgeschäft auf der North Side, von dem er gehört hatte. Nachmittags konnte er zuvor noch einige ungewöhnliche Kondome kaufen. Für die Liebe nach dem Essen, langsam und leidenschaftlich, bis sie ganz wild und wahnsinnig und im siebten Himmel war. Danach fühlte sie sich dann vielleicht doch etwas mehr zu Hause bei ihm. Vielleicht zog sie sogar zu ihm.

Er war in einem ganz ungewohnten Gemütszustand. Das verwirrte ihn. Aber immerhin lenkte ihn die Verwirrung nicht ab. Sie war sogar irgendwie angenehm. Es würde ihm Spaß machen herauszufinden, welches Verhalten von einem Mann erwartet wurde. Marian konnte seine Lehrmeisterin sein. Probieren ging über studieren.

»Paul?« sagte Marian.

»Ja?« Er sah sie mit freundlichen und gutmütigen Augen an.

»Hör zu«, begann sie entschlossen und brach sogleich wieder ab. Sie senkte den Blick auf ihren Teller und stocherte in ihrem Omelett herum.

Harris legte seine Gabel weg und griff nach ihrer Hand, die er ermutigend tätschelte. »Du fühlst dich unbehaglich, wie?«

Sie sah ihn an.

»Das brauchst du doch nicht, bitte.« Er bemühte sich um den ernsthaftesten Gesichtsausdruck, zu dem er fähig war, und entnahm Marians Blick, daß ihm das offenbar ganz gut gelungen war. Die vielen mimischen Übungsstunden vor dem Spiegel machten sich doch immer wieder bezahlt.

»Marian«, sagte er, »ich liebe dich.« Er beobachtete, wie sich ihre Augen mit Tränen füllten. »Ich möchte dich immer hier haben. Ich möchte, daß du ganz hier bleibst. Wenn du willst. Du fühlst dich noch befangen, aber ich genauso. Aber wenn es klappen soll mit uns beiden, dann müssen wir imstande sein, einander alles zu sagen, ohne ständig Angst haben zu müssen, den anderen damit vielleicht zu verletzen.«

Sie schwieg.

»Bitte, Marian, habe ich irgend etwas Falsches gesagt?«

Sie drückte seine Hand. »Ach, Paul, du findest immer die richtigen Worte für alles.« Sie schenkte ihm ein erleichtertes Lächeln. »Du hättest Gedankenleser werden sollen.« Sie holte tief Luft und sah ihm fest in die Augen. »Es liegt nicht an dir, Paul. Es liegt an mir. Es kam so viel zusammen. Gestern mein fünfunddreißigster Geburtstag und dazu die Trennung von Tony. Ich meine, vielleicht habe ich alles etwas überstürzt. Vielleicht ist es auch mit uns zu schnell gegangen.«

Sie unterbrach sich, und Harris nutzte die Gelegenheit sofort, noch bevor sie fortfahren konnte.

»Sag doch das bitte nicht, Marian. Ich habe doch so lange auf dich gewartet ...«

»Laß mich ausreden, Paul.« Das war mit Festigkeit und Nachdruck gesagt. Harris sah sie mit offenem Mund an und spürte eine Beklemmung in der Brust. Sie starrte wieder auf ihren Teller und sammelte ihren Mut, ehe sie erneut zu ihm hoch und ihm in die Augen blickte.

»Irgend etwas stimmt nicht«, sagte sie, »und ich glaube, du spürst es genauso wie ich. Als du mir heute nacht in diesen anderen Raum gefolgt bist, hast du mich sehr erschreckt, und ich bin sonst nicht schreckhaft. Das beunruhigt mich. Ich hatte eine Weile lang das Gefühl, du bedrohst mich wie irgendeinen Einbrecher, den du in deiner Kunstgalerie überraschst.«

»Das tut mir leid.«

»Das muß es nicht, Paul. Es liegt nicht an dir, wie gesagt, sondern allein an mir. Wirklich. Meine eigenen Gefühle sind es, die mich alles als nicht richtig empfinden lassen.«

»Wenn ich geahnt hätte, daß dich das so beunruhigt ...«

»Und dabei sagst du, ich soll bleiben.«

»Nicht nur bleiben. Du kannst den ganzen Computer haben,

wenn du willst. Nichts kann je wichtiger für mich sein als du. Lieber würde ich ihn mit der Axt zertrümmern, als irgend etwas zwischen uns kommen zu lassen.«

»Ich danke dir, Paul.« Sie drückte seine Hand noch einmal und hielt sie danach fest.

Er mußte erreichen, daß sie an seine Liebe glaubte.

»Aber warum hast du dann die Tür abgesperrt, als wir gingen?«

Das traf ihn unvorbereitet. Er merkte, daß man es ihm auch ansah. Er ließ es aber bewußt zu seinen Gunsten wirken und gab sich sogar noch zusätzlich verwirrt, ehe er sagte: »Habe ich das wirklich getan?«

»Ja, Paul ...« Sie ließ das in der Luft hängen, als nehme sie ihm seine Verwirrung nicht so recht ab.

Er begriff, daß er nun doch sehr vorsichtig sein mußte. Sie sah ihn viel zu skeptisch an. »Weißt du«, sagte er, »ich bin einfach so daran gewöhnt, immer hinter mir zuzusperren, ganz gleich, ob das Auto, die Türen oder die Fenster der Galerie. Das muß wohl der Grund gewesen sein, daß ich es dort auch tat.« Er aß eine Gabel voll von seinem Omelett und schüttelte ungläubig den Kopf über seine eigene Dummheit. Er sprach erst weiter, als er alles hinuntergeschluckt hatte.

»Manchmal, weißt du, komme ich spät heim und stelle fest, daß ich meine eigene Schlafzimmertür zugesperrt habe.«

»Wieso mußt du denn alles zusperren? Bei den Sicherheitsmaßnahmen in diesem Haus hier! Da habt ihr doch Videoüberwachungskameras in jedem Flur. Und du hast sogar noch deinen eigenen Privatlift.«

»Das ist einfach eine alte Angewohnheit, zur zweiten Natur geworden, weißt du. Ich habe zu lange allein gelebt.«

Das schien Marian zu überzeugen. Sie aß selbst einen kleinen Bissen ihres Frühstücksomeletts und trank einen Schluck Kaffee dazu.

»Mmm, sehr gut.«

»Danke.«

»Stehst du eigentlich immer so früh auf?« fragte sie.

»Ich muß die Ausstellung mit den Schommer-Radierungen vorbereiten«, sagte er. »Ein ganzer Satz muß noch gehängt werden. Es gibt ein paar Käufer, die den Markt kontrollieren wollen.« Und er fügte achselzuckend hinzu: »Teresa Schommer ist derzeit ganz groß im Geschäft.«

Er schwitzte. Er sprach zu schnell. Er hatte genau gespürt, wovon sie sprach und wie sich eine gewisse Spannung zwischen ihnen aufgebaut hatte. Wie konnte er das abstellen? Es war ihm klar, daß es nur einen Weg gab.

Er mußte ihr die Wahrheit sagen. Sie mußte erfahren, wer er wirklich war. Und danach mußte er ihr versichern, daß er damit Schluß gemacht habe und inzwischen ein anderer Mensch geworden sei. Ja, das würde er tun. Aber noch nicht jetzt gleich.

Sie hatte keine Zeit, richtig zu verarbeiten, was er ihr sagen würde. Heute abend würde er es ihr sagen. Heute abend, wenn ihre Liebe weiter gewachsen war.

Für jetzt wechselte er das Thema und fragte leichthin: »Wie sieht dein Tag heute aus?«

»Zuerst einmal muß ich nach Hause und mich umziehen. Dann habe ich eine Vernehmung wegen eines Jugendlichen, der mir gestern abend einen Mord gestanden hat. Ich habe da eine kleine Show abgezogen und mich nicht ganz exakt an die Vorschriften gehalten. Aber der Termin ist vor meinem Vater, da dürfte das schon klargehen. Die stellvertretende Staatsanwältin wird zwar nicht billigen, wie ich vorgegangen bin, aber sie wird froh sein, daß ich es getan habe. Ich habe ein Geständnis, und sie kann die älteren Jungs, die dabeiwaren, anklagen. Danach bin ich zum Essen mit einem anderen zweiten Staatsanwalt verabredet, der einen Handel mit meinem Sechzehnjährigen machen möchte. Der Junge war eineinhalb Jahre wegen einer Drogengeschichte, die in einen Mord ausgeartet war, im Jugendknast, und der Mann glaubt, ich lasse mit mir handeln, daß er ihn als Erwachsenen anklagen kann, wenn er von vornherein nur zehn Jahre anbietet.«

»Ist das denn aber nicht ein ganz guter Handel? Da käme der Junge doch nach fünf Jahren heraus.«

»Ja, wenn er als Jugendlicher verurteilt wird. Und er sitzt sie in einem Jugendgefängnis ab. Wenn ich mich aber auf die zehn Jahre einlasse, kommt er nach Stateville.«

»Ach so«, sagte Harris, obwohl er es nicht verstand. Entglitt sie ihm bereits wieder?

»Bei diesem Verhör heute morgen«, sagte er, »wird da Tulio dabeisein?«

»Nein, eigentlich nicht. Es sei denn, er kreuzt einfach auf, um mir das Leben schwerzumachen. Er hat alle Jugendfälle abgegeben, von der Zuständigkeit her hat er nichts mehr damit zu tun.«

»Ich wäre frei für das Mittagessen, kannst du deins nicht absagen?«

»Nein, das geht nicht.«

»Schade.«

»Aber wie wäre es mit einem frühen Abendessen? Ich lade dich ein.«

»Geht auch nicht. Ich habe mit Ed Paschke noch vieles zu erledigen. Nicht, daß es ewig dauert, aber ich muß noch den Katalog zusammenstellen. Und dann sind auch die Fitzpatrick-Sachen noch zu hängen. Nun ja, das könnte ich jemand anderen machen lassen.«

»Aber nicht diesen Lenny.«

Er lachte. »Nein, nein, die Paschke-Ausstellung kann Lenny nicht machen, dafür ist er nicht kompetent genug. Weißt du, wie ihn Ed nennt? Den Blutegel.«

»Ganz meine Meinung.«

»Er hat so seine Gebiete, auf denen er einem nützlich ist«, sagte Harris.

Marian erwiderte: »Ehrlich gesagt kann ich den Mann nicht ausstehen.«

»Gut«, sagte Paul, »ich denke, ich kann mich für sechs freimachen. Ich möchte dir selbst ein Abendessen zubereiten. Kannst du also gegen sechs vorbeikommen und mich abholen?«

»In der Galerie?«

»Du kannst meinen Wagen nehmen, ich brauche ihn heute nicht.«

»Hinunter nach Harrison? Du scheinst das Versicherungsgeld zu brauchen.«

»Nein, nimm ihn ruhig. Er ist gut versichert und hat eine zuverlässige Alarmanlage. Die Extraschlüssel liegen drüben bei der Tür, in der rechten Schublade. Da kannst du dann auch herein, ohne daß du erst den Türsteher für den Aufzug brauchst.«

»Bist du sicher, daß dir das nichts ausmacht?«

»Natürlich nicht. Mein Gott, ich bin drüben in River North, dahin kann ich zu Fuß gehen. Und wenn ich wirklich einen Wagen brauche, dann sind immer irgendwelche Leute da, die sich meine Gunst erschleichen wollen.« Er garnierte dies mit einem Lächeln der Bescheidenheit.

»Dann werde ich sie mal lieber nicht enttäuschen«, sagte Marian. »Schließlich ist deine Gunst nicht mit Gold aufzuwiegen.« Sie stand auf und küßte ihn auf die Wange. »Du bist wirklich zu gut, um wahr zu sein, weißt du das?«

»Ja, sicher! Marian?« Jetzt fühlte er sich verlegen. Und er verspürte noch ein neues Gefühl. Das begann ihm angst zu machen. »Pack doch ein paar Sachen, wenn du zu Hause bist, und bring sie mit hierher. Natürlich nur, wenn du möchtest.«

»Du bist süß«, sagte sie und eilte hinaus.

Harris sah ihr nachdenklich hinterher. Sein Lächeln war schlagartig verschwunden. Er sah jetzt eher ratlos aus und wußte, daß er seiner Sache keineswegs so sicher war, wie er vorgab.

28

Er kam überall hinein. Problemlos. Für seine Geschicklichkeit mit seinen Dietrichen war Tulio allseits bekannt. Er hatte sie stets bei sich. Es war sogar bekannt, daß er auch schon mal auf der Straße anhielt und Leuten half, die sich aus dem eigenen Auto ausgesperrt hatten. Da schob er sie souverän beiseite, beugte sich über das Türschloß und hatte es binnen Sekunden offen, stieg lässig wieder in seinen Wagen und fuhr winkend davon. Die tägliche gute Tat des treuen städtischen Bediensteten. Alle, denen er so im Laufe der Jahre geholfen hatte, hielten sich für Empfänger seiner uneigennützigen Dienste. Nur er selbst wußte, daß alles nur Angeberei war.

Es war allerdings auch Talent, wie er sich durch ein Schloß gewissermaßen hindurchzufühlen vermochte; ähnlich seiner Fähigkeit, die verzwicktesten Kriminalfälle schnell zu lösen.

Er war schon oft in Marians Apartment gewesen und brauchte auch diesmal keinen seiner berühmten Dietriche zu benützen. Er hatte noch immer seinen Schlüssel für ihre Wohnung.

Marian hatte ein hübsches Apartment im obersten Stock eines Hauses, dessen Erdgeschoß ihre Vermieterin bewohnte. Diese hatte ihn oft genug gesehen, um ihn zu kennen. Sie nickte ihm freundlich zu und widmete sich weiter ihrer Arbeit, den Gehsteig vor dem Haus zu kehren. Er grüßte sie gelassen.

Inzwischen saß er wieder in seinem Auto, auf der anderen Straßenseite. Ein heißer Sommermorgen zog herauf. Er hatte die Lüftung laufen und den Polizeiruf abgestellt, beobachtete die Haustür gegenüber und fühlte sich mies. Er merkte, daß er ungewaschen roch, wollte aber nicht riskieren, nach Hause zu fahren, um zu duschen und sich zu rasieren. Er hätte daran denken sollen, ehe er losfuhr, und jetzt konnte er hier nicht wieder weg, denn er war sich sicher, daß sein Haus bereits umstellt war. Und hier konnte er auch nicht einfach in Marians Badewanne steigen. Sie bekäme einen Herzinfarkt, wenn sie ihn dabei überraschte.

Nein, das kam nicht in Frage, höchstens, wenn später sicher war, daß sie den ganzen Vormittag nicht nach Hause kam.

Er sah auf die Uhr. 8.12. Bis neun wollte er noch warten.

Wo, zum Teufel, steckte sie nur? Er begann sich Sorgen zu machen, beruhigte sich aber selbst. Natürlich hatte sie nicht wirklich einen anderen, das hätte sie ihm doch nicht angetan. Sie doch nicht. Sie liebte ihn doch. Wahrscheinlich hatte sie einfach nur bei einer Freundin übernachtet, bei der sie sich seinetwegen ausgeweint hatte. Oder ihren Geburtstag mit irgendwelchen Bekannten aus ihrer Studienzeit gefeiert.

Er strich sich über das Gesicht und spürte seine Bartstoppeln. Er schüttelte den Kopf, um ihn klar zu bekommen, aber viel half es nicht.

Lieber Gott, Marian, bitte, komm heim.

Wo, zum Teufel, war sie? Mit wem, zum Teufel, war sie zusammen? Hoffentlich nur mit einer Freundin, besser nur mit einer Freundin, verdammt. Er würde sie einfach danach fragen, und sie würde ihm antworten und ihm sagen, wo sie übernachtet hatte. Er schaffte es schon, daß sie ihm die Wahrheit sagte. Im Handumdrehen. Sobald er nur erst allein mit ihr war.

Er schüttelte den Kopf. Natürlich war sie bei keiner Freundin. Wieso denn. Sondern bei diesem anderen, dessentwegen sie ihn verlassen hatte. Und mit dem hatte sie die Nacht Bettgymnastik getrieben. Mit irgendeinem jungen, gutaussehenden Snob, dem sie nun den Sex gewährte, den sie ihm die ganzen letzten Monate vorenthalten hatte. Vielleicht war es irgendein Rechtsanwalt, den sie beruflich kennengelernt hatte und mit dem sie nun im Patio Weißwein trank und über einen Cop lachte, der allen Ernstes geglaubt hatte, die wirkliche Liebe einer Frau mit Marions Aussehen und Status könnte ausgerechnet einem wie ihm zufallen.

Verdammt noch mal, wofür hielt sie ihn eigentlich? Für ein Spielzeug? Er hatte ihr buchstäblich sein Herz geschenkt, und sie spielte damit herum. Sie hatte ihn wie einen Gegenstand benutzt, mit dem man sich eine Weile amüsiert und den man dann beiseitelegt, wenn man genug hat.

Wenn er noch einen Funken Vernunft im Schädel hatte, dann brach er das hier ab und fuhr weg, bevor er etwas tat, was er womöglich für den Rest seines Lebens bereute. Er war übermüdet und furchtbar deprimiert. Und eifersüchtig obendrein.

Nein, er sollte nicht hier sein.

Er hatte dieser Stadt die produktivsten Jahre seines Lebens gegeben. Aber seine Hingabe an seine Arbeit hatte seine Frau in die Arme eines anderen getrieben und schließlich sogar in den Tod. Und jetzt hatten ihn sogar seine eigenen Kollegen kaltgestellt.

Genauso gnadenlos und leichthin wie Marian gestern abend.

Von der Stadt konnte er das zur Not noch hinnehmen. Aber nicht von ihr. Er verlangte einfach ein Gespräch von ihr und daß sie ihm die Wahrheit sagte. Nichts sonst war jetzt noch von Bedeutung, kein Alleo und kein Opfer, auch nicht seine tote Frau und seine tote Tochter, einfach überhaupt nichts. Sondern einzig und allein Marian. Und die Wahrheit. Die wollte er nun zur Abwechslung einmal hören. Unverblümt und direkt.

Er saß noch eine weitere Stunde dösend im Auto, die Lüftung lief weiter auf Hochtouren. Dann machte er die Augen auf und sah einen schwarzen Jaguar vor Marians Haus vorfahren und vorsichtig einparken. Er beobachtete Marian, wie sie ausstieg, in aller Ruhe die Alarmanlage einschaltete, dann fast tänzelnd zum Haus ging und darin verschwand.

Sie sah glücklich aus. Jung und sorglos. Und verliebt.

Er spürte, wie ihn seine Eifersucht geradezu erstarren ließ. Er legte den Kopf nach hinten auf die Nackenstütze. Er schlug mit der Faust gegen das Dach des Cadillac, heftige, schnelle Schläge, die Beulen in das Blech drückten. Er hämmerte zornig auf das Armaturenbrett, auf das Lenkrad und auf den Ledersitz neben sich, gegen die Tür, und um ein Haar hätte er die Fensterscheibe zertrümmert.

Er hörte erst auf, als er merkte, daß ihm die Hand weh tat.

Er ließ den Kopf sinken und atmete heftig, bis er glaubte, sich ausreichend in der Gewalt zu haben, um Marian gegenübertreten zu können. Denn einfach wegfahren konnte er nun natürlich nicht mehr; nicht, nachdem sie ihm derart drastisch vor Augen geführt hatte, daß sie wegen dieser Liebesaffäre unverkennbar im siebten Himmel schwebte.

Er stieg aus, ging hinüber zu dem Jaguar, notierte sich dessen Kennzeichen in sein Notizbuch und steckte es wieder ein. Dann gelang es ihm, sich zu entfernen, ohne die Windschutzscheibe einzuschlagen oder den Lack mit einem Schlüssel zu zerkratzen.

Er stieg langsam die Treppe zu Marians Wohnung hinauf.

Marian brauchte sich nicht zu duschen, das hatte sie bereits bei Paul getan. Schon während sie sich umzuziehen begann, dachte sie wieder an ihn und lächelte versonnen. Wie sanft und lieb er doch war! Mit ihm war ihr ein wahres Wunder zuteil geworden. So lange war sie immer nur an Verlierer geraten, und jetzt hatte sie plötzlich einen Sieger gefunden!

Sie sollte einige Sachen packen und zu ihm ziehen, hatte er gesagt. Sollte sie? Oder war es nicht doch noch zu früh dafür?

Sie entledigte sich ihrer Jeans und nahm gerade eine Seidenbluse vom Bügel, als sie hörte, wie ein Schlüssel ins Schloß gesteckt wurde und die Wohnungstür aufging. Sie schreckte hoch, zwang sich aber zur Beherrschung. Ein Einbrecher? Der Sittlichkeitsverbrecher mit den Nachschlüsseln, der seit einiger Zeit sein Unwesen in der Gegend trieb?

Sie lief zu ihrer Kommode, holte ihre Pistole aus dem Versteck dort und kam rasch, die entsicherte Waffe im Anschlag, aus dem Schlafzimmer, den Finger am Abzug. Tony Tulio blieb mitten in der Bewegung stehen, als er sie erblickte.

»Ich freue mich, dich zu sehen«, sagte er.

Marian, mindestens so erleichert wie wütend, ließ die Pistole sinken und sicherte sie.

»Was soll denn das?« rief sie. »Fast hätte ich dich erschossen!« Sie blickte ihn an und sah nur noch den Schatten des Mannes, den sie einmal zu lieben geglaubt hatte. Unrasiert und ungewaschen, mit roten Augen und zitternd. Er sah aus wie einer, der von einer dreitägigen Sauftour kam. Wenn sie auch wußte, daß das nicht sein konnte. Es war schließlich keine zwölf Stunden her, seit sie ihn zuletzt gesehen hatte. Immerhin, es konnte wohl sein, daß er sich inzwischen, nachdem sie ihm eröffnet hatte, daß es aus war mit ihnen, sinnlos hatte vollaufen lassen.

Sie protestierte nicht, als er die Tür hinter sich schloß.

»Nur zu, schieß«, sagte er. »Ich habe dich verloren und jetzt auch noch meinen Job, was ist da noch übrig? Schieß ruhig. Hilft dir mächtig auf die nächste Stufe deiner Karriereleiter. Du kriegst die Schlagzeilen auf der Titelseite. Pflichtverteidigerin erschießt amoklaufenden Polizisten.«

»Was machst du hier, Tony?«

Er hob seine Schlüssel hoch. »Du vergißt die hier!«

»Laß sie hier und geh.«

»Wem gehört denn der Jaguar?«

»Das geht dich nichts an.«

»Das denkst du dir so, was?« schrie er plötzlich los, rührte sich aber nicht vom Fleck. »Tut mir leid«, sagte er sofort. »Entschuldige, das wollte ich nicht. Aber so kannst du mich doch nicht einfach stehenlassen, Marian!«

»Dich einfach so stehenlassen«, wiederholte sie und merkte, wie der Zorn auch in ihr aufwallte, »dich so einfach stehenlassen! Ich habe dich nicht stehenlassen, sondern du hast mich fortgetrieben! Und jetzt bin ich weg, und es ist aus und vorbei, und wenn daran irgend jemand schuld ist, Tony, dann du, nicht ich!«

Sie wollte ihn loswerden, auf der Stelle.

»Wir wollen eines klarstellen, ein für allemal«, sagte sie. »Versuche nicht, mich einzuschüchtern. Du wirst mich weder verfolgen noch mir drohen noch hier in meine Wohnung kommen, wenn du nicht willkommen bist. Ist das klar?«

»Wem gehört der Jaguar?«

»Meinem Freund, wenn du es genau wissen willst!«

»Ich bringe den Kerl um, du Miststück!«

Marian seufzte. Wie sollte sie diesen Mann zur Räson zu bringen, der eine Art Besitzrecht auf sie zu haben glaubte?

Es war ihr klar, daß sie einen entscheidenden Fehler gemacht hatte. Man erwähnt einem Eifersüchtigen gegenüber nicht den neuen Freund. Sie mußte sie ihn schnellstens aus ihrer Wohnung kriegen, bevor einer von ihnen beiden etwas Unüberlegtes tat.

Sie sagte also beherrscht und ruhig: »Tony, es ist aus. Du bist verletzt und verwirrt und wütend, und nach dem, was du gesagt hast, bist du auch in beruflichen Schwierigkeiten. Du –«

Tulio machte einen Schritt auf sie zu. Ganz automatisch hob sie die Waffe und zielte auf seine Brust.

»Keinen Schritt weiter, Tony, verdammt!« Sie sprach leise, aber entschlossen. Die Waffe in ihrer Hand lag ruhig und zitterte nicht. Sie würde abdrücken, sollte er es wagen, sie anzurühren.

Tulio blieb mit offenem Mund verblüfft stehen.

Marian sprach erregt weiter: »Ich sage es dir noch einmal, Tony, ich lasse mich nicht von dir terrorisieren. Eher erschieße ich dich, glaube mir. Und jetzt hör mir zu, Tony. Wenn du noch einmal in meine Nähe kommst, auch nur in die Nähe meiner Wohnung oder meines Büros oder auch in die Nähe des Büros oder der Wohnung meines Freundes, dann schieße ich dich nieder, wenn es nicht anders geht, das schwöre ich dir.«

»Marian, bitte, doch nicht so, laß es doch nicht so enden …«

»Es hat schon vor langer Zeit geendet, Tony, nur hast du es einfach nicht wahrhaben wollen.«

Die Pistole in ihrer Hand wurde schwer. Sie mußte sich anstrengen, sie weiter auf ihn zu richten.

»Diese Waffe hier ist nicht registriert, und ich habe keine Lizenz dafür. Jemand hat sie mir gegeben. Wenn ich dich erschieße, Tony, komme ich ungeschoren davon.«

»Ich kann dir nun mal keinen Jaguar kaufen.«

»Der gehört nicht mir.«

»Aber bald, wie?« Er funkelte sie wütend an.

»Du bist ganz einfach käuflich wie alle!« schrie er. »Alle seid ihr käuflich, ihr Huren!«

»Raus!« schrie Marian zurück. »Mach, daß du fortkommst, verdammt, und zwar sofort!«

Das schien zu wirken. Er wich zurück und griff in die Tasche. Marian zog heftig und hörbar den Hammer der Pistole zurück. »Zwing mich nicht zu schießen, Tony.«

Er zog langsam den Schlüsselbund aus der Tasche, von dem er mit demonstrativer Langsamkeit ihre beiden Wohnungsschlüssel abmachte.

»Warten wir mal ab«, sagte er, »wie lange das dauert.« Er ließ die Schlüssel zu Boden fallen, drehte sich um und ging.

Marian rannte zur Tür, warf sie hinter ihm zu, drehte den Schlüssel zweimal herum und hängte die Kette ein. Sie lehnte sich schwer atmend mit dem Rücken an die Tür. Dann sah sie angewidert auf ihre Waffe und warf sie quer durch den Raum. Sie fiel auf das Sofa und landete von dort aus auf dem Teppich.

Sie riß sich zusammen, ging hinüber, hob die Pistole auf und trug sie zurück in ihr Schlafzimmer, wo sie sie wieder in die Schublade legte. Zu ihrer eigenen Überraschung zitterten weder ihr Atem noch ihre Hände. Sie war nicht einmal besonders nervös.

Mehr als alles andere war sie stolz auf sich selbst.

29

Er sass wieder draußen vor Marians Haus in seinem Wagen und fühlte sich elend. Aber noch immer brachte er es nicht über sich wegzufahren, sondern war wild entschlossen, ihr zu folgen. Zum Haus ihres Freundes. Er würde den Mann stellen. Ihn stellen und – und was dann? Er hatte keine Ahnung, was er tun wollte. Aber zumindest würde er ihn schlagen, damit der Mann einmal erfuhr, was Schmerz war.

Aus den Augenwinkeln sah er, daß sich etwas bewegte. Marian kam aus dem Haus. Sofort verspürte er wieder die Demütigung. Er spürte sie bis tief in sein Innerstes. Und sie wurde noch stärker, als er merkte, daß sie ihn gesehen hatte und über die Straße herübergehastet kam, mit verzerrtem Gesicht, und ihn anschrie:

»Mach, daß du wegkommst! Verschwinde!«

So konnte er sich einfach nicht behandeln lassen. Er fauchte zurück: »Und wenn nicht, was willst du dann machen? Die Polizei rufen?«

»Genau das, genau das, du Widerling!«

Er hatte einfach nur gesagt, was ihm gerade eingefallen war. Aber Marian damit zu kommen, war ein Fehler. Es machte sie nur noch zorniger auf ihn.

Er sagte: »Schon gut.« Er wollte sie erneut beschimpfen, doch er unterließ es, als er ihren Blick sah, den ganz seltsamen Blick, mit dem sie ihn anstarrte.

Nein, nicht ihn. Sie starrte auf etwas neben ihm.

»Wer ist das?« sagte Marian, auf einmal ganz ruhig.

»Wer?«

»Da, auf dem Foto.«

Sie meinte das Foto der toten Carole Conners.

»Ach, irgendein Weib. Eine tote Schlampe. Blonde Haare,

grüne Augen. Warum denn? Glaubst du, dein Freund würde auch sie gerne ficken?«

Marians Blick wanderte von dem Foto zu ihm und war so betrübt, daß er selbst in seinem jetzigen Zustand zur Vernunft zurückfand.

»Entschuldige. Tut mir leid.«

Sie sah ihn weiter nur starr an. Er hatte das Gefühl, sich unter diesem Blick einrollen und sterben zu müssen. Er hatte diesen Blick bei Frauen gesehen, die zum erstenmal von dem Mann, den sie liebten, geschlagen worden waren und die plötzlich hatten erkennen müssen, wie brutal und grotesk das Leben war.

Er konnte es nicht länger ertragen, keine Sekunde länger. Er legte den Gang ein und raste mit quietschenden Reifen davon.

Marian sah ihm hinterher. Schließlich wandte sie sich um und stellte die Alarmsicherung des Jaguars ab, stieg ein und begann, aus der Parklücke zu rangieren.

Sie war wütend auf sich selbst. Wie konnte sie sich nur so in ihm geirrt haben? War dieses Monster immer schon in ihm gewesen und hatte nur auf eine Gelegenheit gelauert, auszubrechen, sobald es einmal nicht mehr nach seinem Kopf ging? So schlecht konnte ihre Menschenkenntnis doch nicht sein? Unmöglich.

Nein, denn sie hatte sich ja für Paul entschieden.

Eine Sirene hinter ihr schreckte sie auf, kaum daß sie angefahren war.

Sie trat auf die Bremse und hielt ruckartig an. Sie sah in den Rückspiegel. Ein Streifenwagen.

Was hatte sie denn verbrochen? War Pauls Kennzeichen vielleicht nicht mehr gültig? Lieber Gott, das fehlte ihr gerade noch. Ausgerechnet heute. Nach diesem Auftritt mit Tony.

Sie wartete, bis der Streifenpolizist zu ihr kam, mit einer Hand an seiner Waffe. Als stellte sie eine potentielle Bedrohung für ihn dar. Sie ließ die Seitenscheibe herunter.

»Wie schnell glauben Sie eigentlich hier in dieser Gegend fahren zu dürfen, Schätzchen?«

Schätzchen? Der war ja wohl –

»Wie war das, bitte?«

»Wer sind Sie, der Verkehrsminister?«

»Aus welchem Grund halten Sie mich an?«

»Nicht ich halte Sie an. Sie haben mich angehalten!« Und er schenkte ihr ein Grinsen, das er vermutlich für unwiderstehlich hielt. »Ihre grünen Augen haben mir fast das Herz gebrochen.«

Marian starrte ihn an.

»Wie meinten Sie?« fauchte sie. Der Polizist seufzte, als sei er zu der enttäuschenden Erkenntnis gekommen, sie müsse wohl eine Lesbierin sein, da sie seinem Charme widerstand.

»Führerschein und Fahrzeugpapiere bitte, Ma'am.«

»Weswegen denn?«

»Führerschein und Fahrzeugpapiere, bitte, sagte ich.« Sein Ton wurde ungehaltener.

»Also hören Sie mal, ich bin doch gerade eben erst aus meinem Parkplatz herausgefahren –«

»Ja, wie eine Irre. Ich hab Sie schon um die Ecke gehört.«

»Aber nicht gesehen.«

»Was sind Sie, eine Anwältin, oder was?«

»Die quietschenden Reifen waren nicht meine, sondern die eines Ihrer Kollegen. Lieutenant Tony Tulio.«

»Gewiß doch. Lady, Tulio kommt in diese Stadtgegend hier ungefähr so oft, wie er auf den Mars fliegt.«

»Also hören Sie mal zu –«

»Lady, noch einmal bin ich nicht mehr so höflich. Zeigen Sie mir Ihre Papiere. *Bitte*!«

Marian reichte ihm ihren Führerschein und Pauls Fahrzeugpapiere.

»Sind Sie Paul Harris?«

»Dem gehört der Wagen. Der Führerschein gehört mir, wenn's recht ist. Und jetzt hören Sie mir mal zu, Officer. Ich bin nicht verkehrsgefährdend aus dieser Parklücke herausgefahren. Und ich habe es eilig, zum Gericht zu kommen.«

»Zum Verkehrsgericht, nehme ich an, wie?«

»Sie haben nichts gesehen und Sie wissen genauso gut wie ich, daß ich Ihnen Ihren Strafzettel, falls Sie mir einen ausschreiben wollen, vor Gericht in der Luft zerfetzen werde. Sie verschwenden nur unsere Zeit hier.«

»Ach, meinen Sie?« Und er hielt triumphierend ihren Führerschein hoch. »Dieser Führerschein ist seit heute ungültig.«

Auch das noch. »Schauen Sie noch einmal genau hin. Gestern war mein Geburtstag. Ein Sonntag. Ich kann den Führerschein heute noch den ganzen Tag verlängern lassen.«

Er funkelte sie an. Sie entschloß sich zu einer Lüge.

»Ich muß in einer Viertelstunde im Gericht sein. Wenn ich dort nicht erscheine, kommt ein Sexualmörder frei und wird wieder auf die Menschheit losgelassen. Ist Ihnen das die Sache wert? Daß Sie mir einen Strafzettel verpassen, von dem Sie genau wissen, daß er annulliert wird, und ein Killer freikommt, weil die Anklägerin nicht zum Termin erschien?«

»Sie sind tatsächlich beim Gericht?«

»Ich bin zwar nur Staatsanwältin, Officer, aber ich kenne den Richter. Und jetzt möchte ich Ihren Namen und Ihre Markennummer. Die wird nämlich auch der Richter wissen wollen, falls ich zu spät komme.«

Er gab ihr die Papiere zurück. »Lassen Sie den Führerschein aber wirklich noch heute verlängern, Lady.«

Als sie ihren Führerschein in ihre Tasche zurücklegen wollte, sprang ihr etwas ins Auge.

Da war ihr Foto mit dem gezwungenen Lächeln. Ein typisches Paßfoto. Sie haßte es, denn so wie auf dem Foto sah sie nie aus.

Neben dem Foto standen Führerscheinnummer und Gültigkeitsdatum. Darunter ihr Name. Die Adresse. Geschlecht, Größe, Gewicht, Geburtsdatum, Augenfarbe. Führerscheinklasse. Auflagen.

Was war das? Was stimmte nicht, verdammt?

Sie konnte nicht aufhören, auf ihren Führerschein zu starren.

Was es auch war, es mußte etwas Wichtiges sein. Da war dieses deutliche Gefühl von Bedrohung.

Sie drehte das Papier um. Auf der Rückseite standen die Angaben zur Organspende: ob sie Organe spenden wolle, und wenn ja, welche …

Sie hatte die Zeile »Gesamter Körper« angekreuzt.

Nächste Zeile: Blutgruppe.

Und da traf es sie wie ein Blitz. Sie hatte Angst, ohnmächtig zu werden. Sie mußte sich sehr zusammenreißen, um sich nicht in einem Fünfzigtausenddollar-Wagen zu übergeben.

»O Gott, o lieber Gott, großer Gott im Himmel.«

Plötzlich war ihr alles klar. Zuerst das Foto, dann der Führerschein. Samt allen Personalangaben und dem Raum für die Blutgruppe auf der Rückseite unten.

Das Foto der toten Frau auf Tulios Beifahrersitz war das gleiche, das sie gestern abend auf Pauls Bildschirm gesehen hatte. Daneben ihre Personalangaben. Wie von einem Führerschein kopiert.

Irgendwie gelang es ihr, den Gang einzulegen und langsam wegzufahren. Sie spürte, wie ein immer größer werdendes Entsetzen langsam in ihr emporkroch.

Sie bog zitternd um die Ecke, ohne sich restlos über alles im klaren zu sein, und fuhr davon, weg von dem Streifenpolizisten, weg von Tony, weg von Paul, weg von überhaupt allem. Sie mußte irgendwohin, wo sie erst einmal allein sein und in Ruhe nachdenken konnte. Und herausfinden, was das alles zu bedeuten hatte.

Ob es da eine Verbindung zwischen Tony und Paul gab.

Und wenn ja, was für eine.

30

Paul Harris betrat seine Kunstgalerie *River North*. Seit er erwachsen war, war ihm das Leben immer so einfach vorgekommen, doch auf einmal gab es ganz ungewohnte Komplikationen.

Marian hatte Gefühle in ihm geweckt, von denen er gedacht hatte, sie wären für alle Zeiten tot. Nur mit ihrer Güte und Liebe. Sie war die einzige Frau in seinem Leben, die ihn um seiner selbst willen liebte. Sie war einfach da und akzeptierte alles, wie es war.

Es war sehr lange her, daß er zuletzt solche Empfindungen gehabt hatte. Damals, zwanzig Jahre nach seinem ersten Mord. Als die überwältigende Trauer über das, was er da getan hatte, ihn fast dazu trieb, sich selbst zu stellen. Er war am Tag nach dieser ersten Tat mit einem Gefühl von Bedrohung erwacht. Mit dem Gefühl, daß alles gar nicht real war. Mit dem Wunsch, es solle nur ein böser Traum gewesen sein. Mit der Verwunderung darüber, wie er überhaupt so etwas tun konnte.

Doch er hatte gewußt, daß es keine Vergebung geben konnte. Er wußte, daß ihm niemand helfen würde, und deshalb stellte er sich auch nicht. Schließlich war er in Louisiana. Das einzige, was er dort erwarten konnte, war der elektrische Stuhl. Der Justiz ging es doch nur um Vergeltung. Also hatte er abgewartet. Und dann war das Gefühl der Trauer gewichen und hatte einer klammheimlichen Freude Platz gemacht: Darüber, daß er sie ausgetrickst hatte. Die Justiz, und überhaupt alle. Er war mit einem Mord ungeschoren davongekommen und zum Sammler geworden.

Jeder weitere Mord ware ihm immer leichter gefallen. Er hatte von seinem ersten Mord gelernt und von jedem einzelnen danach. Er war kein Wahnsinniger, kein Amokläufer, und auch kein Serienmörder. Seine Morde waren Kunst und Erwerbsquelle gleichzeitig. Und brachten ihm auch Wohlstand ein. Sobald er reich genug war oder ihn eine andere Tätigkeit mehr reizte, könnte er sofort damit aufhören, da war er sich sicher.

Tatsächlich hatte er sich in den letzten paar Monaten verändert. Das merkte er ganz deutlich. Er war immer so stark gewesen, so unberührt von den banalen Alltäglichkeiten, mit denen andere ständig zu kämpfen hatten. Er hatte ihnen zugehört, sie beobachtet, ein besorgtes oder verständnisvolles Gesicht gemacht, während er versuchte, zu verstehen, was denn die Antriebskräfte dieser Spezies waren. Aber irgendwann hatte er es aufgegeben. Die Gedanken und Triebkräfte seiner Mitmenschen blieben ihm unbegreiflich. Wohl deshalb, weil er so himmelweit über ihnen allen stand. Inzwischen aber fühlte er sich wie einer von ihnen.

Heute morgen in seiner Küche hatten ihn seine Schuldgefühle und die Erkenntnis, Marian zu brauchen, fast dazu gebracht, ihr alles zu erzählen. Doch es gab auch immer noch eine Angst in ihm, die ihn drängte, weiterhin alle Geheimnisse zu bewahren.

Wann hatte er zum letztenmal Angst gehabt?

Damals, als Daddy … Halt!

Woran hatte er gedacht? Selbst als er nun nach Kräften seine Erinnerungen durchforschte, war ihm gleichzeitig klar, daß er es in Wirklichkeit gar nicht wissen wollte. Da war etwas, das zur Nacht gehörte. Am Tage hatte es nichts bei ihm zu suchen.

»Paul? Geht es Ihnen nicht gut?«

Merri, die sich für seine Assistentin hielt, während sie doch nur seine Sekretärin war. Und die sich auch einbildete, in ihn verliebt zu sein. Er beließ sie gern in diesem Glauben. Es nützte ihm ja nur, sie leistete umso mehr. Merri war beredt, energisch und besaß ausgezeichnete Umgangsformen. Zur rechten Zeit wußte sie sich auch demütig und unterwürfig genug zu verhalten, damit die Reichen die Galerie nicht mieden oder sie fluchtartig verließen. Sie erduldete die Hochnäsigkeit mancher Kunden, weil sie wußte, daß Harris sie niemals so behandeln würde.

»Wie? Was haben Sie gesagt, Merri?«

»Ob es Ihnen nicht gut geht. Sie sind da auf einmal wie angewurzelt stehengeblieben, Paul. Als sei Ihnen übel.«

»Nein, nein, es geht mir gut. Ich bewunderte lediglich, wie Sie die Ausstellung gehängt haben.«

Sie lächelte stolz. »Tatsächlich?«

»Wirklich. Es ist großartig. Alle Radierungen genau in gleicher Entfernung von Boden und Decke. Perfekt gemacht.«

»Oh, vielen Dank.« Sie war Lob von ihm nicht gewohnt.

»Ich bin in meinem Büro«, sagte er, »und möchte vorerst nicht gestört werden. Stellen Sie keine Telefonate durch, bis ich Ihnen wieder Bescheid sage.«

»Ist gut.« Sie lächelte. Er sah sich genötigt, sich rasch zu entfernen. Was, zum Teufel, war los mit ihm? Er verspürte tatsächlich ein gewisses Bedürfnis, zurückzulächeln und ihr seine Zufriedenheit mit ihrer Arbeit zu zeigen. Dabei zahlte er ihr ein großzügiges Gehalt, um sie nicht ständig bei guter Laune halten zu müssen. Was war nur los mit ihm?

Er mußte sich wieder in den Griff bekommen. So konnte es nicht weitergehen. Es gab Arbeit zu tun, selbst wenn es fortan nicht mehr um Organbeschaffungen ging. Es waren Außenstände einzutreiben. Eine Menge sogar. Über das hinaus, was der Adler ihm bezahlte und das Doppelte der Anzahlung, die Alleo ihm zugesichert hatte. Und er mußte sich von seinen Erinnerungen freimachen, als er noch nicht der Sammler war. Er mußte sich immer wieder sagen, daß er stark war.

Und doch fühlte er sich heute so merkwürdig schwach. Er kämpfte gegen ein unbestimmtes Gefühl von Furcht an. Wer Angst hat, macht Fehler. Er gibt sich Blößen, kapituliert kampflos. So wie er früher immer vor seinem Vater …

Nicht daran denken, auf keinen Fall, auf keinen Fall, nicht! Denk nicht daran, Paulie!

Er sah ihn im Geiste vor sich, als stünde er wirklich vor ihm, bedrohlich und riesig, wie er nachts auf ihn zukam und ihn brutal züchtigte, ihn besinnungslos prügelte. Was Paulie allenfalls noch ertragen hätte. Über all die Jahre hatte er jedoch niemals vergessen, was sein Vater sagte, während er ihn schlug. Er merkte, daß er wimmernde Laute von sich gab und heftig schwitzte.

Midlife Crisis, das war es wohl. Genau, das mußte es sein. Weiter nichts. Selbst er hatte nun einmal gewisse Empfindungen. Dieser Gedanke ließ ihn sogar lächeln.

Warum sollte er keine haben? Tatsache war sogar, daß er verliebt war. In Marian. Und ganz offensichtlich machte einen die Liebe verrückt. Vielleicht er verursachte ihm die Liebe zu Marian tatsächlich genau dieselben Gefühle wie allen anderen? Kein Wunder, daß die Menschen so schwach waren. Aber jetzt, da er dasselbe fühlte wie sie, begann er sie zu verstehen.

Er liebte diese Frau. Er liebte sie.

Zum erstenmal seit seiner Kindheit hatte er wieder Gefühle, und die machten ihm angst. Das war die Erklärung.

Er war sehr zufrieden, daß er nun alles so klar analysiert hatte. Und daß er Marian liebte. Und daß auch sie ihn liebte.

Nun mußte er sich seiner Vergangenheit entledigen und jede Spur von ihr auslöschen. Sie durfte niemals wiederkehren. Und Marian durfte nie davon erfahren! Abschließen damit, weg davon, das Geld anlegen. Alle Daten auf dem Computer löschen, und zwar so, daß man sie nicht wieder herbeizaubern konnte.

Er würde Marian zeigen, was er für sie empfand, würde ihr seine Liebe beweisen, und niemals würde sie ihn enttäuschen.

Er würde seine Geschäfte abschließen. Der Sammler wäre Vergangenheit. Er hatte so viel Geld, daß sie beide für den Rest ihres Lebens ausgesorgt hatten. Ohnehin hatte er nie wegen des Geldes gearbeitet. Jetzt konnte ein anderer in das Spiel einsteigen. Lenny vielleicht, vorausgesetzt, er war stark genug dafür. Was er allerdings bezweifelte.

Lenny hatte es nur seiner Loyalität zu verdanken, daß er noch am Leben war. Letztes Jahr hatten ihn die Leute des Adlers mit dem Tod bedroht. Sie wollten, daß er den Namen des Sammlers preisgab. Doch er hatte dichtgehalten.

Und nun würde er Lenny für seine Loyalität belohnen. Eine Art Bonus. Ein Abschiedsgeschenk. Lenny sollte alles bekommen, was der Sammler aufgebaut hatte. Als Geschenk. Und er selbst wollte den Rest seines Lebens mit Marian verbringen.

31

Tulio nahm das Risiko in Kauf und meldete über seine eigene Funknummer das Kennzeichen des Jaguars. Zu seiner eigenen Überraschung hatte er Glück. Niemand hatte sich bisher die Mühe gemacht, der Zentrale mitzuteilen, daß er nicht mehr im Amt war.

Er sah auf seinen Notizblock, auf dem er Name und Adresse notiert hatte. Paul Harris. Ein Weißbrotfresser. Mit einer Adresse an der »Goldküste«. Als hätte er sich das nicht denken können. Sie hatte sich einen mit Geld gesucht. Mr. Vornehm. Mr. Jaguar. Mr. Großkotz. Mr. Reich. Mr. Richie Rich. Mr. Arschloch. Mal sehen, was davon übrigblieb, wenn er ihm erst mal ein Knie gebrochen hatte. Er wollte ihm Marian ausspannen? Dann mußte er es schon vom verdammten Rollstuhl aus tun.

Natürlich war dieser Harris wie alle reichen Kerle, die er bisher kennengelernt hatte. Selbstverliebt und davon überzeugt, in Sicherheit zu sein. Weit entfernt davon, jemals Opfer eines Verbrechens zu werden. Bis es dann doch passierte. Dann glichen sie plötzlich alle einem wimmernden kleinen Häufchen Elend und beschuldigten die Polizei, sie nicht genügend zu beschützen. Bevor sie selbst Opfer wurden, ließen sie keine Gelegenheit aus, den Ordnungshütern Knüppel zwischen die Beine zu werfen. Später verlangten sie lauthals, die Polizei müsse auch hellsehen können. Sie sollte gefälligst ahnen, wer wann wo welches Verbrechen an ihnen begehen wollte, und die Missetäter einbuchten, noch bevor es überhaupt zur Tat kam. Genau so ein Typ war dieser Harris. Kein Problem. Jedenfalls ein geringeres als Marian.

»Mr. Alleo, Sie erkennen meine Stimme?« Harris meinte es nicht als Frage, sondern als Feststellung.

»Ja.«

»Ich rufe wegen des Treffens an. Ich würde gerne abholen, was mir zusteht.«

»Sie haben gestern abend gesagt, Sie hätten bereits alles vorbereitet. Sie haben meine Nummer herausbekommen. Wissen Sie denn auch, wo ich wohne?«

»Ja.«

»Dann kommen Sie her. Sie bekommen, was ich Ihnen versprochen habe. Ich halte meine Abmachungen immer ein.«

»Ich habe niemals auch nur eine Sekunde daran gezweifelt.«

»Ich erwarte Sie«, sagte Mr. Alleo und legte ohne ein weiteres Wort auf.

Diese Leute konnten sich nicht einmal richtig ausdrücken. Sie waren Abschaum. Idioten. Aber immerhin hielten sie ihr Wort. Ehre spielte eine große Rolle für sie, Respekt zu erweisen war für sie so wichtig, wie ihn selbst erwiesen zu bekommen – vorausgesetzt, es handelte sich um eine würdige Person.

Harris war so eine Person. Jedenfalls früher. Bis heute.

Es war ganz einfach gewesen. Er hatte nur noch einmal in die Maske des Mannes schlüpfen müssen, der er bisher gewesen war. Es bereitete ihm sogar Vergnügen, selbst zu wissen, daß er dieser Mann inzwischen nicht mehr war. Als wäre er ein Schauspieler auf der Bühne. Oder Künstler. Es hatte einmal eine Zeit gegeben, in der er selbst Künstler werden wollte. Mehr als alles andere auf der Welt. Aber auch diese Zeiten waren ein für allemal vorbei.

Er überlegte, ob er Marian in ihrem Büro anrufen, sie vielleicht sogar anpiepsen sollte. Sie hatte allerdings gesagt, sie sei vormittags sehr beschäftigt. Irgendein Mörder, den sie vertreten mußte. Nein, er belästigte sie besser nicht. Er mußte Merri die Geschäfte der Galerie überlassen und sich selbst lieber der Aufgabe widmen, alle Spuren seiner Vergangenheit zu löschen.

Es klopfte heftig an der Tür, ungehalten starrte er hin. Er hatte doch ausdrücklich gesagt, daß er nicht gestört werden wollte! Aber Merri steckte bereits den Kopf zur Tür herein und ließ sich auch durch seinen tadelnden Blick nicht abhalten.

»Entschuldigung, Paul, aber ich wußte nicht, was ich tun sollte.«

»Was denn?«

Sie schien verlegen und verängstigt. »Ihr Freund Lenny ist am Telefon, auf Leitung eins ...«

Lenny?

»... und er sagt, er muß unbedingt mit Ihnen sprechen. Es geht um Leben und Tod, sagt er.«

Lenny. Interessant. Tausendmal hatte er ihm schon gesagt, daß er auf gar keinen Fall etwas tun sollte, was seine Galerie hier ins Spiel brachte. Aber es gab tatsächlich Fälle, wo es nicht anders ging. Alle, mit denen er jemals zu tun hatte, selbst Aushilfen, die er bei Vernissagen für die Bar einstellte, wußten, wer Lenny war. Selbst Marian hatte er ihn vorgestellt – und Lenny hatte bei dieser Gelegenheit die Augen nicht mehr von ihrem Ausschnitt lassen können. Damals hatte er das amüsant, fast komisch gefunden. Jetzt in der Erinnerung machte es ihn noch nachträglich zornig.

Er nahm den Telefonhörer holte sich das Gespräch.

»Ja, Lenny?« Er mußte sich gar nicht anstrengen, ungeduldig und ungehalten zu wirken.

»Tut mir leid, Paul, Sie zu stören –«

»Das tust du in der Tat. Also, was willst du?«

»Ich muß Sie sprechen. Sofort.«

»Das geht jetzt leider nicht.«

»Sie verstehen mich nicht. Es ist dringend.«

»Morgen vielleicht, Lenny. Heute geht es einfach nicht.«

»Paul –«

»Was ist denn, hast du heute nacht alle deine Ersparnisse verspielt, oder was? Brauchst du Geld? Ich hinterlege dir einen Umschlag bei Merri, den kannst du dir holen.«

»Genau darüber muß ich mit Ihnen reden.«

»Also rede.«

»Nicht am Telefon.« In Lennys Stimme war ein Unterton, der Harris zögern ließ.

»Was ist los, Lenny?« fragte er.

»Wir müssen uns treffen, Paul, und zwar sofort. Sie müssen alles stehen und liegen lassen. Es kann sein, daß Ihnen schon jemand auf den Fersen ist.«

Harris dachte nach. »Also gut«, sagte er. »Ecke Elfte und State. Ich hole dich da ab, direkt vor dem Polizeipräsidium.«

»Wo? Aber nicht doch! Sie –« Lenny unterbrach sich, und Harris wußte, wie der Satz hätte weitergehen sollen. Daß er wohl total übergeschnappt sei, ihn ausgerechnet dort warten zu lassen. »Irgendwo sonst, Paul«, sagte er auch gleich danach, »aber doch nicht dort. Wirklich, ich kann doch da nicht hingehen.«

Das wußte auch Harris. Er hatte diesen Treffpunkt auch mit voller Absicht vorgeschlagen. Lenny sollte wissen, daß sie sich an einem sicheren Ort trafen. Er sollte ihm noch ein kleines Weilchen blind vertrauen. Denn wenn es stimmte, was er vermutete, dann waren Lennys Tage gezählt.

Harris fühlte es ganz deutlich. Es war, als würde er wieder in seine alte Haut schlüpfen. Als wäre es nie anders gewesen. Seine Realität. Sein Hier und Jetzt. Alles andere war Fiktion. Das Gewicht, die Last war wieder da, und sie wog schwer, ersetzte aber die Furcht und das Unbehagen, die ihn als Beigabe zu seinem Glücksgefühl heimgesucht hatten.

Auch das war vergangen. Und vielleicht kam es auch gar nicht wieder. Denn Lenny bewies ihm ja gerade eben, daß man doch keinem vertrauen konnte und daß die Welt nun einmal voller Lügner und Diebe war und voller Geier, die nur darauf lauerten, daß man sich die kleinste Blöße gab, damit sie sofort über einen herfallen konnten.

Und diese sogenannte Liebe war ohnehin die tödlichste aller Schwächen, das wußte er inzwischen auch. Er hatte sich nur für kurze Zeit etwas vorgemacht, so getan, als glaubte er etwas anderes. Liebe war wie ein Krebsleiden. Früher einmal hatte er seinen Vater geliebt –

»Lenny –« sagte er, als ihm bewußt wurde, daß er schwer atmete. Lenny durfte das auf keinen Fall bemerken.

»Ja, Paul? Geht es Ihnen nicht gut?«

Wagte Lenny es tatsächlich, ihm diese Frage zu stellen? Da sah man doch mal wieder, was passierte, wenn man nur die kleinste Schwäche zeigte! Wenn man ein jammernder schwacher schwuler Scheißkerl war!

Er brauchte ein paar Augenblicke, bis er die Sprache wiederfand.

»Also dann Elfte und Wabash, meinetwegen, einen Block weiter. Ich komme mit einem Kombi.«

»Elfte und Wabash. Wie lange wird es dauern?«

»Eine halbe Stunde, vielleicht eine ganze. Ich muß zuvor noch einiges erledigen.«

»Glauben Sie mir, Paul, es gibt nichts anderes, was Sie erledigen müßten als –«

Harris legte mitten in seinem Satz auf. Es gab sehr wohl zuvor noch anderes zu erledigen.

Doch Lenny durfte auf keinen Fall herausfinden, was.

32

Tulio parkte in der runden Auffahrt vor dem Haus und ließ den Wagen stehen. Er zeigte dem jungen mexikanischen Hausdiener, der wütend auf ihn zugerannt kam, seine Marke und winkte ihn weg. Der Junge wich zurück, als er die Marke sah, musterte ihn aber weiterhin recht skeptisch, ohne allerdings eine Bemerkung zu riskieren.

Tulio ging an ihm vorbei ins Haus, ohne daß auch nur ein Wort zwischen ihnen gewechselt worden wäre. Er spürte den Blick im Rücken. Ja, du mich auch, dachte er.

Er war müde und ungeheuer deprimiert. Sein ganzes bisheriges Leben war im Begriff, sich total zu verändern. Er wußte nicht einmal genau, was er hier eigentlich wirklich wollte. Er wußte nur, er war noch entschlossener, Harris zu kriegen, als er jemals hinter Alleo hergewesen war. Er wollte, daß Harris ihm zu Füßen lag, und zwar blutig.

Alles, was er je besessen hatte, war ihm genommen worden. Und Harris war der einzige, gegen den er etwas unternehmen konnte.

Der Mann an der Sicherheitskontrolle war ganz unverkennbar ein pensionierter Polizist. Es war an der typischen und rührenden Haltung zu sehen, die er beim Anblick von Tulios Polizeimarke sofort einnahm. Er wollte noch immer gerne dazugehören. Sich als ehemaliger Kollege zu erkennen geben. Wo ihn doch seine jetzige Uniform und Aufgabe, und was er jetzt nur noch darstellte, eher verlegen machten. Sein Alter stand ihm im Wege, er würde niemals wieder dazugehören, egal, was er früher einmal geleistet, welche Verdienste er sich erworben hatte. Das war der Grund für seinen Unmut ebenso wie für den starken Wunsch, doch wieder dabeisein zu können. Tulio hatte dies schon bei vielen zuvor erlebt. Diese Männer hatten immer das quälende Gefühl, von der Zeit betrogen worden zu sein, und deshalb hielten sie sich schadlos an Tulios vergleichsweiser Jugend und daran, wie weit er es im Leben gebracht hatte, im Gegensatz zu ihnen. Tulio wußte also, daß er taktvoll vorgehen mußte, wenn er bei dem früheren Kollegen zum gewünschten Ziel kommen wollte.

»Hallo, Sarge«, sagte er also, »ich habe da was Wichtiges mit einem von euren Penthouse-Bewohnern hier zu klären.«

»Gibt nur einen«, sagte der Wachmann und beugte sich über seinen Schreibtisch vor. Er sprach aus dem Mundwinkel. Vermutlich war er früher Streifenpolizist gewesen, Verkehrsregelung North Side. Daß er ihn Sarge genannt hatte, war gut angekommen, seinem Blick nach zu urteilen.

»Paul Harris?«

»Genau der. Sonst wohnt da oben keiner. Die wollen zuviel Geld für das zweite Apartment. Sogar die stinkreichen Arschlöcher, die allein aus Prestigegründen hier wohnen möchten, schrecken vor dem Preis zurück. Dabei denkt die Hausverwaltung, sie kann noch viel mehr verlangen. Wahnsinn. Aber dieser Harris, der hat da oben die beste Aussicht der ganzen Stadt. Ich weiß ja nicht, ich meine, wenn man soviel Kohle hat, daß man sich das da oben leisten kann, dann könnte man sich doch genausogut ein schönes Anwesen in Lake Forest zulegen und vom Dach aus den Bären zuschauen, und kein Nigger käme einem näher als der, der einem den Rasen pflegt.«

Aha. Also einer von denen. Der geschwätzige Bastard lächelte, als Tulio sich ein Brummen abrang, von dem er hoffte, daß der Alte es als Zustimmung werten würde.

»Wie war noch mal der Name?« fragte der Wachmann.

»Tulio. Wollen Sie meine Markennummer haben?«

»Nein, nein. Ich weiß doch, wer Sie sind.«

Auch das noch. Er nahm es vermutlich auch noch persönlich, daß er nie bedeutend genug geworden war, um erwarten zu können, Tulio müßte auch ihn kennen.

»Ist Harris da?« fragte er also rasch nach und beobachtete den Alten, wie er überlegte, ob er ihm diese Auskunft geben konnte, bis er schließlich sagte: »Vor einer Weile ist er hier durch die Lobby gelaufen, aber ich bin mir nicht sicher, ob er wieder zurückgekommen ist. Der kommt und geht, verstehen Sie. Stinkreich, braucht keine festen Zeiten einzuhalten. Außerdem kann er mit dem Lift direkt von oben nach unten in die Tiefgarage fahren, wenn er will. Mit seinem Penthouse-Schlüssel kann er direkt durchfahren ohne Halt hier in der Lobby. Das gehört zu den Zusatzprivilegien, wenn einer blöd genug ist, eine ganze Million für so ein Apartment da oben hinzulegen. Durchfahrender Lift ohne Halt.« Er zuckte mit den Schultern. »Falls er mit dem Wagen zurückgekommen ist, kann er gut schon wieder oben sein.«

»Sogar, wenn er zu Fuß weggegangen ist?«

Der Wachmann war fast ein wenig verlegen, daß er es nicht wußte. »Das weiß man bei den Leuten nie.«

Tulio bemerkte, daß der Alte wütend war. Sein allmählich kahl werdender Kopf war feuerrot angelaufen. Er hatte mit den Jahren ein paar Pfunde zugelegt, war aber sonst noch ganz gut in Form. Mit der unverkennbaren Haltung und Arroganz eines stolzen Polizisten mit zwanzig Dienstjahren.

Aber da war auch eine Spur Angst in seinem Blick. Tulio fragte sich, wieso. Er hatte keinerlei Drohgebärden von sich gegeben, im Gegenteil, er hatte sich fast übertrieben freundlich benommen. Doch dann begriff er, warum der Wachmann so ängstlich war. Harris war offenbar ein großzügiger Trinkgeldgeber und scheute vermutlich keine Kosten und Mühen, sich die Loyalität der Leute, die hier im Gebäude arbeiteten, zu erkaufen.

Jetzt war klar, wie er mit dem Mann hier umgehen mußte. Er mußte an seine echte, an seine wahre Loyalität appellieren. Und die gehörte selbstverständlich immer noch seinem alten Verein, der Polizei: immer und zuerst. Er beugte sich etwas näher zu ihm hin: Jetzt einmal von Mann zu Mann, von Cop zu Cop. Er sah ihm sogar ein wenig über die Schulter, um sicher zu sein, daß niemand während seines Gesprächs mit dem Wachmann in die

Lobby kam. Wenn er sein Ziel erreichen wollte, mußte er dem Mann das alte Kollegengefühl geben, das Partnergefühl: polizeiinterne Aktion unter uns, die niemanden was angeht. Der Alte erinnerte sich dann zweifellos an Situationen aus seiner aktiven Zeit, in denen man auch schon mal das Gesetz ein bißchen biegen und die idiotischen Vorschriften ignorieren mußte, die einem oft nur die Hände banden.

»Hören Sie zu, Sarge«, sagte er, »ich muß zu dem rein, wenn Sie verstehen, was ich meine.«

»Inoffiziell, oder haben Sie einen Durchsuchungsbefehl?« Der Wachmann zeigte bereits lebhaftes Interesse. Zum Teufel mit seiner Phantasie-Wachmannuniform. Das hier war wieder mal aufregend. Hier war die alte, echte Loyalität gefragt. Er fühlte sich schon wieder im Dienst wie früher, und sei es nur für dies eine Mal.

»Inoffiziell«, flüsterte Tulio.

»O Mann.« Er flüsterte ebenfalls.

»Wie ist es, können Sie da was tun für mich?«

»Wie schwerwiegend ist es denn?«

»Mord. Zweifacher.«

Das sagte er leise, aber fest und scharf. Tulio sah, wie der Wachmann fieberhaft überlegte und dabei sogar leicht vor sich hin nickte. Alles konnte Harris mit seinem vielen Geld eben doch nicht kaufen.

»Also überraschen tut es mich nicht«, sagte er. »Mit dem stimmt was nicht, sage ich Ihnen. Der ist wie Eiswasser. Dem traue ich ohne weiteres zu, daß er jemanden umbringt, ohne auch nur mit der Wimper zu zucken. Auch einen Doppelmord.«

»Tatsächlich?« sagte Tulio und spielte Begeisterung. »Gut, das zu hören, Kollege. Bisher war er nur stark verdächtig, aber mit dieser Aussage von Ihnen wird er es noch ein Stück mehr.«

Dem Alten schwoll sichtlich die Brust unter seiner Uniform.

»Passen Sie auf«, sagte er, »ich hole mal den Lift runter, mit dem können Sie direkt rauf zum Penthouse.«

Dann unterbrach er sich plötzlich und lächelte über Tulios

Schulter hinweg. Tulio richtete sich auf und wartete, bis das teuer gekleidete ältere Paar an ihnen vorbei war, die Frau mit der Nase nach oben und der Mann mit mißtrauischem Blick auf Tulio. Sie kamen von der Straße herein, wie war es möglich, daß sie überhaupt nicht schwitzten?

»Herrschaften«, dienerte der Wachmann und nickte ihnen vertraulich zu. Aber sie ignorierten ihn und gingen weiter zum Aufzug.

»Das muß man wohl aushalten, wie«, sagte Tulio, »wenn man es mit solchen hochnäsigen Arschlöchern zu tun hat?«

»Ja, aber wenn ihr Fernseher mal kaputt ist, da kommen sie dann gleich angerannt und betteln, daß man ihnen hilft.«

»Und was gibt es sonst Neues?«

»Richtig. Ich habe schließlich fünfundzwanzig Jahre meines Lebens mit immer demselben Mist zu tun gehabt. Also, fahren Sie rauf, sobald die Luft rein ist. Aber tun Sie mir einen Gefallen. Wenn Sie wieder runterkommen, fahren Sie mit dem Penthouse-Lift durch bis nach unten zur Tiefgarage. Sie müssen auf den großen roten Knopf im Aufzug drücken, gleich neben der Tür, Sie können ihn gar nicht übersehen. Der öffnet das Außentor, und durch das können Sie direkt hinaus auf die Straße. Sind Sie mit dem Wagen da?« Er blickte wieder über Tulios Schulter hinaus zur Auffahrt. »Ist das Ihr Cadillac? Gut, geben Sie mir die Schlüssel. Ich laß ihn von Nunzio nach hinten um die Ecke fahren und ihn direkt vor dem Hydranten parken. Er läßt die Schlüssel unter der Bodenmatte, schließt aber nicht zu. Keine Sorge, er redet nicht. Er ist illegal hier und schon viermal ausgewiesen worden. Der tut, was ich ihm sage.«

»Hat Harris eine Alarmanlage?«

»Hier in dem Gebäude? Nicht doch. Wer sollte hier so etwas brauchen?«

»Danke, Kollege«, sagte Tulio, und die stolze Genugtuung des Alten entging ihm nicht. Er nickte Tulio auch kurz zu, als sei er hier der Vorgesetzte, der einem jungen Spund einen Gefallen tut. Tulio ließ ihn gern in diesem Glauben. Er hatte damit ja erreicht, was er wollte. Er ging hinüber zu den Aufzügen, wartete, bis der Penthouse-Lift kam, und betrat ihn mit einer Selbstverständlichkeit, als wohnte er hier. Er verschränkte die Hände und wartete darauf, daß die Kabine losfuhr.

Der Lift fuhr nonstop aufwärts, so schnell, daß er leicht schaukelte. Es dauerte nur Sekunden, bis er wieder langsamer wurde und sanft zum Halten kam. Die Türen öffneten sich. Tulio trat hinaus auf den Penthouse-Flur und wartete noch, bis die Lifttüren sich wieder schlossen.

Etwas wie dies hier hatte er noch nie gesehen. Zu beiden Seiten des mit dickem Teppich belegten Flurs war eine Tür. Zwei große Doppeltüren aus dickem, dunklem, blankpoliertem Edelholz. Am anderen Ende des Flurs gab es eine Glasfront mit Ausblick über die Stadt. Er mußte sich schätzungsweise mindestens im 80. Stockwerk befinden, wahrscheinlich sogar noch höher.

Er ging den Flur entlang. Es war ein Glück, daß das andere Penthouse unbewohnt war. Da mußte er nicht so sehr aufpassen, beim Öffnen der Schlösser nicht gesehen oder gehört zu werden.

Zu beiden Seiten von Harris' Tür standen kleine, antik aussehende Tischchen. Auf einem stand ein Telefon, auf dem anderen eine Kristallschale mit Geldmünzen, offenbar für Liefergebühren. Es mußte angenehm sein, in einem Haus zu leben, wo man Geld ganz offen vor die Wohnungstür legen konnte, ohne befürchten zu müssen, daß es verschwand.

Er holte seine Dietriche heraus, kniete sich vor das Türschloß und hatte die Tür in einer Minute offen. Er drückte sie ganz auf, trat dann erst ein, machte sie hinter sich zu, versperrte sie auch wieder und blieb noch eine Weile reglos stehen, um sich erst einmal verwundert umzusehen.

Das letztemal hatte er derart große Innenräume in einem Lagerhaus gesehen, wo sie sich als Kinder eingeschlichen und Aluminiumschrott gestohlen hatten, den sie für einen Dime pro Pfund verkauften. Diese Wohnung nahm die Hälfte der ganzen Hausfläche hier oben ein. Und das Gebäude war selbst schon nicht gerade klein. Es war so groß wie ein ganzer Block.

In dieser Wohnung mußten Millionen stecken.

Ein großer Teil der drei Außenwände bestand vollständig aus Glas. Der See und die unten ausgebreitete Stadt lagen einem hier sichtbar zu Füßen. Es war ein ebenso atemberaubender Anblick wie sein erster dieser Art – aus einem Staatsflugzeug, als er einen Gefangenen überführte und sie ziemlich knapp auf Meigs Field herunterkamen. Vom Flur aus waren winzig klein die Schiffe und Boote draußen auf dem See zu sehen. Unter sich erblickte er die Penthouse-Dächer anderer Hochhäuser. Donnerwetter.

Es gab noch einen kleinen Flur, Tulio ging ihn entlang und kam an die Seite ohne Glasfront. Die drei Türen dort waren weit genug auseinander, um eine familiäre Privatsphäre zu garantieren. In einer Ecke am Nordfenster war die halbe Wandfront entlang eine große Küche eingebaut. Über den Küchenherd hinweg hatte man wieder einen weiten Blick über den See. Wenn man hier kochte, mußte man sich vorkommen, als schwebte man frei in der Luft, dreihundert Meter über der »Goldküste«.

Bei der Fensterfront gab es einen Wohnbereich. Die Möbel waren aber alle auf die Wand und ein dort hängendes kleines Bild ausgerichtet. Eine Ledercouch, zwei Ledersessel, alles schwarz und von Brüchen durchzogen, alt und sichtlich abgenutzt. Sie waren wohl schon alt und gebraucht gekauft. Eine Atmosphäre von Einsamkeit lag in dieser ganzen Wohnung. Kaum vorstellbar, daß es hier oben jemals Partys gab.

Nirgends war ein Fernseher und auch nichts, was einer Stereoanlage glich. Doch an der einen Wand, die nicht aus Glas bestand, befanden sich immerhin Lautsprecher. Vielleicht eine Haussprechanlage? Oder sonst ein Beschallungssystem? Der dicke Teppich war wie lebendig. Als bestehe seine dicke Unterlage aus superdickem Gummi.

Tulio bewegte sich lautlos bis zu der nächstgelegenen Tür und versuchte sie zu öffnen. Aber sie war zugesperrt.

Die anderen Türen waren dagegen offen.

Die erste ging in ein großes, fensterloses Schlafzimmer. Das Bett darin war größer als jedes, das er selbst in Ausstellungsräumen von Einrichtungshäusern jemals gesehen hatte. Im ganzen Raum schien es keine einzige Uhr zu geben. Auf der anderen Seite ging es in ein Bad mit einer riesigen Duschkabine und zahllosen Duschdüsen überall von Knöchel- bis Kopfhöhe. Er stellte sich Marian darin vor, zusammen mit Harris, nackt, lachend, spielend, wie sie einander einseiften. Er krümmte sich zusammen.

Der zweite unverschlossene Raum war als komplettes Fitneßstudio eingerichtet. Der Multitrainer war mit chromblitzenden Gewichten bestückt. Hier hing ein Monitor an der Decke vor einem Laufgerät, und es gab auch eine gute Stereoanlage mit großen Lautsprechern in den Ecken. Tulio kannte jede Menge exklusiver professioneller Fitneßstudios, die bedeutend weniger aufwendig ausgestattet waren als das hier. Geschmack hatte der Mann wohl, das mußte man ihm lassen.

Aber jetzt zu dem zugesperrten Raum. Er warf im Vorübergehen noch einen schnellen Blick auf das Bild an der Wand und blieb wie angewurzelt stehen. Er starrte es mit offenem Mund an.

Marian. Sie hatte offenbar für dieses Bild Modell gestanden. Ganz zweifellos, es war gar nicht anders möglich. Die Ähnlichkeit war vollkommen. Marian in Miniatur. Eine winzige Marian in altertümlicher Kleidung. Aber ohne Zweifel, es war Marian, wie sie leibte und lebte. Hatte Harris das Bild in Auftrag gegeben? Aber die Farbe war rissig und alt. Er wußte nichts über Kunst. Ein Name in der unteren Ecke sagte ihm gar nichts, wenn es nicht einer wie Picasso war oder Chagall oder einer der wenigen anderen, die sogar Laien wie ihm geläufig waren. Schließlich wandte er sich kopfschüttelnd ab und ging zu der verschlossenen Tür.

Er hatte keine Mühe, sie zu öffnen. Als er eintrat, stand er in einem Computerraum. Auf einem Tisch stand der Rechner und summte leise, er war also an. Auf der anderen Seite stand ein niedriger Schreibtisch, daneben noch einer, auf dem sich vier verschiedene Telefone befanden, jedes mit einem eigenen Anrufbeantworter, von denen einer blinkte und drei aufgezeichnete Anrufe anzeigte. Er ging hin und hörte sie ab.

»Paul? Paul, sind Sie da?« Die Stimme war dünn und klang hoch und verzweifelt. Sie kam ihm irgendwie bekannt vor. Dann kam ein ungehaltenes gemurmeltes »Herrgott noch mal« und danach: »Also gut, hören Sie zu, Paul. Ich muß mit Ihnen reden, und zwar so schnell wie möglich. Sobald Sie das abgehört haben. Warten Sie aber, bis ich wieder anrufe. Rufen Sie nicht bei mir an, hier sind inzwischen Leute, wenn Sie verstehen. Es ist dringend, Paul, es geht verdammt um Leben und Tod! Wir sind ziemlich übel in der Klemme. Gehen Sie nirgends hin, und reden Sie mit niemandem, bevor Sie mit mir gesprochen haben, ja?«

Tulio wartete, dann kam der Summton und die gleiche Stimme wieder. Sie klang noch dringender und verzweifelter als beim erstenmal.

»Paul, noch mal Lenny hier.«

Lenny! Natürlich! Lenny Roman, der ehemalige Boxer. Damals, als er, Tulio, noch Uniform trug. Er kannte seinen Namen, so wie alle Polizisten von Downtown und der South Side. Es bestand strikte Anweisung, ihn niemals und unter keinen Umständen allein festzunehmen. Lenny Roman galt als wandelnde Zeitbombe, der gerne trank und Polizisten zu Kämpfen provozierte.

Wie um alles in der Welt konnte es eine Verbindung zwischen diesem Burschen und einem klassischen Yuppie wie Richie Rich Harris geben?

Der Rest der zweiten Nachricht war lediglich eine Wiederholung der ersten, und die dritte war beinahe identisch, allenfalls noch drängender und ratloser. Was dieser Lenny auch immer wollte, es war jedenfalls äußerst dringend. Jedenfalls für ihn.

Vermutlich besorgte er das Grobe für Harris. Ein Mann mit derart viel Geld hatte sich ganz zweifellos auf seinem Weg nach oben auch eine Menge mächtiger Feinde gemacht. Und selbst, wenn er den ganzen Kies nur geerbt haben sollte, hätte auch dies jede Menge Neider hervorgebracht, die nichts lieber täten, als es ihm wegzunehmen.

Aber trotzdem ... ein abgehalfterter Boxer? Ein Kerl mit nachgewiesenen Kontakten zur Unterwelt ...?

Der gute Lenny hatte schier ins Telefon geheult. Also hatte er offenbar Todesangst oder etwas Ähnliches. In irgend etwas waren die beiden gemeinsam verwickelt. Wäre das nicht ein Hammer, wenn sich herausstellte, daß der Mann ein Ganove war? Gut, es würde ihm, Tulio, zwar nicht gleich seinen Job zurückbringen. Aber ganz eindeutig wäre es das Ende der Romanze zwischen diesem Harris und Marian. Nie und nimmer könnte Marian mit so etwas leben.

Er konnte sich nicht erinnern, wann er sich zuletzt so aufgekratzt gefühlt hatte wie jetzt. Schlagartig war ihm alles sonnenklar. Seine ganze Depression war wie weggeblasen. Alle seine Muskeln waren angespannt und straff, seine Willenskraft so gegenwärtig wie eh und je. Er hatte alles wieder fest im Griff.

Er wandte sich von den Telefonen ab und ging interessiert hinüber zum Computer. Er schaltete den Bildschirm an, beobachtete den laufenden grünen Lichtpunkt in der Ecke, hörte das leise Klick und sah, wie das Bild kam. Auf dem Monitor erschien ein Foto, anfangs noch unscharf und körnig, bis es sich ganz aufgebaut hatte. Dann aber stand es scharf und ruhig, und Tulio war, kaum hatte er es gesehen, wie gelähmt, so schockierte es ihn. Er faßte unwillkürlich nach der Rückenlehne des Computerstuhls, um sich daran festzuhalten, weil ihm sogar die Knie weich zu werden drohten. In seinem Kopf schwirrte es durcheinander. Er ließ sich auf den Stuhl sinken und wandte kein Auge vom Bildschirm.

Das Foto von Carole Conners lächelte ihm entgegen.

33

Was, zum Teufel, machte dieser Harris mit einem Foto von Carole Conners auf seinem Computer? Tulio fühlte sich gar nicht mehr so großartig. Er griff mit zitternder Hand zur Tastatur und drückte die Bildlauftaste. Ein Foto von Caroles Elternhaus. Er blätterte weiter die Seiten der Datei durch, eine nach der anderen, von Bild zu Bild gesunde, lachende Gesichter. Dann ging er zurück zu Caroles erstem Bild und sah es lange nachdenklich an. Es riß ihn fast hoch, als der Groschen fiel.

Plötzlich begriff er alles. Alles, was passiert war. Alles, was noch im Gange war. Es war so raffiniert, daß einem der Mund offen blieb.

Harris war der Killer, den er suchte! Es gab tatsächlich einen. Es war keine weit hergeholte Theorie mehr. Keine Phantasterei. Hier hatte er alles direkt vor sich. Kein anderer als Paul Harris war der Mann, den er seit inzwischen zwei Jahren suchte. O Gott, und dieser Mann hatte auch noch Marian dazu gebracht, sich in ihn zu verlieben!

Was konnte er tun? In seinem Büro waren die Feds, die gerne ein Wörtchen mit ihm geredet hätten. Dorthin konnte er also nicht. Wem konnte er vertrauen? Seine Abteilung war keine Möglichkeit. Er war hier immerhin ungesetzlich eingedrungen. Ermittlungen außerhalb der Legalität, praktisch ein Einbruch. Selbst wenn er ein schriftliches Geständnis fände, wäre es unter diesen Umständen nicht als Beweismittel verwertbar. Vor keinem Gericht im ganzen Land.

Und selbst wenn in seiner Abteilung alles noch in Ordnung wäre, was ihn anging, könnte er im Augenblick nichts unternehmen. Gar nichts. Bis er einen korrekten Durchsuchungsbefehl bekäme, konnte Harris sämtliche Beweise vernichtet, gelöscht haben. Der Wachmann unten erzählte ihm sicher so oder so, was er gemacht hatte; entweder, weil ihm Zweifel über Tulio gekommen waren, oder weil er sich damit eine fette Zusatzprämie von Harris verdienen konnte.

Er hatte keine andere Wahl, als hierzubleiben und zu warten. Und zu hoffen, daß Marian nicht bei ihm war, wenn Harris nach Hause kam. Weil er, und das wußte er, nur eine einzige Möglichkeit hatte. Nämlich Paul Harris zu töten.

Ein Mann wie Harris hatte keine Gefühle. Ein Mann wie Harris kannte das Wort Furcht nicht. Er war mehr ein Tier als ein Mensch. Bei einem wie ihm durfte man keine Risiken eingehen.

Wie hatte ihn der Wachmann, der Ex-Kollege unten, gleich noch beschrieben? »Dieser Mann ist wie Eiswasser.«

Und ausgerechnet dieser eiskalte, kaltblütige Bastard hatte Marian verführt – einzig und allein, um herauszufinden, in welche Richtung seine, Tulios, Ermittlungen gingen. Und selbst wenn dies der einzige Grund war, mußte er dafür mit dem Leben bezahlen.

Vorerst konnte Tulio jedoch nur warten. Mit dem Rücken zu dem atemraubenden Panoramablick.

Er hatte nicht den geringsten Zweifel, daß Harris, bekäme er auch nur die geringste Chance, ihn genauso schnell und gnadenlos töten würde, wie er Carole Conners und wer weiß wie viele andere Menschen getötet hatte.

Er zog seine Pistole und ging aus dem Computerraum hinüber in den anderen. Die Tür ließ er offen. Er stellte sich vor das Porträt Marians, nahm es von der Wand, legte es auf die Ecke der Glastischplatte und zerschlug mit seinem Pistolenkolben den Rahmen. Er nahm das Bild selbst heraus und mußte mit den Zähnen nachhelfen, um es vom Spannrahmen zu bekommen. Er zerriß die Leinwand in kleine Fetzen, bis man nicht mehr erkennen konnte, daß dies einmal ein Gemälde gewesen war. Dann steckte er die Pistole wieder ein und ging zurück in den Computerraum, wo er weiter durch die Dateien blätterte. Alle besonderen Verbrechensopfer mußten sich darin befinden.

Er spürte eine Veränderung im Raum. Irgendwie bewegte sich die Luft hinter ihm. Er sprang mit gezogener Waffe hoch, fuhr herum und spürte einen entsetzlichen Schmerz, als sein Handgelenk knackte, noch ehe er den Mann überhaupt wahrgenommen hatte, der vor ihm stand. Die Pistole flog ihm im hohen Bogen aus der Hand. Der Schmerz war so intensiv, daß er in einem einzigen Augenblick alle Kraft verloren hatte. Er fiel hin und unterdrückte nur halb einen Schmerzensschrei. Er rollte herum und befühlte seinen Arm. Das Gelenk war gebrochen. Aber wo war der Mann? Und wo seine Waffe?

Dort war er. Er lehnte an der Wand.

Tulio versuchte mit dem linken Arm und den Beinen bis zu seiner Waffe zu kriechen.

Doch da stand ein Paar Schuhe vor ihm. Der eine Schuh hob sich und kam herab auf sein bereits gebrochenes Handgelenk. Er schrie vor Schmerz auf, drückte den Kopf tief in den Teppich und japste nach Luft. Dann wurde ihm der Kopf an den Haaren hochgezogen. Er blickte nach oben. Ein hagerer Mann blickte abschätzig auf ihn herab. Kein Zweifel. Das war Paul Harris.

Sein letztes Stündlein schien geschlagen zu haben.

»Sie wagen es, hierher in meine Wohnung zu kommen?« zischte Harris ihn an, buchstäblich wie eine Schlange. »In meine Wohnung? Das wagen Sie tatsächlich?«

Tulio lief der Schweiß in Strömen vom Gesicht. Er brannte ihm in den Augen. Harris spuckte ihm ins Gesicht und riß ihm den Kopf noch weiter zurück. Tulio war halb ohnmächtig vor Schmerz.

Harris richtete sich auf, zerrte Tulio mit sich hoch und schleifte ihn hinter sich her aus dem Raum wie ein Neandertaler seine Beute.

Wie konnte der Mann so kräftig sein? Und wie hatte er es fertiggebracht, ihn zu entwaffnen? Er hatte keine Waffe gesehen. Der Mann mußte Karate gelernt haben oder so etwas.

Er spürte, daß er kurz davor war, ohnmächtig zu werden. Sein Körper versuchte auf diese Weise, die Schmerzen zu lindern.

Tulio biß sich absichtlich auf die Zunge, um bei Bewußtsein zu bleiben. Wenn Harris glaubte, er sei nicht mehr bei Bewußtsein, hatte er vielleicht eine Chance, ihn mit einem unvermuteten Tritt in die Weichteile zu überraschen oder wenigstens wieder an seine Waffe zu gelangen.

Er spürte, wie seine Zehen über eine Türschwelle glitten und wie er zu Boden fallengelassen wurde. Die Erleichterung, als Harris dabei seine Haare losließ, war groß.

Er spürte Blut über sein Gesicht fließen, es lief ihm auch in die Augen. Das brannte. Harris hatte ihm ganze Haarbüschel ausgerissen. Die Kraft in seinen Händen mußte geradezu übermenschlich sein.

Wo war er? Tulio versuchte sich aufzurichten. Er schaffte es nur bis zum Knie, als eine Tür ins Schloß fiel und gleich darauf etwas hart gegen seine Seite krachte. Er fiel nach vorne auf den Teppich. Als er die Augen aufmachte, sah er wieder das Paar Schuhe direkt vor sich.

Bitten und Flehen hatte natürlich gar keinen Zweck, das war ihm klar. Bei einem Mann wie Harris würde es gerade das Gegenteil bewirken, kein Zweifel. Er versuchte etwas zu sagen, aber er bekam nur einen harten Schlag auf den Mund.

»Sie sagen kein Wort, bevor ich Sie dazu auffordere.«

Es war noch immer Zorn in der Stimme, doch er hörte heraus, daß der andere sich zu beherrschen und unter Kontrolle zu bringen versuchte. Weil es offenbar zu seinem Stolz gehörte, sagen zu können, ihn bringe nichts aus der Ruhe: aber auch gar nichts. Wut war ein Zeichen von Schwäche, und auf Schwäche war er noch weniger aus als auf Magenkrebs. War das sein wunder Punkt? Nur, wie sollte er diesen Punkt treffen? Er war völlig ausgelaugt. Ohne einen Funken Kraft.

»Sie hat es Ihnen verraten, wie?«

Ja. Der Mann war die Ruhe selbst. Er sprach, als würde er eine zwanglose Unterhaltung mit seinen Kumpanen im Country Club führen.

»W-wer …« brachte Tulio gerade heraus. Ihm war schwindlig, und er fühlte sich entsetzlich schwach. Der Schmerz in seinem Handgelenk wurde immer stärker.

»Ach, das wissen Sie doch genau.« Seine Stimme klang betont spöttisch, offenbar war Harris zutiefst enttäuscht.

Tulio spürte, wie ihm der Kopf wieder an den Haaren hochgezogen wurde. Harris hielt ihn ohne größeren Kraftaufwand mit der einen Hand, während er in der anderen Tulios Pistole hatte und damit auf das gebrochene Gelenk schlug. Tulio schrie wieder auf vor Schmerz.

»Das ist Gesang, den ich liebe, können Sie das verstehen?« höhnte Harris.

»Hören Sie auf. Bitte!«

Harris lächelte noch zufriedener. Na also. Er war locker, ruhig und begierig zu hören, was man ihm erzählen würde. Ein Kind, das mit Ameisen spielt.

»Ich habe Sie im Fernsehen gesehen«, sagte Harris, »wie Sie meine Männlichkeit in Zweifel zogen. Tun Sie das immer noch?« Er schüttelte den Kopf, blinzelte ihm zu, von Mann zu Mann. »Für gar nichts hat sie Ihnen nicht den Laufpaß zu meinen Gunsten gegeben.«

»Scheren Sie sich doch zum Teufel!« brachte Tulio mühsam hervor. Es kostete ihn große Anstrengung zu sprechen. Er konnte kaum atmen. Während er einatmete, konnte er sich selbst riechen. Er roch nach Erbrochenem, Schweiß und Todesangst.

Harris machte wieder eine leichte Geste mit der Pistole gegen sein Handgelenk. Tulio versuchte sich zu entziehen, aber die Bewegung ließ Knochensplitter an Knochensplitter scheuern, und das tat so weh, daß er keine Luft mehr bekam.

Harris lachte auf. »Na, sind wir gar kein starker Mann mehr, wie?«

Tulio öffnete die Augen und sah das höhnisch lachende Gesicht direkt vor sich. Das wahnsinnige Stechen in seinem Handgelenk verblaßte fast gegenüber dem Schmerz in seinem Kopf. Er konnte nichts machen, es war einfach stärker als er. Er bettelte.

»Bitte …«

»Bitte, wie? Ich habe es ganz gern, wenn man mich bittet.« Harris machte sich offen lustig über ihn. Schnitt sogar noch Grimassen und äffte seine Stimme nach. »Bitte! Bitte!«

Dann lachte er wieder abfällig.

Tulio spürte, wie er am ganzen Leib zu zittern begann und daß er seine Blase gleich nicht mehr kontrollieren konnte. Harris spielte lachend den Empörten. »Ach Gott, sehen Sie sich die Schweinerei an, die Sie auf meinem schönen Teppich anrichten. Nicht nur Ihre Kotze, nicht nur, daß Sie bluten wie ein Schwein. Jetzt pissen Sie mir auch noch drauf.« Er warf gespielt die Arme hoch. »Das muß ich auch noch alles selbst saubermachen. Die Putzfrau würde ja mißtrauisch werden.« Doch dann schwand abrupt aller sonnige Humor aus seiner Stimme. »Ich werde es Marian auflecken lassen. Und vielleicht halte ich sie an den Beinen und benutze ihre Haare als Mop.«

»Ich habe …«

»Was war das? Noch mal, Tony! Sprechen Sie sich ruhig aus. Was haben Sie? Kommen Sie, ich habe es nicht verstanden. Genieren Sie sich nicht. Sie können gern schreien, so laut Sie können. Diese Wohnung hier ist buchstäblich bombensicher, wissen Sie. Ihre Leute könnten Sie nicht hören, selbst wenn sie direkt draußen vor der Tür stünden.«

»Sie sind … Nachricht hinterlassen … wissen von Ihnen …«

»Ach, kommen Sie. Das bezweifle ich. Weil sie sonst nämlich wirklich schon draußen vor der Tür stünden. Soll ich Ihnen sagen, was ich glaube? Niemand außer Ihnen weiß irgend etwas. Weil Sie keinem ein Sterbenswörtchen gesagt haben. Sie doch nicht, doch nicht Tony Tulio! Doch nicht der einsame Wolf.«

Seine Schädeldecke brannte wie Feuer, das Blut tropfte nicht mehr, sondern floß ihm ins Gesicht und in die Augen. Dann verspürte er einen plötzlichen harten Stoß und sofort danach einen wahnsinnigen Schmerz im Mund. Harris hatte ihm den Pistolenkolben in die Zähne geschlagen. Tulio schluckte Blut und Zähne.

»Haben Sie auch Ihren eigenen Eintrag auf dem Computer schon gesehen? Ist auch da, mehrere Seiten lang sogar. Ich weiß alles über Sie, müssen Sie wissen, lieber Tony. Alles, was man von Ihnen nur wissen kann. Ich weiß auch die ganzen Geschichten von Ihrer Frau. Schade, daß sie nicht mehr lebt. Was glauben Sie, wieviel Spaß es mir gemacht hätte, sie Ihnen auszuspannen und mit ihr ins Bett zu gehen, während Sie unterwegs waren und herauszufinden versuchten, ob es mich überhaupt gibt. Vermutlich hätte mich auch Ihre Tochter interessiert, oder vielleicht hätte ich es sogar mit beiden getrieben. Was man so hörte, hüpfte Ihre Frau ganz schön durch allerlei Betten. Martina hieß sie, nicht? Und Jessica. Autounfall, wenn ich mich nicht irre? Oder vielleicht war es auch etwas anderes ...?«

Tulio machte einen schwachen Versuch, Harris zu beißen. Harris ließ seine Haare einfach los, und Tulio knallte mit dem Kopf auf den Boden.

»Sie wissen ja, daß Ihr letztes Stündlein geschlagen hat.«

Daran hatte Tulio in der Tat keinen Zweifel.

»Die Frage ist nur, sterben Sie schnell, oder amüsiere ich mich noch ein wenig mit Ihnen. Ich könnte Sie beispielsweise in die Badewanne stecken und Ihnen bei lebendigem Leib die Haut abziehen und Sie dabei immer schön bei Bewußtsein halten und zwischendurch immer wieder aufpäppeln. Wir könnten warten, bis Marian kommt. Sie liebt mich, wissen Sie. Oder wie wäre es, wenn ich Ihnen die Augenlider abrasiere und Sie dann zuschauen müssen, ob Sie wollen oder nicht, wie ich auch ihr die Haut abziehe. Sie würden staunen, wenn Sie sähen, wie sehr ich über die menschliche Anatomie Bescheid weiß. Wozu hätte ich sie sonst jahrelang eingehend studiert. Es war Teil meines Boxertrainings und meiner Ausbildung als Kunstkenner. Es ist tatsächlich ein sehr faszinierendes Fachgebiet. Die Anatomie, meine ich.«

Er packte ihn wieder an den Haaren und zog seinen Kopf zu sich hoch.

»Machen Sie die Augen auf, Tony. Kommen Sie schon, ich kann doch keinem trauen, der mir nicht in die Augen sieht, wenn ich mit ihm spreche. So ist es recht. Also, lieber Tony, es liegt ganz bei Ihnen, Sie haben die Wahl. Ich stehe zu meinem Wort, das sollten Sie bedenken, ehe Sie den Mund aufmachen. Sagen Sie mir die Wahrheit, und Sie sterben schnell und schmerzlos. Wenn Sie jedoch lügen, wird es stundenlang dauern, vielleicht sogar Tage. Wenn Sie lügen, warten wir auf Marian, und ich beiße sie vor Ihren Augen tot, Biß um Biß, und Sie müssen zusehen. Passen Sie gut auf, Tony, was ich Ihnen jetzt sage, denn das ist wichtig: Glauben Sie mir?«

»Jeeaa ...«

»Gut. Also, ich habe nur vier Fragen an Sie. Ist doch leicht, oder? Sie müssen bis auf die letzten beiden nicht einmal sprechen. Da Ihnen die meisten Ihrer Vorderzähne fehlen, wird es ohnehin nicht leicht für Sie sein, sich zu artikulieren. Ach ja, Ihre Zunge ist auch ziemlich in Fetzen, ich weiß nicht, ob Sie das noch spüren können. Wenn Sie zu sprechen versuchen, wird sie vermutlich brennen. Wenn ich das Gefühl habe, daß Sie lügen, werde ich Ihnen Pfeffer darauf streuen, um sie Ihnen etwas zu lösen. Wir machen es so: Sie blinzeln einmal mit den Augen für Ja und zweimal für Nein, ist das ein Vorschlag?«

Durch die Taubheit aller seiner Empfindungen hindurch sah Tulio den Teufel vor sich stehen, der ihn aus den Augen von Paul Harris anstarrte.

Er blinzelte einmal, gehorsam und willig.

»Sehr schön. Wußte Marian von Anfang an Bescheid? War sie die Falle für mich?«

Er blinzelte zweimal.

»Soll ich das wirklich glauben? Wer weiß noch von mir? Haben Sie mit irgend jemandem über mich gesprochen? Mit irgendwem?«

Tulio blinzelte rasch wieder zweimal.

»Stimmt das auch wirklich?«

Tulio bestätigte es nachdrücklich.

Harris lachte. »Und wie sind Sie in meine Wohnung gekommen? Wie sind Sie überhaupt mit meinem Privatlift heraufgekommen?«

Tulio versuchte zu sprechen, aber er konnte nur Wortfragmente stammeln. Zahnsplitter kamen zusammen mit ihnen aus seinem Mund.

»-ahdd-«

»Was war das? Ich verstehe nichts.«

»– ahch-ann –« Es war schwierig, aber er mußte es schaffen, daß Harris ihn verstand. »– ahch-ann, unn –«

»Ach so. Wachmann, unten! Ist es das? Und Sie erwarten, daß ich das glaube?«

Tulio zwinkerte einmal.

»Na schön. Aber jetzt, Tony. Die große Alles-oder-nichts-Frage für den Höchsteinsatz. Denken Sie sorgfältig nach, ehe Sie antworten. Denn Ihre Antwort entscheidet definitiv über Ihr Schicksal. Wie haben Sie mich gefunden?«

Tulio war erleichtert. Es war keine Fangfrage. Es war ungemein schmerzhaft, zu sprechen, aber er mußte diesem Teufel verständlich machen, daß es leicht gewesen war.

Er sprach sehr langsam. »Au-o-enneichn.«

»Was denn, mein Autokennzeichen?«

Tulio blinzelte einmal.

»Vom Jaguar?«

Blinzeln.

»Wenn das wirklich stimmt, dann zeigt Ihnen das nur wieder einmal, wohin es führt, wenn man sich wie ein Gentleman benimmt.« Harris hörte auf zu lachen und tätschelte Tulio wohlwollend den Kopf, wie man es mit einem gehorsamen Hund macht, der die Hauspantoffeln gebracht hat. »Schön, Tony, sehr gut. Und jetzt muß ich etwas erledigen. Dazu müssen Sie mit mir kommen und mir helfen. Ich muß mich aber zuvor umziehen und mich vorbereiten. Verstanden?«

Tulio blinzelte einmal.

»Übrigens, Tony, habe ich gesehen, was Sie mit meinem Vermeer angestellt haben. Dem Marian-Gemälde.« Er machte eine Pause und war wieder ziemlich zornig, als er danach weitersprach. »Das war ein echter Vermeer, Tony. Und es war zugleich auch ein Bild von Marian. Es war über dreihundert Jahre alt. Nur damit Sie schon Bescheid wissen, lieber Tony, und es mit in Ihr Grab nehmen: Auch sie wird sterben, schwer und langsam. Sehr schwer. Sehr langsam. Was Sie mit diesem Gemälde gemacht haben, ist noch leidenschaftliche Liebe, verglichen mit dem, was ich dieser Kuh antun werde.«

Tulio versuchte zu schreien, als er den Pistolenlauf auf seinen Kopf zukommen sah. Aber es war keine Zeit mehr dazu. Harris bewegte sich zu schnell, und schon in der nächsten Sekunde befand sich Tulio in einer entrückten, schmerzlosen Dunkelheit.

34

Lenny hatte gewußt, daß sie hinter ihm her waren wie der Teufel hinter der armen Seele. Er war also nur rasch in seine Wohnung geeilt, hatte sich dort die Einkaufstüte vom Supermarkt, in der er eigentlich seinen Müll sammelte, samt Inhalt gegriffen und war sofort wieder abgehauen. Dreimal hatte er in den letzten nicht einmal zwei Stunden bei Harris angerufen, zunächst vergeblich, bis er ihn endlich erwischt hatte. Und was verlangte er? Daß sie sich ausgerechnet vor der Polizei trafen! Sehr intelligent!

Harris war sichtlich auch nicht mehr voll auf der Höhe. Außerdem hatte er ihn behandelt wie den letzten Dreck. Und das nach allem, was er für den miesen Vogel schon getan hatte! Nein, Harris war dabei, zu verlieren. Er, Lenny, hatte schon ganz andere erlebt, die ebenfalls so hoch aufgestiegen waren, bis sie völlig vergaßen, daß es immer auch wieder abwärts gehen konnte. Sie fingen an, Fehler zu machen, und fanden sich im Handumdrehen in einer Knastzelle wieder, drei Stockwerke über dem Boden. Und zermarterten sich das Hirn, was denn falsch gelaufen war. Harris war bereits auf derselben Bahn. Weil er sich inzwischen für den lieben Gott persönlich hielt.

Dies war keine sehr angenehme Schlußfolgerung. Zumal gerade jetzt, wo er Harris eigentlich nötiger bräuchte denn je. Damit er mit seinem flinken Kopf einen Weg aus dem Schlamassel fand, in dem er, Lenny, steckte. Und übrigens nicht nur er allein. Auch Harris stand das Wasser schon bis zum Hals. Der Adler brauchte ihn als Opferlamm, um Mr. Alleo zu besänftigen. Lenny wußte genau, Mr. Alleo brauchte noch heute sein Menschenopfer. Irgendeines, egal welches. Irgendeinen, der in diesen Deal mit verwickelt war. Das würde ihm schon genügen.

Es überlief ihn eiskalt bei diesem Gedanken. Er brauchte unbedingt etwas Geld von Harris, damit er fürs nächste außerhalb der Stadt auf Tauchstation gehen konnte. Bei dieser Gelegenheit konnte er ihn gleich warnen, daß er besser selbst ein wenig in Deckung ging. Niemand außer ihm, Lenny, wußte, wer der Sammler war, und er redete natürlich nicht. Wenn Harris tat, was er von ihm verlangte, ging schon alles gut aus.

Nur mit ihm selbst nicht. Nie mehr. Er war in seiner Karriere viel zu oft landesweit im Fernsehen gewesen, als daß er sich irgendwo wirklich verstecken könnte, ohne früher oder später erkannt zu werden. Er mußte für den Rest seines Lebens achtgeben, daß ihn niemand erkannte. Jeder, der ihn auch nur ansah, mußte ihm verdächtig sein. Jeder Schwule, der ihn künftig nur ein wenig intensiver musterte, mußte ihn mißtrauisch machen.

Vielleicht sollte er sich kahlscheren und einen Vollbart wachsen lassen. Aber selbst dann noch müßte er hundert Gewohnheiten und Eigenheiten seines Lebens ändern. Nie mehr könnte er sich auf einer Rennbahn sehen lassen, gar nicht zu reden von Urlaub in Atlantic City oder Vegas. Falschspielen mit Karten oder Würfeln stand nicht mehr zur Debatte. Kurz, von jetzt an bis zu seinem Ende war die Action beim Teufel. Allein der Gedanke daran brach ihm das Herz.

Aber er würde es ertragen, es würde ihn schon nicht umbringen. Und das allein zählte. Wenn man sich den Dingen stellte, mußte man auch den Preis dafür bezahlen. Der Preis, den es ihn kostete, war ein Leben, das ihm in mancher Hinsicht schlimmer und elender erschien als selbst der Tod.

Er mußte wohl eine ganz gewöhnliche einfache Arbeit annehmen und stillhalten. Nicht einmal der allergewöhnlichste Diebstahl war mehr möglich. Er konnte es sich nicht leisten, auch nur noch ein einziges Mal gefaßt zu werden. Wenn sie einen kassierten, nahmen sie einem automatisch jedesmal die Fingerabdrücke ab, und unter Garantie erkannte ihn dann irgendeiner irgendwo, wußte, wer er war und wo man gerade lebhaft nach ihm verlangte. Irgendein korrupter Polizist führte ein Telefongespräch, und schon hatten sie ihn, und aus und vorbei war es mit Lenny. Beim Mob hatte er erst recht ausgespielt. Wenn die ihn zu fassen kriegten, war er ein toter Mann, wenn auch keineswegs schnell und schmerzlos …

Was der Adler dann mit ihm machen würde, brauchte er nicht zu raten. Angenehm würde es sicher nicht werden. Gerardi und seine Leute besorgten die Schmutzarbeit, führten es also aus. Aber natürlich auf das Kommando, das der Adler ausgegeben hatte. Der würde gewiß auch dabeisein und sie anspornen. Und ihnen diverse Anregungen aus seinen alten Zeiten geben, wie sie es noch ein wenig schmerzhafter für ihn machen konnten. Der alte, verhutzelte, runzlige, selbst schon halbtote Obergangster mit seiner Adlervisage. Er hatte seine alten sizilianischen Mixturen in der Küche im Wandregal stehen. Die Gifte, die sie ihm in die Wunden reiben würden, damit es noch mehr weh tat.

Das hatte man nun davon, wenn man sich für andere bedingungslos einsetzte. Ein teurer Spaß, am Ende. Wenn es brenzlig wurde, gab es kein Entrinnen. Aber wenn es denn schon sein mußte, dann nahm er Harris mit. Auch Loyalität hatte ihren Preis, und den hatte Harris nun zu bezahlen, und zwar in bar. Er sollte rüberkommen mit den Scheinen. Er, Lenny, hatte sein eigenes Todesurteil unterschrieben, um ihn zu schützen, und dafür mußte Harris schon eine Gegenleistung erbringen, so oder so. So wie er ihn kannte, hätte Harris dafür sogar Verständnis. Falls er freilich kneifen wollte, würde er ihn kurzerhand niederschießen. Nicht totschießen, nur in einen Arm oder ein Bein. Hauptsache, die Verletzung reichte aus, ihm Harris' ungeteilte Aufmerksamkeit zu garantieren. Er würde ihn schon davon überzeugen, daß es das Beste war, ihm die Nummer seines geheimen Bürosafes zu verraten. Daß dieser Safe existierte, wußte er. Aber Harris wußte nicht, daß er es wußte. Er würde sich den Inhalt holen, sich dazu den Kombi von Harris schnappen, und weg war er.

Er konnte das Spiel gar nicht verlieren. Schon deshalb, weil er es sich nicht leisten konnte. Auf jeden Fall würde er Harris noch vor dem Abend abkassieren, und zwar im großen Stil.

Er achtete sehr genau auf jeden vorüberkommenden Kombi, ob nicht vielleicht Harris darin saß. Aber er saß in keinem. Lenny starrte intensiv einen Burschen an, der daraufhin mit seinem verrosteten Kombi rechts ranfuhr. Lenny blickte rasch weg und vermied es, dem Mann in die Augen zu sehen. Wenn er etwas nicht brauchte heute vormittag, dann unvorhergesehene Probleme. Zum Beispiel mit einem Lieferwagenfahrer, der auf ihn aufmerksam geworden war.

Er beobachtete den Lieferwagen aus den Augenwinkeln. Der Mann kurbelte tatsächlich gerade das Seitenfenster herunter. Mist.

»He, Lenny, nun komm schon!«

Er hörte die Stimme und sah noch einmal genauer hin. Ein wenig ähnelte der Fahrer tatsächlich Harris.

»He, Lenny, ich bin's, Paul! Was ist denn? Worauf wartest du noch?«

Lenny ging langsam und vorsichtig hin. Der Fahrer hatte die richtige Größe, dieselbe Figur, aber das Gesicht war irgendwie fremd, auf ganz eigenartige, subtile Weise. Er hatte eine Fliegerbrille auf, deren Gläser nicht getönt waren. Es sah fast gruselig aus. Der Mann schien nicht sehr viel Ähnlichkeit mit Paul zu haben, aber er hatte unzweifelhaft Pauls Stimme.

»Steig ein, Lenny«, sagte Paul. Er war es doch. Schon wie er mit ihm sprach, von oben herab, wie immer.

Der kann mich mal.

Aber er stieg ein und schluckte seinen Zorn hinunter. Zorn war ein Luxus, den er sich nicht leisten konnte , gerade jetzt nicht. Es gab Dinge, über die geredet werden mußte, ernste Angelegenheiten, die ihnen beiden das Leben kosten konnten, wenn sie sich nicht vorsahen und die falsche Karte spielten.

Paul fuhr weiter, Lenny schnallte sich an. Das Risiko einzugehen, sich mit einem übereifrigen Polizisten anlegen zu müssen, weil er nicht angeschnallt war, hätte gerade noch gefehlt.

Was war das für ein Gestank hier drinnen? Hatte sich Harris etwa in die Hosen geschissen, als er diese verbeulte Kiste geklaut hatte? Er sah sich um, ob er irgendeine Ursache für den Gestank fand, während er Paul bereits auszufragen begann.

»Was, zum Teufel, haben Sie da im Gesicht? Make-up? Ich habe Sie fast nicht – o Gott!«

Hinten im Frachtraum lag einer. Genauer gesagt, eine zusammengeschlagene, kaum noch erkennbare Fleischmasse. Vor deren Mund sich bei jedem Atemzug Blutblasen bildeten.

»Wer ist das denn, um Himmels willen?«

»Tulio«, sagte Harris ganz ruhig und gelassen, als transportierte er jeden Tag einen blutiggeschlagenen Polizisten auf dem Rücksitz.

»Sie haben sie ja nicht alle, Paul! Mann, das ist mir zu heiß, sage ich Ihnen.«

»Was denn, Lenny. Du bist da mit drin. Wir sind da beide drin bis zum Ende.«

»Sie wissen ja gar nicht, was los ist, Paul, und was ich letzte Nacht alles mitgemacht habe! Die Leute vom Adler waren hinter mir her und inzwischen die von Alleo. Und jetzt auch noch die Polizei, das ist zuviel des Guten. Wie soll ich denn da noch aus der Stadt rauskommen.«

»Was hast du ihnen gesagt?«

»Wem?«

»Lenny, lockst du mich für die in die Falle?«

»Ach Quatsch, als wenn Sie das nicht besser wüßten.« Der Kerl kostete ihn vielleicht Nerven. »Sie haben versucht, mich zu foltern, damit ich mit Ihrem Namen rausrücke, aber statt dessen habe ich gezogen, und dann bin ich auf und davon.«

»Ach ja? Du trägst doch überhaupt nie eine Waffe!«

Lenny zog wortlos seine Pistole und hielt sie Harris unter die Nase. »Sieht die vielleicht wie ein Schokoriegel aus? Mann!« Er steckte sie wieder in den Hosenbund und ließ seine Hand in der Nähe, für den Fall, daß schneller Zugriff erforderlich werden sollte.

»Ich brauche das alles nicht. Tausend Kerle sind hinter mir her und versuchen mich umzunieten. Der Adler will mir buchstäblich an die Eier und sie mir einzeln reinwürgen. Und Sie hocken da und zweifeln an meiner Ehrlichkeit, während Sie selber einen Cop da hinten liegen haben, der am Abkratzen ist. Nein, mir reicht's, ich habe die Nase voll. Lassen Sie mich aussteigen.«

»Beruhige dich, Lenny.«

»Ja, Sie mich auch, Harris. Das ist alles nicht mehr sehr lustig. Ich bin Ihretwegen fast umgebracht worden.«

»Schon gut, schon gut. Tut mir leid, wenn ich deine Loyalität angezweifelt habe.«

»Ist auch besser, wenn es Ihnen leid tut.«

Er war noch immer wütend, spürte aber, wie sein Zorn sich legte. Harris mußte von diesem Cop da hinten wohl irgendwie in die Enge getrieben worden sein. Aber der Teufel mochte wissen, was genau zwischen den beiden passiert war. Es war doch nur normal, wenn er unruhig wurde und sich Sorgen machte. Er war es gewohnt, nur zu handeln, wenn er die Situation im Griff hatte.

Außerdem hatte Harris Geld, und er, Lenny, brauchte zufällig gerade welches.

Er sagte: »Alleos Tochter hat die Operation nicht überlebt.« Er warf einen Seitenblick hinüber zu Harris, um dessen Reaktion zu beobachten. Harris blinzelte nicht einmal. »Dafür will er Ihren Kopf.«

Komisch, das schien Harris überhaupt nicht zu interessieren. Er fuhr einfach weiter, eine Hand hing aus dem offenen Fenster an seiner Seite drüben, und der heiße Fahrtwind zerzauste sein Haar.

»Hör mir mal genau zu, Lenny«, sagte er statt dessen. »Das hier ist noch wichtiger als Alleos Tochter. Du bist allerlei Leuten verpflichtet. Du gehst mit Buchmachern um und mit Kredithaien und mit Nutten. Ich bezweifle weder deinen Mut noch deine Zuverlässigkeit, auch nicht deine Loyalität oder deinen Charakter. Ich verlange lediglich, daß du jetzt sehr sorgfältig nachdenkst. Lenny, hast du in der ganzen Zeit, die wir jetzt zusammenarbeiten, jemals irgendwem meinen Namen genannt? Gar nicht, um zu prahlen. Vielleicht nur ganz nebenbei beim

Kartenspielen oder an der Bar. Daß du mit einem Kunsthändler befreundet bist, oder so?«

Der Mann war noch paranoider als er selbst. »Aber Paul! Ich schwöre bei Gott. Niemals habe ich irgend jemandem Ihren Namen genannt. Doch nicht den Leuten, mit denen ich zu tun habe! Mann, die würden in der nächsten Minute bei Ihnen aufkreuzen und Ihnen vorschlagen, mich abzuservieren und dafür sie zu nehmen. Weil sie selbst auf den lukrativen Zug aufspringen möchten. Nein, ich habe Ihren Namen niemals irgend jemandem gegenüber auch nur erwähnt.«

»Ich glaube es dir ja«, sagte Harris, und Lenny kam daraufhin noch einmal die Wut hoch.

»Na, da bin ich aber froh und dankbar. Scheiße noch mal.«

»Nicht doch, Lenny, nicht doch. Du bist so häßlich, wenn du wütend bist.«

Der Dreckskerl. War der wirklich so eiskalt, oder tat er nur so? Und dabei hatte er hinten einen halbtoten Polizisten liegen. Gut, der Mob liebte tote Cops. Solange sie noch lebten, fuhren sie die Straßen auf und ab und tauchten alle paar Meter auf, um einem lästig zu werden. Aber der Mensch hier sprach mit einer süßen Stimme davon, fast wie ein Schwuler, und machte Späßchen dazu.

»Nichts für ungut, Paul«, sagte er, »aber ich will mit der Sache mit diesem Polizisten da hinten nichts zu tun haben. Ich wollte Sie nur warnen und Sie wissen lassen, daß etwas im Gange ist. Und außerdem brauche ich etwas Geld, ich muß mich verkrümeln, raus aus der Stadt, Sie müssen mir helfen.«

»Was denn, soll das heißen, du willst mir deine Loyalität verkaufen?«

»Das finde ich nicht fair, Paul. So können Sie doch mit mir nicht reden. Ich hätte Sie gestern abend verpfeifen und Geld dafür kassieren können, aber ich habe es nicht getan und den Mund gehalten. Also kommen Sie mir nicht mit dem Quatsch.«

»Schon gut, tut mir leid.«

Das sagte er so leichthin, als täte es ihm überhaupt nicht leid. Lenny dachte einen Augenblick lang daran, einfach das Schießeisen zu ziehen und es ihm in die Seite zu drücken, aber er ließ es bleiben. Schließlich waren sie am hellichten Tag mitten im Verkehr. Andere Autos links und rechts. Dazu Fußgänger, die die Straße überquerten. Und auch Polizisten schienen schlicht überall zu stehen. Es war besser, noch zu warten. Erst das Geld in der Hand haben. Dann ihn wegpusten, den Arsch.

»An wieviel hattest du denn so gedacht?«

»Nein, umgekehrt, Paul: sagen Sie mir eine Summe. Wieviel, glauben Sie, ist Ihr Leben wert?«

»Mein Leben?«

Der falsche Fuffziger, stellte sich harmlos und dumm. Tat so, als befinde er sich in irgendeinem Seminar bei den Gescheiten, wo sie graue Theorien diskutierten. »Mein Leben? Mehrere Millionen, mindestens.«

»Na«, sagte Lenny, »soviel brauche ich gar nicht mal. Bei mir kommen Sie sogar ziemlich billig davon.« Was der konnte, konnte er schon lange. Wenn der dumm spielte, konnte auch er sich dumm stellen.

Er sah, wie ihm Harris einen Seitenblick zuwarf. Sein Gesicht war vollkommen ausdruckslos.

»Ich dachte so an hundert Riesen. Das müßte eigentlich reichen.«

»Der Adler«, sagte Harris, »hat mir gestern abend eine Viertelmillion gezahlt für die Akquisition. Die Hälfte davon ist dein Anteil. Ich habe das irgendwie kommen sehen, besonders, weil ich meinen Auftrag nicht ganz korrekt ausführen konnte. Immerhin ist das Mädchen gestorben.«

»Tatsächlich?« Lenny konnte seine Freude kaum verbergen. »Das ist wirklich toll, Paul, vielen Dank. Ich weiß das zu schätzen.«

»Aber du mußt mir bei meinem Problem hier helfen.«

»Welches Problem denn?«

»Na, Tulio. Du mußt mir helfen, ihn loszuwerden.«

Lenny hatte fünfzigtausend gewollt, also hunderttausend gesagt, in der Erwartung, ja doch heruntergehandelt zu werden.

Aber Paul hatte gar nicht gehandelt, im Gegenteil, ihm sogar noch ein Viertel mehr zugestanden. Und wenn er die Lage jetzt richtig einschätzte, kamen noch einmal fünfundsiebzig für die Hilfe bei der Leichenbeseitigung hinzu. Paul war ja seinerseits auch kein Dummkopf. Dies hier war das einzige Mal, daß er etwas versiebt hatte. Er wußte bestimmt, was er mit diesem Tulio anfangen wollte und wie er danach ungeschoren davonkam. Dafür hatte er in der ganzen Stadt zuviel laufen, als daß er Fehler machen würde, wie sie ihm, Lenny, laufend passierten.

Außerdem, was hatte er schon zu verlieren? Selbst wenn sich Paul Harris die gesamte Polizei auf den Hals hetzte, würde er Lenny nicht verraten. Loyalität beruhte auf Gegenseitigkeit.

Und außerdem war er dann schon längst weg.

»Das ist kein Problem«, versicherte er Harris also. »Soll mir sogar ein Vergnügen sein.« Und er setzte sich zurück und beschloß, Paul ruhig ein wenig anzugehen. »Tulio«, sagte er. »Den Typen kenne ich ziemlich gut. Der ist alle nasenlang im Fernsehen und bezeichnet einen vor Gott und aller Welt als Schwulen.« Er lächelte innerlich. Sieh da. Er konnte auch austeilen.

Aber Paul Harris fand das nicht sehr komisch. Seine Stimme wurde wieder frostig. Lenny bereute sofort, das Thema zur Sprache gebracht zu haben.

»Richtig, Lenny, das ist der Mann. Oder jedenfalls, was noch von ihm übrig ist.«

»Wo schaffen wir ihn hin?«

»Nach Hause, Lenny. Wir bringen unseren Freund Tony nach Hause.«

Daraufhin setzte Lenny sich schweigend zurück und hielt lieber den Mund. Der Mann war einfach unberechenbar. Es hatte keinen Sinn, es auch nur zu versuchen. Besser, er schonte seine Kräfte und überlegte sich alles noch einmal genau. Denn hier und jetzt stand er vor einer ziemlich heiklen Frage, die er bisher nicht einmal sich selbst zu stellen gewagt hatte.

Was sollte er tatsächlich tun, sobald er das Geld von ihm hatte? Ihn in Frieden lassen oder töten?

35

Tulio wohnte in einem zweistöckigen Haus mit Schindelverkleidung an den Seiten, nicht weit vom Baseballstadion entfernt. Diese Tatsache gefiel Harris weniger. Das Haus war schon älter. Von Marian wußte Harris, daß es schon Tulios Eltern gehört hatte. Er hatte es nach dem Tod seiner Eltern geerbt. Er war selbstverständlich in der ganzen Nachbarschaft bekannt und hatte dort auch langjährige Freundschaften. Die Leute hielten sich gern Polizisten in der nächsten Umgebung als Freunde. Er konnte Strafzettel abbiegen und ihre Kinder aus dem Schlamassel holen, wenn sie mal Jugendstreiche verübten, die sie mit dem Gesetz in Konflikt brachten.

Aber er hatte keine Wahl. Er mußte es so machen, wie er es geplant hatte. Er sah keine andere Möglichkeit, sein Geschenkpaket mit einem hübschen Zierband verschnürt abzuliefern. Wobei Lenny die Rolle des hübschen Zierbands zufiel.

Alles wollte bis ins letzte Detail geplant sein. Er mußte es allerdings aus dem Stand ausführen. Schießen aus der freien Hand. Dabei durfte nichts schiefgehen. Und vor allem durfte keine Spur zu ihm führen. Nicht die kleinste Möglichkeit, daß die Sache eines Tages zu ihm zurückkam, durfte bleiben. Dazu war ein Polizistenmord eine viel zu folgenschwere Angelegenheit, das wußte jeder. Es durfte nicht einmal zu Ermittlungen kommen. Also würde er auch aufhören, bevor sie begannen. Und Tulios Tod zu einer wasserdichten Angelegenheit machen. Damit die Untersuchung unmittelbar nach der Eröffnung auch schon wieder geschlossen wurde.

Sein Plan war einfach. Er hinterließ Tulio in seinem eigenen Haus. Und zwar zusammen mit dem toten Lenny an seiner Seite, dem kleinen, beschränkten, armseligen Lenny, der allen Ernstes glaubte, Loyalität wiege schwerer als ein Alibi. Wenn es ihm gelang, ungesehen und ungehört hinein- und wieder herauszukommen, war nichts mehr zu befürchten. Vorausgesetzt, keiner der beiden hier in seinem Lieferwagen hatte gelogen.

Dieser Gedanke war ihm nicht geheuer, weil er wußte, daß diese Möglichkeit immer bestand. Alle beide waren sie lebenslang geschult in der Kunst der Täuschung und Meister darin. Lenny log so natürlich wie andere Leute atmeten, und Tulio seinerseits war schon von Berufs wegen erfahren darin, andere auf falsche Fährten zu leiten.

Wenn einer von beiden tatsächlich log, war dies sein Ende. Wenn Lenny ihn täuschte, war er, Harris, ein toter Mann, noch ehe der Mond aufging. Er konnte Lenny aber nicht noch mehr ausfragen als bisher, ohne ihn mißtrauisch zu machen. Er mußte ihm das Gefühl geben, in Ruhe gelassen zu werden, ihn in Sicherheit wiegen. Lenny war zwar nicht in Form, aber deshalb wußte er immer noch, wie man zuschlug. Außerdem hatte er eine Pistole im Hosenbund stecken. Und er würde keine Hemmungen haben, sich ihrer zu bedienen, wenn es unerläßlich schien.

Und was den Polizisten anging: Wenn er tatsächlich gelogen haben sollte, wenn Marian also wirklich eine Spionin gewesen war, dann waren sie hinter ihm her, sobald sie Tulios Leiche gefunden hatten. Allerdings konnte er sich nicht vorstellen, daß Marian eine so gute Schauspielerin war.

Aber dafür würde er nicht sein Leben aufs Spiel setzen.

Er dachte darüber nach und versuchte, sich über seine Gefühle klarzuwerden.

Der Tod von Alleos Tochter verursachte ihm lediglich eine Art professionelles Bedauern. Genauso bedauerte er, daß er so hochmütig auf Alleo herabgesehen und ihn unterschätzt hatte. Der Mann hatte tatsächlich mehr Klasse, als er ihm ursprünglich zutraute. Alleo hatte Katz und Maus mit ihm gespielt. »Kommen Sie doch her«, hatte er gesagt, »dann bekommen Sie, was ich Ihnen versprochen habe. Ich halte meine Abmachungen immer ein.«

Und das war bestimmt nicht gelogen. Alleo hatte ihn im voraus davor gewarnt, was er als Preis für das Mißlingen zu zahlen hätte. Er hätte in der Tat viel von dem Mann lernen können. Aber jetzt war es zu spät.

Es war überhaupt für vieles zu spät.

Er bemühte sich um ein gleichmütiges Gesicht und um einen ruhigen und gleichmäßigen Atem, doch war er tatsächlich keineswegs so ruhig, wie er sich äußerlich gab. Er war es gewöhnt, Dinge lange im voraus zu planen, wobei jede nur denkbare Fehlerquelle und jede Gegenaktion seiner Opfer oder später ihrer Familien mitbedacht war. Jetzt aber fühlte er sich eher wie ein Cowboy. Er war nicht mehr der Schachgroßmeister, Harris spielte jetzt Dame.

Vergangene Nacht hatte ihm das improvisierte Spiel, die »Akquisition« der Carole Conners ohne detaillierten Plan, noch Vergnügen bereitet. Schuld daran war der Reiz des Einmaligen, mit einem Topf voll Gold als Preis, wenn er die Aufgabe fehlerfrei löste. Es war eine echte Herausforderung gewesen. Doch eine solche verspürte er jetzt nicht mehr.

Er fühlte sich gejagt. Dies war ein ganz neues, unangenehmes Gefühl. Denn ganz gleich, was heute nachmittag passierte, wie erfolgreich er sein würde, ständig mußte er sich Fragen stellen und Zweifel haben. Waren sie dabei, ihm eine Falle zu stellen? Tausendmal, einemillionmal würde ihn dies im Kopf beschäftigen, ihn zwingen, jedes einzelne Detail genau zu durchdenken und sich an die Fehler zu erinnern, die er gemacht hatte. Währenddessen hatten sie ihn die ganze Zeit über im Visier und jagten ihn. Wenn er Glück hatte, hörten sie vielleicht eines Tages auch wieder damit auf und ließen ihn fortan in Ruhe. Aber daran glaubte er eigentlich selbst nicht. Sein Verstand verbot ihm, auf Spekulationen zu vertrauen.

Er hatte also einen kompletten neuen Satz Alpträume, mit dem er fertigwerden mußte.

Er fuhr ein halbes dutzendmal um den Block, um sich zu vergewissern, daß ihm auch wirklich keine Polizeifahrzeuge auflauerten. Und er beschloß, zu tun, was getan werden mußte, und zwar sofort und hier. Danach mußte er, bevor er wieder in Frieden leben konnte, nur noch zwei lose Enden zusammenknüpfen.

Nummer eins: Marian. Er verkannte nicht die völlige Ironie der Situation. Falls der Cop wirklich nicht gelogen hatte, mußte er sich seine jetzige prekäre Situation tatsächlich selbst zuschreiben. Hätte er Marian nicht verführt, um herauszufinden, wie nahe Tulio ihm mit seiner Morduntersuchung tatsächlich auf den Fersen war, dann wäre Tulio heute auch nicht in seine Wohnung eingedrungen. Er hatte gesagt, die Spur zu ihm sei das Kennzeichen seines Jaguars gewesen. Das hatte er eindeutig zugegeben. Ausgerechnet seine eigene Übervorsichtigkeit hatte ihm fast das Genick gebrochen. Wäre Tulio nicht so fasziniert von dem Computerbildschirm gewesen, hätte er sich vielleicht rechtzeitig umgedreht, um ihn zu sehen, und ihn womöglich erschossen.

Eine andere Möglichkeit war, daß Marian doch mit Tulio zusammenarbeitete. Und ihn von Anfang an an der Nase herumgeführt hatte. Er konnte es ihr nicht einmal besonders übelnehmen. Er verfluchte nur sich selbst dafür, daß er tatsächlich geglaubt hatte, er könnte sich der Welt dieser gewöhnlichen Menschen anpassen.

Für wen hielt er sich denn? Und wofür? Es war doch völlig idiotisch, so zu tun, als wäre er ein normaler Mensch. Wo sich ihm diese Möglichkeit doch schon verschlossen hatte, als er noch ein Kind war.

Schon seltsam, wie sich die Dinge manchmal entwickelten. Das Schicksal hatte es immer gut mit ihm gemeint, nie mußte er sich auf andere Kräfte als seine eigenen verlassen. Doch jetzt schien sich auf einmal alles gegen ihn zu wenden. Weil er schwach geworden war. Weil er versucht hatte, jemanden zu lieben.

Diesen Fehler, nahm er sich vor, wollte er nie wieder begehen.

Er dachte über das zweite lose Ende nach, das zweifellos ein geringeres Problem darstellte.

Der Wachmann, der Tulio in die Wohnung gelassen hatte.

Man konnte ihn irgendwo in einer dunklen Gasse auf der South oder West Side abladen. Harris hoffte, daß er niemandem etwas von Tulio erzählt hatte. Es blieb nichts anderes übrig, als den Mann eingehend danach zu befragen, mit wem er auch nur am Rande darüber gesprochen hatte. Einen schnellen und schmerzlosen Tod durfte er ihm leider nicht erlauben.

Und danach würde niemand mehr auf die Idee kommen, bei ihm selbst zu erscheinen und Fragen zu stellen. Das Haus, in dem er wohnte, gehörte zu den exklusivsten in der ganzen Stadt. Den Tod eines Wachmanns mit einem der Bewohner in Verbindung zu bringen fiele niemandem ein. Schon gar nicht, wenn der Tote meilenweit entfernt von seinem Arbeitsplatz gefunden wurde, mit ausgestülpten, umgekehrten Taschen und ohne die vom Handgelenk gerissene Uhr. Es wäre einfach ein weiterer Junkie-Mord. Der arme Alte mußte sterben, weil sein Mörder Geld für seinen nächsten Schuß brauchte.

Also gut, genug war genug. Er mußte es nun hinter sich bringen und danach alles andere erledigen.

Er rangierte den Lieferwagen in die Einfahrt vor Tulios Haus, stieg aus und öffnete, ohne nach rechts oder links zu blicken, mit Tulios Schlüssel die Garagentür. Er drückte auf den Knopf und wartete, bis die Tür oben angekommen war. Dann ging er zurück zum Lieferwagen und fuhr ihn in die Garage. Sie hatte einen direkten Eingang zum Haus. Bis er wieder wegfuhr, konnte er nicht gesehen werden.

Er öffnete die rückwärtige Tür seines Wagens und forderte Lenny auf, herzukommen und zu helfen, Tulio herauszuheben und ins Haus zu schaffen. Er sperrte die Verbindungstür zum Haus auf und warf Lenny danach die Schlüssel zu, damit er sie zurück in Tulios Brusttasche steckte.

Er ging ins Haus und schaltete das Licht in der Küche ein. Gut. Genau, wie er es erwartet hatte. Es war drückend heiß im Haus. Tulio schaltete die Klimaanlage offensichtlich nur ein, wenn er daheim war. Und dieser Mann hatte sich doch tatsächlich eingebildet, er könnte ihn, Harris, fangen? Niemand, der in so jämmerlichen Größenordnungen dachte, konnte ein so schwieriges Unternehmen zum Erfolg führen, nicht ohne eine Menge Helfer. Denn Harris war brillant, cleverer als irgendeiner von ihnen. Der Gedanke an seine Überlegenheit ließ ihn innerlich lächeln.

»Gleich hier, lege ihn einfach hier auf den Boden, als wenn er hier zusammengebrochen wäre.«

Lenny atmete schwer, er war nicht in Form und spürte es deutlich. Er sah Harris böse an. »Vielen Dank auch für Ihre Hilfe.«

»Ach, das machst du doch alleine ganz großartig. So, das wär's, laß ihn einfach so liegen.«

Lenny ließ Tulio fallen wie einen Sack und wandte sich zur Tür, um sie zu schließen – und erstarrte mitten in der Bewegung. Harris sah sofort, daß etwas nicht stimmte, und wollte sich selbst gerade umdrehen, als er etwas im Nacken spürte, was aller Erfahrung nach nur der Lauf einer Pistole sein konnte.

»Okay, du dünner kleiner Dreckskerl.«

Die Stimme war leise und verriet nicht die Spur von Angst. Wer es auch war, er machte so etwas hier nicht zum erstenmal.

»Du da!« rief die Stimme, und Lenny hob ebenfalls gehorsam die Hände in die Höhe. »Bleib stehen, wo du bist, Fettarsch. Ihr beiden Ganoven. Mutt und Jeff.« Und dann: »He, Augenblick. Dich kenne ich doch. Du bist doch Lenny? Lenny Roman. O Gott, du Scheiße.«

Der Mann war unentschlossen und schien es jetzt doch mit der Angst zu kriegen. Plötzlich war die Pistole aus Harris' Nacken verschwunden.

Er riskierte einen Schuß ins Blaue: »Das ist schon besser. Nun, Officer, wissen Sie jetzt, wer wir sind?«

»Ich denke, ich weiß, wer euch geschickt hat.«

»Aber Sie sind bestimmt nicht hier, um uns festzunehmen, oder?«

»Nein, nein. Aber verdammt, konnte Alleo denn nicht warten?«

Alleo. Lenny schnitt eine Grimasse, als er den Namen hörte. Er sah den Mann hinter Harris an, mit einem Blick, den man nur Armesündermiene nennen konnte. Er und der andere waren alte Bekannte.

Dann erst begriff Harris. Der Cop wußte, daß Lenny Verbindungen zur Mafia hatte.

Er sagte: »Mr. Alleo, Officer, wenn Sie den Namen schon unbedingt sagen müssen! Soviel Zeit muß sein. Und wenn Sie wissen, wer er ist, dann wissen Sie ja auch, was wir hier tun, nicht?«

»Sie können sich umdrehen, wenn Sie wollen«, sagte der Cop. Er war jetzt ganz zerknirscht. »Ich wußte ja nicht, wer Sie sind. Ich warte hier schon den ganzen Tag auf Tulio.«

Harris drehte sich um und betrachtete den Mann und fragte sich, wie er dazu kam, Lenny fett zu nennen. Der Kerl hatte jetzt unbestreitbar Angst, weil er offenbar glaubte, er, Harris, und Lenny arbeiteten für Alleo. Was insoweit ganz günstig war. Aber was zum Teufel tat er hier? Und wie konnte er jetzt seine Waffe einfach so sinken lassen?

»Hören Sie zu«, sagte der fette Cop. »Ich weiß, daß ich kein Recht habe, Sie danach zu fragen, aber ihr müßt mir da raushelfen, Jungs. Ihr müßt ein gutes Wort für mich bei ihm einlegen. Ich war nur hier, um zu tun, was er mir aufgetragen hat. Ich habe nur auf Tulio gewartet, ich habe keine Anordnungen mißachtet. Hätte ich gewußt, wo er war, ich hätte ihn genauso fertiggemacht wie ihr.« Er warf einen Blick auf Tulio am Boden. »Ist er tot?«

»Noch nicht.«

Der fette Cop zog rasch seine Waffe, zielte auf Tulio und drückte ab. Tulios Schädeldecke explodierte, die Splitter flogen bis zur anderen Wand. Lenny fuhr hoch und schrie irgend etwas. Harris stand einfach nur da und sah zu. Ein angedeutetes Lächeln spielte um seinen Mund. Er hörte, wie Lenny hinter ihm nach Luft schnappte.

Harris steckte die Hände in die tiefen Taschen seines Trainingsanzugs und schüttelte mit gespielter Bewunderung den Kopf, während er dem Polizisten zulächelte.

»Na, sehr schön.«

Der Cop steckte seinen Revolver wieder weg und suchte den Blick von Harris. »Nichts für ungut«, sagte er, »aber ich hatte ein persönliches Interesse daran. Den Auftrag dazu hatte ich schon seit längerem. Mr. A hatte ebenfalls die Schnauze voll.«

Harris drückte die Pistole in seiner Tasche ab und schoß dem fetten Cop mitten durchs Herz. Der Druck des Schusses riß ihm selbst die Tasche des Trainingsanzugs ab, die anschließend sein Hosenbein in Brand setzte. Harris löschte die Flamme mit der freien Hand, noch ehe der tote Cop aufgehört hatte, über den Küchenboden zu rollen.

»O Gott«, sagte Lenny, »o mein Gott. Lieber Gott.« Seine Stimme zitterte, und er atmete heftig. Ein Stuhlbein kratzte auf den Bodenfliesen, Lenny ließ sich schwer auf den Stuhl fallen. »O du verdammter lieber Gott«, stöhnte er noch einmal.

Das Hosenbein brannte zwar nicht mehr, rauchte aber noch. Harris konnte nichts dagegen tun. Auf keinen Fall wollte er Wasser darüber gießen. Dazu müßte er den Hahn berühren. Er wollte aber um keinen Preis irgend etwas in diesem Haus anrühren. Allein Lenny hatte das getan. Und der tote Cop.

Er blickte hinüber zu Lenny. Bis hierher hätte alles gar nicht besser laufen können.

Er lächelte Lenny an. »Na ja.«

Lenny schüttelte ungläubig den Kopf. Er streckte Harris hilflos die Arme entgegen, eine alte, sinnlose, typisch italienische Geste des Flehens.

»Wissen Sie, wer das war?« sagte er.

»Ein Freund von dir?«

»Lieber Himmel«, sagte Lenny, »das war kein anderer als Jerry Moore, verdammt! Der hatte noch mehr Verbindungen zum Mob als ich! Der hat die Drogentransporte besorgt, die ganze Schmutzarbeit gemacht. Der war vermutlich der reichste Cop der ganzen Stadt. Und den schießen Sie einfach über den Haufen! Lieber Gott im Himmel, Paul, Sie wissen gar nicht, in welchen Schlamassel Sie sich da eben gebracht haben!«

»Sag ihm einen schönen Gruß von mir.«

»Was?«

»Wenn du ihn gleich in der Hölle wiedertriffst.«

Lenny begriff mit einemmal, aber eine Sekunde zu spät. Noch während er aufsprang und in seinen Hosenbund nach seiner Waffe griff, erschoß ihn Harris und begnügte sich mit einer einzigen Kugel, weil er nicht zuviel Lärm machen wollte. Die Kugel fuhr Lenny mitten durch die Brust, und aus seinem Rücken flog ein feiner roter Blutnebel und senkte sich dann auf Lennys Körper.

Harris wischte die Waffe rasch sauber, ging zu Tulio und drückte sie ihm in die Hand, ließ diese dann fallen und stieß die Waffe etwas beiseite. Die Szenerie war nicht schlecht: Der heldenhafte Polizist hatte seinen letzten Schuß im gleichen Augenblick abgefeuert, da ihn die Kugel des bösen und korrupten Polizisten traf und ihm das Gehirn zerschmetterte. Tulio wurde bei seinen Leuten zur toten Legende. Vor allem, wenn man sah, wie sie ihn zuvor zusammengeschlagen hatten, den armen Kerl, und gefoltert. Und trotzdem hatte er noch den Mumm gehabt, sich die Waffe zu angeln und alle beide zu erledigen ...!

Lenny Roman war eine gute Ergänzung. Der ganzen Polizei war bekannt, daß Lenny seit langem mit der Mafia zu tun hatte. Sein Tod war ein kleines zusätzliches Trostpflaster für die trauernden Hinterbliebenen. Damit gab er der Polizei und den Reportern genügend Stoff, um sie abzulenken. Von ihm.

Er ging wieder hinaus in die Garage, drückte den Türöffner, rollte mit dem Auto langsam rückwärts hinaus in die Einfahrt, stieg aus, schloß die Garagentür und fuhr langsam und unauffällig davon.

Es war kein Mensch auf der Straße. Es war viel zu heiß dafür. Die dicken alten Mauern von Tulios Haus hatten die Schußgeräusche zweifellos kaum nach draußen dringen lassen. Und der Rest war wohl nicht durch die Mauern der Nachbarhäuser gedrungen. Und obendrein liefen dort ja sicher überall die Klimaanlagen, die ohnehin alles übertönten. Tatsächlich bewegte sich nirgends auch nur ein Vorhang, hinter dem herausgespäht worden wäre. Und auch sonst war nirgends ein neugieriges Gesicht zu sehen.

Das Glück war ihm wohl weiterhin hold. Er hoffte, daß es ihm auch seine inzwischen überwundene Schwäche nachsah. Er brauchte all sein Glück und seine ganze Kraft noch. Noch ehe dieser Tag um war.

Er konnte nicht darauf bauen, daß der Wachmann in seinem Haus den Mund noch lange halten würde. Beim anderen Personal würde er zwar nicht plaudern, denn er war zweifellos gewitzt genug zu wissen, daß er dann damit rechnen konnte, für einen Zwanziger an Harris verraten zu werden.

Aber später würde er eben doch reden; zu Hause oder spätabends in irgendeiner Bar. Wenn er seinen Drang, mit dem, was er wußte und getan hatte, zu prahlen, nicht mehr bezähmen konnte.

Er mußte warten, bis der Mann seinen Dienst beendet hatte.

Hinterher blieb seine einzige noch zu erledigende Angelegenheit eine gewisse Marian Hannerty. Von ihr wußte er zumindest, daß sie in ihn verliebt war. Die Sache sollte also kein ernsthaftes Problem darstellen. Er würde einfach tun, was er tun mußte, und zwar so, daß ihr Tod keinen Anlaß zu großen Ermittlungen gab. Möglichkeiten dafür kannte er. Die junge Dame würde Selbstmord begehen.

Mit diesen Gedanken und Entschlüssen entfernte er sich langsam aus der Gegend um Tulios Haus, blieb auch, wie es sich gehörte, an der Ampel schon bei Gelb stehen und blickte dabei in die Einkaufstüte, die Lenny mitgebracht hatte. Er zog sie sich heran und sah hinein.

Ein altes Bild war darin, mit kleinen Löchern an den Ecken, offensichtlich war es schon an viele Wände gepinnt worden. Es zeigte eine Gruppe Männer mittleren Alters an einem Tisch mit allen möglichen Drinks vor sich, die sich bemühten, mit entschlossenen Gesichtern in die Kamera zu blicken. In einer Bar irgendwo in Las Vegas.

An der ersten Abfalltonne, an der er vorüberkam, entledigte er sich der Tüte. Und damit der letzten Bindungen an einen gewissen Lenny Roman. Sie würden im Morgengrauen abgeholt werden und auf einer Müllkippe landen.

36

Jake Phillips stand wie vor den Kopf geschlagen vor Captain Royals Büro. Seine Gedanken schwirrten durcheinander, er verstand gar nichts mehr. Drinnen faßten sie noch Beschlüsse, die ihn aber nichts mehr angingen und ihn nicht betrafen. Man hatte ihn aufgeweckt und hergeholt und lange und intensiv befragt, wo er gewesen sei, bevor er am Morgen das Gebäude verließ, was Tulio zu ihm gesagt und wie er sich benommen habe. Sie hatten ihm gleich zu Beginn klargemacht, daß seine Aussage von erheblichem Gewicht sei und daß er aller Vermutung nach der letzte gewesen sein müsse, der Tulio lebend sah – von seinem Mörder abgesehen, natürlich.

Sie wußten nicht, wie lange Tulio schon im Haus gewesen war, zusammen mit Moore. Und mit einem anderen Kerl, der einmal ein Berufsboxer oder so etwas gewesen zu sein schien. Er, Phillips, jedenfalls war nicht imstande gewesen, viel Licht in die Sache zu bringen; dazu wußte er zu wenig. Immerhin hatte er die ungefähre Zeit angeben können, zu der Tulio das Polizeigebäude verlassen hatte.

Anfangs hatten sie ihn fast wie einen Verdächtigen behandelt. Das hatte sich aber schnell erledigt. Kein Gedanke, daß er mit Tulios und Moores Tod irgend etwas zu tun haben konnte. Selbst wenn er in Versuchung gewesen wäre, seinen ersten Ausbilder umzubringen, hätte er doch auf keinen Fall Tulio getötet. Es hätte ja überhaupt kein Motiv dafür gegeben. Genausowenig wie für den Boxer. Den hatte er, bis man ihm gesagt hatte, wer er war, noch nicht einmal gekannt.

Er saß auf der harten Holzbank gegenüber dem Büro des Captains und fühlte sich nutzlos und verlassen. Dann und wann kam einer und fragte ihn etwas. Dann sagte er, da müßten sie den

Captain fragen, er wisse gar nichts. Außer allenfalls, daß seine Karriere bei der Mordkommission, so traurig es war, ganz zweifellos auch schon wieder zu Ende sei.

Dabei – so unangenehm war es ihm gar nicht. Er mußte sich nicht mit Spekulationen und Klatsch abgeben, hatte aber auch noch nicht gelernt, daß dies zwei Dinge waren, die zu den wertvollsten Hilfsmitteln eines Beamten der Mordkommission zählten.

Er saß einfach nur da und starrte vor sich hin und fühlte sich wie nackt und fragte sich allmählich, ob man ihn da drinnen inzwischen vergessen hatte. Er war bereits ziemlich verdrossen, als Tulios Freundin aus dem Lift trat.

Marian sah den jungen Mann dasitzen. Sein Name wollte ihr nicht mehr einfallen. Sie wußte wohl, daß sie ihn kurz kennengelernt hatte, sogar erst gestern abend. Als Partner von Moore. Jerry Moore. Aber selbst daran erinnerte sie sich nur, weil dieser Moore ein solches Schwein war. Da lag es nahe zu vermuten, daß einer, der mit so einem zusammen war, dem gleichen Schweinestall angehörte.

Der Junge war jedoch sehr respektvoll. Er musterte sie nicht lüstern von oben bis unten, sondern stand sogar auf und reichte ihr artig die Hand und murmelte irgendeine Art Entschuldigung. Sie sah ihn fragend an, während sie ihm die Hand gab. Und dann verstand sie auf einmal, was los war, und spürte, wie ihr die Knie weich wurden.

Tony mußte Selbstmord begangen haben. Warum sonst wäre der Junge so geknickt? Phillips, richtig! So hieß er. Mit irgendeinem biblischen Vornamen. Moses, Aron, Jakob? Richtig, Jake nannten sie ihn! Aber das war wohl eher von Jack als von Jakob abgeleitet. Irgendwer hatte ihr gestern abend, als man ihn ihr vorstellte, erzählt, daß sein Vater auch schon bei der Polizei und ein ziemlich harter Bursche gewesen war.

»Jake?« Sie versuchte zu lächeln und war beunruhigt über seinen Blick. »Jake, der Captain hat meinen Chef angerufen und wollte, daß ich sofort herkomme.« Sie machte eine Pause und wollte die Antwort offenbar gar nicht hören, fragte aber dann doch: »Was ist hier eigentlich los?«

Und sie sah, wie der Junge beinahe die Fassung verlor und enttäuscht war, daß offenbar niemand sie informiert hatte. Und daß ausgerechnet er es ihr sagen mußte.

»Ist er – tot?« Marian war entschlossen, keine Szene zu machen und auf keinen Fall zu weinen, was es auch immer sein würde.

Bis sie die Tränen in Jakes Augen sah. Das war wie eine Erlaubnis auch für sie, und sofort liefen auch ihre Tränen. Immerhin gelang es ihr noch, sie einigermaßen zu unterdrücken, als die Tür zum Büro des Captains aufging.

Drei Stunden danach saß sie in ihrer Wohnung und erkannte die Nummer auf ihrem Rufgerät nicht, obwohl sie sich denken konnte, wer es war. Das Rufsignal kam noch einmal, als sie die Wohnung verließ, aber sie ignorierte es. Sie wollte einfach noch eine Zeitlang allein gelassen werden. Sie ging wie in Trance bis zur Racine und von dort nach links immer geradeaus. Wieder meldete sich der Piepser. Das Ding begann ihr auf die Nerven zu gehen.

Schließlich aber ging sie in eine Telefonzelle und meldete sich. Sie wählte die ihr unbekannte Nummer, erkannte seine Stimme aber im ersten Moment.

»Paul! Gott sei Dank, du warst es, der die ganze Zeit versucht hat, mich zu erreichen. Ich habe selbst schon eine ganze Stunde vergeblich versucht, dich zu Hause und in der Galerie anzurufen.«

»Marian?« Er klang besorgt. »Marian, was ist los? Deine Stimme klingt entsetzlich, Liebling.« Doch dann änderte sich der besorgte Ton in Zorn. »Hat er dich belästigt? Ist Tulio etwa bei dir im Gericht aufgetaucht?«

»Wenn er es nur getan hätte«, sagte sie. Sie holte tief Luft. »Er ist tot.«

»Wer? Marian! Wer ist tot?«

»Tony. Er wurde umgebracht, kurze Zeit, nachdem er heute morgen bei mir gewesen war. Man weiß die genaue Zeit nicht, wegen der Hitze – da ist es schwierig, den Verwesungsprozeß genau zu bestimmen ...«

»O Gott!« sagte Paul.

»Ich muß dich sehen, Paul. Kannst du mich abholen? Bitte. Ich glaube, ich kann jetzt nicht selbst fahren.«

»Oh, Marian, das tut mir so leid. Sag mir doch, was genau passiert ist.«

»Es ist noch nichts sicher, die Ermittlungen laufen noch, soviel ich weiß. Sie haben mich stundenlang ausgefragt, ich war bis vor kurzem dort. Aber sie haben mir nichts gesagt.«

»Wo bist du jetzt?«

Sie sah zum Straßenschild an der Ecke und sagte es ihm. Und daß sein Wagen einen Block vom Polizeigebäude entfernt geparkt war. Und daß der Pförtner dort die Schlüssel hatte. Er sagte, er werde ein Taxi nehmen und in etwa zwanzig Minuten bei ihr sein, weil er sich gerade in einer Wohnung aufhalte, die er auf der South Side habe. Dorthin konnten sie dann fahren. Dort hätten sie Ruhe und würden von niemandem belästigt, auch nicht telefonisch.

Marian dankte ihm, hängte ein und ging zur Ecke, um dort auf ihn zu warten.

Seine Gedanken überschlugen sich. Er hatte keine Ahnung, wieviel sie wußte und was sie der Polizei alles erzählt hatte. Zu viele Leute um ihn herum waren plötzlich verschwunden, und eine Menge Leute wußten von seiner Beziehung zu Lenny Roman. Hatte sie ihnen davon erzählt? Hatten sie ihr gesagt, daß Lenny zusammen mit dem toten Cop gefunden worden war? Gott noch mal, hier die Polizei, dort die Mafia. Konnte er sich da hindurchmanövrieren? Schaffte er das?

Er begriff, daß er zum erstenmal in seinem ganzen Erwachsenenleben die Dinge überhaupt nicht mehr im Griff hatte. Er mußte sich gegen die aufkommende Panik wehren. Panik, sagte er sich unablässig, hilft gar nichts. Das einzige Mittel, um sich aus dieser Lage zu befreien, war, logisch vorzugehen und einen kühlen Kopf zu bewahren.

Wenn sie schon Bescheid wußten, mußte er bluffen und hoffen, daß niemand auf die Idee kam, den toten Wachmann mit ihm in Verbindung zu bringen, den sie ja wohl ebenfalls bald finden würden, weit unten auf der South Side.

Sie mußten sich mit seinem Anwalt auseinandersetzen, denn er selber würde kein Wort sagen. Wenn sie kamen und ihm eröffneten, Marian sei tot, mußte er zusammenbrechen und Tränen vergießen, weil es auch andere Wachmänner im Haus gab, die von ihm und Marian wußten. Aber damit mußte es dann sein Bewenden haben. Er konnte jede Befragung ablehnen, solange sein Anwalt nicht dabei war. Und mit seinem Aussehen, seiner Reputation, seinem Geld und seiner Kunstgalerie konnte er einen Medienrummel aufziehen und in jeder Nachrichtensendung erscheinen – mit der dramatischen Forderung, sein ehrbarer Name müsse von allen Verdächtigungen befreit werden.

Er war auf dem Weg zur Racine und umklammerte das Steuerrad heftig. Er atmete schwer ein und verkrampfte seine Hand am Lenkrad. Er stieß die Luft durch die auswärts gestülpten Lippen aus. Verdammt, es war alles seine eigene Schuld. Alles seine eigene Schuld. Genau, wie es ihm sein Vater immer eingehämmert hatte.

Er war nichts als ein blöder Idiot.

Ein dreckiger, blöder Idiot.

Er verpürte mit einemmal eine große Traurigkeit in sich. Er sehnte sich plötzlich nach seiner Kindheit zurück, nach einer neuen Chance …

Nein, verdammt!

Er wischte sich die aufsteigenden Tränen aus den Augen und schniefte, als er Marian sah, wie sie da an der Ecke stand und verlassen und erschüttert aussah. Die Hitze hatte ihr das Haar an den Kopf gedrückt, ihre Seidenbluse klebte aufreizend an ihrer Haut.

Sie sah aus wie ein Bauernmädchen, das den ganzen Morgen auf dem Feld gearbeitet hat. Ihre Augen und ihre Haltung waren gebrochen und tot. Ein Zombie in Haiti. Genauso sah sie aus, ja. Nun, sie brauchte auch wirklich nicht mehr lange mit ihrer Angst zu leben.

»O Paul! Bin ich froh, daß du da bist!« Sie schlang die Arme um ihn und küßte ihn auf die Wange. Harris wischte sich mit dem Ärmel seines Sportsakkos die Tränen weg und schüttelte zusätzlich den Kopf, um sie zu entfernen. Er fuhr rasch weiter. Die Tränen konnten ihm zum Vorteil gereichen und sie glauben machen, er fühle mit ihr.

»O Marian«, sagte er, »Marian, mein Gott, Marian. Geht es dir gut?«

»Ich weiß nicht, Paul. Ich weiß es nicht. Ich wüßte es gerne selbst, aber ich bin mir nicht sicher.«

»Wie ist das passiert? Haben sie dir irgend etwas erzählt?«

»Mir etwas erzählt? Du bist gut. Wäre ich nicht die Tochter eines Richters, hätten sie mir vermutlich meine verfassungsmäßigen Rechte vorgelesen, ehe sie anfingen mich zu verhören. Sie haben mir ein Loch in den Bauch gefragt, selbst aber gar nichts erzählt. Das wenige, das ich weiß, habe ich nur von einem jungen Detective erfahren, der aber selbst nichts wußte.«

»Wie ist er denn umgekommen? War es Selbstmord?«

»Nein, das habe ich dir doch, glaube ich, gesagt. Er ist ermordet worden. Jemand muß ihn gefoltert und dann erschossen haben. Über den Täter wissen sie noch nichts.«

»O mein Gott«, sagte Harris. »Diese elende, verdammte Stadt hier.«

»Er war zweiundzwanzig Jahre lang Polizist. Wie konnte das passieren? Er traute niemandem so sehr, daß er ihn in sein Haus gelassen hätte. Wie konnte das geschehen? Er hat mir selbst gesagt, daß ich der erste und einzige Mensch bin, der einen Fuß in sein Haus gesetzt hat, seit seine Frau gestorben ist.«

»Nun ja, wer weiß schon, in was für Sachen er womöglich

steckte, mit wem er vielleicht zu tun hatte oder gegen wen er ermittelte.«

»Er war nicht allein, Paul. Neben ihm lagen noch zwei Tote.«

»Ach? Weißt du, wer sie waren?«

»Sie haben es mir nicht gesagt, und der junge Polizist wußte es auch nicht. Der Captain hat nur gesagt, daß er mit Tony noch heute morgen gegen Viertel nach sieben gesprochen hatte. Das war ungefähr eine Stunde, bevor er bei mir aufkreuzte. Das schockierte sie etwas. Sie dachten, er sei die ganze Zeit zu Hause gewesen. Es hat wohl die mutmaßliche Todeszeit noch enger begrenzt.«

Sie erzählte dies alles unter Tränen und wischte sich ständig die Augen mit dem Handrücken aus. Harris reichte ihr sein Taschentuch, wandte aber seine Augen nicht von der Straße.

»Hast du ihnen erzählt, daß du die Nacht mit mir verbracht hast? Und nicht mit ihm? Sie wissen ja doch wohl, daß du bisher mit ihm liiert warst? O Gott, Marian, bitte sag mir, daß du ihnen erzählt hast, daß du bei mir warst und wann du meine Wohnung verlassen hast. Ich kann doch dein Alibi bestätigen.« Die Besorgnis in seiner Stimme war überwältigend.

»Ich habe dich überhaupt nicht erwähnt«, sagte Marian. »Sie haben mich auch gar nicht danach gefragt, wo ich die letzte Nacht war. Sie interessierten sich nur dafür, was heute morgen passierte und was Tulio sagte und tat. Ich habe ihnen die Wahrheit erzählt. Daß ich mich gerade fertig machte, um ins Büro zu gehen, als er in meine Wohnung kam, und daß ich ihn aufforderte zu gehen.«

»Du hättest es ihnen sagen sollen, Marian.« Es klang, als sei ein Hauch von Vorwurf in seiner Stimme.

Sie schüttelte den Kopf. »Das ging nicht. Ich wollte die Dinge nicht noch komplizierter machen. Und ich wollte nicht, daß sie etwas von unserer Beziehung erfahren. Sie glaubten doch alle, daß ich mich ausschließlich mit Tony traf.«

Er fuhr an die rechte Straßenseite und hielt vor einem Ziegelgebäude an der South Side. An der Ecke war ein Schönheitssalon, darüber ein gemaltes Schild, auf dem zu lesen war, daß sich hier die Zentrale von etwas befand, das sich STREETSMART nannte. In kleineren Buchstaben darunter stand, worum es sich dabei handelte: HILFE ZUR SELBSTHILFE DER OBDACHLOSEN. Ein riesiger gemalter Finger wies um die Ecke. Farbige kamen und gingen. Sie starrten den Jaguar unverhohlen an.

Die andere Straßenseite war belebter. Zerbeulte Rostlauben säumten die Randsteine. In der Mitte des Blocks war ein Obdachlosenheim. Kleine farbige Kinder spielten auf der Straße und sprangen vor zu schnell fahrenden Autos zur Seite. Überall hockten und lungerten junge Farbige in der Nachmittagshitze herum, viele mit Krücken oder Krückstöcken, einer sogar in einem Rollstuhl. Braune Papiertüten wanderten zwischen ihnen hin und her, und sie redeten laut.

Aus einer Autowaschanlage am Ende des Blocks kamen die noch nassen Wagen herausgefahren und wurden von Leuten mit Lappen erwartet, die sie für einen Dollar trockenrieben.

Harris stieg aus, ging um den Wagen herum, öffnete die Tür für Marian und hielt ihr die Hand hin. Sie nahm sie und drückte noch auf den Knopf für die Alarmsicherung. Er führte sie zu dem Haus, das ganz leerzustehen schien. Der Eingang war ein hohes, fensterloses Stahltor. Harris schloß es auf, öffnete es einen Spalt mit der Schulter, führte Marian hinein und sperrte es hinter ihnen wieder zu.

Er führte sie eine dunkle Treppe hinauf. Überall roch es modrig. Es war eine Wendeltreppe. Das Haus mochte vor langer Zeit einmal elegant gewesen sein. Aber das mußte schon sehr lange her sein.

Harris blieb im zweiten Stock stehen, tastete in der Dunkelheit herum, bis er eine Glühbirne gefunden und festgedreht hatte. Sie gab ein schwaches Licht, in dem zu erkennen war, was jahrelange Vernachlässigung Fliesen und Wänden antun konnte, die einmal grün gewesen sein mußten.

Sie befanden sich vor einer weiteren Stahltür, einer Brandschutztür, die aber bestimmt auch Diebe abhielt. Harris öffnete sie, schloß auch sie hinter ihnen und führte Marian weiter den Flur entlang, der sich dahinter befand, bis er schließlich an einer Holztür stehenblieb, die mit drei Schlössern gesichert war. Er sperrte auf, trat ein, schaltete das Licht an und wandte sich zu Marian um. Um seinen Mund spielte ein kaum erkennbarer Anflug eines Lächelns.

»Hier sind wir so ungestört, wie wir es uns nur wünschen können«, sagte er.

37

Es war ein seltsamer Raum, praktisch ohne Möbel. Sie hätte nicht sagen können, ob er früher als Schlafraum vermietet oder als Büro genutzt worden war. In einem kleinen Nebenraum ohne Tür stand ganz hinten in der Ecke eine Toilette ohne Deckel. Auf einem niedrigen Tisch in der gegenüberliegenden Ecke befanden sich nebeneinander vier Telefone, abseits des einzigen großen, schmutzigen Fensters. Direkt am Fenster stand ein Militärfeldbett. Pauls? Oder hatte es einem Vormieter gehört?

»Wunderst du dich gar nicht?« fragte er.

Es gab nur zwei Stühle im ganzen Raum. Der eine hatte einen schmutziggrauen Kunststoffüberzug, der andere stammte offenbar aus einer uralten Kücheneinrichtung, wie das Blumenmuster auf Sitz und Lehne verriet. Vier brüchige Gummiteppichschoner an den Stuhlbeinen schützten den Holzboden vor Kratzern. Marian ließ alle vorgeschützte Zurückhaltung fallen. Sie versuchte nicht mehr zu verbergen, welche Beklemmung sie empfand.

»Was ist das hier, Paul?«

»Siehst du«, sagte er, wieder mit diesem eigenartigen leichten Lächeln, »du bist der erste Mensch, den ich je hierhergebracht habe und der nicht sofort um sich schlug und schrie.« Er schien nur teilweise zu spaßen. »Nicht wörtlich, natürlich, meine ich, sondern – sie kamen immer nur … zögernd herein. Offenbar vertraust du mir blind.«

»Sollte ich nicht?«

Eine seltsame Frage. Er hatte sie offensichtlich nicht erwartet. Er sah sie forschend an, schüttelte leicht den Kopf, ging zu dem Stuhl mit dem Kunststoffbelag und setzte sich. Marian ging zum anderen und setzte sich ebenfalls. Sie machte sich nicht einmal die Mühe, zuerst den Staub von dem Stuhl abzuwischen.

»Du hast also keine Angst?«

Und wieder war da dieser seltsame Ton in seiner Stimme. Etwas Beunruhigendes. Als spiele er ein Katz-und-Maus-Spiel.

Marian stellte ihre Handtasche auf ihren Schoß, lehnte sich zurück und starrte ihn an.

Er brach als erster das Schweigen.

»Wer weiß von uns?« Seine Stimme klangt jetzt roboterhaft, an ihr war nichts Menschliches mehr. Marian erschauerte, zwang sich aber zu einem Lächeln.

»Ich bin mir nicht sicher.«

»Sei dir ruhig sicher, Marian. Du wirst es mir nämlich sagen, auf die eine oder andere Weise. Das weißt du.«

Er wußte es auch.

»Diese Telefone sehen genauso aus wie die, die ich gestern in deiner Wohnung gesehen habe.«

Harris schien sie dafür zu bewundern, wie geschickt sie das Thema gewechselt hatte. Wie sie Zeit zu gewinnen versuchte, wo es doch überhaupt keine Rolle mehr spielte.

»Sie sind die Verbindung dorthin. Ich leite alle Gespräche von hier in meine Wohnung weiter. Es sind fünf Anschlüsse, der Hauptanschluß in der Wohnung mitgerechnet. Und insgesamt kennen vielleicht zehn oder fünfzehn Leute eine der Nummern.«

»Und kennt jemand alle?«

»Niemand. Du wärst die erste gewesen.«

»Du hättest sie mir gegeben?«

Harris verzog das Gesicht plötzlich, beugte sich vor und griff sich an den Magen, wie jemand, der einen harten Haken einstecken mußte.

Marian machte keine Anstalten, ihm zu helfen.

Er bewegte die Lippen, als wollte er etwas sagen, aber er brachte keinen Laut hervor.

Sie wartete, beobachtete seine heroische Anstrengung und überlegte, welche Kraft es ihn kosten würde, sich wieder zu sammeln. Sie fragte sich auch, ob Schmerz eigentlich eine dauernde Begleiterscheinung seines Lebens war. Schmerz, den er selber steuerte und anderen nur in der einen Absicht zeigte, sie ebenfalls leiden zu lassen.

Nur ganz langsam schaffte er es irgendwie, den Schmerz aus seinem Gesicht zu verbannen. Als er sich wieder aufrichtete und weitersprach, mußte er dennoch die Zähne zusammenbeißen. Seine Stimme, sonst so stark und selbstsicher, war schwach und überfordert.

»Ich habe dich geliebt!« Es war ein leiser, unterdrückter Schrei.

Marian antwortete ihm nicht.

Sie beobachtete seinen Gesichtsausdruck, bis sie wußte, daß er wirklich und vollständig begriffen hatte, was los war.

»Also weißt du es jetzt.« Seine Stimme klang jetzt nicht mehr angestrengt, sie verriet keine Schwäche mehr und keinen Schmerz.

Sie nickte.

»Das habe ich mir gedacht, als du keine Einwände erhoben hast, mit hierher zu kommen. Warum hast du das getan? Ist das Leben so leer, Marian? Oder vertraust du darauf, daß ich dir nichts antue?« Er lächelte breit. »Das ist es doch, nicht? Du dachtest, du würdest mir derart viel bedeuten, daß ich nicht imstande wäre, dir etwas anzutun?«

Sie sagte leise und bewegungslos: »Du willst mich töten, Paul, stimmt's?«

Noch ehe er antworten konnte, kam ein schwaches Schlaggeräusch durch die Wände, im gleichmäßigen Rhythmus eines Metronoms, irgendwo von draußen auf der Straße. Es war eigentlich nichts Besonderes, einfach nur ein Stadtgeräusch, doch es veranlaßte ihn, innezuhalten und die Hand zu heben. Er lauschte mißtrauisch und verunsichert in die Richtung, aus der das Geräusch kam.

Schließlich fand sein Blick wieder zurück zu ihr. Sein Gesicht war ausdruckslos und verriet nichts. Eine ganze Weile lang hielt er sogar seinen Lidschlag an und machte den fast beängstigenden Eindruck einer leblosen Schaufensterpuppe.

»Wie viele wissen es?« fragte er schließlich.

»Rate mal.«

»Du weißt, daß er tot ist. Du weißt, daß ich ihn zuvor gequält habe. Aber er ist tot und mit ihm zwei andere, die ich mit ihm zurückließ. Und du setzt dich hierher und versuchst mit mir zu spielen? Du kannst doch nicht so dumm sein. Oder so lebensmüde.«

Die Schlaggeräusche wurden lauter. Es war der gleiche stetige Rhythmus wie zuvor, aber er schien näherzukommen und irgendwoher aus dem Gebäude.

Marian sah die zunehmende Panik in seinen Augen, wenn er auch seine Miene weiterhin unter Kontrolle hatte und gleichgültig wirken wollte.

»Polizei.«

»Richtig.«

»Und du trägst einen Sender.«

»Richtig.« Jetzt zeigte sie ein halbes Lächeln. »Und du hast gestanden, Tony Tulio umgebracht zu haben, du widerliches Dreckschwein!«

Er stand auf und kam auf sie zu.

Marian stieß den Stuhl weg und schrie: »Nein, Paul, bitte!« während sie im gleichen Moment ihre Pistole zog und ihm in den Bauch schoß.

Er sah sie an, geschockt und mit schmerzverzerrtem Gesicht. Ganz langsam brach er zusammen. Er sank auf den schmutzigen Boden nieder, als fiele er in einzelnen Etappen hin. Als würde er nicht auf einen einzigen Schuß aus einem .38er-Revolver hin, sondern unter einer ganzen Reihe von Hammerschlägen Stück für Stück in sich zusammensinken. Er wehrte sich dagegen. Er wollte nicht umfallen, wollte keine Schwäche zeigen.

Vielleicht wollte er auch einfach nicht sterben.

Die Schlaggeräusche kamen nun immer näher. Die Polizei hatte sich inzwischen bis zu der oberen Stahltür vorgearbeitet und beeilte sich einzudringen.

Marian wußte, wie übel sie ihr dies nehmen würden. Sie hatte den Ablauf der Dinge eigenmächtig beschleunigt und würde dafür wohl Rede und Antwort stehen müssen.

Sie ging hinüber zu Harris, blieb aber außerhalb seiner Reichweite stehen und sah auf ihn hinab, bis sie sich ohne jeden Zweifel sicher war, daß er sie sehen konnte und mitbekam, was vorging. Dann riß sie ihre Seidenbluse auf und den Draht ab, der zwischen ihren Brüsten klebte und zu einem Aufnahmegerät führte. Es tat weh, als sie die Batterien von ihren Schenkeln abzog, wo sie mit Haftstreifen angeklebt waren. Sie hörte deutlich, wie die Knöpfe ihrer Bluse über den Boden rollten. Dann hielt sie ihm den Draht hin.

»Du hast gestanden, du Dreckskerl«, sagte sie und drückte den Lauf ihrer Waffe an seine Schläfe.

»Marian …« Seine Stimme war nur noch ein drängendes Flüstern. »Nicht, Marian. Ich liebe dich.«

Sie stand da und hatte die Pistole an seiner Schläfe und wußte, daß sie nicht mehr schießen mußte. Paul Harris lag ohnehin im Sterben.

Sie ging hinüber zu den Telefonen und warf den Tisch um. Dann riß sie noch einmal an ihrer Bluse, bis ganz nach unten, und ließ den Draht dort ebenfalls neben ihn auf den Boden fallen, neben seine ausgestreckte Hand. Seine Finger öffneten und schlossen sich, als versuchte er nach ihr zu greifen und sie totzudrücken.

Er wand sich noch ein wenig, und ihr war, als sähe sie eine Klapperschlange in Menschengestalt vor sich statt des Mannes, den sie geliebt hatte.

Sie atmete tief ein und langsam wieder aus. Und dann noch einmal. Dann fühlte sie, wie sie festgehalten und wie ihr die Pistole aus der Hand genommen wurde.

»Alles in Ordnung, es passiert Ihnen nichts mehr.«

Das war nicht Pauls Stimme.

Sie wandte den Kopf und erkannte Jake Phillips. Der ganze Raum war auf einmal voller Polizisten. Jemand sagte: »Er ist tot.«

»Er hat die Waffe gezogen, mich gepackt und die Drähte abgerissen …«

»Ganz ruhig, Miss Hannerty, entspannen Sie sich. Sie können später noch alles erzählen.«

Seine Stimme war ausdruckslos.

Sie wollte das nur einmal sagen. Und wenn sie etwas Glück hatte, mußte sie vielleicht nie mehr darüber sprechen. »Ich konnte ihm die Waffe irgendwie entwinden, ich habe geschrien, er soll aufhören ...« Sie schluchzte. »Aber er kam weiter auf mich zu. Ich hatte keine andere Wahl.«

Sie hörte, wie die anderen Polizisten etwas zu ihrer Ermunterung murmelten, Stimmen, die ihr versicherten, sie müsse sich überhaupt keine Sorgen machen. Und daß der Dreckskerl es herausgefordert habe. Kein Problem. Es schienen eine Menge Leute im Raum zu sein, noch mehr als zuvor im Polizeigebäude, als sie den Plan besprochen hatten.

Doch dann hörte sie ein geflüstertes Wort direkt neben ihrem Ohr. »Warum?« Es kam von Jake Phillips, der ein seltsam fragendes Gesicht dazu machte.

Er wußte es also, hatte es sich zusammengereimt. Sie sollte Harris eigentlich nur stellen und versuchen, ihn zu einem Geständnis zu veranlassen. Ganz gleich, wohin er sie brächte, sie wären sofort da und binnen spätestens zehn Minuten in Position. So war es abgemacht. Sie sollte ihn auf jeden Fall solange hinhalten. Aber das hatte sie nicht getan.

Und Jake Phillips wollte wissen, warum. Er wollte wissen, warum sie Paul Harris sofort erschossen hatte.

Er war kein Dummkopf, dieser Jake Phillips. Ein kommender Tony Tulio. Würde er es also verstehen? Sollte sie es ihm sagen? Nein, lieber nicht. Sie traute ihm am Ende doch nicht. Wie sollte er es verstehen können?

Einer von Tulios Sprüchen fiel ihr ein. Noch gestern hatte er zu ihr gesagt, in diesem Vernehmungsraum im Polizeigebäude: »Was ist der, ein Psychopath? Diese Burschen interessieren sich doch für niemanden außer für sich selbst.«

Er war nicht mehr lange genug am Leben geblieben, um zu erfahren, wie recht er damit hatte.

Er hätte sie verstanden. Aber dieser Mann hier war kein Tony.

Immerhin, er hatte die Frage geflüstert.

Sie schüttelte als Antwort den Kopf, als hätte sie seine Frage nicht verstanden. Dann, aus irgendeinem Grund, vielleicht aus dem Wunsch heraus, ihm doch noch eine Erklärung zu liefern, oder vielleicht sogar, um ein wenig zu prahlen, flüsterte sie ihm einen von Tulios Lieblingssätzen zu.

»Manchmal muß man Böses tun, um Gutes zu bewirken.«

Europaverlag Wien-München

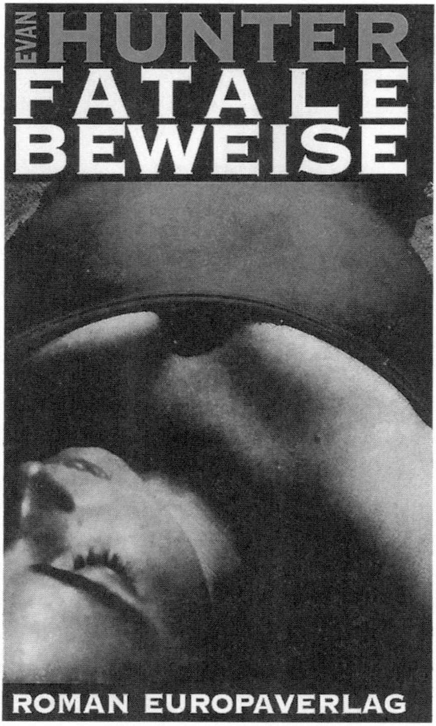

Evan Hunter

Fatale Beweise

Roman

424 Seiten, gebunden

ISBN 3-203-51239-4

Michael Welles, Mafiajäger bei der New Yorker Staatsanwaltschaft, handelt nicht immer auf juristisch statthafte Weise, um seiner Opfer habhaft zu werden. Bis er schließlich durch solch fatale Beweise eine schockierende Wahrheit erfahren muß: Seine eigene Frau ist die Geliebte eines gesuchten Mafiabosses ... Evan Hunter erweist sich mit diesem erotischen Superthriller erneut als der Meister seines Genres.